CW00687721

Gérard de Nerval

Les Illuminés

Édition présentée,
établie et annotée par
Max Milner
Professeur à l'Université
de la Sorbonne nouvelle

Gallimard

PRÉFACE

« Restaurer de vieilles toiles »

*Il faut se méfier de l'humilité de Gérard de Nerval.
En déclarant, au début des Illuminés, qu'il s'est borné
à « restaurer de vieilles toiles, dont la composition
bizarre et la peinture éraillée font sourire l'amateur
vulgaire », il paraît limiter son ambition à celle d'un
habile arrangeur dont le seul but serait de faire revivre
devant nous quelques figures d'excentriques. Il faudra
y regarder de plus près. Mais essayons pendant
quelques instants de le prendre au mot. Les démarches
de l'esprit et les procédures de l'art impliquées dans le
projet qu'il expose et dans la façon dont il le réalise ne
sont pas sans intérêt ni sans enseignements.*

*L'utilisation des restes, souci quotidien de la
cuisinière bourgeoise, joue dans l'œuvre de Nerval le
rôle d'un principe créateur étrangement fécond. En
dehors de l'introduction,* La Bibliothèque de mon
oncle, *aucun texte, parmi ceux qui composent* Les
Illuminés, *qui n'ait été publié au moins une fois entre
1839 et 1852. Le souci alimentaire a certes sa part
dans la désinvolture avec laquelle il se plagie lui-
même, quand ce n'est pas un autre qu'il pille. Mais
une attitude très particulière envers la réalité littéraire*

s'y laisse également deviner. Jamais les œuvres que Nerval produit ne se referment sur elles-mêmes. Échangeant non seulement leurs thèmes, mais souvent aussi leurs fragments, elles constituent un univers de reflets et d'échos et y intègrent avec art les vestiges d'une culture hétéroclite, mais secrètement orientée par des préoccupations précoces et tenaces.

Le lecteur qui voudra bien se reporter à notre « Histoire du texte » y verra au prix de quel travail de dislocation et de remontage Nerval a pu créer une œuvre nouvelle à partir de fragments isolés ou insérés dans d'autres contextes. Il y a là quelque chose d'un peu analogue au « bricolage » dans lequel Lévi-Strauss voit une des démarches fondamentales de la « pensée sauvage », avec cette différence essentielle que celle-ci réutilise sans cesse des fragments de mythes en en changeant le sens selon les nouvelles configurations dans lesquelles ils entrent, alors qu'il y a dans le fragment nervalien une insistance du sens qui fait que telle page du Roi de Bicêtre, *écrite en 1839, avant que Gérard ait fait connaissance avec les asiles et les maisons de santé, acquiert dans le contexte de 1852 des résonances prophétiques et témoigne d'une avance de l'œuvre sur la vie, d'une inscription précoce dans l'imaginaire de figures qui se déplieront peu à peu, de même que les fleurs japonaises dont parle Marcel Proust. Il en résulte que, comme la « recomposition » des souvenirs à laquelle Nerval se livre dans* Sylvie, *le rapprochement de fragments pris çà et là dans une œuvre largement tributaire du hasard et de la commande aboutit à tout autre chose qu'à une stérile répétition du passé. L'expérience de la vie et le mûrissement de la pensée font apparaître des parentés insoupçonnées entre des personnages, des attitudes, des*

*croyances, des paysages, des moments de l'histoire, que
la curiosité, la fantaisie ou les nécessités alimentaires
avaient introduits dans l'œuvre indépendamment les
uns des autres. De nouvelles contraintes matérielles
sont à l'origine, n'en doutons pas, de leur rencontre
dans* Les Illuminés, *et il ne viendrait à l'esprit de
personne de réclamer de ce livre la cohérence d'un
ensemble dont toutes les parties obéiraient à un dessein
unique. Mais soyons assurés que nous n'éprouverions
pas autant de plaisir à parcourir cette galerie de
tableaux restaurés si le hasard seul les avait réunis.*

*Cette restauration, il faut l'entendre au sens technique, littéral. Des six portraits que Nerval nous
propose, seul* Le Roi de Bicêtre *se présente comme
une création originale, à partir d'un document qui a
mis en mouvement l'imagination de l'auteur sans lui
fournir autre chose que cet ébranlement initial. Il se
trouve que c'est celui dans lequel la part de Nerval est
problématique, Auguste Maquet l'ayant revendiqué
comme sien. Tous les autres utilisent, dans une
proportion plus ou moins large, un texte antérieur,
que Nerval a rencontré au hasard de ses lectures ou de
ses déambulations. Il arrive que l'emprunt soit très
proche du plagiat, mais Gérard a une façon de plagier
qui est bien à lui. Ainsi Jean Richer a révélé*[1] *que les
deux derniers chapitres du portrait de Cagliostro
copiaient presque littéralement les* Mémoires authentiques pour servir à l'histoire de Cagliostro *du
marquis de Luchet. Non seulement Nerval a publié de
la sorte sous son propre nom des pages où pas un mot,
ou presque, n'était de lui, mais il a considéré comme
une source digne de foi un ouvrage qui, malgré son*

1. *Gérard de Nerval et les doctrines ésotériques,* Éditions du
Griffon d'or, 1947.

*titre, n'avait rien d'authentique, et qui présentait
systématiquement le mage sous un jour ridicule ou
odieux. Cela étant, notre étonnement est grand de
constater que, malgré la servilité du plagiat, il n'y a
pas le moindre trait de malveillance contre Cagliostro
et sa femme dans le portrait que Nerval nous en offre.
Comment ce résultat est-il atteint? Il suffit à l'adapta-
teur de supprimer quelques phrases et de modifier
quelques mots dans la scène du souper, présenté par
Luchet comme une orgie éhontée, pour lui donner une
signification tout autre. Les femmes deviennent des
« Dames », les amants des «Cavaliers». Le passage où
les invitées se dépouillent de leurs vêtements est passé
sous silence, ainsi que les exhortations trop claires de la
grande prêtresse et quelques expressions qui dési-
gnaient de façon trop crue les occupations auxquelles
se livrent les convives des deux sexes. Parfois la
modification de sens est obtenue avec une économie
maximale de moyens. Luchet évoquait ainsi le rôle non
équivoque de la maîtresse de maison auprès de ses
invitées : « Ici elle instruit, là elle commence, partout
elle embrase. » Nerval, par la modification d'une
consonne, transporte les choses du plan de la chair à
celui de l'esprit : « Ici elle instruit; là elle commente;
partout elle enflamme l'imagination. » On lisait un
peu plus loin dans le texte de Luchet : « Elle ordonna
de reprendre la tunique prophane. » Nerval, qui s'est
gardé de faire allusion à la nudité des convives, change
« tunique » en « musique » et ces deux lettres suffisent
pour transformer l'orgie en pastorale.*

*Le résultat de cet imperceptible gauchissement d'un
texte, par ailleurs copié presque mot pour mot, est
étrange. Le lecteur non averti a l'impression qu'on lui
cache quelque chose, comme les enfants qui essaient de*

surprendre la conversation des adultes; il guette le mot à double entente qui l'éclairera et rien ne vient. Innocence suspecte d'un embarquement pour Cythère « a lo divino » où l'on a peur de prendre les vessies pour des lanternes vénitiennes, et où la « dénégation », au sens freudien, introduit une subtile impression de malaise.

Ce malaise devant un XVIII e *siècle dont les aspects lascifs sont gommés, mais toujours perceptibles sous la retouche nervalienne, on l'éprouve souvent aussi en lisant le portrait de Restif de la Bretonne. Ici plus de plagiat, mais un extraordinaire travail de condensation, un art souverain du résumé et de la contraction de texte qui permet à Nerval de présenter en une centaine de pages, sans donner l'impression d'un survol trop cursif, un des auteurs les plus prolixes de la littérature universelle. Grâce aux coupures ainsi opérées, Nerval insiste, comme nous le verrons, sur les aspects de la personnalité de Restif dont il se sent le plus proche, et cela implique, bien entendu, une singulière discrétion sur tout ce que la vie de M. Nicolas présente d'obscène ou de scandaleux. Mais même lorsqu'il touche à ces matières, qui ne peuvent pas être complètement passées sous silence, Nerval use d'une pudeur qui donne à son texte quelque chose d'énigmatique et de suspendu, que masque imparfaitement la surimposition d'un romanesque de convention. Ainsi dans la scène où Nicolas s'introduit de nuit auprès de la servante de son oncle le curé, Marguerite, qui rêve de son ancien amoureux, là où Restif écrivait : « je réalisai doucement son rêve... Marguerite s'éveilla trop tard; elle partageait mes transports », Gérard donne libre cours à une éloquence effarée : « O moment terrible, double illusion qui peut-*

être aurait eu un triste lendemain! », et il fait
*intervient à point nommé l'abbé Thomas, qui censure
le désir en voie d'accomplissement, comme dans un
rêve brusquement interrompu. De même, dans la scène
de l'hôtel de Hollande, Gérard présente Restif dans
une attitude émouvante : « Il pénétra d'émotion cette
société frivole, et dans tous ces cœurs perdus il sut
réveiller une étincelle du pur amour des premiers
ans. » En réalité ce n'est pas en racontant « l'histoire
de son premier amour » que le héros des* Confidences
de Nicolas *captive la société libertine où il a été
admis, mais en dévoilant l'aventure crapuleuse qui lui
est arrivée chez la Massé (cf. p. 191), et le dénouement de la soirée (« Quelle orgie!... ») n'a rien, on
peut le croire, de cette « sorte de Colin-Maillard » dont
le bandeau vient s'appliquer opportunément sur les
yeux du lecteur de Nerval.*

*Si, dans la restauration des vieilles toiles, l'auteur
des* Illuminés *use volontiers de la feuille de vigne, il
déploie surtout un art remarquable pour extraire des
textes curieux, mais souvent indigestes, d'où il part les
éléments d'une destinée ou d'une pensée qui nous
éclairent sur les singularités d'une époque ou sur les
bizarreries de l'esprit humain, obéissant en cela au
goût de ses contemporains pour les Mémoires (vrais
ou supposés), pour le document, pour le « petit fait
vrai », que Stendhal n'était pas le seul à professer, et
qui est le signe d'une attention inconnue des siècles
classiques pour le relatif et l'individuel.*

*Dans l'*Histoire de l'abbé de Bucquoy *son apport
propre vise essentiellement à animer le récit par des
dialogues, et à en accentuer la couleur d'époque par
l'adjonction de l'épisode du capitaine Roland et par de
larges emprunts à* L'Inquisition française *de C. de*

Renneville, où était évoquée la vie quotidienne des prisonniers de la Bastille. Mais la manière dont il utilise sa documentation dans les portraits de Cazotte et de Restif de la Bretonne laisse transparaître des préoccupations beaucoup plus personnelles. Ce qui frappe dans la destinée de Cazotte, telle que Nerval nous la présente, c'est la fatalité qui y règne à partir du moment où les messages de l'au-delà y ont fait leur entrée, c'est le drame d'une lucidité qui précipite celui qui la possède vers une fin tragique. Pour bien mettre en évidence le caractère inéluctable de la trajectoire, Nerval use d'une manière parfaitement consciente de l'anticipation (« parvenu aux deux tiers à peine de la vie de notre écrivain, nous avons laissé entrevoir une scène de ses derniers jours; à l'exemple de l'illuminé lui-même, nous avons uni d'un trait l'avenir et le passé »), il insiste sur les visions prémonitoires, comme la scène des têtes coupées dans Ollivier et le « songe de la nuit du samedi au dimanche de devant la Saint-Jean 1791 », et il présente la fameuse prophétie rapportée par La Harpe comme plausible, bien qu'on sût depuis longtemps qu'elle n'était « que supposée ». Comment, dès lors, méconnaître l'accent personnel de la question que cette lucidité douloureuse amène Nerval à se poser : « Faudrait-il accepter toujours les leçons de ce bon sens vulgaire qui marche dans la vie sans s'inquiéter des sombres mystères de l'avenir et de la mort? »

Quant à la vie de Restif, c'est surtout en vue d'en dégager une leçon morale qu'il en choisit, qu'il en ordonne et qu'il en commente les épisodes. Il oppose d'abord, en deux visions contrastées, le jeune héros enthousiaste et quelque peu cynique de la scène de l'Hôtel de Hollande à l'écrivain laborieux, qui erre, la

*nuit, dans les rues de Paris pour observer et soulager
les misères, et qui rivalise avec Jean-Jacques dans son
projet de franchise absolue. Puis il dispose, comme les
étapes d'une initiation, quelques expériences majeures,
dont le bavardage des* Confidences de Nicolas *ne
permet pas de saisir clairement le sens : l'extase
panthéiste des premières années; l'amour pur pour
Jeannette Rousseau et les premières tentations de la
chair avec Marguerite; les années décisives d'Auxerre
où les leçons de Gaudet d'Arras combattent et pel ver-
tissent la passion mystique pour M*ᵐᵉ *Parangon;
l'entrée dans l'enfer du vice parisien avec l'épisode de
Septimanie; puis le rachat, d'abord par la vertu de
Zéfire, la petite prostituée au grand cœur, ensuite par
la honte, l'humiliation et la solitude où la trahison de
Sara plonge l'écrivain vieillissant, qui avait cru
trouver dans l'amour d'un être jeune un moyen de
lutter contre l'angoisse de la mort. L'invraisemblable
mariage avec Jeannette Rousseau, quatorze ans plus
tard, ramène au point de départ, auprès d'une
Eurydice enfin retrouvée, « cet homme qui n'avait cru
qu'au vieux destin des Grecs » et qui « se voyait obligé
de confesser la Providence ». De cette longue série de
chutes et de rachats l'auteur entend dégager non
seulement une leçon d'espérance individuelle, mais
« une appréciation des causes morales qui ont amené
nos révolutions ». La biographie de Restif se termine
par un appel à « l'homme supérieur par l'esprit
comme par le cœur, qui, saisissant les vrais rapports
des choses, rendrait le calme aux forces en lutte et
ramènerait l'harmonie dans les imaginations troublées ». L'humilité de Gérard nous interdit de penser
qu'il se prenait pour cet homme-là. Mais la lecture
d'*Aurélia, *avec ses « Mémorables », montre que ce rêve*

*d'harmonie était bien le sien, et que le siècle de Restif,
avec les troubles d'imagination et de croyance qu'il y
rattache, était pour lui autre chose qu'une réserve
d' « excentriques » dont les portraits restaurés peuvent
être contemplés encore avec quelque plaisir.*

Doubles

*Portraits ou doubles? Un an environ après la
publication des* Illuminés, *Alexandre Dumas entre-
tient ses lecteurs du* Mousquetaire — *un peu cava-
lièrement, au gré de Nerval — de la particularité qu'a
son ami de se prendre parfois pour un autre :
« Tantôt il est le sultan Ghera-Gheraï, comte d'Abyssi-
nie, duc d'Égypte, baron de Smyrne, et il m'écrit, à
moi, qu'il croit son suzerain, pour me demander la
permission de déclarer la guerre à l'empereur Nicolas.
Un autre jour il se croit fou, et il raconte comment il
l'est devenu. » Nerval, en lui répondant dans la
préface des* Filles du feu, *entreprend de ramener ce
phénomène à des proportions rassurantes : « Compre-
nez-vous, lui dit-il, [...] que l'on arrive [...] à
s'incarner dans le héros de son imagination, si bien
que sa vie devienne la vôtre et qu'on brûle des flammes
factices de ses ambitions et de ses amours! »*

Les Illuminés *nous montrent que l'identification
peut jouer dans un autre sens. Ce n'est pas, alors, avec
« le héros de son imagination » que l'auteur se
confond, mais avec un personnage historique dans
lequel il se reconnaît ou se projette, et qu'il modèle
insensiblement à sa propre image. Cette fascination du
double, qu'il est aisé de percevoir en maint endroit du
recueil, Nerval en a fait le sujet de la première*

histoire, reflétant ainsi « en abyme » non seulement l'un des thèmes majeurs du livre, mais l'un des éléments du processus de sa production.

L'étrangeté du Roi de Bicêtre *commence en amont de notre lecture. Le doute sur l'identité de la personne, qui forme le fond des aventures de Raoul Spifame, on en retrouve quelque chose dans les conditions mêmes dans lesquelles le récit fut composé. Cette histoire, si proche de certaines expériences futures de Nerval qu'elle en acquiert des accents prophétiques, ce n'est pas lui, selon toute vraisemblance, qui l'a écrite, mais Auguste Maquet, un ami avec lequel il a plusieurs fois collaboré[2]. Dans quelle mesure celui-ci a-t-il joué le rôle d'un « double » littéraire, s'identifiant suffisamment à la pensée de Nerval pour deviner des obsessions qui n'étaient même pas parvenues à sa conscience claire? C'est là une question à laquelle il nous est impossible de répondre, faute de documents. Certaines particularités stylistiques — notamment le recours à un humour plus appuyé et plus allègre que celui dont Nerval est coutumier — donnent à penser que c'est bien Maquet qui a tenu la plume. Mais il paraît prudent de supposer, sous peine d'épaissir le mystère d'une inexplicable empathie, que Nerval a non seulement choisi le sujet, mais dessiné les épisodes conformément à ses propres hantises.*

Celles-ci apparaissent nettement dans la manière dont il développe les données du curieux volume qui a donné le branle à son imagination. Il s'agit d'un recueil de pseudo-arrêts du roi Henri II, dont l'auteur est en réalité un fou, comme le révèlent une note manuscrite ajoutée à l'exemplaire de la Bibliothèque

---

2. Cf. Gustave Simon, *Histoire d'une collaboration. Alexandre Dumas et Auguste Maquet*, Crès, 1919.

nationale et un article des Mémoires de l'Académie des Inscriptions et Belles-Lettres *paru en 1756. De la folie de ce conseiller au Parlement, sur laquelle les documents en question ne nous donnent aucun détail, Gérard reconstitue les symptômes et les étapes selon un schéma qui paraît, à bien des égards, une projection dans l'avenir de sa propre folie. A la base de tout, une de ces mystérieuses ressemblances qui ne cesseront pas de le préoccuper, de Corilla à Artémis, en passant par Octavie, Sylvie, Aurélia et bien d'autres textes. L' «Histoire du Calife Hakem » du* Voyage en Orient, *qui sera publiée huit ans après la première version du* Roi de Bicêtre, *met ce thème de la ressemblance en relation avec la croyance au double, comme le fait ici le roi Henri II : « Chacun fit de même cette remarque, que le jeune avocat ressemblait prodigieusement au roi, et, d'après la superstition qui fait croire que quelque temps avant de mourir, on voit apparaître sa propre image sous un costume de deuil, le prince parut soucieux tout le reste de la séance*[3] *». Chez Raoul Spifame, ce phénomène d'autoscopie s'accompagne d'un dédoublement de la personnalité et d'un délire de grandeur qui se manifeste à travers des alternatives d'agitation et de prostration. Or tous ces éléments se retrouvent dans la maladie de Nerval, telle qu'elle nous est décrite dans* Aurélia, *ou telle qu'on peut la reconstituer d'après sa correspondance : hallucination du double, d'abord au commissariat de police, d'où il voit sortir avec ses amis un autre lui-même, puis dans le rêve où son double lui enlève* Aurélia *et*

---

3. Cf. *Voyage en Orient* (Œuvres, « Pléiade », t. II, p. 389-390) : « Il crut que c'était son *ferouer* ou son double, et, pour les Orientaux, voir son propre spectre est un signe du plus mauvais augure. L'ombre force le corps à la suivre dans le délai d'un jour. »

*dans sa vision du « frère mystique » qui lui dérobe les
faveurs du ciel; partage de la vie entre le jour, où il
parvenait, comme Spifame, « à se rendre compte de sa
triste identité », et la nuit, où « son existence réelle lui
était enlevée par des songes extraordinaires » et où « il
en subissait une tout autre, entièrement absurde et
hyperbolique »* [4]; *enfin mégalomanie, qui se manifeste
chez Nerval dès sa première crise, deux ans après la
publication du* Roi de Bicêtre : *il dit alors à
Alexandre Weill qu'il descend de Napoléon, signe une
lettre à Jules Janin « G. Nap[oléon] della Torre
Brunya », s'invente une généalogie qui rattache les
Labrunie à des chevaliers d'Othon, empereur d'Allemagne, et à d'autres personnages illustres. Les ressemblances entre la folie de Spifame et celle de Nerval sont
si grandes qu'on a pu se demander si les aventures
prêtées au « roi de Bicêtre » n'avaient pas joué un rôle
dans la constitution du matériel onirique qu'on verra
réapparaître dans la psychose de l'écrivain* [5]. *En
fait, il faut sans doute remonter plus haut pour
saisir les sources littéraires de ces rêveries, auxquelles
la maladie de Nerval va donner corps et qui sont mises
en œuvre une première fois sur le plan de la fiction
dans* Le Roi de Bicêtre. *Hoffmann avait imaginé,
dans* La Princesse Brambilla, *un cas de folie assez
semblable à celle de Spifame, en créant le personnage
de Giglio Fava, médiocre comédien dans la vie réelle,
mais se figurant dans ses périodes de délire être le
prince Cornelio Chiapperi, et le thème du double
occupait une place centrale dans* Les Élixirs du
diable, *ainsi que dans bien des œuvres des roman-*

---

4. *Les Illuminés*, p. 41.
5. Cf. Marie-Jeanne Durry, *Gérard de Nerval et le mythe*,
Flammarion, 1956, p. 47.

tiques allemands. Quant à la confusion entre le rêve et la vie éveillée, ou plus précisément le sentiment que celle-ci est moins réelle que celui-là, c'était, on le sait, le thème de La Vida es sueño *de Calderón, dont le héros, le prince Sigismond, se réveillait précisément dans une prison, avec la conviction que « sa prison n'était qu'un rêve* [6] ».

Si l'on prend garde que Spifame a lui-même un double, le poète Claude Vignet, qui souffre d'une mégalomanie parallèle à la sienne, et que ce personnage ressemble de son côté à Nerval en tant que poète méconnu dont les vers « méritaient peut-être la place qu'il leur assignait dans sa pensée » et en tant qu'imprimeur amateur [7], *on voit que le jeu des doubles produit à l'intérieur même de l'œuvre une structure en abyme particulièrement raffinée : Nerval écrit l'histoire d'un personnage qu'il traite comme son double ; la raison pour laquelle il le traite comme son double est que Spifame est fasciné par son double au point de se confondre avec lui et de s'imaginer être à sa place. Sa mésaventure lui suscite un autre double, le poète Vignet, qui reflète à son tour quelque chose de Nerval... Et cette histoire ouvre un recueil dans lequel les doubles de l'écrivain vont se multiplier.*

Parmi ceux-ci, celui dont les ressemblances avec Nerval sont le plus accentuées est assurément Restif de la Bretonne, ce qui ne laisse pas de surprendre si l'on

---

6. *Les Illuminés*, p. 42.
7. Non seulement Nerval est revenu à plusieurs reprises sur le thème de l'invention de l'imprimerie (cf. *Souvenirs de Thuringe*, « Pléiade », t. II, p. 780 ; *Les Faux Saulniers*, « Pléiade », t. I, p. 451 ; *L'Imagier de Harlem*, passim), mais il avait déposé un brevet pour un appareil facilitant la composition, le « stéréographe ».

considère l'abîme qui sépare l'autodidacte graphomane
et érotomane, dont l'œuvre dépasse les deux cents volumes, et le poète cultivé, pudique jusqu'aux limites de
la pruderie, qui crée avec parcimonie et vit dans
l'angoisse de la stérilité. C'est dire que l'exactitude
historique n'est pas ce qu'il faut chercher dans le
portrait de M. Nicolas. Non seulement Nerval reproduit sans sourciller les plus évidentes calembredaines
de son auteur, comme la rencontre avec la fille de
Septimanie ou le mariage avec Jeannette Rousseau,
mais il opère, dans la personnalité et la vie de son
modèle, un choix qui est dicté par le souci de le
rapprocher de lui-même.

   Pourquoi commence-t-il le récit de la vie de Nicolas
par ses amours avec une actrice, Mlle Guéant, sinon
pour marquer d'un signe perceptible à lui seul les
similitudes de cette aventure avec celle qu'il a vécue
exactement cent ans plus tard avec Jenny Colon?
L'attitude dans laquelle il peint son héros, présent
« presque tous les soirs [...] à la première rangée du
parterre » de la Comédie-Française et « marquant son
enthousiasme aux passages débités par la belle
Mlle Guéant », est exactement celle qu'il se prêtera au
début de Sylvie, en évoquant l'époque où « tous les
soirs [il] paraissai[t] aux avant-scènes en grande
tenue de soupirant » et où, « à la troisième scène d'un
maussade chef-d'œuvre [...], une apparition bien connue
illuminait l'espace vide [8] ». Cet amour de Nicolas pour
une actrice, il le commente dans les termes mêmes qu'il
emploiera pour parler de sa propre passion.
Mlle Guéant, admirée « sous le faux jour du lustre et
de la rampe », c'est déjà Aurélie, « belle comme le jour

   8. Cf. *Sylvie* dans *Les Filles du feu, La Pandora, Aurélia*,
« Folio » n° 179, 1972, p. 129.

aux feux de la rampe qui l'éclairait d'en bas » (*ibid.*).
Lumière trompeuse, qui symbolise une erreur autre-
ment grave : « *La vie s'attache tout entière à une*
chimère irréalisable qu'on serait heureux de conserver
à l'état de désir et d'aspiration », *écrit Nerval à propos*
de Nicolas. « *C'est une image que je poursuis, rien de*
plus », *répétera-t-il dans* Sylvie [9]. *Aussi la déconve-*
nue paraît-elle inévitable pour celui qui a le malheur
de « *chercher à faire descendre de son piédestal cette*
belle idole » [10]. *Sans doute — et c'est là que le peintre*
se sépare de son modèle — cette déconvenue sera-t-elle
épargnée à Nicolas, mais l'identification se reforme à
d'autres étapes de la vie sentimentale de Restif. Celui-
ci est particulièrement sensible à la ressemblance des
femmes qui lui inspirent de l'amour : Zéfire lui
*rappelle M*me *Parangon, qui* « *elle-même lui avait*
semblé avoir quelque ressemblance avec Jeannette
Rousseau » (*p. 208*), *de même que M*lle *Guéant lui*
rappelait une femme qu'il avait aimée (p. 128). Ces
idées si proches des siennes, Gérard sans doute les
réfute ici, mais sa réfutation a l'accent du doute, du
reproche qu'on s'adresse à soi-même. Une telle impor-
tance accordée à la ressemblance des corps n'est-elle
pas en contradiction avec un amour qui prétend mettre
l'âme au-dessus de tout? « *Ceci est particulier à*
certains esprits, et indique un amour fondé plutôt sur
la forme extérieure que sur l'âme; c'est pour ainsi
dire, une idée païenne... » *Mais la théorie des races et*
de leur survivance, sur laquelle Restif s'appuie pour
expliquer ce curieux phénomène, en combien d'en-

9. *Ibid.*, p. 132.
10. *Lettres à Jenny Colon*, « Pléiade », t. I, p. 762. Cf. *Les Confidences de Nicolas*, p. 123 : « Nicolas fut comme effrayé [...] de voir cette statue adorée descendue de son piédestal. »

*droits de l'œuvre de Nerval ne la trouve-t-on pas
affirmée!*

*A cela s'ajoutent bien des ressemblances de détail.
Nerval vient de dépasser la quarantaine lorsqu'il écrit
l'émouvant passage sur l'amour à quarante ans à
propos de l'aventure de M. Nicolas avec Sara. Il
s'intéresse comme Restif à l'imprimerie et aux aéros-
tats[11]; il aime, comme lui, errer longuement dans le
Paris nocturne. Il a passé une partie de son enfance à
la campagne et y a éprouvé des émotions païennes,
ayant « nourri [son] esprit de croyances bizarres, de
légendes et de vieilles chansons »[12] — chansons dont
Restif cite précisément un bon nombre au fil de ses
souvenirs. Il n'est pas jusqu'à la confusion si
nervalienne entre le rêve et la vie qu'il ne prête à son
héros, en en faisant à la fois le signe d'élection et la
malédiction du poète : « Les images du jour sont pour
moi comme les visions de la nuit! Malheur à qui
pénètre dans mon rêve éternel sans être une image
impalpable![13] ».*

*Les ressemblances qu'il se reconnaît avec Cazotte
sont moins surprenantes. Elles tiennent en partie à la
similitude d'atmosphère qu'il croit percevoir entre son
époque, « mélange d'activité, d'hésitation et de paresse,
d'utopies brillantes, d'aspirations philosophiques ou
religieuses, d'enthousiasmes vagues »[14], et celle qui
précède la révolution. L'une et l'autre le font songer à
l'époque d'Apulée, « l'illuminé païen, à moitié scep-*

---

11. Cf. l'article sur « Les Successeurs d'Icare » paru dans
L'Événement en 1850 (« Pléiade », t. II, p. 1260-1268).

12. Cf. *Promenades et souvenirs*, dans *Poésies et souvenirs*,
édition établie par Jean Richer, Poésie/Gallimard, 1974, p. 270.

13. Cf. *Paradoxe et vérité* (« Pléiade », t. I, p. 435) : « Diriger
mon rêve éternel au lieu de le subir. »

14. *Sylvie*, dans *Les Filles du feu*, « Folio », p. 130.

tique, à moitié crédule » (p. 307), en qui il retrouve
beaucoup de lui-même. C'est parce que Cazotte partage
les aspirations, les illusions et les doutes de ces
périodes troublées qu'il le considère comme un frère.
Mais il y a davantage. L'auteur du Diable amoureux
adhérant aux croyances qu'il a évoquées en badinant et
finissant par leur sacrifier sa vie, c'est *« le poète qui
croit à sa fable, le narrateur qui croit à sa légende,
l'inventeur qui prend au sérieux le rêve éclos de sa
pensée »* (p. 298). On imagine facilement que
lorsqu'il écrivait ces lignes Nerval n'était pas loin de
songer à lui-même, et qu'il se rangeait — ainsi,
d'ailleurs, qu'il rangeait Restif[15] — dans la famille
de ces auteurs qui *« écrivaient avec leur sang, avec
leurs larmes »*, et qui *« jouaient leur rôle au sérieux,
comme ces comédiens antiques qui tachaient la scène
d'un sang véritable pour les plaisirs du peuple-
roi »* (p. 308). N'est-ce pas cette dernière attitude
qu'il prête à un autre de ses doubles, le comédien
Brisacier, à qui il fait prononcer ces paroles : *« Mon
rôle s'est identifié à moi-même, et la tunique de Néron
s'est collée à mes membres qu'elle brûle, comme celle du
centaure dévorait Hercule expirant[16] »* ? On ne peut
enfin manquer de remarquer l'importance que Nerval
accorde aux rêves dans son récit de la vie de Cazotte.
La précision avec laquelle celui-ci les consigne et le
mélange de préoccupations mystiques, d'images prémonitoires et d'êtres étranges qui les compose durent
impressionner fortement l'auteur d'Aurélia, qui avait
commencé à noter les siens, comme l'a montré Jean
Richer, dès son premier internement, en 1841.

15. « Sais-tu ce que nous faisons, nous autres, de nos amours ?...
Nous en faisons des livres pour gagner notre vie » (p. 221).

16. *Les Filles du feu*, « Folio », p. 35.

Sans doute ces jeux de miroirs ne touchent-ils que trois des portraits dont le recueil est constitué (ou quatre, si l'on considère que le néo-paganisme mystique de Quintus Aucler n'était pas sans écho dans la pensée de Nerval). Ils suffisent pourtant à donner à l'ensemble des Illuminés *une tonalité beaucoup plus personnelle qu'on ne l'attendrait d'une œuvre alimentaire, dont les matériaux ne sont guère homogènes, et à animer ces figures bizarres du regard inquiet, attentif ou ému qui s'est posé sur elles.*

Illuminisme et socialisme

Faut-il mettre aussi à l'actif de cette œuvre les révélations sur l'illuminisme que son titre paraît nous promettre?

On notera d'abord que ce titre est ambigu, puisqu'il désigne à la fois des fous ou des excentriques, comme Spifame et l'abbé de Bucquoy, des adhérents d'une secte ou d'une doctrine illuministe, comme Quintus Aucler, Cazotte ou Cagliostro, et un personnage qui appartient un peu aux deux catégories, Restif de la Bretonne.

De l'illuminisme du XVIIIe *siècle — le seul dont il soit question dans ces pages — Nerval est loin de nous donner une image complète et fidèle. Sans doute les travaux des érudits contemporains, au premier rang desquels Auguste Viatte* [17], *nous rendent-ils exigeants, et on peut penser que plus d'un lecteur des* Illuminés *y trouva une image du Siècle des Lumières assez nouvelle par rapport à ce que lui en apprenait*

---

17. *Les Sources occultes du romantisme,* Champion, 1927, 2 vol.

*l'enseignement académique. Mais dès la publication
du livre, Barbey d'Aurevilly s'indignait de voir les
problèmes que pose l'illuminisme traités avec peu de
sérieux* [18]*, ce qui n'aurait sans doute pas été le cas si
Nerval avait parlé autrement que par de rapides
allusions des vrais maîtres de la pensée ésotérique au
XVIIIe siècle : Swedenborg, Martinès de Pasqually,
Saint-Martin, dom Pernéty, Fabre d'Olivet, Lavater.
Ce n'est donc pas par la qualité et la précision des
informations qu'ils nous procurent que* Les Illuminés
*font avancer notre connaissance de l'illuminisme.
Dans ce domaine Nerval fait figure d'assez médiocre
vulgarisateur. S'il a le mérite de révéler au public — à
grand renfort de citations — la pensée de l'étonnant
Quintus Aucler, et s'il semble s'être assez sérieusement
documenté sur le martinisme pour écrire son portrait
de Cazotte — mais il y est aidé par une substantielle
étude sur ce sujet dans l'introduction de l'édition
Bastien —, il se contente ailleurs de vues fragmen-
taires ou de survols contestables, comme celui auquel il
se livre dans le chapitre intitulé « Les Précurseurs » de
son* Cagliostro.

*Ce qu'il fait, en revanche, très bien sentir, en
s'attachant précisément à des personnalités de second
plan, c'est l'imprégnation d'idées illuministes dont
tout un aspect de la pensée du XVIIIe siècle a bénéficié,
et le rôle compensatoire que jouent celles-ci chez des
esprits que le scepticisme diffusé par la philosophie
des lumières laisse désemparés et avides de croyance.
Ici encore ce sont ses hantises personnelles qui
aiguisent son intuition et éveillent sa sympathie envers
des hommes chez lesquels il lit ses propres tourments.*

18. *Le Pays*, 20 mars 1853. Article recueilli dans *Critiques
diverses* (1909).

Nous avons déjà noté combien l'état d'âme qu'il prête à Cazotte, partagé entre le scepticisme et la crédulité, est proche du sien. Tout l'émouvant chapitre qui sert d'introduction à l'étude sur Quintus Aucler, avec son invocation désespérée « aux pieds sanglants de ce Christ détaché de l'arbre mystique, à la robe immaculée de cette Vierge mère », doit être mis en rapport avec cette angoisse de la « mort des religions », que Jouffroy avait analysée avec pénétration dès 1829, et à laquelle Edgar Quinet, Vigny, Hugo, Musset ont tenté d'apporter des réponses conformes à leur tempérament.

Celle de Nerval est dictée par l'horreur de la discontinuité et de la rupture qui gouverne toute sa vie intérieure. Aussi sa sympathie pour les illuminés dont il parle est-elle proportionnelle aux continuités qu'ils préservent : continuité entre les vivants et les morts dans la doctrine de la réincarnation professée par Restif dans ses Posthumes *ou dans celle de la survivance des âmes, exposée par Cazotte dans des termes proches de la préface de Nerval à sa traduction du* Second Faust; *continuité entre la nature et la surnature, s'exprimant chez Cazotte par un « tout est plein, tout est vivant » auquel fera écho le « tout est sensible » des* Vers dorés; *continuité, enfin, entre les différentes formes que prend, à travers les civilisations et les époques, la quête de l'invisible. Très significatif à cet égard est le court chapitre intitulé « La Bibliothèque de mon oncle », dont la place en tête des* Illuminés *prend une valeur symbolique. Peu nous importe de savoir si cette bibliothèque est purement imaginaire, et peut-être inspirée par un souvenir d'enfance d'Henri Heine[19], comme le pensent cer-*

19. Cf. Norma Rinsler, « Nerval et Henri Heine », *Revue de Littérature comparée*, janvier-mars 1959.

tains critiques, ou si elle correspond, comme le pense Jean Richer, à une assez modeste réalité que Nerval embellit en parlant d'une « masse énorme » de livres. Ce qui est important, c'est qu'il ait tenu à placer sa propre initiation à l'illuminisme, grâce à laquelle il a appris à renouer avec ces traditions religieuses menacées de s'éteindre, au cœur de cette terre maternelle qu'est le Valois et dans cette famille maternelle des Boucher, qui est pour lui la médiatrice de toutes les continuités. Son oncle avait manifesté « une certaine tendance au mysticisme, à un moment où la religion officielle n'existait plus », mais « paraissait avoir depuis changé d'idées ». C'est, en quelque sorte, pour reprendre le flambeau de sa main, pour préserver cette continuité menacée, que Gérard a sauvé de l'oubli, en s'en imprégnant, ces volumes « attaqués par les rats, pourris ou mouillés par les eaux pluviales », et il a conscience d'avoir, ce faisant, sacrifié son équilibre intérieur. Le ton enjoué sur lequel il parle du risque encouru et se justifie de revenir jouer au bord du gouffre (« n'y a-t-il pas quelque chose de raisonnable à tirer même des folies! ») est, pour quiconque l'a quelque peu fréquenté, le plus sûr indice d'une angoisse profonde, et le contenu même de cette justification, « se préserver de croire nouveau ce qui est très ancien », nous renvoie à la mission que Nerval s'assigne en écrivant ces pages : établir un lien entre les « folies » qui l'attirent, lui et quelques-uns de ses contemporains, et l'effort immémorial de l'humanité pour échapper aux limites de sa condition.

Dans quelle mesure le « socialisme » était-il pour lui l'une des formes modernes de cet effort? On sait que la couverture de l'édition originale portait ce sous-titre un peu surprenant : « Les Illuminés, ou les

*Précurseurs du socialisme ». Le critique Paulin
Limayrac s'étant étonné de voir cataloguer sous cette
dernière étiquette des « fous » dont la réforme de la
société ne paraissait pas être le souci dominant* [20],
*Nerval, avec son humilité coutumière, bat sa coulpe et
explique qu'il avait l'intention d'inclure dans le
volume un certain nombre de portraits (sans doute
ceux de Buchez, Lamennais, Mickiewicz, Towianski,
Considérant, Pierre Leroux, Proudhon, esquissés dans
l'*Almanach cabalistique *pour 1850) qui en auraient
changé le caractère, mais qui n'y ont pas trouvé
place* [21]. *Est-ce à dire que le lien entre illuminisme et
socialisme suggéré par le sous-titre soit tout à fait
factice? Reconnaissons au moins que les rêveurs dont
Nerval nous raconte l'histoire ont tous, ou presque
tous, rêvé de réformes sociales. Si ces rêves ont un
caractère théocratique chez Cazotte et se limitent chez
Raoul Spifame à des mesures concernant la justice, les
finances, la guerre et surtout la police intérieure de
Paris, l'abbé de Bucquoy combat l'absolutisme royal et
se propose de « réveiller dans le peuple ce qui y semble
assoupi », Restif de la Bretonne se fait fort, suivant
les leçons de Gaudet d'Arras, d'apprendre à l'homme à
« régler les rapports des êtres et des choses relativement
à son intérêt et à celui de sa race » et élabore une forme
originale de communisme, et les « païens de la
république » nourrissent leur foi révolutionnaire, à
l'exemple des *Philalètes, *des idées qu'ils ont puisées
dans l'illuminisme. Gérard s'abstient en général assez
soigneusement de prendre position sur leurs plans de
réformes. On devine certes chez lui de la sympathie
pour ces hétérodoxes qui, comme les Templiers,*

---

20. Article paru dans *La Presse* le 31 juillet 1853.
21. Lettre du 31 juillet 1853, « Pléiade », t. I, p. 1072.

constituent « ce que l'on appellerait aujourd'hui l'opposition ». Mais il y a dans la réserve qu'il manifeste à leur égard à la fois de la prudence politique, au moment où l'Empire, qu'il accepte sans servilité mais avec un préjugé plutôt favorable, affermit son pouvoir, et une certaine méfiance envers les forces de rupture sur lesquelles s'appuie une attitude révolutionnaire. « Dans le système républicain, note-t-il dans un carnet, il n'y a pas de tradition, pas d'histoire », et, après avoir reconnu la légitimité de l'insurrection en cas de tyrannie, il dit son espoir dans « l'association des intelligences gouvernée par la tradition et agissant dans ses règles données [22] ».

Comment renouer avec cette tradition, qui colmaterait les brèches faites par l'incroyance et guérirait l'homme moderne du désespoir, sans risquer la marginalité dans laquelle sont tombés les excentriques dont Nerval nous raconte l'histoire? Le pittoresque, l'humour, une moralisation quelque peu sentencieuse parfois lui permettent ici de prendre ses distances avec ses doubles et de faire bonne contenance, non sans plaisir pour le lecteur. Mais celui-ci s'attacherait moins à ces portraits s'il ne sentait, derrière l'enjouement ou la sagacité du peintre, le regard inquiet de celui pour qui illumination et folie n'ont été souvent qu'une seule et même expérience.

Max Milner.

---

22. « Pléiade », t. I, p. 438 et 440.

Les Illuminés

LA BIBLIOTHÈQUE
DE MON ONCLE

Il n'est pas donné à tout le monde d'écrire l'*Éloge de la Folie;* mais sans être Érasme, — ou Saint-Evremond, on peut prendre plaisir à tirer du fouillis des siècles quelque figure singulière qu'on s'efforcera de rhabiller ingénieusement, — à restaurer de vieilles toiles, dont la composition bizarre et la peinture éraillée font sourire l'amateur vulgaire.

Dans ce temps-ci, où les portraits littéraires ont quelque succès, j'ai voulu peindre certains *excentriques* de la philosophie. Loin de moi la pensée d'attaquer ceux de leurs successeurs qui souffrent aujourd'hui d'avoir tenté trop follement ou trop tôt la réalisation de leurs rêves. — Ces analyses, ces biographies furent écrites à diverses époques, bien qu'elles dussent se rattacher à la même série.

J'ai été élevé en province, chez un vieil oncle qui possédait une bibliothèque formée en partie à l'époque de l'ancienne révolution. Il avait relégué depuis dans son grenier une foule d'ouvrages, — publiés la plupart sans noms d'auteur sous la Monarchie; ou qui, à l'époque révolutionnaire, n'ont pas été déposés dans les bibliothèques

publiques. — Une certaine tendance au mysticisme,
à un moment où la religion officielle n'existait plus,
avait sans doute guidé mon parent dans le choix de
ces sortes d'écrits : il paraissait avoir depuis changé
·d'idées et se contentait, pour sa conscience, d'un
déisme mitigé [1].

Ayant fureté dans sa maison jusqu'à découvrir la
masse énorme de livres entassés et oubliés au
grenier, — la plupart attaqués par les rats, pourris
ou mouillés par les eaux pluviales passant dans les
intervalles des tuiles, — j'ai tout jeune absorbé
beaucoup de cette nourriture indigeste ou malsaine
pour l'âme; et plus tard même, mon jugement a eu
à se défendre contre ces impressions primitives.

Peut-être valait-il mieux n'y plus penser : mais il
est bon, je crois, de se délivrer de ce qui charge et
qui embarrasse l'esprit. Et puis, n'y a-t-il pas
quelque chose de raisonnable à tirer même des
folies! ne fût-ce que pour se préserver de croire
nouveau ce qui est très ancien.

Ces réflexions m'ont conduit à développer surtout
le côté amusant et peut-être instructif que pouvait
présenter la vie et le caractère de mes *excentriques*.
— Analyser les bigarrures de l'âme humaine, c'est
de la physiologie morale, — cela vaut bien un
travail de naturaliste, de paléographe, ou d'archéo-
logue; je ne regretterais, puisque je l'ai entrepris,
que de le laisser incomplet.

L'histoire du xviiie siècle pouvait sans doute se
passer de cette annotation; mais elle y peut gagner
quelque détail imprévu que l'historien scrupuleux
ne doit pas négliger. Cette époque a déteint sur
nous plus qu'on ne le devait prévoir. Est-ce un bien,
est-ce un mal, — qui le sait ?

Mon pauvre oncle disait souvent : « Il faut toujours tourner sa langue sept fois dans sa bouche avant de parler. »

Que devrait-on faire avant d'écrire ?

LE ROI DE BICÊTRE

(XVIᵉ SIÈCLE)

RAOUL SPIFAME

I

L'IMAGE

Nous allons vous raconter la folie d'un personnage fort singulier, qui vécut vers le milieu du XVIᵉ siècle. Raoul Spifame, seigneur Des Granges, était un suzerain sans seigneurie, comme il y en avait tant déjà dans cette époque de guerres et de ruines qui frappaient toutes les hautes maisons de France. Son père ne lui laissa que peu de fortune, ainsi qu'à ses frères Paul et Jean, tous deux célèbres, depuis, à différents titres; de sorte que Raoul, envoyé très jeune à Paris, étudia les lois et se fit avocat. Lorsque le roi Henri deuxième succéda à son glorieux père François, ce prince vint en personne, après les vacances judiciaires qui suivirent son avènement, assister à la rentrée des chambres du Parlement. Raoul Spifame tenait une modeste place aux derniers rangs de l'assemblée, mêlé à la tourbe des légistes inférieurs, et portant pour toute décoration sa brassière de docteur en droit. Le roi était assis plus haut que le premier président, dans sa robe d'azur semée de France, et chacun admirait la noblesse et l'agrément de sa figure, malgré la pâleur maladive qui distinguait tous les princes de cette race. Le discours latin du vénérable chancelier fut très long ce jour-là. Les yeux distraits du prince, las de compter les fronts penchés de l'assemblée et les solives sculptées du plafond, s'arrêtèrent enfin longtemps sur un seul assistant placé tout à l'extrémité de la salle, et dont un rayon de soleil illuminait en plein la figure originale ; si bien que peu à peu tous les regards se dirigèrent aussi vers le point qui semblait exciter l'attention du prince. C'était Raoul Spifame qu'on examinait ainsi.

Il semblait au roi Henri II qu'un portrait fût placé en face de lui, qui reproduisait toute sa personne, en transformant seulement en noir ses vêtements splendides. Chacun fit de même cette remarque, que le jeune avocat ressemblait prodigieusement au roi, et, d'après la superstition qui fait croire que quelque temps avant de mourir, on voit apparaître sa propre image sous un costume de deuil, le prince parut soucieux tout le reste de la séance. En sortant, il fit prendre des informations sur Raoul Spifame, et ne se rassura qu'en apprenant le nom, la position et l'origine avérés de son fantôme. Toutefois, il ne manifesta aucun désir de le connaître, et la guerre d'Italie, qui reprit peu de temps après, lui ôta de l'esprit cette singulière impression.

Quant à Raoul, depuis ce jour, il ne fut plus appelé par ses compagnons du barreau que *Sire* et *Votre Majesté*. Cette plaisanterie se prolongea tellement sous toutes sortes de formes, comme il arrive

souvent parmi ces jeunes gens d'étude, qui sai-
sissent toute occasion de se distraire et de s'égayer,
que l'on a vue depuis dans cette obsession une des
causes premières du dérangement d'esprit qui porta
Raoul Spifame à diverses actions bizarres. Ainsi un
jour il se permit d'adresser une remontrance au
premier président touchant un jugement, selon lui,
mal rendu en matière d'héritage. Cela fut cause
qu'il fut suspendu de ses fonctions pendant un
temps et condamné à une amende. D'autres fois il
osa, dans ses plaidoyers, attaquer les lois du
royaume, ou les opinions judiciaires les plus respectées, et souvent même il sortait entièrement du
sujet de ses plaidoiries pour exprimer des remarques
très hardies sur le gouvernement, sans respecter
toujours l'autorité royale. Cela fut poussé si loin,
que les magistrats supérieurs crurent user d'indulgence en ne faisant que lui défendre entièrement
l'exercice de sa profession. Mais Raoul Spifame se
rendait dès lors tous les jours dans la salle des Pas-
Perdus, où il arrêtait les passants pour leur soumettre ses idées de réforme et ses plaintes contre les
juges. Enfin, ses frères et sa fille elle-même furent
contraints à demander son interdiction civile, et ce
fut à ce titre seulement qu'il reparut devant un
tribunal.

Cela produisit une grave révolution dans toute sa
personne, car sa folie n'était jusque-là qu'une
espèce de bon sens et de logique; il n'y avait eu
d'aberration que dans ses imprudences. Mais s'il ne
fut cité devant le tribunal qu'un visionnaire nommé
Raoul Spifame, le Spifame qui sortit de l'audience
était un véritable fou, un des plus élastiques
cerveaux que réclamassent les cabanons de l'hôpi-

tal. En sa qualité d'avocat, Raoul s'était permis de
haranguer ses juges, et il avait amassé certains
exemples de Sophocle et autres anciens accusés par
leurs enfants, tous arguments d'une furieuse
trempe ; mais le hasard en disposa autrement.
Comme il traversait le vestibule de la chambre des
procédures, il entendit cent voix murmurer : « C'est
le roi ! voici le roi ! place au roi ! » Ce sobriquet, dont
il eût dû apprécier l'esprit railleur, produisit sur son
intelligence ébranlée l'effet d'une secousse qui
détend un ressort fragile : la raison s'envola bien
loin en chantonnant, et le vrai fou, bien et dûment
écorné du cerveau, comme on avait dit de Triboulet,
fit son entrée dans la salle, la barrette en tête, le
poing sur la hanche, et s'alla placer sur son siège
avec une dignité toute royale.

Il appela les conseillers : *nos amés et féaux*, et
honora le procureur de Noël Brûlot d'un *Dieu-gard*
rempli d'aménité. Quant à lui-même, *Spifame*, il se
chercha dans l'assemblée, regretta de ne point se
voir, s'informa de sa santé, et toujours se men-
tionna à la troisième personne, se qualifiant :
« Notre amé Raoul Spifame, dont tous doivent bien
parler. » Alors ce fut un haro général entremêlé de
railleries, où les plaisants placés derrière lui s'appli-
quaient à le confirmer dans ses folies, malgré l'effort
des magistrats pour rétablir l'ordre et la dignité de
l'audience. Une bonne sentence, facilement moti-
vée, finit par recommander le pauvre homme à la
sollicitude et adresse des médecins ; puis on l'emmena, bien gardé, à la maison des fous, tandis qu'il
distribuait encore sur son passage force salutations
à son bon peuple de Paris.

Ce jugement fit bruit à la cour. Le roi, qui n'avait

point oublié son Sosie, se fit raconter les discours de
Raoul, et comme on lui apprit que ce sire improvisé
avait bien imité la majesté royale : « Tant mieux!
dit le roi; qu'il ne déshonore pas pareille ressemblance, celui qui a l'honneur d'être à notre image. »
Et il ordonna qu'on traitât bien le pauvre fou, ne
montrant toutefois aucune envie de le revoir.

II

LE REFLET

Durant plus d'un mois, la fièvre dompta chez
Raoul la raison rebelle encore, et qui secouait
parfois rudement ses illusions dorées. S'il demeurait
assis dans sa chaise, le jour, à se rendre compte de
sa triste identité, s'il parvenait à se reconnaître, à se
comprendre, à se saisir, la nuit son existence réelle
lui était enlevée par des songes extraordinaires, et il
en subissait une tout autre, entièrement absurde et
hyperbolique; pareil à ce paysan bourguignon qui,
pendant son sommeil, fut transporté dans le palais
de son duc, et s'y réveilla entouré de soins et
d'honneurs, comme s'il fût le prince lui-même.
Toutes les nuits, Spifame était le véritable roi
Henri II; il siégeait au Louvre, il chevauchait
devant les armées, tenait de grands conseils, ou
présidait à des banquets splendides. Alors, quelquefois, il se rappelait un avocat du palais, seigneur des
Granges, pour lequel il ressentait une vive affection.
L'aurore ne revenait pas sans que cet avocat n'eût
obtenu quelque éclatant témoignage d'amitié et
d'estime : tantôt le mortier du président, tantôt le

sceau de l'État ou quelque cordon de ses ordres. Spifame avait la conviction que ses rêves étaient sa vie et que sa prison n'était qu'un rêve; car on sait qu'il répétait souvent le soir : « Nous avons bien mal dormi cette nuit; oh! les fâcheux songes! »

On a toujours pensé depuis, en recueillant les détails de cette existence singulière, que l'infortuné était victime d'une de ces fascinations magnétiques dont la science se rend mieux compte aujourd'hui. Tout semblable d'apparence au roi, reflet de cet autre lui-même et confondu par cette similitude dont chacun fut émerveillé, Spifame, en plongeant son regard dans celui du prince, y puisa tout à coup la conscience d'une seconde personnalité; c'est pourquoi, après s'être assimilé par le regard, il s'identifia au roi dans la pensée, et se figura désormais être celui qui, le seizième jour de juin 1549, était entré dans la ville de Paris, par la porte Saint-Denis, parée de très belles et riches tapisseries, avec un tel bruit et tonnerre d'artillerie que toutes maisons en tremblaient. Il ne fut pas fâché non plus d'avoir privé de leur office les sieurs Liget, François de Saint-André et Antoine Ménard, présidents au parlement de Paris. C'était une petite dette d'amitié que Henri payait à Spifame.

Nous avons relevé avec intérêt tous les singuliers périodes de cette folie, qui ne peuvent être indifférents pour cette science des phénomènes de l'âme, si creusée par les philosophes, et qui ne peut encore, hélas! réunir que des effets et des résultats, en raisonnant à vide sur les causes que Dieu nous cache! Voici une bizarre scène qui fut rapportée par un des gardiens au médecin principal de la maison. Cet homme, à qui le prisonnier faisait des largesses

toutes royales, avec le peu d'argent qu'on lui attribuait sur ses biens séquestrés, se plaisait à orner
de son mieux la cellule de Raoul Spifame, et y plaça
un jour un antique miroir d'acier poli, les autres
étant défendus dans la maison, par la crainte qu'on
avait que les fous ne se blessassent en les brisant.
Spifame n'y fit d'abord que peu d'attention; mais
quand le soir fut venu, il se promenait mélanco-
liquement dans sa chambre, lorsqu'au milieu de sa
marche l'aspect de sa figure reproduite le fit
s'arrêter tout à coup. Forcé, dans cet instant de
veille, de croire à son individualité réelle, trop
confirmée par les triples murs de sa prison, il crut
voir tout à coup le roi venir à lui, d'abord d'une
galerie éloignée, et lui parler par un guichet comme
compatissant à son sort, sur quoi il se hâta de
s'incliner profondément. Lorsqu'il se releva, en
jetant les yeux sur le prétendu prince, il vit
distinctement l'image se relever aussi, signe certain
que le roi l'avait salué, ce dont il conçut une grande
joie et honneur infini. Alors il s'élança dans
d'immenses récriminations contre les traîtres qui
l'avaient mis dans cette situation, l'ayant noirci
sans doute près de Sa Majesté. Il pleura même, le
pauvre gentilhomme, en protestant de son innocence, et demandant à confondre ses ennemis; ce
dont le prince parut singulièrement touché; car une
larme brillait en suivant les contours de son nez
royal. A cet aspect un éclair de joie illumina les
traits de Spifame; le roi souriait déjà d'un air
affable; il tendit la main; Spifame avança la sienne,
le miroir, rudement frappé, se détacha de la
muraille, et roula à terre avec un bruit terrible qui
fit accourir les gardiens.

La nuit suivante, ordre fut donné par le pauvre
fou, dans son rêve, d'élargir aussitôt Spifame,
injustement détenu, et faussement accusé d'avoir
voulu, comme favori, empiéter sur les droits et
attributions du roi, son maître et son ami : création
d'un haut office de *directeur du sceau royal* * en
faveur dudit Spifame, chargé désormais de conduire
à bien les choses périclitantes du royaume [1]. Plusieurs jours de fièvre succédèrent à la profonde
secousse que tous ces graves événements avaient
produite sur un tel cerveau. Le délire fut si grave
que le médecin s'en inquiéta et fit transporter le fou
dans un local plus vaste, où l'on pensa que la
compagnie d'autres prisonniers pourrait de temps
en temps le détourner de ses méditations habi-
tuelles

III

LE POÈTE DE COUR

Rien ne saurait prouver mieux que l'histoire de
Spifame combien est vraie la peinture de ce
caractère, si fameux en Espagne, d'un homme fou
par un seul endroit du cerveau, et fort sensé quant
au reste de sa logique; on voit bien qu'il avait
conscience de lui-même, contrairement aux insensés
vulgaires qui s'oublient et demeurent constamment
certains d'être les personnages de leur invention.
Spifame, devant un miroir ou dans le sommeil, se
retrouvait et jugeait à part, changeant de rôle et

* Voir les Mémoires de la Société des Inscriptions et Belles-
Lettres, tome XXIII.

d'individualité tour à tour, être double et distinct
pourtant, comme il arrive souvent qu'on se sent
exister en rêve [2]. Du reste, comme nous disions tout
à l'heure, l'aventure du miroir avait été suivie d'une
crise très forte, après laquelle le malade avait gardé
une humeur mélancolique et rêveuse qui fit songer à
lui donner une société.

On amena dans sa chambre un petit homme
demi-chauve, à l'œil vert, qui se croyait, lui, le roi
des poètes, et dont la folie était surtout de déchirer
tout papier ou parchemin non écrit de sa main, parce
qu'il croyait y voir les productions rivales des
mauvais poètes du temps qui lui avaient volé les
bonnes grâces du roi Henri et de la cour. On trouva
plaisant d'accoupler ces deux folies originales et de
voir le résultat d'une pareille entrevue. Ce personnage s'appelait Claude Vignet, et prenait le titre de
poète royal. C'était, du reste, un homme fort doux,
dont les vers étaient assez bien tournés et méritaient peut-être la place qu'il leur assignait dans sa
pensée.

En entrant dans la chambre de Spifame, Claude
Vignet fut terrassé : les cheveux hérissés, la prunelle
fixe, il n'avait fait un pas en avant que pour tomber
à genoux.

« Sa Majesté!... s'écria-t-il.

— Relevez-vous, mon ami, dit Spifame en se
drapant dans son pourpoint, dont il n'avait passé
qu'une manche ; qui êtes-vous ?

— Méconnaîtriez-vous le plus humble de vos
sujets et le plus grand de vos poètes, ô grand roi ?...
Je suis Claudius Vignetus, *l'un* de la pléiade,
l'auteur illustre du sonnet qui s'adresse *aux vagues*

crespelées... Sire, vengez-moi d'un traître, du bourreau de mon honneur! de Mellin de Saint-Gelais!

— Hé quoi! de mon poète favori, du gardien de
ma bibliothèque?

— Il m'a volé, sire! il m'a volé mon sonnet! il a
surpris vos bontés...

— Est-ce vraiment un plagiaire?... Alors, je
veux donner sa place à mon brave Spifame, de
présent en voyage pour les intérêts du royaume.

— Donnez-la plutôt à moi! sire! et je porterai
votre renom de l'orient au ponant, sur toute la
surface terrienne.

O sire! que ton los mes rimes éternisent!...

— Vous aurez mille écus de pension, et mon
vieux pourpoint, car le vôtre est bien décousu.

— Sire, je vois bien qu'on vous avait jusqu'ici
caché mes sonnets et mes épîtres, tous à vous
adressés. Ainsi arrive-t-il dans les cours...

Ce séjour odieux [3] des fourbes nuageuses.

— Messire Claudius Vignetus, vous ne me quitte-
rez plus; vous serez mon ministre, et vous mettrez en
vers mes arrêts et mes ordonnances. C'est le moyen
d'en éterniser la mémoire. Et maintenant, voici
l'heure où notre amée Diane vient à nous. Vous
comprenez qu'il convient de nous laisser seuls.

Et Spifame, après avoir congédié le poète, s'en-
dormit dans sa chaise longue, comme il avait
coutume de le faire une heure après le repas.

Au bout de peu de jours les deux fous étaient

devenus inséparables, chacun comprenant et caressant la pensée de l'autre, et sans jamais se contrarier dans leurs mutuelles attributions. Pour l'un, ce poète était la louange qui se multiplie sous toutes les formes à l'entour des rois et les confirme dans leur opinion de supériorité; pour l'autre, cette ressemblance incroyable était la certitude de la présence du roi lui-même. Il n'y avait plus de prison, mais un palais; plus de haillons, mais des parures étincelantes; l'ordinaire des repas se transformait en banquets splendides, où, parmi les concerts de violes et de buccines, montait l'encens harmonieux des vers.

Spifame, après ses rêveries, était communicatif, et Vignet se montrait surtout enthousiaste après le dîner. Le monarque raconta un jour au poète tout ce qu'il avait eu à endurer de la part des écoliers, ces turbulents aboyeurs, et lui développa ses plans de guerre contre l'Espagne; mais sa plus vive sollicitude se portait, comme on le verra ci-après, sur l'organisation et l'embellissement de la ville principale du royaume, dont les toits innombrables se déroulaient au loin sous les fenêtres des prisonniers.

Vignet avait des moments lucides, pendant lesquels il distinguait fort clairement le bruit des barreaux de fer entre-choqués, des cadenas et des verrous. Cela le conduisit à penser qu'on enfermait Sa Majesté de temps en temps, et il communiqua cette observation judicieuse à Spifame, qui répondit mystérieusement que ses ministres jouaient gros jeu, qu'il devinait tous leurs complots, et qu'au retour du chancelier Spifame les choses changeraient d'allure; qu'avec l'aide de Raoul Spifame et de Claude Vignet, ses seuls amis, le roi de France sortirait d'esclavage et renouvellerait l'âge d'or chanté par les poètes.

Sur quoi, Claudius Vignetus fit un quatrain qu'il offrit au roi comme une avance de bénédiction et de gloire :

> Par toy vient la chaleur aux verdissantes prées,
> Vient la vie aux troupeaux, à l'oiseau ramageux,
> Tu es donc le soleil, pour les coteaux neigeux
> Transmuer en moissons et collines pamprées!

La délivrance se faisant attendre beaucoup, Spifame crut devoir avertir son peuple de la captivité où le tenaient des conseillers perfides ; il composa une proclamation, mandant à ses sujets loyaux qu'ils eussent à s'émouvoir en sa faveur ; et lança en même temps plusieurs édits et ordonnances fort sévères : ici le mot *lança* est fort exact, car c'était par sa fenêtre, entre les barreaux, qu'il jetait ses *chartes*, roulées et lestées de petites pierres. Malheureusement, les unes tombaient sur un toit à porcs, d'autres se perdaient dans l'herbe drue d'un préau désert situé au-dessous de sa fenêtre ; une ou deux seulement, après mille jeux en l'air s'allèrent percher comme des oiseaux dans le feuillage d'un tilleul situé au-delà des murs. Personne ne les remarqua d'ailleurs.

Voyant le peu d'effet de tant de manifestations publiques, Claude Vignet imagina qu'elles n'inspiraient pas de confiance, étant simplement manuscrites, et s'occupa de fonder une imprimerie royale qui servirait tour à tour à la reproduction des édits du roi et à celle de ses propres poésies. Vu le peu de moyens dont il pouvait disposer, son invention dut remonter aux éléments premiers de l'art typographique. Il parvint à tailler, avec une patience infinie, vingt-cinq lettres de bois, dont il se servit, pour marquer, lettre à lettre, les ordonnances rendues fort courtes à dessein : l'huile et la fumée de sa lampe lui fournissant l'encre nécessaire.

Dès lors les bulletins officiels se multiplièrent sous une forme beaucoup plus satisfaisante. Plusieurs de ces pièces, conservées et réimprimées plusieurs fois depuis, sont fort curieuses, notamment celle qui déclare que le roi Henri deuxième, en son conseil, ouïes les clameurs pitoyables des bonnes gens de son royaume contre les perfidies et injustices de Paul et Jean Spifame, tous deux frères du fidèle sujet de ce nom, les condamnait à être tenaillés, écorchés et boullus. Quant à la fille ingrate de Raoul Spifame, elle devait être fouettée en plein pilori, et enfermée ensuite aux filles repenties.

L'une des ordonnances les plus mémorables qui aient été conservées de cette période, est celle où Spifame, gardant rancune du premier arrêt des juges qui lui avait défendu l'entrée de la salle des Pas-Perdus, pour y avoir péroré de façon imprudente et exorbitante, ordonne, de par le roi, à tous huissiers, gardes ou suppôts judiciaires, de laisser librement pénétrer dans ladite salle son ami et féal Raoul Spifame; défendant à tous avocats, plaideurs, passants et autres canailles, de gêner en rien les mouvements de son éloquence ou les agréments non-pareils de sa conversation familière touchant toutes les matières politiques et autres sur lesquelles il lui plairait de dire son avis.

Ses autres édits, arrêts et ordonnances, conservés

jusqu'à nous, comme rendus au nom d'Henri II,
traitent de la justice, des finances, de la guerre, et
surtout de la police intérieure de Paris.

Vignet imprima, en outre, pour son compte,
plusieurs épigrammes contre ses rivaux en poésie,
dont il s'était fait donner déjà les places, bénéfices
et pensions. Il faut dire que ne voyant guère
qu'eux seuls au monde, les deux compagnons
s'occupaient sans relâche, l'un à demander des
faveurs, l'autre à les prodiguer.

IV

L'ÉVASION

Après nombre d'édits et d'appels à la fidélité de
la bonne ville de Paris, les deux prisonniers s'étonnèrent enfin de ne voir poindre aucune émotion
populaire, et de se réveiller toujours dans la même
situation. Spifame attribua ce peu de succès à la
surveillance des ministres, et Vignet à la haine
constante de Mellin et de du Bellay. L'imprimerie
fut fermée quelques jours; on rêva à des résolutions
plus sérieuses, on médita des coups d'État. Ces
deux hommes qui n'eussent jamais songé à se
rendre libres pour être libres, ourdirent enfin un
plan d'évasion tendant à dessiller les yeux des
Parisiens et à les provoquer au mépris de la
Sophonisbe de Saint-Gelais et de la *Franciade* de
Ronsard.

Ils se mirent à desceller les barreaux par le bas,
lentement, mais faisant disparaître à mesure toutes

les traces de leur travail, et cela fut d'autant plus aisé qu'on les connaissait tranquilles, patients et heureux de leur destinée. Les préparatifs terminés, l'imprimerie fut rouverte, les libelles de quatre lignes, les proclamations incendiaires, les poésies privilégiées firent partie du bagage, et vers minuit, Spifame ayant adressé une courte mais vigoureuse allocution à son confident, ce dernier attacha les draps du prince à un barreau resté intact, y glissa le premier, et releva bientôt Spifame qui, aux deux tiers de la descente, s'était laissé tomber dans l'herbe épaisse, non sans quelques contusions. Vignet ne tarda pas dans l'ombre à trouver le vieux mur qui donnait sur la campagne; plus agile que Spifame, il parvint à en gagner la crête, et tendit de là sa jambe à son gracieux souverain, qui s'en aida beaucoup, appuyant le pied au reste des pierres descellées du mur. Un instant après le Rubicon était franchi.

Il pouvait être trois heures du matin quand nos deux héros en liberté gagnèrent un fourré de bois, qui pouvait les dérober longtemps aux recherches; mais ils ne songeaient pas à prendre des précautions très minutieuses, pensant bien qu'il leur suffirait d'être hors de captivité pour être reconnus, l'un de ses sujets, l'autre de ses admirateurs.

Toutefois, il fallut bien attendre que les portes de Paris fussent ouvertes, ce qui n'arriva pas avant cinq heures du matin. Déjà la route était encombrée de paysans qui apportaient leurs provisions aux marchés. Raoul trouva prudent de ne pas se dévoiler avant d'être parvenu au cœur de sa bonne ville; il jeta un pan de son manteau sur sa moustache, et recommanda à Claude Vignet de voiler encore les rayons de sa face apollonienne sous l'aile rabattue de son feutre gris.

Après avoir passé la porte Saint-Victor, et côtoyé la rivière de Bièvre, en traversant les *cultures* verdoyantes qui s'étalaient longtemps encore à droite et à gauche avant d'arriver aux abords de l'île de la Cité, Spifame confia à son favori qu'il n'eût pas entrepris certes une expédition aussi pénible, et ne se fût pas soumis par prudence à un si honteux incognito, s'il ne s'agissait pour lui d'un intérêt beaucoup plus grave que celui de sa liberté et de sa puissance. Le malheureux était jaloux! jaloux de qui? de la duchesse de Valentinois, de Diane de Poitiers, sa belle maîtresse qu'il n'avait pas vue depuis plusieurs jours, et qui peut-être courait mille aventures loin de son chevalier royal. « Patience, dit Claude Vignet, j'aiguise en ma pensée des épigrammes martialesques qui puniront cette conduite légère. Mais votre père François le disait bien : Souvent femme varie!... » En discourant ainsi, ils avaient pénétré déjà dans les rues populeuses de la rive droite, et se trouvèrent bientôt sur une assez grande place, située au voisinage de l'église des SS.-Innocents, et déjà couverte de monde, car c'était un jour de marché.

En remarquant l'agitation qui se produisait sur la place, Spifame ne put cacher sa satisfaction. « Ami, dit-il au poète, tout occupé de ses chaussures qui le quittaient en route, vois comme ces bourgeois et ces chevaliers s'émeuvent déjà, comme ces visages sont enflammés d'ire, comme il vole dans la région moyenne du ciel des germes de mécontentement et de sédition! Tiens, vois celui-ci avec sa pertuisane... Oh! les malheureux, qui vont émouvoir des guerres

civiles! Cependant pourrai-je commander à mes
arquebusiers de ménager tous ces hommes innocents aujourd'hui, parce qu'ils secondent mes projets, et coupables demain parce qu'ils méconnaî-
tront peut-être mon autorité?

— *Mobile vulgus* », dit Vignet.

V

LE MARCHÉ

Jetant les yeux vers le milieu de la place, Spifame
éprouva un sentiment de surprise et de colère dont
Vignet lui demanda la cause. « Ne voyez-vous pas,
dit le prince irrité, ne voyez-vous pas cette lanterne
de pilori qu'on a laissée au mépris de mes ordonnances. Le pilori est supprimé, monsieur, et voilà de
quoi faire casser le prévôt et tous les échevins, si
nous n'avions nous-même borné sur eux notre
autorité royale. Mais c'est à notre peuple de Paris
qu'il appartient d'en faire justice.

— Sire, observa le poète, le populaire ne sera-t-il
pas bien plus courroucé d'apprendre que les vers
gravés sur cette fontaine, et qui sont du poète
du Bellay, renferment dans un seul distique deux
fautes de quantité! *humida sceptra,* pour l'hexa-
mètre, ce que défend la prosodie à l'encontre
d'Horatius, et une fausse césure au pentamètre.

— Holà! cria Spifame sans se trop préoccuper de
cette dernière observation, holà! bonnes gens de
Paris, rassemblez-vous, et nous écoutez paisiblement.

— Écoutez bien le roi qui veut vous parler en

personne », ajouta Claude Vignet, criant de toute la force de ses poumons.

Tous deux étaient montés déjà sur une pierre haute, qui supportait une croix de fer : Spifame debout, Claude Vignet assis à ses pieds. A l'entour la presse était grande, et les plus rapprochés s'imaginèrent d'abord qu'il s'agissait de vendre des onguents ou de crier des complaintes et des noëls. Mais tout à coup Raoul Spifame ôta son feutre, dérangea sa cape, qui laissa voir un étincelant collier d'ordres tout de verroteries et de clinquant qu'on lui laissait porter dans sa prison pour flatter sa manie incurable, et sous un rayon de soleil qui baignait son front à la hauteur où il s'était placé, il devenait impossible de méconnaître la vraie image du roi Henri deuxième, qu'on voyait de temps en temps parcourir la ville à cheval.

« Oui! criait Claude Vignet à la foule étonnée : c'est bien le roi Henri que vous avez au milieu de vous, ainsi que l'illustre poète Claudius Vignetus, son ministre et son favori, dont vous savez par cœur les œuvres poétiques...

— Bonnes gens de Paris! interrompit Spifame, écoutez la plus noire des perfidies. Nos ministres sont des traîtres, nos magistrats sont des félons!... Votre roi bien-aimé a été tenu dans une dure captivité, comme les premiers rois de sa race, comme le roi Charles sixième, son illustre aïeul... »

A ces paroles, il y eut dans la foule un long murmure de surprise, qui se communiqua fort loin : on répétait partout : « Le roi! le roi!... » On commentait l'étrange révélation qu'il venait de faire; mais l'incertitude était grande encore, lorsque Claude Vignet tira de sa poche le rouleau des édits,

arrêts et ordonnances, et les distribua dans la foule,
en y mêlant ses propres poésies.

« Voyez, disait le roi, ce sont les édits que nous
avons rendus pour le bien de notre peuple, et qui
n'ont été publiés ni exécutés...

— Ce sont, disait Vignet, les divines poésies
traîtreusement pillées, soustraites et gâtées par
Pierre de Ronsard et Mellin de Saint-Gelais.

— On tyrannise, sous notre nom, le bourgeois et
le populaire...

— On imprime la *Sophonisbe* et la *Franciade* avec
un privilège du roi, qu'il n'a pas signé!

— Écoutez cette ordonnance qui supprime la
gabelle, et cette autre qui anéantit la taille...

— Oyez ce sonnet en syllabes scandées à l'imitation des latins... »

Mais déjà l'on n'entendait plus les paroles de
Spifame et de Vignet; les papiers répandus dans la
foule et lus de groupe en groupe, excitaient une
merveilleuse sympathie : c'étaient des acclamations
sans fin. On finit par élever le prince et son poëte
sur une sorte de pavois composé à la hâte, et l'on
parla de les transporter à l'Hôtel de Ville, en
attendant que l'on se trouvât en force suffisante
pour attaquer le Louvre, que les traîtres tenaient en
leur possession.

Cette émotion populaire aurait pu être poussée
fort loin, si la même journée n'eût pas été justement
celle où la nouvelle épouse du dauphin François,
Marie d'Écosse, faisait son entrée solennelle par la
porte Saint-Denis. C'est pourquoi, pendant qu'on
promenait Raoul Spifame dans le marché, le vrai
roi Henri deuxième passait à cheval le long des
fossés de l'hôtel de Bourgogne. Au grand bruit qui

se faisait non loin de là, plusieurs officiers se
détachèrent et revinrent aussitôt rapporter qu'on
proclamait un roi sur le carreau des halles. « Allons
à sa rencontre, dit Henri II, et, foi de gentilhomme
(il jurait comme son père), si celui-ci nous vaut,
nous lui offrirons le combat. »

Mais, à voir les hallebardiers du cortège débou-
cher par les petites rues qui donnaient sur la place,
la foule s'arrêta, et beaucoup fuirent tout d'abord
par quelques rues détournées. C'était, en effet, un
spectacle fort imposant. La maison du roi se rangea
en belle ordonnance sur la place ; les lansquenets, les
arquebusiers et les Suisses garnissaient les rues
voisines. M. de Bassompierre était près du roi, et
sur la poitrine de Henri II brillaient les diamants de
tous les ordres souverains de l'Europe. Le peuple
consterné n'était plus retenu que par sa propre
masse qui encombrait toutes les issues : plusieurs
criaient au miracle, car il y avait bien là devant eux
deux rois de France ; pâles l'un comme l'autre, fiers
tous les deux, vêtus à peu près de même ; seulement, le *bon roi* brillait moins.

Au premier mouvement des cavaliers vers la
foule, la fuite fut générale, tandis que Spifame et
Vignet faisaient seuls bonne contenance sur le
bizarre échafaudage où ils se trouvaient placés ; les
soldats et les sergents se saisirent d'eux facilement.

L'impression que produisit sur le pauvre fou
l'aspect de Henri lui-même, lorsqu'il fut amené
devant lui, fut si forte qu'il retomba aussitôt dans
une de ses fièvres les plus furieuses, pendant
laquelle il confondait comme autrefois ses deux
existences de Henri et de Spifame, et ne pouvait s'y
reconnaître, quoi qu'il fît. Le roi, qui fut informé

bientôt de toute l'aventure, prit pitié de ce malheureux seigneur, et le fit transporter d'abord au
Louvre, où les premiers soins lui furent donnés, et
où il excita longtemps la curiosité des deux cours,
et, il faut le dire, leur servit parfois d'amusement.

Le roi, ayant remarqué d'ailleurs combien la folie
de Spifame était douce et toujours respectueuse
envers lui, ne voulut pas qu'il fût renvoyé dans
cette maison de fous où l'image parfaite du roi se
trouvait parfois exposée à de mauvais traitements
ou aux railleries des visiteurs et des valets. Il
commanda que Spifame fût gardé dans un de ses
châteaux de plaisance, par des serviteurs commis à
cet effet, qui avaient ordre de le traiter comme un
véritable prince et de l'appeler *Sire* et *Majesté*.
Claude Vignet lui fut donné pour compagnie,
comme par le passé, et ses poésies, ainsi que les
ordonnances nouvelles que Spifame composait
encore dans sa retraite, étaient imprimées et conservées par les ordres du roi.

Le recueil des arrêts et ordonnances rendus par ce
fou célèbre fut entièrement imprimé sous le règne
suivant avec ce titre : *Dicaearchiae Henrici regis
progymnasmata*. Il en existe un exemplaire à la
bibliothèque royale sous les numéros VII, 6, 412. On
peut voir aussi les Mémoires de la Société des
inscriptions et belles-lettres, tome XXIII. Il est
remarquable que les réformes indiquées par Raoul
Spifame ont été la plupart exécutées depuis.

HISTOIRE DE L'ABBÉ
DE BUCQUOY

(XVIIᵉ SIÈCLE)

I

UN CABARET EN BOURGOGNE

Le grand siècle n'était plus : — il s'était en allé
ou vont les vieilles lunes et les vieux soleils.
Louis XIV avait usé l'ère brillante des victoires. On
lui reprenait ce qu'il avait gagné en Flandre, en
Franche-Comté, aux bords du Rhin, en Italie. Le
prince Eugène triomphait en Allemagne, Marlborough dans le Nord... Le peuple français, ne
pouvant mieux faire, se vengeait par une chanson.

La France s'était épuisée à servir les ambitions
familiales et le système obstiné du vieux roi. Notre
nation a toujours adopté facilement les souverains
belliqueux, et dans la race des Bourbons, Henri IV
et Louis XIV ont répondu à cet esprit, quoique le
dernier ait eu à se plaindre de « sa grandeur qui
l'attachait au rivage ». Au besoin ces souverains se
sauvaient par leurs vices. Leurs amours faisaient
l'entretien des châteaux et des chaumières, et
réalisaient de loin cet idéal galant et chevaleresque
qui a toujours été le rêve généreux des Français.

Toutefois, il existait des provinces moins sujettes
à l'admiration, et qui protestèrent toujours sous
diverses formes, soit sous le voile des idées religieuses, soit sous la forme évidente des jacqueries,
des ligues et des frondes.

La révocation de l'édit de Nantes avait été le
grand coup frappé contre les dernières résistances.
Villars venait de triompher du soulèvement des
Cévennes, et ceux des Camisards qui avaient
échappé aux massacres s'en allaient par bandes
rejoindre en Allemagne le million d'exilés qui
avaient été contraints de porter à l'étranger les
débris de leur fortune et les diverses industries où
excellaient beaucoup des protestants.

On avait brûlé le Palatinat, leur principal refuge :
« Ce sont là jeux de princes. » Le soleil du grand
siècle pouvait encore se mirer à l'aise dans les
bassins de Versailles ; mais il pâlissait sensiblement.
Mme de Maintenon elle-même ne luttait plus contre
le temps : elle s'appliquait seulement à infuser la
dévotion dans l'âme d'un roi sceptique, qui lui
répondait par des chiffres apportés chaque jour par
Chamillard :

« Trois milliards de dettes !... que peut faire à cela
la Providence ? »

Louis XIV n'était pas un homme ordinaire ; on
peut croire même qu'il aimait la France et voulait
sa grandeur. Sa personnalité, doublée de l'esprit de
famille, l'a perdu à l'époque où l'âge affaiblissait ses
forces, et où son entourage arrivait à dominer sa
volonté.

Quelque temps après la perte de la bataille
d'Hochstedt, qui nous enlevait cent lieues de pays
dans les Flandres, Archambault de Bucquoy passait

à Morchandgy, petit village de la Bourgogne, situé
à deux lieues de Sens [1].

D'où venait-il?... On ne le sait pas trop...

Où allait-il? Nous le verrons plus tard...

Une roue de sa voiture s'étant cassée, le charron
du village demandait une heure pour en poser une
nouvelle. Le comte dit à son domestique : « Je ne
vois que ce cabaret d'ouvert... Tu viendras m'avertir quand le charron aura fini.

— Monsieur le comte ferait mieux de rester dans
la voiture, qu'on a étayée...

— Allons donc!... J'entre au cabaret, je suis sûr
que je n'y trouverai que de bonnes gens... »

Archambault de Bucquoy entra dans la cuisine et
demanda de la soupe... Il voulait premièrement
goûter le bouillon.

L'hôtesse se prêta à cette exigence. Mais Archambault l'ayant trouvé trop salé, dit :

« On voit bien que le sel est à bon marché ici.

— Pas trop, dit l'hôtesse.

— Je suppose que les *faux-saulniers* en ont
amené ici l'abondance.

— Je ne connais pas ces gens-là... Du moins, ils
n'oseraient venir ici... Les troupes de Sa Majesté
viennent de les défaire, et toutes leurs bandes ont
été taillées en pièces, à l'exception d'une trentaine
de charretiers, qui ont été menés, chargés de fers,
dans les prisons.

— Ah! dit Archambault de Bucquoy, voilà des
pauvres diables bien attrapés... S'ils avaient eu un
homme comme moi à leur tête, leurs affaires
seraient en meilleure posture! »

Il se rendit de la cuisine dans le cabaret, où l'on

vidait les bouteilles d'un certain petit cru qui ne se
serait pas conservé ailleurs ni plus tard.

Archambault de Bucquoy prit place à une table,
où l'on ne tarda pas à lui apporter sa soupe, et il
continua à la trouver trop salée. On sait la haine
des Bourguignons contre ce terme, qui se renouvelle
depuis le xvᵉ siècle, où la plus grosse injure était de
les appeler : *Bourguignons salés.*

L'inconnu dut s'expliquer.

« Je veux dire, répondit-il, que l'on ne ménage
pas le sel dans les mets que l'on sert ici... Ce qui
prouve que le sel n'est pas rare dans la province...

— Vous avez raison, dit un homme d'une force
colossale, qui se leva au milieu des buveurs, et qui
lui frappa sur l'épaule ; mais il faut des braves...
pour que l'on ait ici le sel à bon marché !

—¹ Comment vous appelez-vous ? »

L'homme ne répondit pas ; mais un voisin dit à
Archambault de Bucquoy :

« C'est le capitaine...

— Ma foi, répondit-il, je me trouve ici dans la
société d'honnêtes gens... Je puis parler !... Vous
êtes évidemment ici des hommes qui faites la
contrebande du sel... Vous faites bien.

— On a du mal, dit le capitaine.

— Eh mes enfants ! Dieu récompense ceux qui
agissent pour le bien de tous.

— C'est un huguenot, se dirent à voix basse
quelques-uns des assistants...

— Tout est fini ! reprit Archambault ; le vieux roi
s'éteint, sa vieille maîtresse n'a plus de souffle... Il a
épuisé la France, dans son génie et dans sa force ; si
bien que les dernières batailles les plus émouvantes
ont eu lieu entre Fénelon et Bossuet ! Le premier

soutenait « que l'amour de Dieu et du prochain peut être pur et désintéressé ». L'autre, « que la charité, en tant que charité, doit toujours être fondée sur l'espérance de la béatitude éternelle ». Grave question, messieurs! »

Un immense éclat de rire, parti de tous les points du cabaret, accueillit cette observation. Archambault baissa la tête et mangea sa soupe sans dire un mot de plus.

Le capitaine lui frappa sur l'épaule :

« Qu'est-ce que vous pensez des extases de Mme Guyon?

— Fénelon l'a jugée sainte, et Bossuet, qui l'avait attaquée d'abord, n'est pas éloigné de la croire au moins inspirée.

— Mon cavalier, dit le capitaine, je vous soupçonne de vous occuper quelque peu de théologie.

— J'y ai renoncé... Je suis devenu un simple quiétiste, depuis surtout que j'ai lu dans un livre intitulé *le Mépris du Monde :* « Il est plus profitable pour l'homme de se cultiver lui-même en vue de Dieu que de cultiver la terre, qui ne nous est de rien. »

— Mais, dit le capitaine, cette maxime est assez suivie dans ces temps-ci... Qui est-ce qui cultive?... On se bat, on chasse, on fait un peu de faux-saulnage...; on introduit des marchandises d'Allemagne et d'Angleterre, on vend des livres prohibés. Ceux qui ont de l'argent spéculent sur les bons des fermes; mais la culture, c'est un travail de fainéants! »

Archambault comprenait l'ironie de ce discours : « Messieurs, dit-il, je suis entré ici par hasard; mais je ne sais pourquoi je me sens l'un des vôtres... Je

suis un de ces fils de grandes familles militaires qui
ont lutté contre les rois, et qui sont toujours
soupçonnés de rébellion. Je n'appartiens pas aux
protestants, mais je suis pour ceux qui protestent
contre la monarchie absolue et contre les abus
qu'elle entraîne... Ma famille avait fait de moi un
prêtre ; j'ai jeté le froc aux orties et je me suis rendu
libre. Combien êtes-vous ?

— Six mille, dit le capitaine.

— J'ai servi déjà quelque temps... J'ai cherché
même à lever un régiment depuis que j'ai abandonné la vie religieuse... Mais les dépenses qu'avait
faites feu mon oncle m'ont gêné dans certaines
ressources   que   j'attendais   de   ma   famille...
M. de Louvois nous a causé de grands chagrins !

— Cher seigneur, dit le capitaine, vous me
paraissez être un brave... Tout peut se réparer
encore : — Votre demeure à Paris ?

— Je compte descendre chez ma tante, la comtesse douairière de Bucquoy. »

Un des assistants se leva, et dit à des gens qui se
trouvaient à la même table : « C'est celui que nous
cherchons. » Cet homme était connu pour un recors ;
il sortit et alla quérir un exempt de la maréchaussée.

Au moment où Archambault de Bucquoy, averti
par son domestique, regagnait sa voiture, l'exempt,
accompagné de six gendarmes, voulut l'arrêter. Les
gens du cabaret sortirent et cherchèrent à s'y
opposer. Il voulut se servir de ses pistolets, mais la
maréchaussée avait reçu des renforts.

On fit remonter le voyageur dans sa voiture entre
deux exempts ; les gendarmes suivaient. On arriva

bientôt à Sens. Le prévôt interrogea d'abord tout le
monde avec impartialité, puis il dit au voyageur :

« Vous êtes l'abbé de la Bourlie?

— Non, monsieur.

— Vous venez des Cévennes?

— Non, monsieur.

— Vous êtes un perturbateur du repos public?

— Non, monsieur.

— Je sais que, dans le cabaret, vous avez
prétendu vous appeler de Bucquoy; mais, si vous
êtes l'abbé de la Bourlie, se disant marquis de
Guiscard..., vous pouvez l'avouer, le traitement sera
le même : il s'est mêlé aux affaires des Cévennes;
vous vous êtes compromis avec les faux-saulniers...
Qui que vous soyez, je suis obligé de vous faire
conduire dans les prisons de Sens. »

Archambault de Bucquoy se trouva là avec une
trentaine de faux-saulniers dont le présidial de Sens
faisait le procès; le prévôt de Melun, envoyé pour
cette affaire, regarda son arrestation comme imprudente et légère. Toutefois, plusieurs charges
pesaient déjà sur lui [2].

Il avait été d'abord militaire pendant cinq ans,
puis il était devenu ce qu'on appelait alors *petit-
maitre*... et ensuite, « sans s'inquiéter de la religion
chrétienne », s'était mis de celle « que certains
prétendent être celle des honnêtes gens », ce qu'on
appelait alors *déiste*.

Une aventure dont on ne connaît pas bien les
détails, mais qui semble se rapporter à l'amour, jeta
le comte de Bucquoy dans une sorte de dévotion
trop exagérée pour avoir paru solide. Il se rendit à
la Trappe, et chercha à observer cette loi du silence,
si difficile à observer... Un jour, il se lassa de cette

discipline, reprit son habit d'officier, et sortit de la Trappe sans dire adieu.

En route, il eut une querelle et fit une blessure à un homme qui l'avait insulté. Ce hasard malheureux le fit rentrer dans la religion. Il se crut obligé de se dépouiller de ses habits en faveur d'un pauvre, et ce fut alors qu'épris des doctrines de saint Paul, il fonda à Rouen une communauté ou séminaire, qu'il dirigea sous le nom de *le Mort*. Ce nom symbolisait pour lui l'oubli des douleurs de la vie et le désir du repos éternel.

Cependant, il parlait dans sa classe avec une grande facilité, ce qui provenait peut-être d'une longue abstinence de paroles, éprouvée à la Trappe : de sorte que les Jésuites voulurent l'attirer parmi eux ; mais il craignit alors que cela ne le mît « trop en rapport avec le monde ».

II

LE FOR L'ÉVÊQUE

Tels sont les antécédents qui, à Sens, auraient fait déjà quelque tort à l'abbé comte de Bucquoy, si le hasard ne l'eût fait confondre avec l'abbé de la Bourlie, fortement compromis dans les révoltes des Cévennes.

Ce qui aggravait surtout la position de l'abbé de Bucquoy, c'est que dans sa voiture on avait trouvé « des livres qui ne traitaient que de révolutions, un masque et quantité *de petits bonnets* [3] », et de plus encore des tablettes toutes chiffrées.

Interrogé sur ces objets, il se justifia, et son

affaire *prenait un assez bon train,* lorsqu'ennuyé du séjour de la prison, il eut l'idée de s'évader en mettant *dans son parti* les trente faux-saulniers qui se trouvaient avec lui dans la prison de Sens, ainsi que certains particuliers arrêtés pour divers motifs assez légers, et que l'on voulait forcer à s'engager dans le régiment du comte de *Tonnerre.* C'était alors une sorte de *presse* qui s'exerçait sur les grands chemins pour fournir des soldats aux guerres de Louis XIV.

Ces projets d'évasion ne réussirent pas, et l'abbé de Bucquoy fut convaincu d'avoir engagé la fille du concierge à en faciliter les moyens. A deux heures après minuit on entra dans sa chambre, on lui mit *fort civilement* les fers aux mains et aux pieds, puis on le *fourra* dans une *chaise,* escortée d'une douzaine d'archers.

A Montereau, il invita les archers à dîner avec lui, et, bien qu'ils fissent une grande surveillance, il parvint à se débarrasser de certains papiers compromettants. Ces archers ne firent pas grande attention à ce détail; mais en *badinant,* le soir, au souper, ils lui dirent qu'ils le défiaient bien de s'échapper.

On le mit au lit, en l'enchaînant par un pied à l'une des colonnes. Les archers se couchèrent dans la chambre d'entrée. L'abbé de Bucquoy, lorsqu'il les jugea suffisamment endormis, parvint à soulever le ciel du lit et fit passer sa chaîne par le haut de la colonne, où on l'avait attaché. Puis il cherchait à gagner la fenêtre, lorsqu'un des gardes, dont il avait heurté les souliers, s'éveilla en sursaut et cria à l'aide.

On le lia plus étroitement, il fut amené à Paris par le coche de Sens, à l'hôtel de la *Clef d'Argent,*

rue de la Mortellerie. N'ayant pas de rancune, il
donna encore à goûter aux archers.

Parfaitement surveillé, à cet endroit, il fut
conduit par deux hoquetons, au *For l'Évêque* [4], qui
était situé sur le quai du Louvre.

Au For l'Évêque, l'abbé de Bucquoy resta huit
jours sans être interrogé. Il avait la liberté de se
promener dans le préau, et réfléchissait au moyen
qu'on pourrait prendre pour s'évader.

Il avait remarqué en entrant que la façade du
For l'Évêque présentait une série de fenêtres
grillées étagées jusqu'aux combles, et que les grilles
formaient naturellement des échelles, sauf les solu-
tions de continuité dues aux intervalles des étages.

Après son interrogatoire, dans lequel il prouva
qu'il était non pas l'abbé de la Bourlie, mais l'abbé
de Bucquoy : et qu'ayant mis quelque imprudence
dans ses conversations, « il était néanmoins en état
de se faire appuyer par des gens considérables », on
le surveilla moins et on lui permit de se promener
dans les corridors de la prison.

Comme il avait encore quelques louis, le geôlier
lui permettait le soir d'aller respirer l'air dans les
combles, ce qu'il disait indispensable à sa santé.
Dans la journée, il s'amusait à tresser des cordes
avec la toile de ses draps et de ses serviettes, et il
parvint enfin, sous prétexte de rêverie, à se faire
oublier le soir dans le plus haut corridor de la
prison.

La porte d'un grenier à forcer, la mansarde à
ouvrir, ce n'était rien. Lorsqu'il jeta les yeux sur le
quai, il fut effrayé, aux clartés de la lune, de cette
quantité de *branches* garnies de pointes, de chevaux
de frise et autres ingrédients qui, dit-il, « formaient

un spectacle des plus affreux... car on croyait voir
une forêt toute hérissée de fer ».

Cependant, au milieu de la nuit, lorsqu'il n'entendit plus le bruit de la ville ni le passage des
patrouilles, l'abbé de Bucquoy, s'aidant des cordes
qu'il avait tordues, parvint, en dépit des pointes
hérissées sur les grilles, à gagner le quai, qui
correspondait à un vaste emplacement qu'on appelait alors la Vallée de Misère.

III

AUTRES ÉVASIONS

Nous n'avons pas donné plus haut [5] tous les détails
de l'évasion de l'abbé de Bucquoy du For l'Évêque,
de peur d'interrompre le principal récit. Quand il
eut imaginé de s'échapper par une lucarne des
combles, il trouva une difficulté dans la porte
cadenassée qui fermait le cabinet où il fallait entrer
d'abord. Les outils lui manquaient ; il eut alors
l'idée de brûler la porte. Le concierge lui avait
permis de faire sa cuisine dans sa chambre et lui
avait vendu des œufs..., du charbon et un briquet.

C'est avec ces moyens qu'il put mettre le feu à la
porte du cabinet, ne voulant y faire qu'une ouverture par laquelle il pût passer. Les flammes allant
trop haut et risquant d'incendier le toit, il trouva à
propos un pot à eau pour les éteindre, mais il faillit
être asphyxié par la fumée et brûla une partie de
ses vêtements.

Il était bon d'expliquer ceci pour faire comprendre ce qui lui arriva après qu'il eut pris pied sur

le quai du Louvre. Sa descente à travers les grilles hérissées de fer et les chevaux de frise avait ajouté maints accrocs aux brûlures de ses vêtements. De sorte que plusieurs marchands qui, au point du jour, ouvraient leurs boutiques, s'aperçurent bien de son désordre. Mais personne ne souffla mot ; seulement, quelques polissons le suivirent *en faisant des huées.* Une grosse pluie qui survint les dispersa.

L'abbé, grâce à cette diversion qui retenait en outre les sentinelles dans leur guérite, prit par la rue des Bourdonnais, gagna le quartier Saint-Eustache et arriva enfin près de la halle, où il trouva un cabaret ouvert.

L'état de ses vêtements, auquel il n'avait pas encore fait grande attention, lui attira des railleries ; il ne répondit rien, paya l'hôte et chercha un asile sûr. Il n'eût pas fait bon pour lui de se rendre chez sa tante, la comtesse douairière de Bucquoy ; mais il se souvint de la demeure d'une parente d'un de ses domestiques qui logeait à l'Enfant-Jésus, près des Madelonnettes.

L'abbé arriva de bonne heure chez cette femme et lui dit qu'il venait de province et que, passant par la forêt de Bondy, des voleurs l'avaient mis dans cet état. Elle le garda toute la journée et lui fit à manger. Vers le soir, il s'aperçut d'un certain air de soupçon qui lui fit penser à chercher un asile plus sûr... Il s'était rencontré déjà avec quelques-uns de ces beaux-esprits du Marais qui fréquentaient l'hôtel de Ninon de Lenclos, alors âgée de près de quatre-vingts ans, et qui faisait encore des passions, en dépit des lettres de Mme de Sévigné [6]. Les hôtels du Marais étaient le dernier asile de l'opposition bourgeoise et parlementaire. Quelques personnes de

la noblesse, derniers débris de la Fronde, se faisaient voir parfois dans ces vieilles maisons, dont les
hôtels déserts regrettaient encore les jours où les
conseillers de la grande chambre et des Tournelles
traversaient la foule en robe rouge, salués et
applaudis comme des sénateurs romains du parti
populaire.

Il y avait un petit établissement dans l'île Saint-
Louis, qu'on appelait le café Laurent. Là se
réunissaient les modernes *épicuriens* qui, sous le
voile du scepticisme et de la gaieté, cachaient les
débris d'une opposition sourde et patiente, comme
Harmodius et Aristogiton cachaient leurs épées sous
des roses.

Et ce n'était pas peu de chose alors que ces
pointes philosophiques aiguisées par les disciples de
Descartes et de Gassendi. Ce parti était fortement
surveillé; mais grâce à la protection de quelques
grands seigneurs, tels que d'Orléans, Conti et
Vendôme; grâce aussi à ces formes spirituelles et
galantes, qui séduisent même la police ou qui
l'abusent aisément, les néo-frondeurs étaient généralement laissés en paix, seulement la cour pensait
les flétrir en les appelant : *la cabale.*

Fontenelle, Jean-Baptiste Rousseau, Lafare,
Chaulieu s'étaient montrés par moments au café
Laurent. Molière y avait paru antérieurement;
Boileau était trop vieux. Les anciens habitués
parlaient là de Molière, de Chapelle et de ces
soupers d'Auteuil, qui avaient été le centre des
premières réunions.

La plupart des habitués du café étaient encore les
commensaux de cette belle Ninon, qui habitait rue
des Tournelles et qui mourut à quatre-vingt-six ans,

laissant une pension de deux mille livres au jeune
Arouet, lequel lui avait été présenté par l'abbé de
Châteauneuf, son dernier amoureux.

L'abbé de Bucquoy avait depuis longtemps
quelques amis parmi les gens de la cabale. Il
attendit leur sortie ; et, feignant d'être un pauvre, il
s'adressa à l'un d'eux, le prit à part et lui dépeignit
sa position… L'autre l'emmena chez lui, l'habilla et
le cacha dans un asile sûr, d'où l'abbé put avertir sa
tante et recevoir l'aide nécessaire. Du fond de sa
retraite, il adressa plusieurs suppliques au Parlement, afin que son affaire y fût renvoyée. Sa tante
elle-même remit des placets au roi. Mais aucune
décision ne fut prise, bien que l'abbé de Bucquoy
offrît de se remettre dans les prisons de la Conciergerie, s'il pouvait être assuré que son affaire serait
traitée juridiquement.

L'abbé de Bucquoy, voyant toutes ses sollicita-
tions restées sans effet, dut se résoudre à sortir de
France. Il prit la route de Champagne, déguisé en
marchand forain. Malheureusement il arriva à la
Fère au moment où un parti des alliés qui avait
enlevé M. le Premier [7], s'était vu coupé du côté de
Ham et forcé de se dissoudre. L'abbé fut considéré
comme un des fugitifs, et bien qu'il protestât de sa
qualité de marchand, on le déposa à la prison de la
Fère en attendant qu'on eût reçu des renseignements de Paris… Ce coup d'œil ingénieux, qui lui
avait fait trouver les moyens de s'échapper du For
l'Évêque, lui avait fait découvrir un certain tas de
pierres qui pouvait servir à arriver sur la rampe du
mur.

Avant d'entrer dans la cellule, il pria le concierge
de lui aller chercher à boire, et, en son absence, se

mit à grimper jusqu'à un bastion d'où il se précipita dans un fossé plein d'eau qui entourait la prison. Il le traversait à la nage, lorsque la femme du concierge qui l'avait aperçu par une fenêtre, mit l'alarme dans la prison, ce qui fit qu'on le ressaisit au bord et qu'on le ramena épuisé et tout couvert de boue. On prit soin cette fois de le mettre au cachot.

On avait eu de la peine à faire revenir le pauvre abbé de Bucquoy d'un long évanouissement, suite de son plongeon dans l'eau, et les paroles qu'il prononça sur la Providence qui l'avait abandonné dans son dessein, donnèrent à penser que c'était un ministre calviniste échappé des Cévennes : on l'envoya donc à Soissons, dont la prison était plus sûre que celle de la Fère [8].

Soissons est une ville très intéressante pour qui la voit en liberté. La prison était alors située entre l'évêché et l'église Saint-Jean; elle s'adossait, du côté du nord, aux fortifications de la ville.

L'abbé de Bucquoy fut mis dans une tour avec un Anglais fait prisonnier dans l'expédition de Ham. Le porte-clefs qui faisait leur cuisine, permettait à l'abbé, qui toujours feignait d'être malade, comme il avait fait au For l'Évêque, de prendre l'air le soir au sommet de la tour où il était enfermé. Cet homme avait un accent bourguignon, que l'abbé reconnut pour l'avoir entendu près de Sens.

Un soir, ce porte-clefs lui dit : « Monsieur l'abbé, il fera beau ce soir sur le donjon à voir les étoiles. »

L'abbé le regarda, mais ne vit qu'une figure indifférente.

Sur le donjon, il faisait du brouillard.

L'abbé redescendit et trouva ouverte la porte du

mur de ronde. Une sentinelle le parcourait à pas
égaux. Il se retirait, lorsque le soldat, passant près
de lui, dit à voix basse : « L'abbé... il fait bien beau
ce soir... Promenez-vous ici un peu : qui est-ce qui
vous apercevrait dans le brouillard ? »

L'abbé de Bucquoy ne vit là que la complaisance
d'un brave militaire qui suspend la consigne en
faveur d'un pauvre prisonnier.

Au bout de la terrasse, il sentit une corde, et sa
main en la soulevant trouva un crochet et des
nœuds.

La sentinelle avait le dos tourné, l'abbé, qui
savait tous les exercices, descendit en s'aidant de la
sellette à la manière des peintres en bâtiment.

Il se trouva dans le fossé, qui était à sec et plein
d'herbes. Le mur du dehors était trop haut pour
qu'il pût songer à remonter. Seulement, en cherchant quelque point dégradé qui permît l'ascension,
il se trouva près d'une ouverture d'égout dont les
gravois semés çà et là, et les pierres fraîchement
taillées indiquaient qu'on était en train de le
réparer.

Un inconnu leva la tête tout à coup par l'ouverture du puisard, et dit à voix basse :

— Est-ce que c'est vous, l'abbé ?

— Pourquoi ?

— C'est qu'il fait beau ce soir ici; mais il fait
meilleur là-dessous.

L'abbé comprit ce qu'on voulait lui dire et se mit
à descendre par une échelle dans ce réduit assez
fétide. L'homme le conduisit silencieusement
jusqu'à un escalier en limaçon, et lui dit : montez
maintenant jusqu'à ce que vous trouviez une
résistance... frappez, et l'on vous ouvrira.

L'abbé monta bien trois cents marches, puis sa tête heurta contre une trappe qui paraissait lourde, et qui ne céda pas même à la pression de ses épaules.

Un instant après il sentit qu'on la levait, et qu'on lui adressait ces mots :

— Est-ce vous, l'abbé ?

L'abbé dit : Ma foi, oui, c'est moi ; mais vous ?...

L'inconnu répondit par un *chut*, et l'abbé se trouva sur un plancher solide, mais dans la plus profonde nuit.

IV

LE CAPITAINE ROLAND

En tâtant à droite et à gauche, l'abbé de Bucquoy sentit des tables qui se prolongeaient, et ne comprit pas davantage dans quel lieu il se trouvait. Mais l'homme qui lui avait parlé fit briller bientôt une lanterne sourde qui éclaira toute la salle. L'argenterie étincelait dans les montres, et mille bijoux d'or et de pierres précieuses ruisselaient sur les tables..., qui décidément étaient des comptoirs... Il n'y avait plus à s'y tromper. On se trouvait dans une boutique d'orfèvre.

L'abbé réfléchit un instant, puis il se dit en voyant la mine de l'homme qui tenait la lanterne sourde : « il est évident que c'est un voleur ; quelle que soit son intention à mon égard, ma conscience m'oblige à réveiller le marchand que l'on va dévaliser. »

En effet, un second individu était sorti de dessous

l'autre comptoir et faisait rafle des effets les plus
précieux. L'abbé cria : « Au secours! à l'aide! au
voleur! » En vain lui mit-on la main sur la bouche
en le menaçant. Au bruit qu'il fit, un homme effaré,
en chemise, arriva du fond, une chandelle à la main.

— On vous vole, Monsieur! s'écria l'abbé.

— Au voleur! à la garde! cria à son tour le
marchand.

— Vous tairez-vous? dit l'homme à la lanterne
sourde en montrant un pistolet.

Le marchand ne dit plus rien; mais l'abbé se mit
à frapper violemment à la porte extérieure en
continuant ses cris.

Un pas cadencé se faisait entendre au-dehors.
C'était évidemment une patrouille; les deux voleurs
se cachèrent de nouveau sous les comptoirs. Un
bruit de crosses de fusil se fit entendre sur le pas de
la porte.

« Ouvrez, au nom du roi », dit une voix rude.

Le marchand alla chercher ses clefs et ouvrit la
porte. La patrouille entra.

— Qu'est-ce qui se passe ici? dit le sergent.

— On me vole, s'écria le joaillier; ils sont cachés
sous les comptoirs...

— Monsieur le sergent, dit l'abbé de Bucquoy,
des gens que je ne connais pas et dont je ne puis
comprendre les intentions m'ont, par un accord
secret, fait échapper de la prison de Soissons. Je me
suis aperçu que ces gens étaient des malfaiteurs, et,
étant moi-même un honnête homme, je ne puis
consentir à me faire leur complice... Je sais que la
Bastille m'attend; arrêtez-moi... et reconduisez-moi
en prison.

Le sergent, qui était un homme d'une forte

stature, se tourna du côté de ses soldats et dit :
« Commencez par vous saisir du joaillier, et appli-
quez-lui la poire d'angoisse afin qu'il se taise.
Ensuite, faites-en autant pour l'abbé..., car il
m'étourdit. »

La poire d'angoisse était une sorte de bâillon
dont le centre était composé d'une poche de cuir
remplie de son, qu'on pouvait mâcher à loisir sans
pouvoir rendre au-dehors aucune articulation sensible.

L'abbé de Bucquoy, réduit au silence par le
bâillon et la poire d'angoisse, ne comprenait pas que
l'orfèvre volé eût reçu le même traitement. Sa
surprise augmenta en voyant que les soldats de la
patrouille aidaient les deux voleurs à dévaliser la
boutique. Quelques termes d'argot échangés
entre eux le mirent enfin au courant. La patrouille
était une fausse patrouille.

Le sergent, de taille herculéenne, fut reconnu par
l'abbé pour ce même chef de faux-saulniers avec
lequel il avait causé déjà à Morchandgy, près Sens,
et qu'on appelait là le capitaine.

Les paquets étaient faits lorsqu'une grande
rumeur, mêlée de coups de fusil, se fit entendre au-
dehors. — « Chargeons tout », dit le capitaine.

On enleva lestement les ballots, et l'abbé lui-
même, qui était fortement lié, se trouva sur le dos
d'un des voleurs. Ils sortirent tous par la porte de la
boutique qui donnait sur la rue de l'Intendance.

La lueur d'un grand incendie se faisait voir du
côté de la porte de Compiègne... Au point opposé
l'on se battait. La petite troupe força la porte du
jardin de l'évêché, et s'y rencontra, à travers les
arbres, avec un grand nombre d'autres gens chargés

de ballots, qui entrèrent dans la ville pendant que les autres, en échangeant çà et là des signes de reconnaissance, descendaient le rempart à l'aide d'échelles et gravissaient ensuite la contrescarpe dégradée sur ce point. Il fallait ensuite passer l'Aisne pour atteindre les hauteurs du Cuffy et la limite des forêts.

On a supposé depuis que les gens qui avaient tenté de faire échapper l'abbé de Bucquoy de la prison de Soissons, était un parti de ces mêmes faux-saulniers qu'il avait rencontrés en Bourgogne, et à qui il avait offert de se mettre à leur tête... Un seigneur riche, aventureux et puissant comme lui par ses relations en France et au-dehors, était bien ce qu'il leur fallait.

Quant au capitaine Roland, ancien chef de partisans des Cévennes, il s'était échappé par les pays de l'Est après la capitulation de Cavalier. Pendant que ce chef, qui avait obtenu son pardon au prix du sang de ses frères, paradait à Versailles comme un chef de tribus vaincues, Roland, aidé par les bandes de faux-saulniers, — mélangées comme on sait de protestants, de déserteurs et de paysans réduits à la misère, — tentait de gagner le Nord pour s'y réfugier au besoin. En attendant, ses gens faisaient du faux-saulnage, aidés en secret par la population et les soldats mal payés des troupes royales. — On mettait le feu à une maison, toute la ville se portait là. Pendant ce temps, les faux-saulniers, nombreux et bien armés, faisaient entrer des sacs de sel par quelque rempart mal surveillé. Puis au besoin ils se battaient en fuyant et se rejetaient dans les bois. Voici encore ce que nous avons appris par d'autres récits du temps.

A l'époque où les protestants quittaient la France sans avoir le temps de mettre ordre à leurs affaires, des bijoux d'un grand prix avaient été déposés chez ce marchand, qui faisait un peu d'usure, et il avait prêté sur ces nantissements quelques sommes très inférieures à leur valeur. Depuis, des personnes envoyées par les réfugiés étaient venues réclamer leurs bijoux en payant ce qui était dû. L'orfèvre avait trouvé fort simple de s'acquitter en dénonçant les réclamants à la justice. De là le motif de l'expédition à laquelle concourait le capitaine Roland [9].

Les faux-saulniers, qui avaient tenté de faire évader le comte abbé de Bucquoy, trouvèrent le chemin barré au-delà de l'Aisne. On en prit un grand nombre, qui furent pendus ou rompus vifs, selon leur rang. L'histoire ne parle plus du capitaine Roland, — et l'abbé de Bucquoy, plus fortement soupçonné que jamais, prit le chemin de la Bastille.

Lorsqu'on le descendit de sa chaise, il eut le temps de jeter un coup d'œil à droite et à gauche, « soit sur le pont-levis, soit sur la contrescarpe... mais on ne le laissa pas rêver longtemps à cela », car il fut bien vite conduit à la tour dite de la Bretignière.

V

L'ENFER DES VIVANTS [10]

Il y avait huit tours à la Bastille, dont chacune avait son nom et se composait de six étages éclairés chacun d'une seule fenêtre. Une grille au-dehors, une grille au-dedans laissaient voir seulement, de la salle, une chambre carrée, formée par l'épaisseur du mur, et du fond de laquelle on pouvait puiser l'air respirable.

L'abbé avait été placé dans la tour de la *Bretignière.*

Les autres s'appelaient tour de la *Bretaudière,* de la *Comté,* du *Puits,* du *Trésor,* du *Coin,* de la *Liberté.* La huitième s'appelait la tour de la *Chapelle.* On n'en sortait généralement que pour mourir, à moins qu'on n'y descendît obscurément dans ces *oubliettes* fameuses dont les traces furent retrouvées à l'époque de la démolition.

L'abbé de Bucquoy resta pendant quelques jours dans les salles basses de la tour de la Bretignière, ce qui prouvait que son affaire paraissait grave, car autrement les prisonniers étaient mieux traités d'abord. Son premier interrogatoire, auquel présida d'Argenson, détruisit la pensée qu'il fût absolument le complice des faux-saulniers de Soissons. De plus, il s'appuya des hautes relations qu'avait sa famille; de sorte que le gouverneur Bernaville lui fit une visite et l'invita à déjeuner, ce qui était d'usage, à l'arrivée, pour les prisonniers d'un certain rang.

On mit l'abbé de Bucquoy dans une chambre plus élevée et plus aérée où se trouvaient d'autres prisonniers. C'était à la tour du Coin : lieu privilégié placé sous la surveillance d'un porte-clefs nommé Ru, qui passait pour un homme plein de douceur et d'attentions pour les prisonniers.

En entrant dans la salle commune, l'abbé fut frappé d'étonnement, en regardant les murs peints à fresque, d'y trouver une image du Christ singulièrement défigurée.

On avait dessiné des cornes rouges sur sa tête, et sur sa poitrine était une large inscription qui portait ce mot : *Mystère*.

Une inscription charbonnée se lisait au-dessous : « La grande Babylone, mère des impudicités et des abominations de la terre. »

Il est évident que cette inscription avait été formulée par un protestant précédemment captif dans ce lieu. Mais personne depuis ne l'avait effacée.

Sur la cheminée on distinguait une peinture ovale, représentant la figure de Louis XIV. Une autre main de prisonnier avait inscrit autour de sa tête : « *Crachoir* », et l'on distinguait à peine les traits du souverain effacés par mille outrages.

L'abbé de Bucquoy dit au porte-clefs : « Ru, pourquoi permet-on de pareilles dégradations sur des images respectées ? » Le porte-clefs se prit à rire et répondit : « Que s'il fallait châtier les *crimes* des prisonniers, il faudrait *rompre et brûler* tout le jour, et qu'il valait mieux que des gens d'esprit vissent à quel point l'exagération d'idées pouvait porter des fanatiques. »

Les habitants de cette tour jouissaient d'une liberté relative ; ils pouvaient, à certaines heures, se promener dans le jardin du gouverneur, situé dans un des bastions de la forteresse et planté de tilleuls, avec des jeux de boules et des tables où ceux qui avaient de l'argent pouvaient jouer aux cartes et consommer des rafraîchissements. Le gouverneur Bernaville cédait à un cuisinier, moyennant un droit, les bénéfices de cette exploitation.

L'abbé de Bucquoy, qu'on était assuré cette fois de retenir et qui avait fait agir des amis puissants, se trouvait faire partie de ce cercle favorisé. On lui avait fait passer de l'or, ce qui n'est jamais mal reçu dans une prison, et il était parvenu, en perdant quelques louis aux cartes, à se faire un ami de Corbé, le neveu du précédent gouverneur (M. de Saint-Mars), qui conservait encore une haute position sous Bernaville.

Il n'est pas indifférent, peut-être, de dépeindre ce dernier d'après la description physique qu'en a donnée un des prisonniers de la Bastille, plus tard réfugié en Hollande.

« Il a deux yeux verts enfoncés sous deux sourcils épais, et qui semblent de là lancer le regard du basilic. Son front est ridé comme une écorce d'arbre sur laquelle quelque muphti a gravé l'Alcoran... C'est sur son teint que l'envie cueille ses soucis les plus jaunes. La maigreur semble avoir travaillé sur son visage à faire le portrait de la lésine. Ses joues plissées comme des bourses à jetons ressemblent aux *gifles* d'un singe... son poil est d'un roux alezan brûlé.

« Quand il était *chevalier de la mandille* (laquais), il portait ses cheveux plats frisés comme des chandelles. Il a renoncé à cette coquetterie.

« Quoiqu'il parle rarement, il doit bien s'écouter parler, car il a la bouche fendue jusqu'aux oreilles. Pourtant, elle ne s'ouvre que pour prononcer des arrêts monosyllabiques, exécutés ponctuellement par les satellites qu'il a su se créer... »

Bernaville avait réellement fait partie de la maison du maréchal Bellefonds, et porté la *mandille*, c'est-à-dire la livrée; mais, à la mort du maréchal, il avait su se mettre dans les bonnes grâces de sa veuve, dont les enfants étaient encore jeunes, et c'est par sa haute protection qu'il avait obtenu la direction des chasses de Vincennes, ce qui impliquait une foule de profits, et l'intendance des pavillons et rendez-vous de chasse, où les gens de la cour faisaient de grosses dépenses. Ceci explique le terme de mépris dont on se servait envers lui en l'appelant *gargotier*... C'était, disait-on encore, — dans les libres conversations des prisonniers, — un laquais qui à force de monter derrière les carrosses, s'était avisé de se planter dedans... Mais nous ne pouvons nous prononcer encore avant d'avoir apprécié les actes dudit Bernaville, et il serait injuste de s'en tenir aux récits exagérés des prisonniers.

Quant au nommé Corbé, son assesseur, voici encore son portrait, tracé d'une main qui sent un peu l'école de Cyrano :

« Il avait un petit habit gris de ras de Nîmes si pelé, qu'il faisait peur aux voleurs en leur montrant la corde ; une méchante culotte bleue, tout usée, rapiécée par les genoux ; un chapeau déteint, ombragé d'un vieux plumet noir tout plumé, et une perruque qui rougissait d'être si antique. Sa mine basse, encore au-dessous de son équipage, l'aurait plutôt fait prendre pour un *poussecu* que pour un officier. »

L'abbé de Bucquoy, jouant au piquet avec Renneville, l'un des prisonniers, sous un berceau en treillage, lui dit : « Mais on est très bien ici, et, avec la perspective d'en sortir prochainement, qui voudrait tenter de s'en échapper ?

— La chose serait impossible, dit Renneville... Mais, quant à juger du traitement que l'on reçoit dans ce château, attendez encore.

— Ne vous y trouvez-vous pas bien?

— Très bien pour le moment... J'en suis revenu à la lune de miel, où vous êtes encore...

— Comment vous a-t-on mis ici?

— Bien simplement; comme beaucoup d'autres... Je ne sais pourquoi.

— Mais vous avez bien fait quelque chose pour entrer à la Bastille?

— Un madrigal.

— Dites-le-moi... Je vous en donnerai franchement mon avis.

— C'est que ce madrigal est suivi d'un autre, *parodié* sur les mêmes rimes, et qui m'a été attribué à tort...

— C'est plus grave.

En ce moment-là, Corbé passa d'un air souriant, en disant : « Ah! vous parlez encore de votre madrigal, M. de Renneville... Mais ce n'est rien : il est charmant.

— Il est cause qu'on me retient ici, dit Renneville.

— Et vous plaignez-vous du traitement?

— Le moyen? quand on a affaire à d'honnêtes gens! »

Corbé, satisfait, alla vers une autre table avec son *implacable* sourire... on lui offrait des rafraîchissements qu'il ne voulait jamais accepter. De temps en temps il lançait des regards aux fenêtres de la prison, où l'on pouvait entrevoir les formes vagues des prisonnières, et il paraissait trouver que rien n'était plus charmant que l'intérieur de cette prison d'État.

« Et comment, dit l'abbé de Bucquoy à Renne-

ville, en faisant les cartes, était construit ce
madrigal?
— Dans les règles du genre. Je l'avais adressé à
M. le marquis de Torcy afin qu'il le fît voir au roi.
Il faisait allusion à la puissance réunie de l'Espagne
et de la France combattant les alliés... et se
rapportait en même temps aux principes du jeu de
piquet. »

Ici Renneville récita son madrigal, qui se termi-
nait par ces mots, adressés aux *alliés* du Nord :

> Combattant l'Espagne et la France,
> Vous trouverez capot... Quinte et Quatorze en main!

Cela voulait dire Philippe V (quinte) et
Louis XIV.
— C'est bien innocent!... dit l'abbé de Bucquoy.
— Mais non, répondit Renneville ; cette chute en
octave et en alexandrin a été admirée de tout le
monde. Mais des malveillants ont parodié ces vers
en faveur des ennemis, et voici leur version :

> Nous ferons un repic... et l'Espagne et la France
> Se trouveront *capot*... Quinte et Quatorze en main.

Or, monsieur le comte, comment est-il possible
que j'aie écrit moi-même la contre-partie de mon
madrigal... et encore, en ne conservant pas la
mesure de l'avant-dernier vers ?
— Cela me paraît invraisemblable, dit l'abbé, je
m'en assure, étant moi-même un poète aussi.
— Eh bien, M. de Torcy m'a envoyé à la Bastille
sur un petit soupçon *... Cependant, j'étais appuyé

par M. de Chamillard, auquel j'ai dédié des livres, et qui n'a cessé de me faire des offres de service.

— Quoi! dit l'abbé, pensif, un madrigal peut conduire un homme à la Bastille?

— Un madrigal?... Mais un distique seulement peut en ouvrir les portes. Nous avons ici un jeune homme... dont les cheveux commencent à blanchir, il est vrai... qui, pour un distique latin, s'est vu retenir longtemps aux îles *Sainte-Marguerite:* ensuite lorsque M. de Saint-Mars, qui avait gardé Fouquet et Lauzun, fut nommé gouverneur ici, il l'amena avec lui pour le faire changer d'air. Ce jeune homme, ou, si vous voulez, cet homme, avait été un des meilleurs élèves des jésuites.

— Et ils ne l'ont pas soutenu?

— Voici ce qui est arrivé. Les jésuites avaient inscrit sur leur maison de Paris un distique latin en l'honneur du Christ. Voulant plus tard s'assurer l'appui de la cour contre les attaques de certains robins ou *cabalistes* assez puissants, ils se résolurent à donner une grande représentation de tragédie avec chœurs, dans le genre de celles qu'autrefois on donnait à Saint-Cyr. Le roi et Mme de Maintenon accueillirent avec bienveillance leur invitation. Tout, dans cette fête, était conçu de manière à leur rappeler leur jeunesse. Faute de jeunes filles, que ne pouvait fournir la maison, on avait fait habiller en femmes les plus jeunes élèves, et les chœurs et ballets étaient exécutés par les sujets de l'Opéra. Le succès fut tel, que le roi, ébloui, charmé, permit aux révérends pères d'inscrire son nom sur la porte de leur maison. Elle portait cette inscription: *Collegium Claro montanum societatis Jesu;* on remplaça ces mots par ceux-ci: *Collegium Ludovici magni.* —

Le jeune homme dont nous parlons inscrivit sur le mur un distique dans lequel il fit remarquer que le nom de Jésus avait été remplacé par celui de Louis le Grand... C'est ce crime qu'il expie encore ici.

— Mais, dit l'abbé de Bucquoy, il nous est impossible de nous plaindre beaucoup des rigueurs de cette prison d'État. J'ai souffert un peu dans le cachot... mais maintenant, sous cette tonnelle, appréciant la chaleur d'un vin de Bourgogne assez généreux, je me sens disposé à prendre patience.

— Je prends patience depuis quatre ans, dit Renneville; et, si je vous racontais ce qui m'est arrivé...

— Je veux savoir ce qu'on a pu faire contre un homme coupable d'un madrigal.

— Je ne me plaindrais de rien si je n'avais laissé mon épouse en Hollande... Mais passons. Arrêté à Versailles, je fus conduit en chaise à Paris. En passant devant la Samaritaine, je tirai ma montre et je constatai par la comparaison qu'il était huit heures du matin. L'exempt me dit : votre montre va bien. Cet homme ne manquait pas d'une certaine instruction : « Il est fâcheux, me dit-il, que je me sois vu forcé de vous arrêter, et cela est entièrement contre mon inclination... Mais il fallait remplir les derniers devoirs de la place que j'occupais avant de devenir ce que je suis dès à présent, c'est-à-dire écuyer de la duchesse de Lude. Je m'appelle *De Bourbon*... Mon emploi d'exempt cesse à dater d'aujourd'hui et désormais réclamez-vous de moi en cas de besoin... » Cet exempt me parut un honnête homme, et passant au bas du pont Neuf, je lui offris à boire, ainsi qu'aux trois *hoquetons* qui nous accompagnaient et qui portaient brodée sur leur

cotte d'armes la représentation d'une masse hérissée
de pointes avec cette devise : *monstrorum terror*. Je
ne pus m'empêcher de dire pendant que je buvais
avec eux : « Vous êtes la terreur... et je suis le
monstre! » Ils se prirent à rire et nous arrivâmes
tous à la Bastille, en belle humeur.

Le gouverneur me reçut dans une chambre
tendue de damas jaune avec une crépine d'argent
assez propre... Il me donna la main et m'invita à
déjeuner... Sa main était froide, ce qui me donna un
mauvais augure... Corbé, son neveu, arriva en
papillonnant et me parla de ses prouesses en
Hollande... et des succès qu'il avait eus plus tard
dans les courses de taureaux à Madrid, où les
dames, admirant sa bravoure, lui jetaient des œufs
remplis d'eau de senteur. Le déjeuner fini, le
gouverneur me dit : « Usez de moi comme vous
voudrez », et il ajouta parlant à son neveu : « Il faut
conduire notre nouvel hôte au pavillon des
princes. »

— Vous étiez en grande estime près du gouverneur... dit en soupirant l'abbé de Bucquoy.

— Le pavillon des princes, vous pouvez le voir
d'ici... c'est au rez-de-chaussée. Les fenêtres sont
garnies de contre-vents verts. Seulement, il y a cinq
portes à traverser pour arriver à la chambre. Je l'ai
trouvée triste, quoiqu'il y eût une paillasse sur le
lit, un matelas, et autour de l'alcôve une pente en
brocatelle assez fraîche ; plus encore, trois fauteuils
recouverts en bougran.

— Je ne suis pas si bien logé! dit l'abbé de
Bucquoy.

— Aussi je ne me plaignais que de manquer de
serviettes et de draps, lorsque je vis arriver le porte-

clefs Ru avec du linge, des couvertures, des vases,
des chandeliers et tout ce qu'il fallait pour que je
pusse m'établir honnêtement dans ce pavillon.

Le soir était venu. On m'envoya encore deux
garçons de la cantine guidés par Corbé, qui m'apportaient le *diner*.

Il se composait : d'une soupe aux pois verts
garnie de laitues et bien mitonnée, avec un quartier
de volaille au-dessus, une tranche de bœuf, un
godiveau et une langue de mouton... Pour le
dessert, un biscuit et des pommes de reinette... Vin
de Bourgogne.

— Mais je me contenterais de cet ordinaire, dit
l'abbé.

— Corbé me salua et me dit : « Payez-vous votre
nourriture, ou en serez-vous redevable au roi ? »

Je répondis que je paierais.

N'ayant pas grand faim après le déjeuner que
m'avait offert le gouverneur, j'avais prié Corbé de
s'asseoir et de m'aider à tirer du plat ; mais il me
répondit qu'il n'avait pas faim, et ne voulut même
pas accepter un verre de Bourgogne.

— C'est son usage ! » dit l'abbé de Bucquoy

Une cloche avertit les prisonniers qu'il fallait
rentrer dans leurs chambres.

« Savez-vous, dit Renneville en rentrant à l'abbé
de Bucquoy, que ce Corbé est un homme *à femmes*.

— Comment, ce monstre !

— Un séducteur... un peu pressant seulement
envers les dames prisonnières... Nous avons eu hier
une scène fort désagréable dans notre escalier. On
entendait un bruit énorme dans les cachots qui sont
à la base de la tour. Ce bruit finit par s'apaiser...

Nous vîmes remonter le porte-clefs Ru avec ses

culottes teintes de sang. Il nous dit : je viens de
sauver cette pauvre Irlandaise, à laquelle M. Corbé
voulait plaire... Il l'avait envoyée au chat, sur le
refus qu'elle avait fait de recevoir ses visites ; et,
comme elle refusa, là encore, de le recevoir, on
résolut de la placer à un étage inférieur.

Elle résista, lorsqu'on voulut l'y conduire, et les
gens qui l'emportèrent la traînèrent si maladroite-
ment que sa tête rebondissait sur les marches des
escaliers... J'ai été taché de son sang. On l'avait
prise dans son lit à demi nue... et Corbé, qui
dirigeait cette expédition, ne lui fit pas grâce d'une
seule de ces tortures.

— Est-elle morte ? dit l'abbé de Bucquoy.

— Elle s'est étranglée cette nuit [11]. »

VI

LA TOUR DU COIN

La société était assez choisie au troisième étage
de la tour du Coin. C'était là qu'on plaçait les
favoris du gouverneur. Il y avait, outre Renneville et
l'abbé, un gentilhomme allemand nommé le baron
de Peken, arrêté pour avoir dit « que le roi ne
voyait qu'au travers des lunettes de Mme de Maintenon » ; puis un nommé de Falourdet, compromis
dans une affaire relative à des titres faux de
noblesse ; ensuite un ancien soldat nommé Jacob le
Berthon, accusé d'avoir chanté des chansons gri-
voises où le nom de la maîtresse du roi n'était pas
respecté.

Renneville le plaignait beaucoup d'être détenu

pour un si petit sujet, et disait que la Maintenon
aurait dû suivre l'exemple de la reine Catherine de
Médicis, qui, ouvrant un jour sa fenêtre du Louvre,
vit au bord de la Seine des soldats qui faisaient rôtir
une oie, et en charmaient l'attente en répétant une
chanson dirigée contre elle-même. Elle se borna à
leur crier : « Pourquoi dites-vous du mal de cette
pauvre reine Catherine, qui ne vous en fait aucun ?
C'est pourtant grâce à son argent que vous rôtissez
cette oie ! » Le roi de Navarre, qui était en ce
moment près d'elle, voulait descendre pour châtier
ces bélîtres, et elle lui dit : « Restez ici ; cela se passe
trop au-dessous de nous. »

Il y avait encore là un abbé italien nommé
Papasaredo.

Quand on apporta le souper, Corbé, selon l'usage,
accompagna le service, et demanda si quelqu'un
avait à se plaindre. « Je me plains, s'écria l'abbé
Papasaredo, de ce que la compagnie devient trop
nombreuse, et s'est accrue d'un second abbé...
J'aimerais mieux des femmes ; et il n'en manque pas
ici que l'on peut faire venir.

— C'est entièrement contre les règlements, dit
Corbé.

— Allons, mon petit Corbé, mettez-moi en cellule
avec une prisonnière...

Corbé haussa les épaules.

— Voyons, donnez-moi la Marton, la Fleury, la
Bondy ou la Dubois, enfin un de vos restes...
Pourquoi pas même cette jolie Marguerite Filan-
drier, la marchande de cheveux du cloître Sainte-
Opportune, que nous entendons d'ici chanter toute
la journée.

— Est-ce là le discours que doit tenir un prêtre ?
dit Corbé... J'en appelle à ces messieurs! Quant à la
Filandrier, nous l'avons mise au cachot pour avoir
adressé la parole à un officier de garde.

— Oh! dit l'abbé Papasaredo, il y a quelque
autre raison aussi... Vous aurez voulu la punir
d'avoir parlé à cet officier... Vous êtes cruel dans
vos jalousies, Corbé!

— Mais non, dit Corbé, flatté du reste de cette
observation. Cette fille a la manie d'élever des
oiseaux et de les instruire. On lui avait permis de
conserver quelques pierrots. Sa fenêtre donne sur le
jardin. Un de ses oiseaux s'échappe et se voit saisi
par un chat. Elle crie alors à cet officier : « Oh!
sauvez mon oiseau! c'est le plus joli, celui qui danse
le rigodon! » L'officier a eu la faiblesse de courir
après le chat, et n'a pu même sauver l'oiseau; il est
aux arrêts et elle au cachot, voilà tout. »

Corbé tourna sur ses talons et sortit, échappant
aux invectives sardoniques de l'abbé italien. Il
était, du reste, de belle humeur, parce que l'un des
prisonniers lui avait donné une bague à chaton de
saphir, et que l'abbé de Bucquoy, mécontent de son
ordinaire, y renonçait pour faire venir ses repas du
dehors. M. de Falourdet raconta là-dessus qu'il
avait vu son sort adouci par les mêmes moyens.
Toutefois, l'écot était cher et le service médiocre;
on lui comptait du vin à six sous pour du vin de
Champagne d'une livre, et le reste était à l'avenant.

Il avait dit alors à Corbé : « Je payerai double,
mais je veux du meilleur. » Corbé avait répondu :
« Vous parlez bien, les fournisseurs nous trompent...
Je m'occuperai moi-même du choix des vins et des
victuailles. »

Depuis ce temps, en effet, tout était de bonne qualité et de premier choix.

L'entretien s'anima après le départ de Corbé; seul, le baron de Peken restait pensif devant son assiette, avec une colère concentrée qui finit par s'abattre sur le porte-clefs Ru.

« Sapperment! dit le baron, pourquoi n'ai-je devant moi qu'une bouteille d'un demi-setier, tandis que *le nouveau* a une bouteille entière?

— Parce que, dit Ru, vous êtes à cinq livres, tandis que M. le comte de Bucquoy a la pistole.

— Comment! on ne peut pas avoir un ordinaire d'une bouteille avec cinq livres? s'écria le baron. Faites revenir cet infâme *sous-gargotier* de Corbé, et demandez-lui si un honnête homme peut se contenter à dîner d'un demi-setier de mauvais vin! Si je vois reparaître cette bouteille, je vous la casserai sur la tête!

— Monsieur le baron, dit Ru, calmez-vous, et gardez-vous de désirer le retour de M. Corbé qui vous ferait mettre immédiatement au cachot... Or, c'est son intérêt, car la nourriture d'un prisonnier au cachot ne représente qu'un sou par jour, le logement n'étant pas compté parce que c'est le roi qui le fournit... Quant à l'économie sur la nourriture, elle entre dans la poche de M. Corbé pour un tiers, et pour le reste dans celle de M. Bernaville!

Ru, comme on le voit, était un homme conciliant, les prisonniers ne lui reprochaient que de faire disparaître quelquefois certains accessoires du service, notamment les petits pâtés, dont il était friand. — Il avait pour lui la desserte, ce qui eût dû le rendre plus modéré à cet égard.

Renneville et l'abbé de Bucquoy déclarèrent

qu'ils buvaient très peu de vin et en versèrent au
baron de Peken, qui finit par dîner tranquillement.
Renneville raconta les ennuis qu'il avait subis dans
une chambre isolée, où un emportement du même
genre l'avait fait reléguer, et l'invention piquante
qu'il avait eue pour correspondre avec des prisonniers placés au-dessus et au-dessous de lui.

C'était un alphabet des plus simples qu'il avait
créé, et qui consistait à frapper, avec un bâton de
chaise, en comptant un coup pour *a*, deux pour *b*...
ainsi de suite. Les voisins finissaient par comprendre et répondaient de la même manière, seulement c'était long. Voici comment, par exemple, on
rendait le mot *Monsieur* :

M (13 coups), *o* (15), *n* (14), *s* (19), *i* (9), *e* (5),
u (21), *r* (18).

Il avait pu ainsi connaître les noms de tous ses
compagnons de la même tour, à l'exception de celui
d'un abbé qui n'avait jamais voulu se faire
connaître.

En prison, l'on ne parle que de prison, ou de
moyens d'en tromper les douleurs. De Falourdet
raconta comment il était parvenu à communiquer
avec un prisonnier de ses amis, d'une façon non
moins ingénieuse que celle de l'alphabet inventé par
Renneville. Il avait été logé dans une de ces
chambres supérieures des tours qu'on appelait
calottes, et qui avaient l'inconvénient d'être aussi
chaudes en été que froides en hiver. Par exemple,
on y jouissait d'une belle vue. Avant d'être séparé
de son ami, M. de la Baldonnière (retenu à la
Bastille pour avoir trouvé le secret de faire de l'or
et ne l'avoir pas voulu communiquer aux
ministres), il avait appris que ce dernier demeurait

au rez-de-chaussée de la même tour, donnant sur le petit jardin pratiqué dans un bastion. Il s'était fabriqué des plumes avec des os de pigeon, de l'encre avec du noir de fumée délayé, et il écrivait des lettres qu'il jetait par sa fenêtre et qui tombaient au pied de la tour, à l'aide du poids d'une petite pierre.

La Baldonnière, de son côté, avait dressé une chienne du gouverneur qui se promenait souvent dans le jardin, à lui rapporter aux grilles de sa fenêtre les papiers qui pouvaient s'y trouver. En lui jetant d'abord, roulés, des débris de son déjeuner, il s'était fait de cet animal une connaissance utile... Alors il l'envoyait chercher les petits paquets que lui jetait Falourdet et qu'elle lui rapportait fidèlement. On finit par s'apercevoir de ce manège. La correspondance des deux amis fut saisie, et ils reçurent un certain nombre de coups de nerfs de bœuf administrés par *des soldats*. Falourdet, comme le plus coupable, fut mis ensuite dans un cachot où se trouvait un mort qu'on ne vint chercher que le troisième jour. Plus tard, ayant reçu de l'argent, il rentra dans les bonnes grâces du gouverneur.

Lorsqu'il demeurait encore dans la *calotte*, il avait aussi trouvé un moyen de correspondre avec sa femme, qui avait loué une chambre dans les premières maisons du faubourg Saint-Antoine. Il écrivait des lettres très grosses sur une planche avec du charbon, qu'il plaçait derrière sa fenêtre; puis il parvenait, en les effaçant successivement et en en formant d'autres, à faire parvenir des phrases entières au-dehors.

Un des assistants raconta là-dessus qu'il avait trouvé un système supérieur encore en dressant des

pigeonneaux attrapés au sommet des tours, et en
leur attachant sous les ailes des lettres qu'ils
allaient porter à des maisons au-dehors.

Tels étaient les principaux entretiens des prisonniers de cette tour du Coin, où avaient séjourné
précédemment Marie de Mancini, nièce de Mazarin,
— qui créa, comme on sait, l'*Académie des humo-
ristes,* — et plus tard la célèbre Mme Guyon, qui ne
fit que passer à la Bastille, mais dont le confesseur
y habitait encore à quatre-vingts ans, à l'époque où
s'y trouvait l'abbé de Bucquoy, notre héros, lequel
ne s'occupait guère, comme ses compagnons, à
chercher des moyens de correspondre. Ne voyant
pas son affaire prendre une meilleure tournure, il
songeait même franchement à une évasion [12]. Lorsqu'il eut assez médité son plan, il sonda ses voisins
qui, dès l'abord, jugèrent la chose impossible; mais
l'esprit ingénieux de l'abbé résolvait peu à peu
toutes les difficultés. Falourdet déclara que ses
moyens proposés avaient beaucoup d'apparence de
pouvoir réussir, mais qu'il fallait de l'argent pour
endormir la surveillance de Ru et de Corbé.

Sur quoi l'abbé de Bucquoy tira, on ne sait d'où,
de l'or et des pierreries, ce qui donna à penser que
l'entreprise devenait possible. Il fut résolu que l'on
fabriquerait des cordes avec une portion des draps,
et des crampons avec le fer qui maintenait les X des
lits de sangle et quelques clous tirés de la cheminée.

La besogne avançait, lorsque Corbé entra tout à
coup avec des soldats, et se déclara instruit de tout.
Un des prisonniers avait trahi ses compagnons...
C'était l'abbé italien Papasaredo. Il avait eu l'espoir
d'obtenir sa grâce au moyen de cette trahison; il

n'eut que l'avantage d'être mieux traité pendant quelque temps.

Tous les autres furent mis au cachot; l'abbé de Bucquoy à l'étage le plus profond.

VII

AUTRES PROJETS

Il est inutile de dire que l'abbé comte de Bucquoy se plaisait peu dans son cachot. Après quelques jours de pénitence, il eut recours à un moyen qui lui avait déjà réussi en d'autres occasions : ce fut de faire le malade. Le porte-clefs qui le servait fut effrayé de son état, qui se partageait entre une sorte d'exaltation fiévreuse et un abattement qui le prenait ensuite et qui le faisait ressembler à un mort; il contrefit même cette situation au point que les médecins de la Bastille eurent peine à lui faire donner quelques signes de vie, et déclarèrent que son mal dégénérait en paralysie. A dater de cette consultation, il feignit d'être pris de la moitié du corps et ne bougeait que d'un côté.

Corbé vint le voir, et lui dit :

« On va vous transporter ailleurs. Mais vous voyez ce qu'ont amené vos desseins d'évasion.

— D'évasion! s'écria l'abbé. Mais qui pourrait espérer de se tirer de la Bastille? Cela est-il arrivé déjà?

— Jamais! Hugues Aubriot, qui avait fait terminer cette forteresse et qui y fut plus tard enfermé, n'en sortit que par suite d'une révolution faite par les maillotins. C'est le seul qui en soit sorti contre le vouloir du gouvernement.

— Mon Dieu! dit l'abbé, sans la maladie qui m'a frappé, je ne me plaindrais de rien..., sinon des crapauds qui laissent leur bave sur mon visage quand ils passent sur moi pendant mon sommeil.

— Vous voyez ce qu'on gagne à la rébellion.

— D'un autre côté, je me fais une consolation en instruisant les rats auxquels je livre le pain du roi, que ma maladie m'empêche de manger... Vous allez voir comme ils sont intelligents. »

Et il appela :

— « Moricaud ? »

Un rat sortit d'une fente de pierres et se présenta près du lit de l'abbé...

Corbé ne put s'empêcher de rire aux éclats, et dit :

« On va vous mettre dans un lieu plus convenable.

— Je voudrais bien, dit l'abbé, me trouver de nouveau avec le baron de Peken. J'avais entrepris la conversion de ce luthérien, et, mon esprit se tournant vers les choses saintes à cause de la maladie dont Dieu m'a frappé, je serais heureux d'accomplir cette œuvre. »

Corbé donna des ordres, et l'abbé se vit transporté à une chambre du second étage dans la tour de la Bretaudière, où le baron de Peken se trouvait depuis quelques jours en compagnie d'un Irlandais.

L'abbé continua à faire le paralytique, même devant ses compagnons, car ce qui était arrivé à la tour du Coin l'avait instruit du danger de trop de franchise. L'Allemand vivait en mauvaise intelligence avec l'Irlandais. Ce compagnon ne tarda pas à déplaire aussi à l'abbé. Mais le baron de Peken, plus irritable, insulta l'Irlandais de telle sorte qu'un duel fut résolu.

On sépara une paire de ciseaux, dont les deux parties, bien aiguisées, furent adaptées à des bâtons, et le duel commença dans les règles. L'abbé de Bucquoy, qui croyait d'abord que ce ne serait qu'une plaisanterie, voyant l'affaire s'engager chaudement et le sang couler, se mit à frapper contre la porte, ce qui était le moyen de faire venir le porte-clefs.

Interrogé sur cette affaire, il donna tort à l'Irlandais, qui fut mis à part, et resta seul avec le baron. Alors, il lui fit confidence d'un projet d'évasion mieux conçu que l'autre et qui consistait à trouer une muraille communiquant à un lieu assez fétide, mais d'où, par une longue percée, on descendait naturellement dans les fossés du côté de la rue Saint-Antoine.

Ils se mirent à travailler tous deux avec ardeur, et le mur était déjà entièrement troué... Malheureusement, le baron de Peken était vantard et indiscret. Il avait trouvé le moyen de communiquer par des trous faits à la cheminée avec des prisonniers placés dans la chambre supérieure. Chacun des deux reclus montait à son tour dans la cheminée et s'entretenait d'assez loin avec ces amis inconnus.

Le baron, en causant, leur parla de l'espoir qu'il avait de s'échapper avec son ami, et, soit par jalousie, soit par le désir de se faire gracier, un nommé Joyeuse, fils d'un magistrat de Cologne, qui faisait partie de cette chambrée, dénonça le projet à Corbé, qui en instruisit le gouverneur.

Bernaville fit venir l'abbé de Bucquoy, qui se fit

porter à bras en qualité de paralytique et attaqua
gaiement la position. Il prétendit que le baron de
Peken, ayant bu quelques verres de vin de trop,
s'était avisé de faire mille contes ridicules à ce
Joyeuse, qui n'était véritablement qu'un *nigaud*, et
qu'il serait malheureux que pour une si sotte
dénonciation on le séparât lui-même du baron, dont
la conversion avançait beaucoup.

Le baron parla dans le même sens, et l'on ne tint
plus compte de ce qu'avait dit Joyeuse. Du reste,
les deux amis, avertis à temps par le porte-clefs,
que l'argent dont l'abbé était toujours garni avait
mis dans leurs intérêts, avaient pu réparer à temps
les dégradations faites au mur, de sorte qu'on ne
s'aperçut de rien.

L'abbé de Bucquoy fut remis dans une autre
chambre qui faisait partie de la tour de la *Liberté*. Il
continuait à travailler à la conversion du luthérien
baron de Peken, et toutefois il n'abandonnait pas
ses projets d'évasion.

Le porte-clefs l'avait beaucoup humilié en lui
contant la facilité avec laquelle un nommé Du Puits
avait pu s'évader de Vincennes au moyen de fausses
clefs.

Ce Du Puits avait été secrétaire de M. de
Chamillard, et on l'appelait la *plume d'or,* à cause
de son adresse calligraphique. Il n'était pas moins
exercé à contrefaire les clefs des portes, qu'il fondait
et forgeait avec les couverts d'étain qui lui étaient
prêtés pour ses repas.

Avec les fausses clefs qu'il s'était procurées ainsi,
ce Du Puits sortait la nuit de sa chambre, et s'en
allait visiter des prisonniers et même des prison-

nières, dont plusieurs l'accueillirent avec autant d'étonnement que de politesse.

Il avait fini par s'échapper de Vincennes, et à se réfugier à Lyon avec un nommé Pigeon, son camarade de chambrée. « Jamais, a dit depuis Renneville dans ses mémoires, jamais le docteur Faust n'a passé pour un si grand magicien que ce Du Puits. »

Toutefois, il fut arrêté de nouveau à Lyon, où, pour se procurer de l'argent, il avait contrefait les ordonnances du roi sur les bons du Trésor.

A la Bastille, Du Puits avait eu moins de bonheur qu'à Vincennes. Il était parvenu à descendre dans un fossé où les faucheurs travaillaient tout le jour, et il avait remarqué, d'avance, que ces gens se retiraient le soir par une porte souterraine qu'ils ne fermaient pas. De sorte qu'il se dirigea de ce côté; mais il était encore jour, et un factionnaire lui tira un coup d'arquebuse, après quoi, on le ramena dans la Bastille où, après une longue maladie, on ne le vit plus marcher qu'avec une *potence* sous le bras.

La fin de cette histoire n'était pas rassurante. Cependant, l'abbé de Bucquoy n'abandonna pas ses projets. Il avait toujours l'attention de dépouiller les bouteilles qu'on lui servait de leur garniture d'osier, prétendant devant le porte-clefs que cela lui servait à allumer le feu le matin. Pendant toute la journée, il tressait cet osier avec le fil emprunté à une partie de ses draps, de ses serviettes et de la toile de ses matelas, ayant soin, du reste, de refaire les ourlets des uns et de recoudre les autres de manière que l'on ne pût rien soupçonner.

Le baron de Peken travaillait, de son côté, à faire des outils avec des morceaux de fer dérobés çà et là,

des débris de casseroles et de clous. On aiguisait
ensuite toute cette ferraille, passée au feu, aux
cruches de grès qui contenaient l'eau.

Les cordes d'osier et le fil étaient les plus
embarrassants. L'abbé de Bucquoy souleva
quelques carreaux de la chambre, et parvint à
établir une cachette imperceptible pour y garder ces
matériaux. Un jour seulement, à force de creuser, il
fit enfoncer le plancher, dont les solives étaient
pourries, de sorte qu'il tomba, avec le baron de
Peken, dans la chambre inférieure, qui était habitée
par un jésuite..., dont l'esprit était troublé précédemment, et que cette aventure acheva de rendre
fou.

L'abbé de Bucquoy et son compagnon n'avaient
reçu que de faibles contusions. Le jésuite criait si
haut : « Au secours! à l'aide! » que l'abbé l'engagea
en latin à se tenir tranquille, lui promettant de
l'associer à ses projets d'évasion. Le jésuite, faible
d'esprit comme il l'était, crut qu'on en voulait à sa
vie, et cria encore plus fort.

Les porte-clefs arrivèrent, et l'abbé de Bucquoy,
ainsi que le baron, jetèrent à leur tour les hauts cris
sur leur chute, due au peu de solidité du plafond.

On les remit dans leur chambre, et ils purent à
temps faire disparaître les échelles de corde cachées
sous les carreaux, ainsi que la ferraille nécessaire à
l'évasion; seulement, un jour, ils virent venir un
menuisier qui devait faire un guichet à la porte...
L'abbé demanda les raisons de ce travail, et on lui
répondit que l'on pratiquait ce guichet pour pouvoir donner à manger au jésuite fou que l'on
mettrait là. Quant à eux, ils devaient être transpor-
tés dans une chambre plus belle... Ce n'était pas là

le compte des deux amis, qui étaient parvenus à scier leurs barreaux et que leurs préparatifs assuraient d'un succès prochain.

L'abbé demanda à voir le gouverneur, et lui dit qu'il se plaisait dans sa chambre, et qu'en outre, si l'on voulait le séparer du baron de Peken, la conversion de ce dernier deviendrait impossible, attendu qu'il n'avait confiance qu'en ses exhortations amicales... Le gouverneur fut inflexible : et l'abbé, en rentrant, avertit l'Allemand de ce qui s'était passé.

Il lui conseilla alors de feindre une grande mélancolie de quitter le logement, et de faire semblant de se tuer. Le baron fit si bien semblant, qu'au lieu de se tirer un peu de sang, il se coupa les veines des bras, de sorte que l'abbé, effrayé de voir couler tant de sang, appela au secours. Les sentinelles avertirent le corps-de-garde, et le gouverneur vint lui-même, manifestant beaucoup de pitié.

La raison principale de cette conduite était que, depuis quelque temps déjà, il avait reçu l'ordre de mettre le baron en liberté... Mais, pour gagner encore sur sa pension, il prolongeait le plus possible sa captivité.

Après cette aventure, l'abbé de Bucquoy fut transporté, non au cachot, mais dans un de ces étages des tours qu'on appelait *calottes*. Des prisonniers précédents s'étaient avisés de peindre les murs de cette chambre en y traçant des figures effrayantes, et des sentences de la Bible « propres à préparer à la mort ».

D'autres prisonniers, moins religieux que politiques, avaient inscrit cette épigramme sur le mur :

Sous Fouquet, qu'on regrette encor,
L'on jouissait du siècle d'or;
Le siècle d'argent vint ensuite,
Qui fit naître Colbert; concevant du chagrin,
L'ignare Pelletier, par sa fade conduite,
Amena le siècle d'airain;
Et la France, aujourd'hui sans argent et sans pain,
Au siècle de fer est réduite
Sous le vorace Pontchartrain!

Un autre, plus hardi, s'était permis de graver
dans le mur ces quatre vers :

Louis doit se consoler de perdre par la guerre
Milan, Naples, Sicile, Espagne et Pays-Bas :
Avec la Maintenon, ce prince n'a-t-il pas
La reste de toute la terre!

L'abbé ne se plaisait pas dans cette chambre
octogone, voûtée en ogives, où il se trouvait seul.
On lui offrit de le mettre en société avec un capucin
nommé Brandebourg; mais après avoir accepté
cette compagnie, il se plaignit de ce que ce religieux
avait de grands airs et voulait être traité de prince.
Il demanda au gouverneur d'être mis avec quelque
bon garçon protestant qu'il pût convertir. Il parla
même d'un nommé Grandville, dont les prisonniers
de la chambre précédente s'étaient entretenus déjà
avec lui.

C'était un homme entreprenant que ce Grandville, et beaucoup moins porté à la conversion
qu'aux idées de fuite, dans lesquelles il s'entendait
parfaitement avec l'abbé de Bucquoy.

VIII

DERNIÈRES TENTATIVES

L'abbé et Grandville travaillaient à percer le mur, et y réussissaient en démolissant une ancienne fenêtre bouchée par la maçonnerie, lorsque tout à coup ils virent arriver deux nouveaux hôtes, dont l'un était le chevalier de Soulanges, homme sûr, que l'abbé de Bucquoy avait connu précédemment. Ils s'embrassèrent. Quant au quatrième, c'était une sorte de fou nommé Gringalet, que l'on soupçonnait d'être espion car, dans les grandes chambrées il y en avait toujours un. On parvint à lui rendre la vie si désagréable, qu'il voulut sortir, et fut remplacé par un autre.

Les quatre prisonniers, se reconnaissant pour des hommes d'honneur et de vrais frères, tinrent conseil sur les moyens de s'évader, et le plan proposé par l'abbé de Bucquoy obtint, dès l'abord, l'approbation générale.

Il s'agissait simplement de limer les grilles de la fenêtre et de descendre, la nuit, dans le fossé au moyen de cordes de fils et d'osier. L'abbé était parvenu à conserver quelques-unes de celles qu'il avait filées avec le baron de Peken, et instruisit ses compagnons à en faire d'autres ainsi qu'à fondre des crampons.

Quant à la question de limer les barreaux, il fit voir une petite lime qu'il était parvenu à conserver et qui suffisait à tout le travail.

Seulement ses précédentes traverses l'avaient rendu méfiant, et il voulut encore que chacun

s'engageât, par les serments les plus forts, à ne
point trahir les autres. Il écrivit des passages de
l'Évangile avec une plume de paille et de la suie
délayée, et fit jurer solennellement tous ses compagnons.

Mais une difficulté s'éleva quant à l'endroit par
lequel on attaquerait la contrescarpe, une fois dans
le fossé.

L'abbé penchait pour la contrescarpe voisine du
quartier Saint-Antoine ; d'autres étaient d'avis « de
passer par la demi-lune dans le fossé qui donne hors
de la porte ».

Les avis furent tellement partagés, qu'il fallut
nommer un président... On finit par convenir de ce
point important qu'une fois dans le fossé, chacun se
sauverait à sa mode.

Ce fut le 5 mai à deux heures du matin que
l'évasion fut accomplie.

Il fallait, pour soutenir la corde, un crampon
avancé hors de la fenêtre qui lui donnât du
dégagement. On avait construit l'apparence d'une
espèce de cadran solaire, maintenu par un bâton
hors de la croisée, afin d'habituer les regards des
sentinelles à l'appareil que l'on projetait. Il fallut
encore teindre les cordes en noir de suie, et les
établir sur le crampon avancé hors de la fenêtre.
Comme on risquait d'être vu en passant devant
l'étage inférieur, on avait eu la précaution de laisser
pendre une couverture sous prétexte de la faire
sécher.

L'abbé de Bucquoy descendit le premier. On était
convenu qu'il surveillerait la marche du factionnaire et avertirait ses camarades au moyen d'un
cordon qu'il tirerait pour indiquer le danger ou le

moment favorable. Il resta plus de deux heures s'abritant dans les hautes herbes sans voir descendre personne.

Ce qui avait retenu ces pauvres gens, c'est que Grandville, à cause de son épaisseur, ne pouvait passer à travers la brèche faite à la grille, que l'on essayait en vain d'élargir.

Deux des prisonniers finirent par descendre et apprirent à l'abbé de Bucquoy que Grandville s'était sacrifié dans l'intérêt de tous, disant : « qu'il valait mieux qu'un seul pérît ».

L'abbé n'était inquiet que de la sentinelle; il offrit d'aller la saisir, attendu que sa marche et son retour gênaient singulièrement le projet de franchir la contrescarpe du côté de la rue Saint-Antoine. Ses amis ne furent pas du même avis, et voulurent s'enfuir d'un autre côté en s'aidant de la hauteur des herbes qui les dérobaient aux regards.

L'abbé, qui n'abandonnait jamais une opinion, resta seul dans le même lieu, attendit que la sentinelle fût éloignée, et *se mit à gravir* le mur, au delà duquel il trouva encore un autre fossé. Le fossé fut encore franchi, et il se trouva de l'autre côté sur une gouttière donnant dans la rue Saint-Antoine. Il n'eut plus qu'à descendre le long du toit d'un pavillon qui servait aux marchands bouchers.

Au moment de quitter la gouttière, il voulut voir encore ce que devenaient ses camarades; mais il entendit un coup de fusil, ce qui lui fit penser qu'ils avaient essayé sans succès de désarmer le factionnaire.

L'abbé de Bucquoy, en sautant hors de la gouttière, s'était fendu le bras à un crochet d'étal. Mais il ne s'occupa point de cet inconvénient et

descendit vite la rue Saint-Antoine, puis il gagna
celle des Tournelles; traversant Paris, il arriva à la
porte de la Conférence, où demeurait un de ses amis
du café Laurent. On le cacha pendant quelques
jours. Ensuite il ne fit pas la faute de rester dans
Paris, et parvint, avec un déguisement, à gagner la
Suisse par la Bourgogne. On ne dit pas qu'il s'y fût
arrêté de nouveau à faire des discours aux faux
saulniers.

L'évasion de l'abbé eut des suites très graves
pour les prisonniers qui étaient restés à la Bastille.
Jusque-là, c'était un dicton populaire qu'on ne
pouvait s'échapper de cette forteresse... Bernaville
fut tellement troublé de cette aventure qu'il fit
couper tous les arbres du jardin et des allées qui
entouraient les remparts. Puis, ayant reçu avis par
Corbé du moyen qu'employaient certains prisonniers pour communiquer avec le dehors, il fit tuer
tous les pigeons et les corbeaux qui trouvaient asile
au sommet des tours et jusqu'aux passereaux et aux
rouges-gorges qui faisaient la consolation des prisonnières.

Corbé fut soupçonné de s'être laissé tromper dans
sa surveillance par les cadeaux que lui faisait l'abbé
de Bucquoy. De plus, sa conduite avec les prisonnières lui avait attiré déjà des reproches.

Il était devenu très amoureux de la femme d'un
Irlandais nommé Odricot, enfermée à la Bastille
sans que son mari même sût qu'elle existât si près
de lui. Corbé et Giraut (l'aumônier) faisaient la cour
à cette dame, qui devint grosse enfin... et l'on ne
put savoir de qui était l'enfant.

Cependant Corbé se persuada qu'il était de lui
seul, et parvint, par ses relations, à obtenir la grâce

de la dame Odricot, qui était fort belle, quoique un peu rouge de cheveux. Corbé était très avare, au point qu'on lui attribuait la mort d'un ministre protestant, nommé Cardel, qu'il aurait laissé périr de faim pour hériter de quelques pièces d'argenterie que possédait ce pauvre homme. Mais la dame Odricot sut le dominer au point qu'il se ruina à lui donner un carrosse, des domestiques et tous les dehors d'une grande existence. Sur des plaintes assez fondées, on finit par le casser, et tout porte à croire qu'il finit malheureusement.

Bernaville, gorgé d'or à ce point que l'on calcula qu'il devait faire six cent mille francs de bénéfice, par an, sur les prisonniers, fut remplacé par Delaunay, seulement vers l'époque de la mort de Louis XIV. Le dernier prisonnier de considération qu'il ait reçu était ce jeune Fronsac, duc de Richelieu, que l'on avait surpris un jour caché sous le lit de la duchesse de Bourgogne, épouse de l'héritier de la couronne... Les mauvaises langues du temps remarquèrent qu'il était triste que les lauriers du duc de Bourgogne ne l'eussent pas préservé d'un tel affront. Il mourut, du reste, peu de temps après, laissant à Fénelon le regret d'avoir perdu beaucoup de belles pensées et de belles phrases à l'instruire des devoirs de la royauté.

IX

CONCLUSION

Nous avons montré l'abbé de Bucquoy s'échappant de la Bastille. ce qui n'était pas chose facile;

il serait maintenant fastidieux de raconter ses
voyages dans les pays allemands, où il se dirigea en
sortant de Suisse. Le comte de Luc, auquel
J.-B. Rousseau a adressé une ode célèbre, était là
ambassadeur de France et s'employa à faire sa paix
avec la cour. Mais il n'y put réussir, non plus que la
tante de l'abbé, la douairière de Bucquoy, qui
adressa au roi un placet commençant ainsi :

« La veuve du comte de Bucquoy remontre très
humblement à Votre Majesté que le sieur abbé de
Bucquoy, neveu du feu comte son époux, a eu le
malheur d'être arrêté de Sens pour le sieur abbé de
la Bourlie, envoyé prétendu de M. de Marlborough,
afin d'encourager les *fauxçonniers* répandus dans la
Bourgogne et dans la Champagne, et tâcher d'y
pratiquer une espèce de rébellion. »

La comtesse indiquait ensuite la fausseté de cette
arrestation, et peignait les souffrances qu'avait dû
subir un fidèle sujet comme le comte abbé de
Bucquoy, confondu avec des révoltés et retenu
d'abord dans la prison de Soissons avec les gens
coupables de l'enlèvement de M. de *Berringhen**.

La comtesse tâche ensuite de faire valoir le
courage qu'a eu son neveu de s'échapper de la
Bastille, *sans aucun éclat*, le 5 mai, au prix de
beaucoup de sueurs et de travaux... Cependant,
arrivé en lieu étranger, il demande à faire valoir son
innocence, protestant qu'il est un des plus zélés
sujets du roi, mais, « de ces sujets *à la Fénelon*, qui
vont droit à la vérité, où le prince trouve cette
gloire qui ne doit son éclat qu'à la vertu... »

---

* La *Biographie universelle* de Michaud dit *M. le Premier*. Le
livre semi-allemand publié à Francfort, qui contient l'histoire
originale de l'abbé de Bucquoy, nous fournit cet autre nom.

La comtesse fait encore observer « qu'il serait bon que les écrous de son neveu fussent partout rayés et biffés, *à Sens, à Soissons, au For-l'Évêque et à la Bastille*, et qu'il fût rétabli dans tous ses droits, honneurs, prérogatives et dignités, et qu'on lui restituât plus de six cents pistoles qui lui avaient été enlevées dans ses divers emprisonnements ». Elle fait remarquer aussi que le valet de chambre et la servante de son neveu, Fournier et Louise Deputs, ont emporté deux mille écus qu'il possédait au moment de son évasion.

La douairière de Bucquoy finit par demander pour son neveu un emploi honorable, soit dans les armées du roi, soit dans l'Église, lui-même étant disposé également à tout ce que *l'ordre* voudra de lui, « et trouvant tout bon, pourvu que ce soit le bien qu'il puisse remplir ».

La date est du 22 juillet 1709.

Ce placet n'obtint aucune réponse.

Lorsque l'on se trouve en Suisse, il est très facile de descendre le Rhin, soit par les bateaux ordinaires, soit par les trains de bois qui emportent souvent des villages entiers sur leurs planchers de sapin. Les branches du Rhin, canalisées, facilitent en outre l'accès des Pays-Bas.

Nous ne savons comment l'abbé de Bucquoy se rendit de Suisse en Hollande, mais il est certain qu'il parvint à s'y faire bien recevoir du *grand pensionnaire Heinsius,* qui, comme philosophe, l'accueillit les bras ouverts.

L'abbé de Bucquoy avait tracé déjà tout un plan de république applicable à la France, qui donnait

les moyens de supprimer la monarchie! Il avait
intitulé cela : « *Anti-Machiavélisme, ou réflexions
métaphysiques sur l'autorité en général et sur le
pouvoir arbitraire en particulier.* »

« On peut dire, observait-il dans son mémoire,
que la république n'est qu'une réforme, par occasion, de l'abus que le temps amène dans l'administration du peuple. »

L'abbé de Bucquoy, par esprit de conciliation
probablement, ajoute que la monarchie est de
même parfois un remède violent contre les excès
d'une république... « *La Nature* se rencontre dans
ces deux gouvernements, républicain ou monarchique, mais non pas *de plein gré* comme dans le
premier. »

Il avoue que le pouvoir monarchique entre les
mains d'un sage serait le plus parfait de tous, mais
où trouver ce sage ?... Partant, l'État républicain lui
paraît être le moins défectueux de tous.

« *L'autorité arbitraire* (dans les idées de l'abbé
c'est le gouvernement de Louis XIV) ne se sert que
trop de Dieu, mais à quoi? à couvrir son injustice...
Elle peut surprendre la multitude, ou la *jehenner* de
telle manière que son air muet semble applaudir;
mais on doit encore prendre garde... Il ne faut que
quelques hommes d'une certaine trempe, une veine,
un moment, un presque rien qui s'offre à propos,
pour réveiller dans le peuple ce qui y semble
assoupi. »

Quel fonds faites-vous, ajoute l'abbé, sur les
athées couverts, qui, non plus que vous, ne pensent
qu'à eux. N'attendez pas qu'ils s'échauffent pour
vous dans l'occasion. « Ils suivront le Temps, en

vous laissant dans la surprise qu'ils vous ont les premiers manqué. »

Notre travail, maintenant, ne peut être que le complément d'une biographie, où nous devons seulement indiquer l'abbé de Bucquoy comme un des précurseurs de la première révolution française. L'ouvrage, dont on vient de voir l'esprit général, est suivi d'un *Extrait du Traité de l'existence de Dieu*, dans lequel l'auteur cherche à démontrer, contre les philosophes matérialistes, que la *matière* n'est pas en possession de son existence et de son mouvement par sa propre vertu.

« Chacune des parties de la matière, dit-il, a-t-elle l'existence par elle-même ? Il y aurait donc autant d'êtres nécessaires que de parties... Cela produirait des dieux sans nombre, comme dans les imaginations des païens. » Les corps n'ont, selon l'abbé, ni existence, ni mouvement par eux-mêmes... Prétendra-t-on « qu'au centre de la matière un atome pousse l'autre, et que l'ordre résulte de leur action réciproque ? » Voilà ce que l'abbé ne peut admettre sans l'intervention d'un Dieu.

« Les corps ont aussi peu par eux-mêmes le mouvement et la régularité du mouvement, que l'existence. A ce compte le *hasard* est-il quelque chose de tout cela ? Par là même il dépend. Subsiste-t-il par lui-même sans être rien de ce qu'on vous a dit ? Alors c'est Dieu. N'est-il ni l'un ni l'autre ? Ce n'est rien ! »

L'auteur, on le voit, lutte ici contre certaines idées cartésiennes qui préparaient déjà d'Holbach et La Mettrie ; il ne peut s'empêcher de faire encore, en finissant, une critique de la cour de Louis XIV, en disant : « Ô mon Dieu, on vous confesse assez de

bouche; mais qui est-ce qui vous avoue de cœur?
N'y aurait-il que vous, Seigneur, qui n'auriez aucun
crédit parmi les hommes, si ce n'est comme prétexte
à leur injustice? »

Le gouvernement des Pays-Bas tint beaucoup
compte des projets de l'abbé de Bucquoy; mais il
était difficile d'établir alors en France une république; et, de plus, cela n'eût pu se faire que par le
triomphe des *alliés*.

L'abbé n'eut donc que des succès de salon en
Hollande, où il passa pour un profond métaphysi-
cien. On l'écoutait avec faveur dans les réunions, et
là il obtenait partout l'assentiment de *cette France*
dispersée à l'étranger par les persécutions de toutes
sortes, et qui se composait de catholiques hardis
aussi bien que de protestants. Les deux partis
s'unissaient dans la haine de celui qui se faisait
adresser ces épithètes : *Viro immortali,* ou *fit regio
divo.*

A propos du placet adressé au roi par sa tante, les
dames de La Haye en blâmèrent le ton. Ce n'était
plus, dit-on, la mode en France de parler si haut ni
si naïvement... « Il en avait coûté cher à M. de
Cambray, qui pourtant *s'était enveloppé dans son
style...* »

A l'époque de la mort de Louis XIV, l'abbé de
Bucquoy écrivit ces quatre vers avec ce titre :

SON DERNIER RÔLE

(La scène est Saint-Denis)

Le voilà mis dans le cavot (*sic*);
C'est donc la fin de son histoire;
Mais, pour épargner sa mémoire,
La flatte bien qui n'en dit mot.

Il y avait peut-être un peu d'exagération dans cette remarque de l'abbé. « Vrai roman que son règne », dit-il plus loin : « Je le veux, je le puis! » telle était sa devise.

— Qu'a-t-il fait? Rien.

« Que ne peut-on redonner la vie à des milliers d'hommes sacrifiés à ses desseins! »

C'est à la *mère du régent* que le comte de Bucquoy adressait ces observations, de son refuge en Hanovre, le 3 avril 1717.

L'abbé de Bucquoy, se trouvant à Hanovre, publia des réflexions sur le *décès inopiné* du roi de Suède. En faisant considérer la position qu'avaient à maintenir les princes, il écrivit cette phrase : « Quel opprobre et quel reproche sur tous ceux que la Providence plaça sur le chandelier, de n'y figurer pas mieux que sous le boisseau. » Il ajoutait : « L'âme d'un misérable particulier en un prince me choque étrangement. »

Quant à Sa Majesté suédoise, il lui reproche d'avoir lu trop jeune Quinte-Curce... « Gardez-vous, ajoute-t-il, d'un homme qui n'a qu'un livre dans sa poche.

« Déterminé soldat partout, grenadier par excellence, c'était son humeur; mais les lectures de Quinte-Curce l'ont perdu. De sa gloire de Nerva, réduit à fuir à Pultava, aventurier à Bender, il se fait tuer sans besoin à Fredrichstahl!... »

Voilà à quels raisonnements politiques l'abbé de Bucquoy se livrait à Hanovre vers 1718. Mais en 1721 il ne se préoccupait plus que des femmes, faisant accessoirement des observations « sur la malignité du beau sexe. » On trouve dans ce nouveau livre cette phrase :

« Ô femme! l'extrait d'une côte! fille de la nuit et du sommeil : Adam dormait quand Dieu te fit... S'il eût été éveillé, peut-être aurait-on eu de meilleure besogne : ou bien il aurait prié le Seigneur de rendre l'os de ses os plus souple, du moins du côté de la tête. »

Adam aurait pu dire aussi à Dieu : « Laisse ma côte en repos : j'aime mieux être seul qu'en mauvaise compagnie... »

L'abbé de Bucquoy avait trouvé un grand accueil à la cour de Hanovre, où on lui donna un logement dans le palais. Seulement, il ne s'attendait pas à y trouver une dame nommée Martha, qui était la concierge et qui le fit souffrir en plusieurs occasions. Cette femme était fort avare, et tirait tout ce qu'elle pouvait de l'abbé.

Il était allé à Leipsick, et on lui avait envoyé de l'argent pendant son absence. En revanche, il n'entendit parler de rien ; mais une lettre l'avertit de ce qui lui était envoyé. Alors il se plaignit, et la concierge lui répondit que, dans son absence, elle avait employé l'argent, mais qu'elle le lui rendrait plus tard. Il se borna à lui répondre en allemand : *Es ist nicht necht* (Ce n'est pas bien).

Cependant, comme il s'en était plaint au mari, elle vint chez l'abbé le matin, en chemise blanche et nu-jambes avec un cotillon fort court... « Que sait-on, dit l'abbé, si ce n'était pas une Phèdre furieuse d'amour et de rage... » C'est alors qu'il courut à ses pistolets « pour y mettre de la dragée. La dame eut soin de s'échapper très vite... »

Ces dernières persécutions furent très sensibles à l'abbé de Bucquoy, qui plusieurs fois s'en plaignit à Sa Majesté britannique, de qui dépendait le gou-

vernement de Hanovre. On peut croire que dans
ses dernières années, c'est-à-dire vers quatre-vingt-
dix ans, son esprit s'affaiblissait et l'amenait à
s'exagérer bien des choses.

Nous n'avons pas d'autres renseignements touchant les dernières années de l'abbé comte de
Bucquoy.

Cet écrivain nous a paru remarquable, tant par
ses évasions que par le mérite relatif de ses écrits.
Nous ne devons pas toutefois le confondre avec un
nommé Jacques de Bucquoy, dont la Bibliothèque
nationale possède un livre intitulé : « *Reïse door de
Indiën*, door Jacob de Bucquoy — Harlem : *Jan
Bosch.* — 1744. »

Le comte de Bucquoy, après son évasion, resta
soit en Hollande, soit en Allemagne, et n'alla pas
aux Indes. Un de ses parents peut-être y fit une
excursion vers cette époque.

LES CONFIDENCES DE NICOLAS

(XVIIIᵉ SIÈCLE)

RESTIF DE LA BRETONE

Première partie

I

L'HÔTEL DE HOLLANDE

Au mois de juillet de l'année 1757[1], il y avait à Paris un jeune homme de vingt-cinq ans, exerçant la profession de compositeur à l'imprimerie des galeries du Louvre et connu à l'atelier du simple nom de Nicolas, car il réservait son nom de famille pour l'époque où il pourrait former un établissement, ou parvenir à quelque position distinguée. — N'allez pas croire toutefois qu'il fût ambitieux, l'amour seul occupait ses pensées, et il lui eût sacrifié même la gloire, dont il était digne peut-être, et qu'il n'obtint jamais. — Quiconque aurait à cette époque fréquenté la Comédie-Française n'eût pas manqué d'apercevoir à la première rangée du parterre une longue figure au nez aquilin, avec la peau brune et marquée de petite vérole, des yeux noirs pleins d'expression, un air d'audace tempéré par beaucoup de finesse; un joli cavalier du reste, à la taille svelte, à la jambe élégante et nerveuse, chaussé avec soin, et rachetant par la grâce

d'attitude d'un homme habitué à briller dans les
bals publics ce que sa mise avait d'un peu modeste
pour un spectateur du Théâtre royal. C'était Nicolas l'ouvrier, consacrant presque tous les soirs au
plaisir de la scène une forte partie du gain de sa
journée, applaudissant avec transport les chefs-
d'œuvre du répertoire comique (il n'aimait pas la
tragédie), et surtout marquant son enthousiasme
aux passages débités par la belle Mlle Guéant, qui
obtenait alors un grand succès dans *la Pupille* et
dans *les Dehors trompeurs.*

Rien n'est plus dangereux pour les gens d'un
naturel rêveur qu'un amour sérieux pour une
personne de théâtre ; c'est un mensonge perpétuel,
c'est le rêve d'un malade, c'est l'illusion d'un fou.
La vie s'attache tout entière à une chimère irréalisable qu'on serait heureux de conserver à l'état de
désir et d'aspiration, mais qui s'évanouit dès que
l'on veut toucher l'idole.

Il y avait un an que Nicolas admirait
Mlle Guéant sous le faux jour du lustre et de la
rampe, lorsqu'il lui vint à l'esprit de la voir de plus
près. Il alla se planter à la sortie des acteurs, qui
correspondait alors à un passage conduisant au
carrefour de Bussy. La petite porte du théâtre était
fort encombrée de laquais, de porteurs de chaises et
de soupirants malheureux, qui, comme Nicolas,
brûlaient d'un feu pudique pour telle ou telle de ces
demoiselles. C'étaient généralement des courtauds
de boutique, des étudiants ou des poètes honteux
échappés du café Procope, où ils avaient écrit
pendant l'entracte un madrigal ou un sonnet. Les
gentilshommes, les robins, les commis des fermes et
les gazetiers n'étaient pas réduits à cette extrémité.

Ils pénétraient dans le théâtre, soit par faveur, soit par finance, et le plus souvent accompagnaient les actrices jusque chez elles, au grand désespoir des assistants extérieurs.

C'est là que Nicolas venait s'enivrer du bonheur stérile d'admirer la taille élancée, le teint éblouissant, le pied charmant de la belle Guéant, qui d'ordinaire montait en chaise à cet endroit, et se faisait porter directement chez elle. Nicolas avait pris l'habitude de la suivre jusque-là pour la voir descendre, et jamais il n'avait remarqué qu'elle se fît accompagner d'aucun cavalier. Il poussait souvent l'enfantillage jusqu'à se promener une partie de la nuit sous les fenêtres de l'actrice, épiant le jeu des lumières, les ombres sur les rideaux, comme si cela lui importait le moins du monde, à lui, pauvre enfant du peuple, vivant d'un état manuel, et qui n'oserait jamais, certes, aspirer à celle qui défendait sa porte aux financiers et aux seigneurs.

Un soir, à la sortie du théâtre, Mlle Guéant, au lieu de prendre sa chaise à porteurs, s'en alla à pied, donnant le bras à une de ses compagnes, traversa le passage, et, arrivée au bout, monta tout à coup dans une voiture qui l'attendait, et qui partit avec rapidité. Nicolas se mit à courir en la poursuivant ; les chevaux allaient si vite, qu'il ne tarda pas à être essoufflé. Dans les rues, ce n'était rien encore ; mais bientôt on gagna la longue série des quais, où nécessairement sa force allait être vaincue. Heureusement, la nuit le favorisant, il eut l'idée de s'élancer derrière la voiture, où il reprit haleine, enchanté de cette position, mais le cœur navré de jalousie. Il était évident pour lui que l'équipage se dirigeait vers quelque petite maison La naïve *pupille* qu'il venait d'admirer au théâtre convolait cette fois à des noces mystérieuses.

Et quel droit avait-il, cet insensé spectateur, tout plein encore des illusions de la soirée, de s'enquérir des actions nocturnes de la belle Guéant ? Si, au lieu de *la Pupille,* elle avait joué ce soir-là *les Dehors trompeurs,* le sentiment éprouvé par Nicolas eût-il été le même ? C'est donc une femme idéale qu'il aimait, puisqu'il n'avait jamais songé d'ailleurs à se rapprocher d'elle ; mais le cœur humain est fait de contradictions. De ce jour, Nicolas se sentait amoureux de la femme et non plus seulement de la comédienne. Il osait pénétrer un de ses secrets, il se sentait résolu à se mêler au besoin à cette aventure, comme il arrive quelquefois que dans les rêves le sentiment de la réalité se réveille, et que l'on veut à tout prix les faire aboutir.

La voiture, après avoir traversé les ponts et s'être engagée de nouveau parmi les rues de la rive droite, s'était enfin arrêtée dans la cour d'un hôtel du quartier du Temple. Nicolas se glissa à terre sans que le concierge s'en aperçût, et se trouva un instant embarrassé de sa position. Pendant ce temps, la voix doucement timbrée de Mlle Guéant disait à sa compagne : « Descends la première, Junie. »

Junie ! A ce nom, un souvenir déjà vague passa dans la tête de Nicolas : c'était le petit nom d'une demoiselle Prud'homme, danseuse à l'Opéra-Comique, qu'il avait rencontrée dans une partie de campagne. Il s'avança pour lui donner la main au moment où elle descendait de voiture. « Tiens, vous êtes aussi de la fête ? » dit-elle en le reconnaissant. Il allait répondre, quand Mlle Guéant qui descendait à son tour, s'appuya légèrement sur son bras. L'impression fut telle que Nicolas ne put trouver un mot. En ce moment un colonel de dragons, qui venait au-devant des dames, dit en jetant les yeux sur lui : « Mademoiselle Guéant, voici un de vos plus fidèles admirateurs. » Il avait en effet vu souvent Nicolas au spectacle, applaudissant toujours avec transport la belle comédienne. Celle-ci se tourna vers le jeune homme, et lui dit avec son plus charmant sourire et son accent le plus pénétrant : « Je suis charmée, monsieur, de vous trouver des nôtres. » Nicolas fut comme effrayé d'entendre pour la première fois cette voix si connue s'adresser à lui, de voir cette statue adorée descendue de son piédestal, vivre et sourire un instant pour lui seul. Il eut seulement la présence d'esprit de répondre : « Mademoiselle, je ne suis qu'un amateur charmé de rester pour vous admirer plus longtemps. »

Il y avait en lui un sentiment singulier qu'éprouvent tous ceux qui voient de près pour la première fois une femme de théâtre, c'est d'avoir à faire la connaissance d'une personne qu'ils connaissent si bien. On ne tarde pas à s'apercevoir le plus souvent que la différence est grande : la soubrette est sans esprit, la coquette est sans grâce, l'amoureuse est sans cœur, et puis la clarté qui monte de la rampe change tellement les physionomies! Cependant Mlle Guéant triomphait de toutes ces chances fâcheuses. Nicolas restait pétrifié à la voir, avec son cou de neige et sa taille onduleuse, monter l'escalier au bras du colonel.

— Eh bien! que faites-vous là? dit Mlle Prud'homme; donnez-moi votre bras et montons. — Nicolas se rassurait peu à peu. Ce jour-là, par

bonheur, son linge était irréprochable, son habit de
lustrine était presque neuf, le reste convenable, et
d'ailleurs il voyait passer près de lui d'autres invités
beaucoup plus négligés dans leur mise que lui-
même.

— Où sommes-nous donc ? dit-il tout bas à Junie
(Mlle Prud'homme), et, en montant l'escalier, il lui
expliqua tout son embarras. Celle-ci se prit à rire
aux éclats, et lui dit : Mon ami, soyez tranquille, en
fait d'hommes, il n'y a ici que des princes et des
poètes, comme dit M. de Voltaire ; c'est une société
mêlée... N'êtes-vous pas un peu prince ?

— Je descends de l'empereur Pertinax, dit
sérieusement Nicolas [2], et ma généalogie se trouve
bien en règle chez mon grand-père, à Nitri, en
Bourgogne.

— Eh bien ! cela suffit, dit Junie, sans trop
s'arrêter à la vraisemblance du fait ; je vous aurais
mieux aimé poète, parce que vous auriez récité
quelque chose de leste au dessert ; mais qu'importe ?
Un prince, cela est déjà bien, et d'ailleurs c'est moi
qui vous introduis.

— Mais où sommes-nous ?

— Nous sommes, dit Junie, à l'hôtel de Hollande, où l'ambassadeur de Venise donne une fête
cette nuit.

Ils entrèrent dans la salle (la même où a été
depuis le billard de Beaumarchais, qui plus tard
occupa cet hôtel). Nicolas, qui n'avait jamais soupé
qu'aux *Porcherons* depuis quelques mois qu'il habitait Paris, était étourdi de la magnificence de la
table où il fut convié à s'asseoir. Cependant sa
figure avait un tel air de distinction, qu'il ne
pouvait paraître déplacé nulle part. On s'étonnait

seulement de ne pas le connaître, car il n'y avait là que des illustrations du monde et de la littérature. Les femmes étaient toutes des actrices de différents théâtres. On admirait Mlle Hus, si spirituelle, si provoquante, mais moins belle que Mlle Guéant; Mlle Halard, alors svelte et légère; Mlle Arnould, célèbre déjà par le rôle de Psyché dans *les Fêtes de Paphos;* la jeune Rosalie Levasseur, de la Comédie-Italienne, qui s'était fait accompagner par un abbé coquet; puis Mlle Guimard et Camargo deuxième, première danseuse aux Français. Mme Favart se trouvait assise à la gauche de Nicolas. Entouré d'un tel cercle de beautés célèbres, il n'avait d'yeux que pour Mlle Guéant, placée à l'autre bout de la table auprès du colonel qui l'avait introduite. Junie lui en fit la guerre, et l'amena à lui raconter toute l'histoire de sa belle passion. « Ce n'est pas gai pour moi! dit-elle en riant, car enfin je n'ai point d'autre cavalier que vous; mais n'importe, vous m'amusez beaucoup. »

Quand le souper fut achevé, Rosalie Levasseur, qui avait une voix délicieuse, chanta quelques vaudevilles; Mlle Arnould dit le bel air : *Pâles flambeaux;* Mlle Hus joua une scène de Molière; Mme Favart chanta une ariette de *la Servante maîtresse;* Guimard, Halard, Prud'homme et Camargo deuxième exécutèrent un pas du ballet de *Médée;* Mlle Guéant rendit la scène de la lettre dans *la Pupille.* Ce fut alors le tour des poètes : chacun déclama ses vers ou chanta sa chanson. La nuit s'avançait; les auteurs les plus célèbres, les grands personnages, la *gravité* en un mot, venaient de partir. Le cercle devint plus intime; Grécourt récita un de ses contes; un auteur nommé Robbé donna lecture d'un poème dirigé contre le prince de Conti, qui lui avait fait donner vingt mille livres pour qu'il ne l'imprimât pas. Piron récita quelques strophes empreintes de cette passion d'un siècle qui ne respectait rien, pas même l'amour. On frémissait encore de cette fougueuse poésie, quand Mme Favart, se tournant vers son voisin de droite, lui dit : « C'est à votre tour! » Nicolas hésita, d'autant plus que les yeux de la belle Guéant étaient alors fixés sur lui. Cette dernière, voulant le rassurer, ajouta avec son sourire adorable : « Nous donnerez-vous quelque chose, monsieur? — C'est un petit prince! s'écria Junie, il n'est bon à rien, il ne fait rien... C'est un descendant de l'empereur Per... Per... » Nicolas rougissait jusqu'aux oreilles. « Pertinax, c'est cela! » dit enfin Junie.

L'ambassadeur de Venise fronçait le sourcil; il croyait peu aux descendants des empereurs romains, et se flattait, étant lui-même un Mocenigo inscrit au livre d'or de Venise, de connaître tous les plus grands noms de l'Europe. Nicolas sentit qu'il était perdu, s'il ne s'expliquait pas. Il se leva donc et commença l'histoire de sa généalogie; il raconta comme quoi Helvius Pertinax, fils du successeur de Commode, avait échappé à la mort dont le menaçait Caracalla, et, réfugié dans les Apennins, avait épousé Didia Juliana, fille également persécutée de l'empereur Julianus. L'abbé coquet qui accompagnait Rosalie Levasseur, et qui avait les prétentions à la science, secoua la tête à cette allégation; sur quoi Nicolas récita en latin très pur l'acte de mariage des deux conjoints, et cita une foule de textes. L'abbé se reconnaissant vaincu, Nicolas énuméra froidement les successeurs de Helvius et de

Didia, jusqu'à Olibrius Pertinax, que l'on trouve
capitaine des chasses sous le roi Chilpéric, puis
encore un nombre infini de Pertinax ayant passé
par les états les plus variés : marchands, procureurs
ou sergents, jusqu'au soixantième descendant de
l'empereur Pertinax, nommé Nicolas Restif, ce
dernier nom étant la traduction du nom latin,
depuis qu'on n'employait plus que la langue française dans les actes publics.

On n'aurait guère écouté cette longue énumération, si les remarques dont Nicolas en accompagnait
les principaux passages n'eussent persuadé à tout le
monde que c'était là une critique des généalogies en
général. Les poètes et les actrices rirent de tout leur
cœur; les grands seigneurs de la compagnie accep-
tèrent en gens d'esprit l'ironie apparente du morceau, et l'animation, la verve du conteur lui
concilièrent tous les suffrages. L'entraînement était
si grand, et Nicolas tenait si bien tous les esprits
suspendus aux anecdotes dont il accompagnait les
noms cités, qu'arrivé à lui-même, on lui demanda le
récit de ses aventures. Il consentit à raconter
l'histoire de son premier amour [3]. Quelques invités
prétentieux, qui commençaient à s'ennuyer de la
faveur dont Nicolas semblait jouir auprès des
dames, s'esquivèrent peu à peu, de sorte qu'il ne
resta plus qu'un cercle attentif et bienveillant. Les
confessions étaient alors à la mode. Celle de Nicolas
fut rapide, enthousiaste, avec certains traits d'une
naïve immoralité, qui charmaient alors les auditeurs
vulgaires; mais, arrivé à l'élément vraiment humain
de son récit, il se montra ce qu'il était au fond,
noble et sincèrement passionné; il pénétra d'émotion cette société frivole, et dans tous ces cœurs

perdus il sut réveiller une étincelle du pur amour
des premiers ans. Mlle Guéant elle-même, froide
autant que belle, et qui aussi passait pour sage, ne
pouvait se défendre d'une vive sympathie pour ce
jeune homme à l'âme si tendre et si sensible. Aux
dernières scènes du récit, que Nicolas racontait
d'une voix étouffée, avec des pleurs dans les yeux,
elle s'écria : « Est-ce que c'est possible ? est-ce qu'on
peut aimer ainsi ?

— Oui, madame, s'écria Nicolas, tout cela est
vrai comme la généologie des Pertinax... Quant à la
personne que j'ai aimée, elle vous ressemblait, elle
avait beaucoup du moins de vos traits et de votre
sourire, et rien ne peut me consoler de sa perte
sinon de vous admirer. »

Alors ce fut une tempête d'applaudissements.
Quelques enthousiastes ne craignirent pas d'affirmer qu'on avait affaire à un romancier plus brillant
que Prévost d'Exiles, plus tendre que d'Arnaud [4],
plus sérieux que Crébillon fils, avec des passages
d'un réalisme inconnu jusqu'alors. Et le pauvre
ouvrier fut reçu de plain-pied dans cette compagnie
des beaux noms, des beaux esprits et des belles
impures du temps. Il ne tenait qu'à lui de faire son
chemin dans le monde désormais. — Pourtant, tout
ce qu'il avait dit était la vérité; il se regardait
comme descendant de l'empereur Pertinax, et il
venait de raconter ses amours pour une femme qui
était morte quelques mois auparavant. — Comme
c'était un cœur qui ne pouvait rester vide, l'amour
idéal et tout poétique conçu pour Mlle Guéant
l'avait peu à peu consolé de l'autre, dont l'impression était pourtant encore bien vive.

On donna une fin bizarre à ce souper, un

dénouement assez usité alors du reste dans ces
sortes de médianoches. A un signal donné, les
lumières s'éteignirent, et une sorte de Colin-Maillard commença dans l'obscurité ; c'était, à ce qu'on
croit, le but final de la fête, du moins pour les
initiés, qui n'étaient point partis avec le commun
des invités. Chacun avait le droit de reconduire la
dame dont il s'était saisi dans l'ombre pendant cet
instant de tumulte. Les amants en titre s'arran-
geaient pour se reconnaître ; mais une fois fait,
même au hasard, le choix devenait sacré. Nicolas,
qui ne s'y attendait pas, sentit une main qui prenait
la sienne et qui l'entraîna pendant quelques pas ;
alors, on lui remit une autre main douce et
frémissante : c'était celle de Mlle Guéant, qui le pria
de la reconduire [5]. Pendant qu'il descendait par un
escalier dérobé correspondant à la cour, il entendit
Junie qui s'écria : — Je me sacrifie, je vais consoler
le colonel.

II

CE QUE C'ÉTAIT QUE NICOLAS

Trente ans plus tard, le même personnage, connu
alors sous son nom patronymique de *Restif*, auquel
il avait ajouté celui de *Labretone*, propriété de son
père, eut occasion de retourner à l'Hôtel de Hollande, situé vieille rue du Temple, et qui appartenait alors à Beaumarchais. Les personnages de la
scène précédente avaient eu diverses fortunes.
L'ambassadeur de Venise, peu estimé dans le
monde, traité partout d'espion et d'escroc, avait

péri, condamné par ordre du conseil des dix ; la belle
Guéant était morte de la poitrine, et Nicolas l'avait
pleurée longtemps, quoiqu'il n'eût pu nouer avec
elle qu'une liaison passagère. — Quant à lui-même,
il n'était plus le pauvre ouvrier typographe d'autrefois ; il était devenu maître dans cette profession,
qu'il alliait singulièrement à celle de littérateur et
de philosophe. S'il daignait encore travailler
manuellement, c'était après avoir accroché au mur
près de lui son habit de velours et son épée.
D'ailleurs, il ne *composait* que ses propres ouvrages,
et telle était sa fécondité, qu'il ne se donnait plus la
peine de les écrire : debout devant sa casse, le feu de
l'enthousiasme dans les yeux, il assemblait lettre à
lettre dans son *composteur* ces pages inspirées et
criblées de fautes, dont tout le monde a remarqué la
bizarre orthographe et les excentricités calculées. Il
avait pour système d'employer dans le même
volume des caractères de diverses grosseurs, qu'il
variait selon l'importance présumée de telle ou telle
période. Le *cicéro* était pour la passion, pour les
endroits à grand effet, la *gaillarde* pour le simple
récit ou les observations morales, le *petit-romain*
concentrait en peu d'espace mille détails fastidieux,
mais nécessaires. Quelquefois il lui plaisait d'essayer
un nouveau système d'orthographe ; il en avertissait
tout à coup le lecteur au moyen d'une parenthèse,
puis il poursuivait son chapitre, soit en supprimant
une partie des voyelles, à la manière arabe, soit en
jetant le désordre dans les consonnes, remplaçant le
c par l'*s*, l'*s* par le *t*, ce dernier par le *ç*, etc.,
toujours d'après les règles qu'il développait longuement dans ses notes. Souvent, voulant marquer les
longues et les brèves à la façon latine, il employait,

dans le milieu des mots, soit des majuscules, soit
des lettres d'un corps inférieur; le plus souvent il
accentuait singulièrement les voyelles, et abusait
surtout de l'accent aigu. Cependant aucune de ces
excentricités ne rebutait les innombrables lecteurs
du *Paysan perverti,* des *Contemporaines* ou des
Nuits de Paris; c'était désormais le conteur à la
mode, et rien ne peut donner une idée de la vogue
qui s'attachait aux livraisons de ses ouvrages,
publiés par demi-volumes, sinon le succès qu'ont
obtenu naguère chez nous certains *romans-feuille-
tons.* C'était ce même procédé de récit haletant,
coupé de dialogues à prétentions dramatiques, cet
enchevêtrement d'épisodes, cette multitude de
types dessinés à grands traits, de situations forcées,
mais énergiques, cette recherche continuelle des
mœurs les plus dépravées, des tableaux les plus
licencieux que puisse offrir une grande capitale dans
une époque corrompue, le tout relevé abondamment
par des maximes humanitaires et philosophiques et
des plans de réforme où brillait une sorte de génie
désordonné, mais inconstestable, qui fit qu'on
appela cet auteur étrange le *Jean-Jacques des halles.*

C'était quelque chose; cependant, l'homme fut
meilleur peut-être que ses livres; ses intentions
étaient bonnes en dépit des écarts d'une imagination dévergondée. Il passait souvent les nuits à
parcourir les rues, pénétrant dans les bouges les
plus infects, dans les repaires des escrocs, soit pour
observer, soit, dans sa pensée pour empêcher le mal
et faire quelque bien. Il s'imposait, dit-il, le rôle de
Pierre-le-Justicier, non en vertu des devoirs de la
royauté, mais de ceux de l'écrivain moraliste. Cette
étrange prétention le suivait également dans ses

relations du monde, où il se faisait le médiateur des
querelles et des divisions de famille ou l'intermédiaire de la bienfaisance et du malheur. Il se vante
aussi d'avoir, dans ses excursions nocturnes, consolé
ou soulagé plus d'un misérable, arraché quelques
jeunes filles à l'opprobre ou à l'outrage : ce serait de
quoi lui faire pardonner bien des fautes et bien des
erreurs. Restif est surtout connu comme romancier;
il a pourtant écrit quelques volumes de philosophie,
de morale et même de politique; seulement, il ne les
publia pas sous son nom. *La Philosophie de M. Nicolas* contient tout un système panthéiste, où il
tente, à la manière des philosophes de cette époque,
d'expliquer l'existence du monde et des hommes
par une série de créations ou plutôt d'éclosions
successives et spontanées; son système a du rapport
avec la cosmogonie de Fourier, lequel a pu lui faire
de nombreux emprunts. En politique et en morale,
Restif est tout simplement communiste. Selon lui,
*la propriété est la source de tout vice, de tout crime, de
toute corruption;* ses plans de réforme sont longuement décrits dans les livres intitulés : *l'Anthropographe, le Gynographe, le Pornographe,* etc., qui
prouveraient que les penseurs modernes n'ont rien
inventé sur ces matières. On retrouve, du reste, les
mêmes idées mises en action dans la plupart de ses
romans. Le second volume des *Contemporaines*
contient tout un système de banque d'échange
pratiqué par des travailleurs et des commerçants,
qui, habitant la même rue, établissent entre eux
une communauté déjà *phalanstérienne* [6].

Revenons avant tout à la biographie personnelle
de ce singulier esprit; il en a semé des fragments
dans une foule d'ouvrages où il s'est peint sous des

noms supposés, dont plus tard il a donné la clef.
Dans une série de pièces et de scènes dialoguées
qu'il intitule *le Drame de la Vie*, il a eu l'idée bizarre
de représenter, comme dans une lanterne magique,
les scènes principales de son existence; cela commence aux premiers jeux de sa jeunesse, et cela se
termine après les massacres du 2 septembre, qu'il
déplore amèrement [7].

Un autre livre, *le Cœur humain dévoilé*, décrit
avec minutie toutes les impressions de cette vie si
laborieuse et si tourmentée. Avant Restif, cinq
hommes seulement avaient formé le projet hardi de
se peindre, saint Augustin, Montaigne, le cardinal
de Retz, Jérôme Cardan et Rousseau. Encore n'y a-
t-il que les deux derniers qui aient fait le sacrifice
complet de leur amour-propre; Restif est allé plus
loin peut-être. « A soixante ans, dit-il, écrasé de
dettes, accablé d'infirmités, je me vois forcé de
livrer mon moral pour subsister quelques jours de
plus, comme l'Anglais qui vend son corps. »

En lisant ce premier aveu, qui n'a pas dû être une
de ses moindres souffrances, on se sent pris de pitié
pour ce pauvre vieillard qui, un pied dans la tombe,
vient, avec le courage et l'énergie du désespoir,
exhumer les fautes de sa jeunesse, les vices de son
âge mûr, et qui peut-être les exagère pour satisfaire
le goût dépravé d'une époque qui avait admiré
Faublas et Valmont. On a abusé depuis de ce
procédé tout réaliste qui consiste à faire de l'homme
lui-même une sorte de sujet anatomique; — nous
chercherons ici à en faire tourner l'enseignement
vers l'étude de certains caractères, chez qui la
personnalité atteint aux plus tristes illusions et
provoque les plus inexplicables aveux. Nous essaie-

rons de raconter cette existence étrange, sans
aucune prévention comme sans aucune sympathie,
avec les documents fournis par l'auteur lui-même,
et en tirant de ses propres confessions le fait
instructif des misères qui fondirent sur lui comme la
punition providentielle de ses fautes. Notre époque
n'est pas moins avide que le siècle passé de
mémoires et de confidences; la simplicité et la
franchise sont toutefois portées moins loin aujour-
d'hui par les écrivains. Ce serait une comparaison
instructive à faire dans tous les cas, si la vérité
pouvait avoir quelque chose de l'attrait du roman

III

PREMIÈRES ANNÉES [8]

Le village de Saci, situé en Champagne, sur les
confins de la Bourgogne, à cinquante lieues de Paris
et trois d'Auxerre, est traversé dans toute sa
longueur d'une seule rue composée de chaque côté
d'une centaine de maisons. A l'une des extrémités
appelée *la Porte là-haut*, en traversant un ruisseau
nommé la Farge, on trouve l'enclos de Labretone,
dont les murs blancs se dessinent sur un horizon de
bois et de collines vertes. C'est là qu'était né
Nicolas Restif, dont le grand-père, homme instruit
et allié à la magistrature, se croyait descendant de
l'empereur Pertinax. Il est permis de croire que la
généalogie qu'il avait dressée à cet effet n'était
qu'un jeu d'esprit destiné à ridiculiser les prétentions de quelques gentilshommes, ses voisins, qu'il
recevait à sa table. Quoi qu'il en soit, la famille des

Restif était considérée dans le pays autant par son
aisance que par ses relations : plusieurs de ses
membres appartenaient à l'église; on songea
d'abord à lancer le jeune Nicolas dans cette
carrière, mais son naturel indépendant et même un
peu sauvage contraria longtemps cette idée. Il ne se
plaisait qu'au milieu des bergers, dans les bois de
Saci et de Nitri, partageant leur vie errante et leurs
fatigues. Il avait douze ans environ, quand ce goût
se trouva favorisé par une circonstance imprévue.
Le berger de son père, qui s'appelait Jaquot, partit
tout à coup, sans mot dire, pour le pèlerinage du
mont Saint-Michel, qui était pour les jeunes gens du
pays comme celui de sainte Reine pour les filles. Un
garçon qui n'était pas allé au mont Saint-Michel
était regardé comme un poltron. De même, il
paraissait manquer quelque chose à la pudeur d'une
jeune fille qui n'avait pas visité le tombeau de la
belle *reine Alise,* la vierge des vierges. Jaquot parti,
le troupeau se trouva sans gardien. Nicolas s'offrit
bien vite à le remplacer. Les parents hésitaient :
l'enfant était si jeune, et les loups se montraient
souvent dans le voisinage; mais enfin on manquait
de monde à la ferme, le voyage de Jaquot ne devait
durer que quinze jours : on nomma Nicolas berger
intérimaire.

Quelle joie! quel délire dans ce premier jour de
liberté! Le voilà qui sort à la pointe du jour du clos
de Labretone, suivi des trois gros chiens Pinçard,
Robillard et Friquet. Les deux plus forts moutons
portaient sur leur dos les provisions de la journée
avec la bouteille d'eau rougie et le pain pour les
chiens. Le voilà libre, libre dans la solitude! Il
respire à pleine poitrine; pour la première fois, il se

sent vivre... Les nuages blancs qui glissent dans le
ciel, la bergeronnette qui se balance sur les taupi-
nières, les fleurettes d'automne sans feuille et sans
parfum, le chant de l'*œnante* solitaire, si monotone
et si doux, les prés verts baignés au loin dans la
brume, tout cela le jette dans une douce rêverie. En
passant près d'un buisson où Jaquot, deux mois
auparavant, lui avait montré un nid de linotte, il
pense au pauvre berger qu'il remplace et aux
dangers qu'il court dans son périlleux voyage. Ses
yeux se mouillent de larmes, sa tête s'exalte, et
pour la première fois il se prend à rimer des vers sur
l'air des pèlerins de Saint-Jacques, qu'il avait
entendu chanter à des mendiants :

> Jaquot est en pèlerinage — à Saint-Michel ;
> Qu'il soit guidé dans son voyage — par Raphaël !
> Nous n'irons plus garder ensemble — les blancs moutons :
> Jaquot va par le pont qui tremble — chercher pardons.

Voilà le premier pas fait dans une route dangereuse ; Nicolas s'est trompé sur son goût pour la
solitude... Ce goût n'annonçait pas un berger, mais
un poète. Malheur aux moutons, qu'il entraîne dans
les endroits les plus sauvages et les moins riches en
pâture ! Il aime les ruines de la chapelle Sainte-
Madeleine et y revient souvent, sous prétexte d'y
cueillir des mûres sauvages ; le fait est que ce lieu lui
inspire des pensées douces et mélancoliques [9]. Ce
n'était pas assez encore. Derrière le bois du *Boutparc*, vis-à-vis les vignes de Montgré, on rencontrait
un vallon sombre bordé de grands arbres. Nicolas
hésitait d'abord à s'y engager ; il se rappelait les
histoires de voleurs et d'excommuniés changés en
bêtes que Jaquot lui avait souvent racontées. Moins

effrayées que leur gardien, les bêtes sautent dans le vallon. Il y en avait de plusieurs sortes dans le troupeau ; les chèvres grimpent aux broussailles, les brebis broutent l'herbe, et les porcs fouillent la terre pour y trouver une espèce de carotte sauvage que les paysans nomment *échavie*. Nicolas les suivait pour les empêcher d'aller trop loin, lorsqu'il aperçut sous un chêne un gros sanglier noir, qui, en humeur de folâtrer, vint se mêler à la bande plus civilisée des pourceaux. Le jeune pâtre tressaillait à la fois d'horreur et de plaisir, car la vue de cet animal augmentait l'aspect sauvage du lieu qui avait tant de charmes pour lui. Il se garda de faire un mouvement à travers les feuilles. Un instant après, un chevreuil, puis un lièvre vinrent jouer plus loin sur une bande de gazon ; puis ce fut une huppe qui se percha dans un de ces gros poiriers dont les paysans appellent le fruit *poire de miel*. Le rêveur se croyait transporté dans le pays des fées ; tout à coup, parmi les broussailles, un loup montra son poil fauve et son nez pointu avec deux yeux qui brillaient comme des charbons... Les chiens qui arrivaient lui firent la chasse, et adieu tout ce qui complétait le tableau, chevreuil, lièvre et sanglier ! La huppe même, l'oiseau de Salomon [10], s'était envolée ; seulement, comme une fée bienfaisante, elle avait signalé l'arbre aux *poires de miel,* si douces et si sucrées, que les abeilles les dévorent. Nicolas emplit ses poches de ce fruit délicieux, dont, à son retour, il régala ses frères et ses sœurs.

En y réfléchissant, Nicolas se dit : Ce vallon n'est à personne... Je le prends, je m'en empare ; c'est mon petit royaume ! Il faut que j'y élève un monument pour qu'il me serve de titre, ainsi que cela s'est toujours fait selon la Bible que lit mon père. Pendant plusieurs jours, il travailla à dresser une pyramide. Quand elle fut terminée, il lui vint à l'esprit, toujours d'après l'inspiration de la Bible, d'y faire un sacrifice dans les règles. Un être libre comme moi, se dit-il, devant se suffire à lui-même, doit être à la fois roi, pontife, magistrat, berger, boulanger, cultivateur et chasseur. En vertu de ces titres, il se mit en quête d'une victime, et parvint à atteindre avec sa fronde un oiseau de proie de l'espèce qu'on nomme *bondrée*, qu'il crut avoir condamné justement comme coupable de troubler l'innocence et la sécurité des hôtes du vallon. Peut-être sa conscience eût-elle, plus tard, trouvé à redire à ce raisonnement, quand l'étude de l'harmonie universelle lui eût appris l'utilité des êtres nuisibles. Aussi n'appuyons-nous sur ces enfantillages que pour signaler la teinte mystique des premières idées du rêveur*. Cependant, il fallait avoir des témoins de cet acte religieux. C'est à midi que les bêtes de trait sont conduites au pâturage après les travaux de la matinée. Nicolas attendit cette heure et appela par ses cris les bergers qui passaient au loin. Aussitôt accoururent les compagnons ordinaires de ses jeux et les jolies Marie Fouare et Madeleine Piat. — Venez, venez, disait Nicolas, je vais vous montrer *mon* vallon, *mon* poirier, et aussi mon sanglier et ma huppe. (Mais ces animaux se gardèrent bien de se rendre aux vœux du *propriétaire*.) Nicolas exposa à la troupe ses droits de premier occupant, constatés par sa pyramide et son autel.

---

* Il est curieux de trouver, en effet, dans les premières années de Restif, ce trait d'un sacrifice à l'Éternel, qui rappelle un récit analogue de Gœthe, devenu comme lui panthéiste plus tard.

On les reconnut pour inviolables. Dès lors commença la cérémonie : on alluma du bois sec où l'on jeta les entrailles de l'oiseau, selon le rite patriarcal ; puis Nicolas posa le corps sur un petit bûcher et improvisa une prière qui fut accompagnée de quelques versets des psaumes. Il se tenait debout, très grave et pénétré de la grandeur de son action ; ensuite, il distribua aux assistants les chairs rôties de l'oiseau dont il mangea le premier, et qui étaient détestables. Les trois chiens seuls se régalèrent avec joie des reliefs de cette cuisine sacerdotale.

Qui eût pu prévoir que ce scrupuleux propriétaire deviendrait l'un des plus fervents *communistes* dont les doctrines aient enflammé l'époque révolutionnaire. Toutefois ses prétentions avaient trouvé des jaloux parmi les pâtres de Saci ; car le secret fut dévoilé, le sacrifice fut traité d'abominable profanation des choses saintes, et l'abbé Thomas, frère du premier lit de Nicolas, qui demeurait à quelques lieues de Saci, se rendit exprès à La Bretone pour donner le fouet au jeune hérétique [11] ; l'abbé motiva le fait de cette correction sur ce qu'ayant été le parrain du coupable, il répondait indirectement de ses péchés. Le pauvre homme ne se doutait pas qu'il s'était engagé bien imprudemment envers le ciel.

Nicolas avait deux frères du premier lit qu'on voyait peu dans la famille ; l'aîné était curé de Courgis ; le dernier, que nous venons d'entrevoir, l'abbé Thomas, était précepteur chez les jansénistes de Bicêtre, et venait voir sa famille pendant les vacances. Lorsqu'il repartit cette année-là, on lui confia son jeune frère, auquel il convenait d'inspirer enfin des idées sérieuses. Tous deux s'embarquèrent à Auxerre par le coche d'eau. L'abbé Thomas était

un grand garçon maigre, ayant le visage allongé, le
teint bilieux, la peau luisante tachée de rousseurs, le
nez aquilin, les sourcils noirs et fournis comme tous
les Restif. Il était concentré et très vigoureux sans
le paraître, d'un tempérament emporté et plein de
passion, qu'il était parvenu à mâter par une volonté
de fer et une lutte obstinée. A peine eut-il placé
Nicolas parmi les autres enfants de Bicêtre, qu'il ne
s'occupa plus de lui que comme d'un étranger.
Quand ce dernier se vit seul au milieu de tous ces
petits curés, comme il le disait, perdu dans les longs
corridors voûtés de cette prison monastique, il fut
pris du mal du pays. La monotonie des exercices
religieux n'était pas de nature à le distraire, et les
livres de la bibliothèque, les *Provinciales* de Pascal,
les *Essais* de Nicole, la *Vie* et les *Miracles du diacre
Pâris,* la *Vie de M. Tissard* et autres œuvres
jansénistes, ne lui plaisaient pas autrement. —
L'écrivain toutefois se rappela plus tard avec
attendrissement les leçons des jansénistes. Selon lui,
Pascal, Racine et les autres port-royalistes devaient
à l'éducation janséniste une sagacité, une exactitude de raisonnement, une justesse, une profondeur
de détails, une pureté de diction qui ont d'autant
plus étonné, que les jésuites n'avaient produit que
des Annat, des Caussin, etc. C'est que les jansénistes, sérieux, réfléchis, font penser plus fortement,
plus tôt et plus efficacement que les molinistes; ils
donnent du ressort par la contrariété à toutes les
passions; ils créent des logiciens qui deviennent des
dévots parfaits ou des philosophes résolus. Le
moliniste est plus aimable, il ne croit pas que
l'homme soit obligé d'avoir toujours son Dieu
devant les yeux pour trembler à chaque action, à

chaque acte de volonté; mais, moins propre à la réflexion, tolérant, superficiel, il arrive à l'indifférence plus souvent encore que l'autre n'arrive à l'impiété.

Cependant un changement se préparait dans la situation des jansénistes de Bicêtre. L'archevêque Gigot de Bellefond, qui les protégeait, étant venu à mourir, fut remplacé par Christophe de Beaumont. Celui-ci nomma un nouveau recteur qui, dès le jour de son installation, regarda de travers le maître des enfants de chœur et les gouverneurs jansénistes. Cet *intrus* était un homme fougueux, plein de dispositions hostiles; il demanda à voir la bibliothèque, et fronça le sourcil en apercevant les livres de controverse que l'abbé Thomas n'avait pas cherché à cacher, se faisant gloire de ses sentiments. Le recteur s'écria que de tels livres ne devaient pas se trouver dans une bibliothèque d'enfants.

— On ne peut trop tôt connaître la vérité, répondit l'abbé Thomas.

— Simple clerc tonsuré, vous voulez nous enseigner la religion! dit le recteur.

Le maître humilié se tut. Les élèves jouissaient de cette scène avec l'impitoyable malignité de l'enfance. De livre en livre, le recteur tomba sur le Nouveau Testament annoté par Quesnel.

— Pour celui-ci, dit-il, c'est aller contre le jugement spécial de l'Église! — Et il le jeta à terre avec horreur. Le pauvre abbé Thomas le ramassa humblement et baisa la place.

— Songez-vous, dit-il, monsieur, que le texte de l'Évangile y est tout entier?

Le recteur, plus irrité encore, voulut emporter tous les nouveaux Testaments des élèves. L'abbé

Thomas éleva alors la voix : Ô mon Dieu! s'écria-
t-il, on ôte la parole à vos enfants! Cette fois, les
élèves se prononcèrent pour le maître. Nicolas osa
s'avancer vers le recteur et lui dit : « Je tiens de
mon père, que j'en croirai mieux que vous, que
voilà le Testament de Jésus-Christ. — Ton père
était un huguenot », répondit le recteur. Ce mot
était alors le synonyme d'athée. La scène finit par
l'intervention de deux prêtres de la maison qui
s'appliquèrent à calmer les esprits; mais l'abbé
Thomas sentit qu'il fallait quitter la place. En effet,
quelques jours plus tard, il fut averti que l'ordre
d'expulsion des jansénistes allait être expédié. Il
était prudent de le prévenir. Les élèves furent
renvoyés à leurs parents, puis le maître se mit en
route avec son sous-maître et Nicolas pour retourner à Saci.

IV

JEANNETTE ROUSSEAU [12]

En retournant à son village, Nicolas frémissait de
joie; quand il aperçut les collines de Côte-Grêle son
cœur bondit et ses larmes coulèrent en abondance.
Il découvrit bientôt le *Vendenjeau*, la *Farge*, *Triom-
fraid*, le *Boutparc* enfin, derrière lequel était *son*
vallon. Il voulut faire partager son enthousiasme à
l'abbé Thomas, et se livra à une énumération
pittoresque, à laquelle ce dernier répondit : Je
conçois que tout cela est fort touchant puisque vous
pleurez; mais nous approchons de Saci, récitons
sextes avant d'y entrer.

L'abbé Thomas ne se plaisait pas dans la maison paternelle. Dès le lendemain, il emmena Nicolas chez son frère aîné, curé à Courgis, pour lui enseigner le latin. Les fables de Phèdre et les églogues de Virgile ouvrirent bientôt à l'imagination du jeune homme des horizons nouveaux et charmants. Les dimanches et les fêtes, l'église se remplissait d'une foule de jeunes filles sur lesquelles il levait les yeux à la dérobée. Ce fut le jour de Pâques que son sort se décida. La grand'messe était célébrée avec diacre et sous-diacre; les sons de l'orgue, l'odeur de l'encens, la pompe de la cérémonie, exaltaient à la fois son âme; il se sentait dans une sorte d'ivresse. A l'offerte, on vit défiler les communiantes dans leurs plus beaux atours, puis leurs mères et leurs sœurs. Une jeune fille venait la dernière, grande, belle et modeste, le teint peu coloré « comme pour donner plus d'éclat au rouge de la pudeur »; elle était mise avec plus de goût que ses compagnes, son maintien, sa parure, sa beauté, son teint virginal, tout réalisait la figure idéale que toute âme jeune a rêvée. La messe finie, l'écolier sortit derrière elle. La céleste beauté marchait de ce pas harmonieux que l'on prête aux grâces antiques. Elle s'arrêta en apercevant la gouvernante du curé, Marguerite Pâris.

Cette dernière aborda la jeune fille et lui dit : « Bonjour, mademoiselle Rousseau. — Et elle l'embrassa.

— Voici déjà son nom de famille, se dit Nicolas.

— Ma chère *Jeannette*, ajouta Marguerite, vous êtes un ange pour la figure comme pour l'âme. »

« Jeannette Rousseau! se dit Nicolas, quel joli nom! »

Et la jeune fille répondit quelques mots d'une voix douce et claire, dont le timbre était enchanteur *.

Depuis ce moment, Nicolas ne fut plus occupé que de Jeannette. Il la chercha des yeux tout le reste de la journée, et ne la revit qu'à l'encensement du *Magnificat*, quand tous ceux qui sont dans le chœur se tournent vers la nef. Le lendemain, l'impression était plus forte encore ; il se promit de se rendre digne d'elle par son application à l'étude ; de ce jour aussi, son esprit s'agrandit et s'arracha pour jamais aux frivoles préoccupations de l'enfance. Laissé seul un jour au presbytère dans la journée, parce que le curé et l'abbé Thomas étaient allés voir ensemencer le champ de la cure, il lui vint une idée singulière : ce fut de chercher dans les registres de la paroisse l'extrait de baptême de Jeannette, afin de savoir au juste son âge, lui-même avait alors quinze ans, et il jugeait que Jeannette était plus âgée. Il allait en remontant depuis 1730, et ce fut pour lui une jouissance délicieuse de lire les lignes suivantes : « Le 19 décembre 1731 est née

---

* Bien des années plus tard, sous la République, l'auteur avait gardé un souvenir attendri de ce premier amour : « Citoyen lecteur, écrit-il, cette Jeannette Rousseau, cet ange, sans le savoir, a décidé mon sort. Ne croyez pas que j'eusse étudié, que j'eusse surmonté toutes les difficultés parce que j'avais de la force et du courage. Non ! Je n'eus jamais qu'une âme pusillanime ; mais j'ai senti le véritable amour : il m'a élevé au-dessus de moi-même et m'a fait passer pour courageux. J'ai tout fait pour mériter cette fille, dont le nom me fait tressaillir à soixante ans, après quarante-six ans d'absence... Oh ! Jeannette ! si je t'avais vue tous les jours, je serais devenu aussi grand que Voltaire, et j'aurais laissé Rousseau loin derrière moi ! Mais ta seule pensée m'agrandissait l'âme. Ce n'était plus moi-même ; c'était un homme actif, ardent, qui participait du génie de Dieu. »

Jeanne Rousseau, fille légitime de Jean Rousseau et de Marguerite, etc. » Nicolas répéta vingt fois cette lecture, apprenant par cœur jusqu'aux noms des témoins et des officiants, et surtout cette date du *19 décembre* qui devint un jour sacré pour lui. Une seule pensée triste résulta de cette connaissance, c'est que Jeannette avait trois ans de plus que lui, et qu'elle serait mariée peut-être avant qu'il pût prétendre à elle. Instruit de la demeure des parents de Jeannette, il passait tous les jours devant la maison, située au fond d'une vallée et entourée de peupliers qu'arrosait le ruisseau de la *Fontaine-Froide;* il saluait ces arbres comme des amis, et rentrait l'âme pleine d'une douce mélancolie.

Mais c'est à l'église que l'apparition revenait dans tout son charme. Nicolas avait fait une prière qu'il répétait sans cesse pour concilier sa religion et son amour : *Unam petii a Domino,* disait-il tout bas, *et hanc requiram omnibus diebus vitae meae*[13]! (Je n'en ai demandé qu'une au Seigneur, et je la chercherai tous les jours de ma vie!) Confiant dans cette oraison, il s'était donné une jouissance dont jamais personne n'a eu l'idée. Le sonneur était vigneron, et son travail à l'église le dérangeait souvent de l'autre. Nicolas lui offrit de le remplacer; il entrait alors de bonne heure dans l'église, et, s'y trouvant seul, il courait à la place habituelle de Jeannette, s'y agenouillait, puis s'appuyait aux mêmes endroits qu'elle, baisait la pierre qu'avaient touché les pieds de la jeune fille et récitait sa prière favorite.

Un jour d'été, par un temps de sécheresse, on manquait d'eau pour arroser le jardin de la cure. L'abbé Thomas dit à Nicolas et à un enfant de

chœur nommé Huet : « Allez chercher de l'eau au
puits de M. Rousseau. » Mais il se trouva que ce
puits manquait de corde. Que faire? Huet dit
aussitôt qu'il apercevait Mlle Rousseau et allait lui
en demander une. Nicolas, tout tremblant, retint
Huet par son habit. Lui parler, à *elle!*... Il frisson-
nait, non de jalousie, mais de la hardiesse de Huet.
Cependant Jeannette, qui avait vu leur embarras,
apportait une corde, et, pendant qu'elle aidait Huet
à la placer, ses mains touchaient parfois celles du
jeune garçon. Nicolas ne lui enviait pas ce bonheur,
le contact de ces mains délicates eût été pour lui
comme du feu. Il ne put parler et respirer que
lorsque Jeannette se fut éloignée. Cependant il fit
ensuite la réflexion qu'elle ne lui avait pas adressé
la parole ainsi qu'à son compagnon, et avait même
baissé les yeux en passant près de lui. Se serait-elle
aperçue qu'à l'église son regard était toujours fixé
sur elle? Le fait est que, peu de temps après, une
dévote nommée Mlle Drouin avertit la gouvernante
du curé que Nicolas, pendant le prône, avait
toujours les yeux tournés du côté de Mlle Rousseau.
Marguerite le redit au jeune homme avec bonté, en
assurant que plusieurs personnes avaient fait la
même remarque.

V

MARGUERITE

Marguerite Pâris, la gouvernante du curé de
Courgis, touchait à la quarantaine; mais elle était
fraîche comme une dévote et comme une femme qui

avait toujours vécu au-dessus du besoin. Elle se
coiffait avec goût et de la même manière que
Jeannette Rousseau. Elle faisait venir ses chaussures de Paris et les choisissait à talons minces et
élevés, faisant valoir la finesse de sa jambe, qui
était couverte d'un bas de coton à coins bleus bien
tiré. C'était le jour de l'Assomption; il faisait
chaud; la gouvernante, après vêpres, se déshabilla
et se mit en blanc. Les enfants de chœur jouaient
dans la cour, l'abbé Thomas était à l'église, Nicolas
étudiait à sa petite table près d'une fenêtre;
Marguerite, dans la même chambre, épluchait une
salade; les yeux du jeune homme se détournaient de
temps en temps de son travail, et il suivait les
mouvements de Marguerite, tout en pensant à
Jeannette. Ce qui unissait en lui ces deux idées,
c'était le souvenir de la rencontre de Marguerite et
de Jeannette quelque temps auparavant, au sortir
de l'église.

« Sœur Marguerite, dit-il, est-ce que Mlle Jeannette Rousseau est bien riche? Vous savez, la fille
du notaire... »

Marguerite fit un mouvement de surprise, quitta
sa salade et vint vers Nicolas.

« Pourquoi me demandez-vous cela, mon enfant?
dit-elle.

— Parce que vous la connaissez... et mes parents
seraient peut-être bien contents, si j'épousais une
demoiselle riche... »

La finesse de l'écolier, qui voulait concilier à la
fois la prévoyance paternelle avec sa flamme
platonique, n'échappa point à la gouvernante; mais
une pensée inconnue traversa tout à coup son
esprit, et elle vint s'asseoir, attendrie, la poitrine

gonflée de soupirs, auprès de la table de Nicolas.
Alors elle lui raconta avec effusion qu'autrefois
M. Rousseau, le père de Jeannette, l'avait recherchée en mariage et n'avait pu l'obtenir. « De sorte,
dit-elle, que j'aime cette jolie fille, en me disant que
j'aurais pu être... sa mère! Et vous, ajouta-t-elle,
mon pauvre enfant, votre amour m'intéresse à
cause de cela : si j'y pouvais quelque chose, j'irais
voir vos parents et les siens; mais vous êtes trop
jeune, et elle a deux ans de plus que vous... »

Nicolas se mit à pleurer et se jeta au cou de
Marguerite; leurs larmes se mêlaient sans que ni
l'enfant ni la femme songeassent à la nature
différente de leur émotion... Marguerite revint à elle
et se leva sérieuse et rouge de honte; mais Nicolas,
qui lui pressait les mains, sentit son cœur défail-
lir [14]. Alors, la bonne fille, qui avait un moment
voulu redevenir sévère, le prit dans ses bras, lui jeta
de l'eau à la figure et lui dit, lorsqu'il reprit
connaissance. « Que vous est-il arrivé?

— Je ne sais, dit Nicolas; en parlant de Jeannette, en vous regardant, en vous embrassant, j'ai
senti le cœur me manquer... Je ne pouvais m'empêcher de contempler votre cou si blanc où tombent
vos cheveux dénoués; votre œil mouillé de larmes
m'attirait, Marguerite, comme une vipère qui
regarde un oiseau; l'oiseau sent le danger et ne peut
le fuir...

— Mais si vous aimez Jeannette..., dit Marguerite d'un ton sérieux.

— Oh! c'est vrai, je l'aime!... » En disant ces
mots, Nicolas fut pris d'une sorte de frisson et se
sentit glacé. Le salut vint à sonner, et il se rendit à
l'église. Là, quoi qu'il pût faire, l'aspect de Margue-

rite pleurant agitée et le sein gonflé de soupirs, se représentait devant ses yeux et repoussait la chaste image de Jeannette. L'apparition de cette dernière à sa place habituelle ramena le calme dans les sens du jeune homme : jamais elle ne les avait troublés ; son pouvoir s'exerçait sur les plus nobles sentiments de l'âme, et lui donnait l'inspiration de toutes les vertus.

Marguerite n'était ni une coquette, ni une dévote hypocrite ; elle n'avait pour Nicolas qu'une bonté maternelle ; son cœur était sensible, elle avait aimé. C'est pourquoi un amour tout jeune, qui lui rappelait ses plus belles années, l'attendrissait outre mesure. Le pauvre Nicolas ignorait comme elle tout le danger qui existe dans ces confidences, dans ces effusions, où les sens participent avec moins de pureté à l'exaltation de l'âme. Un jour, en passant devant la maison de Mlle Rousseau, Nicolas l'avait vue assise sur un banc, filant près de sa mère, et son pied, suivant les mouvements du rouet, l'avait frappé par sa petitesse et sa forme. En rentrant au presbytère, il jeta un coup d'œil dans la chambre de Marguerite et y aperçut une mule à talon mince, en maroquin vert, dont les coutures avaient conservé leur blancheur. « Que cette mule, se dit-il en soupirant, serait jolie au pied de Jeannette ! » Et il l'emporta pour l'admirer à loisir.

Le lendemain matin, qui était un dimanche, Marguerite cherchait sa chaussure dans toute la maison ; Nicolas trembla qu'elle ne découvrît sa fantaisie, et, en entrant chez elle, il laissa tomber la mule dans un coffre le plus adroitement possible ; mais la gouvernante ne fut pas dupe de cette manœuvre : elle se chaussa sans rien dire cependant. Nicolas admirait comment ce petit objet prenait si facilement la forme du pied de la gouvernante. « Avouez-moi une chose, lui dit celle-ci avec un sourire, c'est que vous aviez caché ma mule... » Nicolas rougit, mais convint de la vérité. Cette mule avait passé la nuit dans sa chambre. « Pauvre enfant ! dit-elle, je vous excuse, et je vois que vous seriez capable d'en faire autant pour Jeannette Rousseau qu'un certain Louis Denesvre en a fait pour... une autre.

— Pour qui donc, sœur Marguerite ? » (C'était ainsi qu'on l'appelait au presbytère.)

Marguerite ne répondit pas. Nicolas rêva long-temps sur cette demi-confidence. Le surlendemain, la gouvernante avait affaire à la ville voisine, c'est-à-dire à Auxerre. L'âne de la cure était un roussin fort têtu, et qui, plusieurs fois déjà, avait compromis la sûreté de sa maîtresse. Nicolas, plus fort que les enfants de chœur qui le guidaient ordinairement, fut choisi pour cet office. Marguerite sauta lestement sur sa monture ; elle avait un bagnolet de fine mousseline sur la tête, la taille pincée par un corset à baleines souples recouvert d'un casaquin de coton blanc, un tablier à carreaux rouges, une jupe de soie gorge de pigeon, et les fameux souliers de maroquin ornés de boucles à pierres. Son sourire habituel n'excluait pas une intéressante langueur, ses yeux noirs étaient doux et brillants. A la descente de la vallée de Montaleri, qui était difficile, Nicolas la prit dans ses bras pour lui faire mettre pied à terre et la soutint jusqu'au fond de la vallée, où elle marcha quelque temps sur le gazon. Il fallut ensuite la faire remonter sur l'âne, car de ce moment le chemin était droit jusqu'à la

ville. Nicolas arrangeait de temps en temps les
jupes de Marguerite sur ses jambes, affermissait ses
pieds dans le panier; celle-ci souriait en le voyant
toucher ses mules vertes, ce qui animait la conversation sur Jeannette; puis l'âne faisait un faux pas,
Nicolas soutenait la sœur par la taille, et cela la
faisait rougir comme une rose.

« Comme vous aimez Jeannette! dit-elle, puisque
la seule pensée que mes mules vertes pourraient
convenir à son pied vous préoccupe encore à
présent.

— C'est vrai, dit Nicolas en retirant avec embarras ses mains du panier.

— Eh bien! moi aussi, dit Marguerite, je ne puis
m'empêcher d'aimer tendrement la fille d'un
homme qui m'a été cher et qui n'a jamais eu
volontairement de torts avec moi. Ainsi, je vous
approuve de rechercher la main de cette jolie fille;
mais surtout ayez de la prudence et n'en dites rien à
vos frères, qui ne vous aiment pas, étant enfants du
premier lit... Moi, je me charge de parler à
Jeannette, de la disposer pour vous, et plus tard de
voir ses parents. »

Nicolas se jeta sur les mains de Marguerite, et
inonda de larmes ses bras délicats et beaucoup plus
beaux que ceux de Jeannette, qui, comme toutes les
jeunes filles, ne les avait pas encore formés. Sœur
Marguerite, un peu émue et voulant mettre un
terme à cette exaltation, rappela au jeune homme
qu'il était temps de dire l'heure canoniale de
primes. Nicolas se recueillit aussitôt et commença
en qualité d'homme, la sœur disant alternativement
son verset, et lui le capitule, l'oraison et tout ce qui

est du ressort du célébrant, de sorte qu'ils arrivèrent innocemment à la ville.

Marguerite fit la commission du curé, puis
quelques emplettes, et conduisit Nicolas pour dîner
chez Mme Jeudi, qui était une marchande mercière
janséniste chez laquelle elle achetait d'ordinaire
quelques passementeries et dentelles d'église, et
aussi des rubans et autres colifichets pour elle-
même. Cette dame Jeudi avait une fille très jolie,
nouvellement mariée à un jeune janséniste de
Clamecy par accord d'intérêts entre les deux
familles. La dévotion de la mère poursuivait les
deux époux dans leurs rapports les plus simples, de
sorte qu'ils ne pouvaient ni se dire un mot, ni se
trouver ensemble sans sa permission. On appelait
encore la jeune épouse Mlle Jeudi. Cette façon
d'agir était du reste assez en usage parmi les
honnêtes gens (c'est ainsi que s'appelaient entre eux
les jansénistes). Il y avait de plus dans la maison
une grande nièce âgée de vingt-six ans, que la mère
avait établie surveillante des deux époux, et qui
était autorisée, en cas d'abus, à les traiter très
sévèrement. Quand Mme Jeudi était forcée de s'ab-
senter, elle obligeait sa grande nièce à tenir un
cahier de toutes les infractions aux convenances
dont pouvaient se rendre coupables son gendre et sa
fille. Tel était l'intérieur un peu austère de cette
maison.

Nicolas, assis entre les deux jeunes personnes,
jetait çà et là des regards dérobés sur la nouvelle
épouse, dont le triste sort l'intéressait beaucoup, et
se disait qu'à la place du mari il montrerait plus de
caractère pour revendiquer ses droits; les guimpes
solennelles de la grande nièce, placée à sa gauche, le

ramenaient à des idées plus sages. Cependant de la
table, située dans l'arrière-boutique, il avait encore
la distraction de voir les passants dans la rue.

« Ah! que les filles sont jolies à Auxerre! »
s'écria-t-il tout à coup. Mme Jeudi lui jeta un regard
foudroyant.

— Mais les plus jolies sont encore ici, se hâta de
dire Nicolas.

Le mari baissait la tête et rougissait jusqu'aux
oreilles; la grande nièce était pourpre; Marguerite
faisait tous ses efforts pour paraître indignée, et
Mlle Jeudi regardait Nicolas avec une douce com-
passion.

— C'est le frère du curé de Courgis? dit sévèrement la marchande janséniste à Marguerite.

— Oui, Madame, et de l'abbé Thomas; mais on
ne le destine pas à l'église.

— N'importe, il a les yeux hardis, et je conseille-
rais à ses frères de le surveiller. »

Nicolas et la gouvernante repartirent d'Auxerre à
quatre heures pour pouvoir être rendus à Courgis
avant la nuit. Arrivés au-delà de Saint-Gervais, ils
dirent ensemble nones et vêpres, puis causèrent de
l'intérieur de famille qu'ils venaient de voir. Marguerite ne gronda pas trop Nicolas de son observation si déplacée à table, et consentit à rire de la
situation mélancolique du pauvre mari. A l'entrée
du vallon de Montaleri, il y avait une place
couverte de gazon, ombragée de saules et de
peupliers, et traversée par une fontaine qui filtrait
entre des cailloux. Les voyageurs résolurent d'y
faire leur repas du soir; Nicolas tira les provisions
du panier, et mit rafraîchir la bouteille d'eau rougie
dans la fontaine. Tout en goûtant, Nicolas raconta

qu'il avait vu après le dîner, chez Mme Jeudi, le
mari arrêter sa femme entre deux portes et l'embrasser tendrement, pendant que la mère et la
grande nièce s'occupaient de la desserte. « C'est
assez causer de cela! dit Marguerite en se levant;
mais Nicolas la retint par sa robe, et fut assez fort
pour la faire rasseoir.

— Eh bien! causons encore un peu, dit Marguerite après avoir résisté vainement.

— Je veux vous montrer, dit ce dernier, comment il a embrassé sa femme.

— Ah! monsieur Nicolas, c'est un péché! s'écria
Marguerite, qui n'avait pu se défendre de cette
surprise. Et Jeannette, que dirait-elle, si elle vous
voyait?

— Jeannette! oh! oui, Marguerite..., vous avez
raison; mais je ne sais pourquoi ma pensée est à
elle, et c'est vous cependant qui m'agitez le cœur si
fort que je ne puis respirer...

— Allons-nous-en, mon fils », dit la gouvernante avec douceur et d'un ton si digne, avec un
accent si attendri, que Nicolas crut entendre sa
mère. En la faisant monter sur l'âne, il ne la toucha
plus qu'avec une sorte d'effroi, et ce fut alors
Marguerite qui lui donna un chaste baiser sur le
front.

Elle semblait réfléchir profondément, comme
saisie d'une impression douloureuse et rompit enfin
le silence : « Prenez garde, monsieur Nicolas, dit-
elle, à cette âme brûlante qui s'épanche vers tout ce
qui vous entoure! Vous êtes enclin à pécher, comme
l'était M. Polvé, mon oncle, chez qui je fus élevée.
Les passions mal réprimées mènent plus loin qu'on
ne pense; dans l'âge mûr, elles se fortifient, et la

vieillesse même n'en défend pas les âmes viciées;
alors, elles revêtent une brutalité qui fait horreur,
même à la personne aimée. Mon oncle fut ainsi
cause de tous mes malheurs, et, quoiqu'il combattît
de tous ses efforts l'amour coupable qu'il avait
conçu pour moi, il ne pouvait se défendre d'une
jalousie stérile qui le conduisit à refuser la demande
que M. Rousseau avait faite de moi. Il lui déclara
qu'il ne voulait pas que je me mariasse, qu'il se
proposait de me faire religieuse, et, pour être plus
sûr de me rendre cette union impossible, il en
arrangea lui-même une autre, de concert avec les
parents de M. Rousseau, de sorte que ce dernier
finit par épouser celle... qui depuis lui a donné...
votre Jeannette. La retraite de M. Rousseau encou-
ragea un autre jeune homme, M. Denesvre, à me
faire sa cour; mais j'étais si timide et si ignorante
des motifs secrets de mon oncle, que je ne voulus
pas décacheter une lettre qui me fut remise par
M. Denesvre, de sorte que celui-ci résolut enfin de
me faire demander officiellement en mariage.
M. Polvé répondit que « sa nièce n'était pour le nez
d'aucun habitant du pays ». Alors M. Denesvre fit
en sorte de me parler en secret, et ses plaintes
furent si touchantes, que je consentis à l'écouter la
nuit à une fenêtre basse. Une fois, mon oncle se
réveilla, s'aperçut de ce qui se passait, et monta à
son grenier, d'où il tira un coup de fusil sur
M. Denesvre. Le malheureux ne poussa pas un cri
et parvint à se traîner, tout en perdant son sang,
hors de la ruelle qui communiquait à ma fenêtre.
Faute de s'être fait panser... ce qui aurait pu me
compromettre... il mourut quelques jours après. Il
m'avait fait parvenir une lettre écrite au lit de

mort... Je la garde toujours... et depuis je n'ai plus jamais songé au mariage! »

Marguerite pleurait à chaudes larmes en faisant ce récit; elle passait ses mains dans les cheveux de Nicolas et ne pouvait s'empêcher de le regarder avec attendrissement, car il lui rappelait M. Rousseau par son amour pour Jeannette, et le pauvre Denesvre par son exaltation, par ses regards ardents, par la douceur même qu'elle sentait à se voir par instants l'objet d'un trouble qui détournait sa pensée de Jeannette. D'ailleurs, si ses peines d'autrefois la rendaient indulgente, la différence des âges lui donnait de la sécurité.

Il était près de neuf heures quand la gouvernante et Nicolas rentrèrent à la cure. On se coucha à dix. L'imagination du jeune homme brodait sur tout ce qu'il avait entendu, une foule de pensées incohérentes qui éloignaient le sommeil. Il couchait dans la même chambre que l'abbé Thomas, au rez-de-chaussée; il y avait en outre les deux petits baldaquins d'Huet et Melin, les enfants de chœur. La chambre de Marguerite, située dans l'autre aile de la maison, donnait par une fenêtre basse sur le jardin. Tout à coup l'image du jeune Denesvre bravant le danger pour voir Marguerite se retrace vivement à la pensée de Nicolas. Il suppose en esprit qu'il est lui-même ce jeune homme, qu'il y a quelque chose de beau à répandre son sang pour un entretien d'amour, et, moitié éveillé, moitié soumis à une hallucination fiévreuse, il se glisse hors de son lit, puis parvient à gagner le jardin par la porte de la cuisine. Le voilà devant la fenêtre de Marguerite, qui l'avait laissée ouverte à cause de la chaleur. Elle dormait, ses longs cheveux dénoués sur ses épaules;

la lune jetait un reflet où se découpait sa figure
régulière, belle et jeune comme autrefois dans ce
favorable demi-jour. Nicolas fit du bruit en enjam-
bant l'appui de la fenêtre. Marguerite rêvant
murmura entre ses lèvres : « Laisse-moi, mon cher
Denesvre, laisse-moi [15]! » Ô moment terrible,
double illusion qui peut-être aurait eu un triste
lendemain! — La mort, s'il le faut! s'écria Nicolas
en saisissant les bras étendus de la dormeuse... Il ne
manquait à la péripétie que le coup de fusil de
l'oncle jaloux. Une autre catastrophe en remplaça
l'effet. L'abbé Thomas avait suivi Nicolas dans son
escapade ; d'un pied brutal, il l'enleva en un instant
à toute la poésie de la situation. Pendant ce temps,
la pauvre Marguerite tout effarée croyait voir se
renouveler, à vingt ans de distance et sous une
autre forme, le sinistre dénouement du drame
amoureux qu'elle venait de rêver. Les deux enfants
de chœur, entendant du bruit, venaient compléter
le tableau. L'abbé Thomas les chassa avec fureur,
puis, prenant Nicolas par une oreille, il le ramena
dans sa chambre, le fit habiller aussitôt, et, sans
attendre le jour, se mit en route avec lui pour la
maison paternelle. Le scandale fut tel qu'il se tint le
lendemain un conseil de famille dans lequel on
décida que Nicolas serait mis en apprentissage chez
M. Parangon, imprimeur à Auxerre. Marguerite fut
elle-même soupçonnée d'avoir, par son indulgence
et sa coquetterie, donné lieu à la scène qui s'était
passée, et on la remplaça au presbytère par une
dévote à la taille robuste qui s'appelait sœur Pilon.

Conduit par son père à Auxerre, peu de jours
après, Nicolas alla dîner une seconde fois chez
Mme Jeudi, la marchande janséniste, amie de leur

famille. La tranquillité de cette maison n'avait pas
été moins troublée que celle du presbytère de
Courgis. La jeune mariée était en pénitence et parut
à table avec une grosse coiffe et des cornes de
papier. Son crime était de s'être dérobée à la double
surveillance de Mme Jeudi et de sa grande nièce
d'une manière que rendait évidente le raccourcisse-
ment de sa jupe, et cela, sans la permission de sa
mère. Le gendre avait été renvoyé à ses parents
comme un libertin et un corrupteur. Mme Jeudi
s'écriait à tout moment en pleurant : « Ma fille s'est
souillée une seconde fois du péché originel ! » Cependant, le gendre, moins timide que par le passé,
plaidait pour avoir sa femme et pour toucher sa
dot.

VI

L'APPRENTISSAGE [16]

L'imprimerie de M. Parangon, à Auxerre, se
trouvait près du couvent des Cordeliers. Les presses
étaient au rez-de-chaussée, les casses dans une
grande salle au-dessus. Les premières fonctions qui
furent confiées à Nicolas n'avaient rien d'attrayant ;
il s'agissait principalement de ramasser dans les
balayures les caractères tombés sous les pieds des
compagnons, de les *recomposer* ensuite, puis de les
recaser ; il fallait aussi faire les commissions de
trente-deux ouvriers, puiser de l'eau pour eux, et
subir toutes leurs fantaisies grossières. L'amoureux
de la belle Jeannette Rousseau, l'élève des jansénistes acceptait ces humiliations avec peine ; cepen-

dant, son intelligence, son goût pour le travail, et
surtout la connaissance qu'il avait du latin, ne
tardèrent pas à le faire respecter des compositeurs.
Il y avait quelques livres dans le cabinet du patron;
Nicolas, qui, les jours de fête, préférait la lecture
aux parties de plaisir de ses camarades, se prit
d'une grande admiration pour les romans de
Mme de Villedieu. La facilité avec laquelle les
amants s'écrivent dans ces sortes de compositions
lui fit trouver tout naturel d'écrire une lettre
d'amour à Jeannette en vers octosyllabiques; seulement, par un oubli incroyable des précautions à
prendre en pareille circonstance, il se borna à jeter
la lettre à la poste, de sorte qu'elle tomba sous les
yeux des parents, puis fut envoyée au presbytère,
où le curé, l'abbé Thomas et la sœur Pilon jetèrent
des cris d'indignation. On s'applaudit d'autant plus,
dans la famille, d'avoir éloigné du pays un si
dangereux séducteur, et l'impossibilité de retourner
à Courgis après cette esclandre désola profondément
le jeune amoureux.

Tout à coup, une apparition imprévue vint
entièrement changer le cours de ses idées et prendre
sur sa vie une influence qui en changea toute la
destinée. Mme Parangon, la femme du patron, que
Nicolas n'avait pas vue encore, revint d'un voyage
de plusieurs semaines qu'elle avait fait à Paris.
Voici le portrait que traçait d'elle plus tard l'écrivain, parvenu à l'apogée de sa vie littéraire:
« Représentez-vous une belle femme, admirablement proportionnée, sur le visage de laquelle on
voyait également fondus la beauté, la noblesse et ce
joli si piquant des Françaises qui tempère la
majesté; ayant une blancheur animée plutôt que

des couleurs; des cheveux fins, cendrés et soyeux;
les sourcils arqués, fournis et paraissant noirs; un
bel œil bleu, qui, voilé par de longs cils, lui donnait
cet air angélique et modeste, le plus grand charme
de la beauté; un son de voix timide, pur, sonore,
allant à l'âme; la démarche voluptueuse et décente;
la main douce sans être potelée, le bras parfait, et le
pied le plus délicat qui jamais ait porté une jolie
femme. Elle se mettait avec un goût exquis; il
semblait qu'elle donnât à la parure la plus simple ce
charme vainqueur de la ceinture de Vénus auquel
on ne pouvait résister. Un ton affable, engageant,
était le plus doux de ses charmes; il la faisait chérir
quand la différence de sexe ne forçait pas à
l'adorer. »

Telle était Mme Parangon, mariée depuis peu de
temps, et dont l'époux paraissait peu digne d'une si
aimable compagne. Dans les premiers temps de son
apprentissage, Nicolas, se trouvant seul un
dimanche à garder l'atelier, avait entendu des cris
de femme qui partaient du cabinet de M. Parangon.
Il s'y précipita, et vit Tiennette, la servante, aux
genoux du patron, qu'elle suppliait d'épargner son
honneur.

« Vous êtes bien hardi, cria ce dernier, d'entrer
où je suis! Retirez-vous. » L'attitude de Nicolas fut
assez résolue pour faire fléchir le maître et pour
donner à Tiennette le temps de s'enfuir. M. Parangon, un peu honteux au fond, chercha alors à
donner le change aux soupçons trop fondés de son
apprenti.

Nicolas était à son travail quand on vint annoncer : « Madame est revenue! » Il travaillait encore, le
nez dans la poussière, à ramasser des lettres, des

espaces et des *cadratins*. Il n'eut que le temps de
faire sa toilette dans un seau et de descendre au rez-
de-chaussée, où se pressait la foule des ouvriers.
Mme Parangon, qui faisait attention à tout le
monde et avait un regard, un mot obligeant pour
chacun, ne tarda pas à distinguer Nicolas.

« C'est le nouvel *élève?* dit-elle au prote.

— Oui, madame, répondit ce dernier... Il fera
quelque chose.

— Mais on ne le voit pas, dit Mme Parangon,
pendant que le jeune homme, après son salut, se
perdait de nouveau dans la foule.

— Le mérite est modeste », observa un des
ouvriers avec quelque ironie.

L'apprenti reparut en rougissant.

« Monsieur Nicolas, reprit Mme Parangon, vous
êtes le fils d'un ami de mon père; méritez aussi
d'être notre ami... »

En ce moment, le sourire gracieux de la jeune
femme vint rappeler à Nicolas un souvenir évanoui.
Cette femme, il l'avait vue autrefois, mais non pas
telle qu'elle lui apparaissait maintenant· son image
se trouvait à demi noyée dans une ∢e ces impressions vagues de l'enfance qui reviennent par instants comme le souvenir d'un rêve.

« Eh quoi! dit Mme Parangon, vous ne reconnais-
sez pas la petite Colette de Vermanton?

— Colette? c'est toi?... C'est vous, madame! »
balbutia Nicolas.

Les ouvriers retournaient à leurs travaux; le
jeune apprenti resta seul, rêvant à cette scène,
résultat d'un hasard si simple. Cependant la dame
avait passé dans une arrière-salle, où sa servante
l'aidait à se débarrasser de ses vêtements de

voyage. Elle en sortit quelques minutes après.
« Tiennette m'a dit que vous étiez un garçon très
honnête... et très discret, ajouta-t-elle en faisant
allusion sans doute à ce qui s'était passé dans le
cabinet de M. Parangon. Voici un objet qui vous
sera utile dans vos travaux. » Et elle lui donna une
montre d'argent.

De ce moment, Nicolas fut très respecté dans
l'atelier et dispensé des ouvrages les plus rebutants.
Son goût pour l'étude, son éloignement des dissipa-
tions et de la débauche, où tombaient plusieurs de
ses camarades, augmentèrent l'estime que faisait de
lui Mme Parangon, qui aimait à s'entretenir avec le
jeune apprenti, et l'interrogeait souvent sur ses
lectures. Les romans de Mme de Villedieu, et même
la Princesse de Clèves ne lui paraissaient pas d'un
enseignement bien solide. — Mais je lis aussi
Térence, dit Nicolas, et même j'en ai commencé une
traduction. — Ah! lisez-moi cela! dit Mme Parangon. Il alla chercher son cahier et lut une partie de
l'Andrienne. Le feu qu'il mettait dans son débit,
surtout dans les passages où Pamphile exprime son
amour pour la belle esclave, donna l'idée à Mme Parangon de lui faire lire *Zaïre*, qu'elle avait vu
représenter à Paris. Elle suivait des yeux le texte et
indiquait de temps en temps les intonations usitées
par les acteurs de la Comédie-Française; mais
bientôt elle se prit à préférer tout à fait le débit
naturel et simple du jeune homme : elle avait
appuyé son bras sur le dossier de la chaise où il était
assis, et ce bras, dont il sentait la douce chaleur sur
son épaule, communiquait à sa voix le timbre
sonore et tremblotant de l'émotion. Une visite vint
interrompre cette situation que Nicolas prolongeait

avec délices. C'était Mme Minon la procureuse,
parente de Mme Parangon. « Je suis encore tout
attendrie, dit cette dernière; M. Nicolas me lisait
Zaïre. — Il lit donc bien? — Avec âme. — Oh! tant
mieux, s'écria Mme Minon en battant des mains... Il
nous lira *la Pucelle,* qui est aussi de M. de Voltaire?
Ce sera bien amusant. » Nicolas dans son ignorance
et Mme Parangon dans son ingénuité s'associèrent à
ce projet, qui, du reste, ne se réalisa pas; il suffit à
la dame d'ouvrir le livre pour en apprécier la trop
grande légèreté.

Cependant la moralité de Nicolas ne devait pas
tarder à recevoir une atteinte plus grave. Il se
trouvait seul un soir dans la salle du rez-de-
chaussée, quand il vit entrer furtivement un homme
aux habits en désordre, ou plutôt à moitié vêtu,
qu'il reconnut pour un des cordeliers dont le
couvent était voisin de l'imprimerie. Ce personnage,
qui se nommait Gaudet d'Arras, lui dit qu'il était
poursuivi, qu'on l'avait attiré dans un piège, et que
de plus il ne pouvait rentrer au couvent par la porte
ordinaire, attendu qu'on lui demanderait ce qu'il
avait fait de sa robe. Une porte de l'imprimerie
communiquait avec la cour du couvent; c'était le
moyen d'éviter tout scandale. Nicolas consentit à
sauver ce pauvre moine, dont l'escapade demeura
inconnue.

Quelques jours après, le cordelier repassa, vêtu de
sa robe cette fois, et invita Nicolas à venir déjeuner
dans sa cellule. Il lui avoua, dans les moments
d'épanchement qu'amenèrent les suites d'un excellent repas accompagné de vin exquis, que la vie
religieuse lui était à charge depuis longtemps,
d'autant qu'elle n'était pas pour lui le résultat d'un

choix, mais d'une exigence de sa famille. Il était du reste en mesure de faire casser ses vœux, ce qui pouvait servir d'excuse à la légèreté de sa conduite.

Il y avait naturellement, dans l'âme indépendante de Nicolas, une profonde antipathie pour ces institutions féodales, survivant encore dans la société tolérante du XVIIIᵉ siècle, qui contraignaient une partie des enfants des grandes familles à prononcer sans vocation des vœux austères qu'on leur permettait aisément d'enfreindre, à condition d'éviter le scandale. Nicolas ne s'était pas senti au premier abord beaucoup de sympathie pour ce moine qui avait oublié sa robe dans les blés ; mais l'idée que Gaudet d'Arras ne faisait qu'anticiper sur l'époque future de sa liberté le rendait relativement excusable. Il s'établit donc une liaison assez suivie entre Nicolas et le cordelier. Si l'on a jusqu'ici apprécié favorablement les actions du premier, on pourra reconnaître encore en lui un cœur honnête, emporté seulement par des rêveries exaltées ; quant à l'autre, c'était déjà un esprit tout en proie au matérialisme de l'époque. Sa mère lui faisait une forte pension qui lui permettait d'inviter souvent à dîner les autres moines dans sa cellule, fort gaie et donnant sur le jardin. Nicolas fut quelquefois de ces parties, où l'on buvait largement, et où l'on émettait des doctrines plus philosophiques que religieuses. L'influence de ces idées détermina plus tard les tendances de l'écrivain ; lui-même en fait souvent l'aveu.

Cette intimité dangereuse amena naturellement des confidences. Le cordelier daigna s'intéresser aux premières amours du jeune homme, tout en souriant parfois de son ingénuité. « En principe, lui

dit-il, il faut éviter tout attachement romanesque.
L'unique moyen de ne pas être subjugué par les
femmes, c'est de les rendre dépendantes de vous. Il
est bon ensuite de les traiter durement, elles vous
en aiment davantage. Je me suis aperçu de votre
attachement pour Mme Parangon; prenez garde à
l'adoration dont vous l'entourez. Vous êtes la souris
avec laquelle elle joue, l'humble serviteur qu'elle
veut conserver le plus longtemps possible dans cette
position. C'est à vous de prendre le beau rôle en
ôtant à la belle dame la gloire qu'elle acquerrait en
vous résistant... » Nicolas ne comprenait pas une
doctrine aussi hardie, il souffrait même de voir son
ami profaner le sentiment pur qui l'attachait à sa
patronne. « Que voulez-vous dire? observa-t-il
enfin. — Je dis qu'il faut cesser de manger votre
pain à la fumée. Osez vous déclarer, et menez
vivement les choses, ou bien occupez-vous d'une
autre femme : celle-ci viendra à vous d'elle-même,
et vous aurez à la fois deux triomphes. — Non, dit
Nicolas, je n'agirai jamais ainsi! — Je reconnais
bien là, reprit Gaudet d'Arras, l'amant respectueux
de Jeannette Rousseau. »

Nicolas se promit de ne plus revoir le cordelier,
mais déjà le poison était dans son cœur; cette
existence si douce, cette passion toute chrétienne
qu'il n'aurait jamais avouée, et qui n'avait d'autre
but que la pure union des âmes, cette image si
chaste et si noble qu'elle ne repoussait pas même
dans son cœur celle de Jeannette Rousseau, et s'en
faisait accompagner comme d'une sœur chérie,
toutes ces charmantes sensations d'un esprit de
poète auquel suffisait le rêve, il allait désormais les
échanger contre les ardeurs d'une passion toute

matérielle. Plein des idées nouvelles qu'il avait puisées dans ses lectures philosophiques, il ne lui servait plus à rien de fuir les conseils de Gaudet d'Arras ; la solitude retentissait pour lui de ces voix railleuses et mélancoliques qui venaient des muses latines, et qui reproduisaient les sophismes qu'il venait d'entendre... « Une femme est comme une ombre : suivez-la, elle fuit ; fuyez-la, elle suit. » Le cordelier n'avait pas dit autre chose.

Il voulut entrer dans l'église, où retentissaient les chants de vêpres. Les cordeliers que Gaudet d'Arras avait traités le matin rendaient le plain-chant avec une vigueur inaccoutumée. Nicolas reconnaissait les voix de ses compagnons de table, imprégnées des vins les plus généreux de la Bourgogne ; il entra dans le cimetière pour échapper à ce souvenir, et se prit machinalement à déchiffrer les plus vieilles inscriptions des tombes. L'une d'elles portait en lettres gothiques : *Guillain, 1534.* En réfléchissant aux deux siècles qui avaient séparé la mort d'un inconnu de l'époque de sa propre naissance, Nicolas crut sentir le néant de la mort et de la vie, et céda à cette voluptueuse tristesse que les Romains se plaisaient à exciter dans leurs festins ; il s'écria comme Trimalcion : « Puisque la vie est si courte, il faut se hâter... »

En rentrant à l'imprimerie, il prit un livre pour changer le cours de ces idées ; mais peu de temps après, il vit revenir Mme Parangon, qui sortait de chez la procureuse, où elle avait dîné. Elle était chaussée en mules à languettes, bordure et talons verts, attachées par une rosette en brillants. Ces mules étaient neuves et la gênaient probablement, et, comme Tiennette n'était pas rentrée, elle pria

Nicolas de débarrasser un petit fauteuil cramoisi,
afin qu'elle pût s'asseoir. Nicolas, la voyant assise,
se précipita à ses pieds, et lui ôta ses mules sans les
déboucler. La dame ne fit que sourire, et dit : « Au
moins donnez-m'en d'autres. » Nicolas se hâta d'en
aller chercher; mais Mme Parangon avait à son
retour caché ses pieds sous sa robe, et voulut alors
se chausser elle-même. « Que lisez-vous là ? dit-elle.
— *Le Cid,* madame, dit Nicolas, et il ajouta : Ah!
que Chimène fut malheureuse! mais qu'elle était
aimable! — Oui, elle se trouvait dans une cruelle
position. — Oh! bien cruelle! — Je crois, en vérité,
que ces positions-là... augmentent l'amour. — Bien
sûrement, madame, elles l'augmentent à un point...
— Eh! comment le savez-vous à votre âge? »
Nicolas fut embarrassé, il rougit. Un moment après,
il osa dire : « Je le sais aussi bien que Rodrigue. » —
Mme Parangon se leva avec un éclat de rire, et elle
reprit d'un ton plus sérieux : « Je vous souhaite les
vertus de Rodrigue, et surtout son bonheur! »

Nicolas sentit, à travers l'ironie bienveillante qui
termina cette conversation, qu'il avait été un peu
loin. Mme Parangon s'était retirée, mais ses mules
aux boucles étincelantes étaient restées près du
fauteuil. Nicolas les saisit avec une sorte d'exaltation, en admira la forme et osa écrire en petits
caractères, dans l'intérieur de l'un de ces charmants
objets : « Je vous adore! » Puis, comme Tiennette
rentrait, il lui dit de les reporter.

VII

L'ÉTOILE DE VÉNUS

Cette action étrange, cette déclaration d'amour si
singulièrement placée, cette audace surtout pour un
apprenti de s'adresser à l'épouse du maître, était un
premier pas sur une pente dangereuse où Nicolas ne
devait plus s'arrêter. On l'a vu jusqu'ici céder
facilement sans doute aux entraînements de son
cœur, nous avons dû taire même bien des aventures
dont les jeunes filles de Saci et d'Auxerre étaient les
héroïnes, souvent adorées, souvent trahies... Désormais cette âme si jeune encore ne se sent plus
innocente ; c'était la minute indécise entre le bien et
le mal, marquée dans la vie de chaque homme, qui
décide de toute sa destinée. Ah! si l'on pouvait
arrêter l'aiguille et la reporter en arrière! mais on ne
ferait que déranger l'horloge apparente, et l'heure
éternelle marche toujours.

Ce jour-là même, M. Parangon et le prote assistaient à un banquet de francs-maçons ; Nicolas
devait donc dîner seul avec la femme de l'imprimeur. Il n'osait se mettre à table. Mme Parangon lui
dit d'une voix légèrement altérée :

« Placez-vous. » Nicolas s'assit à sa place ordinaire. « Mettez-vous en face de moi, dit Mme Parangon, puisque nous ne sommes que deux. » Elle le
servit. Il gardait le silence et portait lentement les
morceaux à sa bouche. « Mangez, puisque vous êtes
à table, dit la dame. A quoi rêvez-vous ? — A rien,
madame. — Étiez-vous à la grand'messe ? — Oui,
madame. — Avez-vous eu du pain bénit ? — Non,

madame, je me trouvais derrière le chœur, où l'on
n'en distribue pas. — En voici un morceau. » Et elle
le lui montra sur un plat d'argent, mais il fallut
encore qu'elle le lui donnât. « Vous êtes dans vos
réflexions ? ajouta-t-elle. — Oui, madame... » Et,
sentant tout à coup l'inconvenance de sa réponse, il
reprit un peu de courage ; il se souvint que ce jour
était justement celui de la naissance de Mᵐᵉ Parangon : « Je songeais, dit-il, que c'est aujourd'hui une
fête... Aussi je voudrais bien avoir un bouquet à
vous présenter ; mais je n'ai que mon cœur, qui déjà
est à vous. Elle sourit et dit : — Le désir me suffit. »
— Nicolas s'était levé, et, s'approchant de la
fenêtre, il regardait vers le ciel. « Madame, ajouta-
t-il, si j'étais un dieu, je ne penserais pas à vous
offrir des fleurs, je vous donnerais la plus belle
étoile, celle que je vois là. On dit que c'est Vénus...
— Oh ! monsieur Nicolas ! quelle idée avez-vous ? —
Ce qu'on ne peut atteindre, madame, le ciel nous
permet du moins de l'admirer. Aussi, toutes les fois
maintenant que je verrai cette étoile, je penserai :
« Voilà le bel astre sous lequel est née Mˡˡᵉ Colette. » Elle parut touchée et répondit : « C'est bien,
monsieur Nicolas, et très joli ! »

Nicolas s'applaudit d'échapper aux reproches que
sans doute il méritait ; mais la dignité de sa
maîtresse lui parut de la froideur ; Mᵐᵉ Parangon
rentra chez elle ensuite. Le jeune homme se sentait
si agité, qu'il ne pouvait rester en place. La soirée
n'était pas encore avancée, il sortit de la maison, et
se promena du côté du rempart des bénédictins.
Quand il revint, la maison était vide ; M. Parangon
avait reçu une lettre d'affaires qui l'avait obligé de
partir pour Vermanton ; sa femme était allée le

conduire à la voiture et s'était fait accompagner de
sa servante Tiennette. Nicolas avait le cœur si
plein, qu'il fut contrarié de ne savoir à qui parler.
En jetant les yeux par hasard dans la cour des
cordeliers, il aperçut Gaudet d'Arras, qui se promenait à grands pas, en regardant les astres.

C'était, nous l'avons dit, un singulier esprit que
ce moine philosophe. Il y avait dans sa tête un
mélange de spiritualisme et d'idées matérielles qui
étonnait tout d'abord. Sa parole enthousiaste lui
donnait aussi sur tous ceux qui l'approchaient un
empire auquel il n'était pas possible de se soustraire. Nicolas fit quelques tours de promenade avec
lui, s'unissant comme il pouvait aux rêveries
transcendantes de Gaudet d'Arras. Son amour
platonique pour Jeannette, son amour sensuel pour
Mme Parangon, lui exaltaient la tête au point qu'il
ne put s'empêcher d'en laisser paraître quelque
chose. Le cordelier lui répondait avec une apparente
distraction. « Ô jeune homme, lui disait-il, l'amour
idéal, c'est la généreuse boisson qui perle au bord de
la coupe ; ne te contente pas d'en admirer la teinte
vermeille ; la nature ouvre en ce moment sa veine
intarissable, mais tu n'as qu'un instant pour
t'abreuver de ses saveurs divines, réservées à
d'autres après toi ! »

Ces paroles jetaient Nicolas dans un désordre
d'esprit plus grand encore. « Quoi ! disait-il,
n'existe-t-il pas des raisons qui s'opposent à nos
ardeurs délirantes ? n'est-il pas des positions qu'il
faut respecter, des divinités qu'on adore à genoux,
sans oser même leur demander une faveur, un
sourire ? » Gaudet d'Arras secouait la tête et continuait ses théories à la fois nuageuses et matérielles.

Nicolas lui parla de l'éternelle justice, des punitions réservées au vice et au crime... Mais le cordelier ne croyait pas en Dieu. « La nature, disait-il, obéit aux conditions préalables de l'harmonie et des nombres ; c'est une loi physique qui régit l'univers. — Il m'en coûterait pourtant, disait Nicolas, de renoncer à l'espérance de l'immortalité. — J'y crois fermement moi-même, dit Gaudet d'Arras. Lorsque notre corps a cessé de vivre, notre âme dégagée, se voyant libre, est transportée de joie et s'étonne d'avoir aimé la vie... » Et s'abandonnant à une sorte d'inspiration, il continua, comme rempli d'un esprit prophétique : « Notre existence libre me paraît devoir être de deux cent cinquante ans... par des raisons fondées sur le calcul physique du mouvement des astres. Nous ne pouvons ranimer que la matière qui composait la génération dont nous faisions partie, probablement cette matière n'est entièrement dissoute, assez pour être revivifiable, qu'après l'époque dont je parle. Pendant les cent premières années de leur vie spirituelle, nos âmes sont heureuses et sans peines morales, comme nous le sommes dans notre jeunesse corporelle. Elles sont ensuite cent ans dans l'âge de la force et du bonheur, mais les cinquante dernières années sont cruelles par l'effroi que leur cause leur retour à la vie terrestre. Ce que les âmes ignorent surtout, c'est l'état où elles naîtront ; sera-t-on maître ou valet, riche ou pauvre, beau ou laid, spirituel ou sot, bon ou méchant ? Voilà ce qui les épouvante. Nous ne savons pas en ce monde comment on est dans l'autre vie, parce que les nouveaux organes que l'âme a reçus sont neufs et sans mémoire ; au contraire, l'âme dégagée se ressouvient de tout ce qui lui est arrivé non seulement dans sa dernière vie, mais dans toutes ses existences spirituelles... »

A travers ces bizarres prédications, Nicolas suivait toujours sa rêverie amoureuse ; Gaudet d'Arras s'en aperçut et garda pour un autre jour le développement de son système ; seulement, il avait jeté dans le cœur du jeune homme un germe d'idées dangereuses qui, par leur philosophie apparente, détruisaient les derniers scrupules dus à l'éducation chrétienne. La conversation se termina par quelques banalités sur ce qui se passait dans la maison. Nicolas apprit indifféremment à son ami que M. Parangon était parti pour Vermanton : « Voilà une belle veuve !... » s'écria le cordelier, et ils se séparèrent sur ces mots.

En remontant dans la maison, Nicolas se sentit comme un homme ivre qui pénètre du dehors dans un lieu échauffé. Il était tard, tout le monde dormait, et il ouvrait les portes avec précaution pour regagner sans bruit sa chambre. Arrivé dans la salle à manger, il se prit à songer au repas qu'il avait fait seul avec sa maîtresse quelques heures auparavant ; la fenêtre était ouverte, et il chercha des yeux *cette belle étoile de Mlle Colette*, cette étoile de Vénus qui brillait alors au ciel d'une clarté si sereine : elle n'y était plus. Tout à coup, une pensée étrange lui monta au cerveau ; les dernières paroles qu'avait dites Gaudet d'Arras lui revinrent à l'esprit, et, comme un larron, comme un traître, il se précipita vers la chambre où reposait l'aimable femme. Grâce aux habitudes confiantes de la province, une simple porte vitrée fermée d'un loquet constituait toute la défense de cette pudique retraite, et même la porte n'était que poussée. La

respiration égale de Mme Parangon marquait d'un
doux bruit les instants fugitifs de cette nuit. Nicolas
osa entrouvrir la porte, puis, tombant à genoux, il
s'avança jusqu'au lit, guidé par la lueur d'une
veilleuse, et alors il se releva peu à peu, encouragé
par le silence et l'immobilité de la dormeuse.

Le coup d'œil que jeta Nicolas sur le lit, rapide et
craintif, ne porta pas à son âme tout le feu qu'il en
attendait. C'était la seconde fois qu'il avait l'audace
de pénétrer dans l'asile d'une femme endormie;
mais Mme Parangon n'avait rien de l'abandon ni de
la nonchalance imprudente de la pauvre Marguerite
Pâris. Elle dormait sévèrement drapée comme une
statue de matrone romaine. Sans la douce respiration de sa poitrine et l'ondulation de sa gorge
voilée, elle eût produit l'impression d'une figure
austère sculptée sur un tombeau. Le mouvement
qu'avait fait Nicolas l'avait sans doute à demi
réveillée, car elle étendit la main, puis appela
faiblement sa servante Tiennette. Nicolas se jeta à
terre. La crainte qu'il eut d'être touché par le bras
étendu de sa maîtresse, ce qui certainement l'eût
tout à fait réveillée, lui causa une impression telle
qu'il resta quelque temps immobile, retenant son
haleine, tremblant aussi que Tiennette n'entrât. Il
attendit quelques minutes, et, le silence n'ayant
plus été troublé, l'apprenti n'eut que la force de se
glisser en rampant hors de la chambre. Il s'enfuit
jusqu'à la salle à manger et se tint debout dans
l'encoignure d'un buffet; peu de temps après, il
entendit un coup de sonnette. Mme Parangon réveillait sa servante et la faisait coucher près d'elle.

Comment oser reparaître devant le cordelier
après une si ridicule tentative? Cette pensée préoc-

cupait Nicolas le lendemain plus vivement même
que le regret d'une occasion perdue. Ainsi la
corruption faisait des progrès rapides dans cette
âme si jeune, et les douleurs de l'amour-propre
dominaient celles de l'amour.

Le lendemain, après le dîner, Mme Parangon pria
Nicolas de lui faire une lecture, et choisit les *Lettres
du marquis de Roselle*. Rien, du reste, dans son ton,
dans ses regards, n'indiquait qu'elle connût la cause
du bruit qui l'avait réveillée la nuit précédente.
Aussi Nicolas ne tarda-t-il pas à se rassurer ; il lut
avec charme, avec feu ; la dame, un peu renversée
dans un fauteuil devant la cheminée, fermait de
temps en temps les yeux ; Nicolas, s'en apercevant,
ne put s'empêcher de penser à l'image adorée et
chaste qu'il avait entrevue la veille. Sa voix devint
tremblante, sa prononciation sourde, puis il s'arrêta
tout à fait.

« Mais je ne dors pas !... dit Mme Parangon avec
un timbre de voix délicieux ; d'ailleurs, même
quand je dors, j'ai le sommeil très léger [17]. »

Nicolas frémit ; il essaya de reprendre sa lecture,
mais son émotion était trop grande.

— Vous êtes fatigué, reprit la dame, arrêtez-
vous. Je m'intéressais vivement à cette Léonora...

— Et moi, dit Nicolas, reprenant courage, j'aime
mieux encore le caractère angélique de Mlle de Fer-
val. Ah ! je le vois, toutes les femmes peuvent être
aimées, mais il en est qui sont des déesses.

— Il en est surtout qu'il faut toujours respecter,
dit Mme Parangon. Puis, après un silence que
Nicolas n'osa pas rompre, elle reprit d'un ton
attendri :

— Nicolas, ce sera bientôt le temps de vous

établir... N'avez-vous jamais pensé à vous marier?

— Non, madame, dit froidement le jeune homme, et il s'arrêta, songeant qu'il proférait un odieux mensonge : l'image irritée de son premier amour se représentait à sa pensée; Mme Parangon, qui ne savait rien, continua : « Votre famille est honnête et alliée de la mienne, songez bien à ce que je vais vous dire. J'ai une sœur beaucoup plus jeune que moi..., qui me ressemble un peu. » Elle ajouta ces mots avec quelque embarras, mais avec un charmant sourire... « Eh bien! monsieur Nicolas, si vous travaillez avec courage, c'est ma sœur que je vous destine. Que cet avenir soit pour vous un encouragement à vous instruire, un attrait qui préserve vos mœurs. Nous en reparlerons, mon ami. »

La digne femme se leva, et fit un geste d'adieu. Nicolas se précipita sur ses mains qu'il baigna de larmes. « Ah! madame », s'écria-t-il d'une voix entrecoupée, mais Mme Parangon ne voulut pas en entendre davantage. Elle le laissa tout entier à ses réflexions et à son admiration pour tant de grâce et de bonté. Il était clair maintenant pour lui qu'elle savait tout, et qu'elle avait adorablement tout compris et tout réparé.

VIII

LA SURPRISE

On va voir maintenant se presser les événements. Nicolas n'est plus ce jeune homme naïf et simple, amant des solitudes et des muses latines, d'abord

un petit paysan rude et sauvage, puis un studieux
élève des jansénistes, puis encore un amoureux idéal
et platonique, à qui une femme apparaît comme
une fée, qu'il n'ose même toucher de peur de faire
évanouir son rêve. L'air de la ville a été mortel pour
cette âme indécise, énergique seulement dans son
amour de la nature et du plaisir. Grâce aux conseils
perfides qu'il s'est plu à entendre, grâce à ces livres
d'une philosophie suspecte, où la morale a les
attraits du vice et le masque de la sagesse *, le voilà
maintenant dégagé de tout frein, portant dans un
esprit éclairé trop tôt cette froide faculté d'analyse
que l'âge mûr ne doit qu'à l'expérience, et se
précipitant, ainsi armé, dans une atmosphère de
divertissements grossiers, dont l'habitude s'explique
chez ceux qui s'y livrent d'ordinaire par l'ignorance
d'une meilleure façon de vivre. L'indulgence de
Mme Parangon, cette douce pitié, cette sympathie
exquise pour un amour honnête qui s'égare, il n'en
a pas senti toute la délicatesse. Il a cru comprendre
que la noble femme n'était pas aussi irritée qu'il
l'avait craint de sa tentative nocturne. Cependant,
toutes les fois qu'il se trouvait seul avec elle depuis,
elle ne lui reparlait plus que de son projet de le
marier à sa sœur, et lui-même, par instants, se
prenait à penser qu'il trouverait un jour dans cette
enfant une autre *Colette;* elle avait ses traits
charmants en effet, elle promettait d'être son
image, mais que de temps il fallait attendre! Dans
ces retours de vertu, il devenait rêveur, et Mme Parangon ne pouvait lui refuser une main, un sourire

---

* Il écrivait plus tard : « Sans mon amour du travail, je serais
devenu un scélérat. »

qu'il demandait hypocritement comme un mirage du bonheur légitime réservé à son avenir. Elle comprit le danger de ces entretiens, de ces complaisances, et lui dit : « Il faut vous distraire. Pourquoi n'allez-vous pas aux fêtes, aux promenades, comme les autres garçons? Tous les soirs et tous les dimanches, vous restez à lire et à écrire ; vous vous rendrez malade. »

Eh bien! se dit-il, c'est cela, il faut vivre enfin! Et il se précipita dès lors, avec la rage des esprits mélancoliques, des esprits déçus, dans tous les plaisirs de cette petite ville d'Auxerre, qui n'était alors guère plus vertueuse que Paris [18]. Le voilà devenu le héros des bals publics, le boute-en-train des réunions d'ouvriers ; ses camarades étonnés l'associent à toutes leurs parties. Il leur enlève leurs maîtresses, il passe de la brune Marianne à la piquante Aglaé Ferrand. La douce Edmée Servigné, la coquette Delphine Baron, se disputent ses préférences. Il leur fait des vers à toutes deux, des vers du temps, dans le goût de Chaulieu et de Lafare. Il se plaît parfois à donner à ces liaisons un scandale dont le bruit pénètre jusqu'à Mme Parangon ; il répond aux reproches qu'elle lui fait l'œil mouillé de pleurs, en prenant des airs triomphants : « Il faut bien qu'un jeune homme s'amuse un peu, vous me l'avez dit... On en fait un meilleur mari plus tard... Voyez M. Parangon! » Et la pauvre femme le quitte sans répondre, et s'en va fondre en pleurs chez elle. Hélas! il a parfois la voix avinée, le geste hardi, les attitudes de mauvais goût des beaux danseurs de guinguette. Mme Parangon fait ces remarques avec douleur.

Tout à coup sa conduite change, il était devenu

sédentaire de nouveau, mais triste; une de ses
maîtresses éphémères, Madelon Baron, venait de
mourir, et, sans qu'il l'aimât profondément, cette
catastrophe avait répandu un voile de tristesse sur
sa vie. Mme Parangon le plaignait sincèrement et
avait pris part à sa douleur, qu'elle croyait sans
doute plus forte. Sa méfiance avait cessé. Un
dimanche qu'ils se trouvaient seuls dans la maison,
Tiennette étant allée faire une commission,
Mme Parangon, qui rangeait des écheveaux de fil
dans une haute armoire, appelle Nicolas pour lui en
passer les paquets. Elle était montée sur une échelle
double, et, pendant qu'elle se faisait servir ainsi,
l'œil de Nicolas s'arrêtait sur une jambe fine, sur un
soulier de droguet blanc, dont le talon mince, élevé,
donnait encore plus de délicatesse à un pied des
plus mignons qu'on pût voir. On sait que Nicolas
n'avait jamais su résister à une telle vue. Le charme
redoubla lorsque, Mme Parangon ayant de la peine
à descendre avec ses pieds engourdis, il se vit
autorisé à la prendre dans ses bras, et fut obligé de
la déposer sur le tas de lin qui restait à terre.
Comment dire ce qui se passa dans cet instant
fugitif comme un rêve? L'amour longtemps
contenu, la pudeur vaincue par la surprise, tout
conspira contre la pauvre femme, si bonne, si
généreuse, qui tomba presque aussitôt dans un
évanouissement profond comme la mort. Nicolas,
enfin effrayé, n'eut que la force de la porter dans sa
chambre. Tiennette rentrait, il lui dit que sa
maîtresse s'était trouvée mal et l'avait appelé. Il
peignit son embarras et son désespoir, puis s'enfuit
quand elle sembla revenir à la vie, n'osant supporter son premier regard...

Tout s'est donc accompli. La pauvre femme, qui peut-être avait aimé en silence, mais que le devoir retenait toujours, ne se lève pas le lendemain matin. Tiennette vient seulement dire à Nicolas qu'elle est malade et que le déjeuner est préparé pour lui seul. Tant de réserve, tant de bonté, c'est une torture nouvelle pour l'âme qui se sent coupable. Nicolas se jette aux pieds de Tiennette étonnée, il lui baigne les mains de ses larmes. « Oh! laisse-moi, laisse-moi la voir, lui demander pardon à genoux! que je puisse lui dire combien j'ai regret de mon crime... »

Mais Tiennette ne comprenait pas.

« De quel crime parlez-vous, monsieur Nicolas? Madame est indisposée; seriez-vous malade aussi?... Vous avez la fièvre certainement.

— Non! Tiennette! mais que je la voie!...

— Mon Dieu! monsieur Nicolas, qui vous empêche d'aller voir madame? »

Nicolas était déjà dans la chambre de la malade. Prosterné près du lit, il pleurait sans dire une parole, et n'osait même pas lever les yeux sur sa maîtresse. Celle-ci rompit le silence.

« Qui l'aurait pensé? dit-elle, que le fils de tant d'honnêtes gens commettrait une action... ou du moins la voudrait commettre...

— Madame! écoutez-moi!

— Ah! vous pouvez parler... Je n'aurai pas la force de vous interrompre. »

Nicolas se précipita sur une main que Mme Parangon retira aussitôt; sa figure enflammée s'imprimait sur la fraîche toile des draps, sans qu'il pût retrouver un mot, rendre le calme à son esprit. Son désordre effraya même la femme qu'il avait si gravement offensée.

« Le ciel me punit, dit-elle... C'est une leçon terrible! Je m'étais fait un rêve avec cette union de famille qui nous aurait rapprochés et rendus tous heureux, sans crime! Il n'y faut plus penser...

— Ah! madame, que dites-vous?

— Tu n'as pas voulu être mon frère! s'écria Mme Parangon, hélas! tu auras été l'amant d'une morte; je ne survivrai pas à cette honte!

— Ah! ce mot-là est trop dur, madame! — Et Nicolas se leva pour sortir avec une résolution sinistre.

— Il a donc encore une âme! dit la malade... Où allez-vous?

— Où je mérite d'être!... J'ai outragé la divinité dans sa plus parfaite image... je n'ai plus le droit de vivre...

— Restez! dit-elle; votre présence m'est devenue nécessaire... Notre vue mutuelle entretiendra nos remords... Mon existence, cruel jeune homme, dépend de la tienne : ose à présent en disposer!...

— Je suis indigne de votre sœur, dit Nicolas fondant en larmes; aussi bien, eussé-je été son mari, c'est vous toujours que j'aurais aimée. C'est pour ne pas me séparer de vous que j'acceptais l'idée de cette union! Moi vous être infidèle, même pour votre sœur, je ne le veux pas!... » Et il s'enfuit en prononçant ces paroles. Il se rendit aux allées qui côtoyaient alors les remparts de la ville, cherchant à calmer l'exaltation morale qui l'aurait tué après les douleurs d'une scène pareille.

C'était un lundi : la promenade était couverte d'ouvriers en fête qui jouaient à divers jeux, de jeunes filles qui se promenaient par groupes isolés de deux ou trois ensemble. Nicolas reconnut là

quelques habituées des salles de danse qu'il avait
récemment fréquentées. Il essaya de se distraire en
s'unissant à l'une de ces parties de plaisir qui du
moins laissaient le cœur libre et calmaient l'esprit
par une folle agitation. Après un repas qui eut lieu à
la campagne, Nicolas quitta ses amis, et ses pensées
amères lui revenaient en foule, lorsqu'en passant
dans la rue Saint-Simon, près de l'hôpital, il
entendit de grands éclats de rire. C'étaient trois
jeunes filles qui se moquaient d'une de leurs
compagnes qu'elles avaient surprise se laissant
embrasser par un pressier de l'imprimerie Parangon, nommé Tourangeau, gros homme fort laid, fort
grossier d'ordinaire et un peu ivre ce soir-là. La
pauvre jeune fille insultée ainsi s'était évanouie. Le
pressier, en fureur, s'élança vers les belles rieuses et
frappa l'une d'elles fort brutalement. Des jeunes
gens étaient accourus au bruit et voulaient assom-
mer Tourangeau. Nicolas s'élança le premier vers
son camarade d'imprimerie, et, le prenant par le
bras, lui dit : « Tu viens de commettre une vilaine
action. Sans moi, l'on te mettrait en morceaux ;
mais il faut une réparation. Battons-nous sur
l'heure à l'épée. Tu as été dans les troupes, tu dois
avoir du cœur. — Je veux bien », dit Tourangeau.
On essaya en vain de les séparer. Un des jeunes
gens alla chercher deux épées, et à la lueur d'un
réverbère le duel commença dans toutes les règles.
Nicolas savait à peine tenir son épée, mais aussi
Tourangeau n'était pas très solide sur ses jambes ce
soir-là. Le pressier reçut un coup d'épée porté au
hasard sans règle ni mesure, et tomba le cou
traversé d'une blessure qui rendait beaucoup de
sang. L'atteinte n'était pas mortelle. Cependant

Nicolas fut obligé de se soustraire aux recherches de l'autorité. Il ne revit qu'un instant Mme Parangon, dont le mari était revenu, et qui comprit ce qu'il y avait eu de désespoir et de secrète amertume dans l'action du jeune homme. Du reste, ce duel lui avait fait le plus grand honneur dans Auxerre, où il était désormais regardé comme le *défenseur des belles*. Cette renommée le poursuivit jusque dans sa famille, où il retourna pour quelque temps.

IX

ÉPILOGUE DE LA JEUNESSE DE NICOLAS [19]

C'est à la suite de ces événements que Nicolas, après avoir passé quelques jours près de ses parents, à Saci, vint à Paris exercer l'état de compositeur d'imprimerie, dont il avait fait l'apprentissage à Auxerre. Nous avons vu déjà combien tout objet nouveau exerçait d'influence sur cette âme ardente, toujours en proie aux passions violentes, et, comme il le disait lui-même, plus imprégnée d'électricité que toute autre. Ce fut quelque temps avant sa liaison éphémère avec Mlle Guéant qu'il reçut tout à coup l'avis de la mort de Mme Parangon. La pauvre femme n'avait survécu que peu de mois aux scènes douloureuses que nous avons racontées. La vie insoucieuse et frivole que Nicolas menait à Paris ne lui avait pas été cachée, et jeta sans doute bien de l'amertume sur ses derniers instants. Nicolas, né avec tous les instincts du bien, mais toujours entraîné au mal par le défaut de principes solides,

écrivait plus tard, en songeant à cette époque de sa
vie : « Les mœurs sont un collier de perles ; ôtez le
nœud, tout défile. »

Cependant ses habitudes de dissipation avaient
épuisé à la fois sa santé et ses ressources. Un simple
ouvrier, si habile qu'il fût, gagnant au plus cinquante sous par jour, ne pouvait continuer longtemps l'existence que lui avaient créée ses nouvelles
relations. Une lettre lui arriva tout à coup
d'Auxerre... Elle était de M. Parangon. La fatalité
voulut qu'il se trouvât justement sans ouvrage et
dans un moment de pénurie absolue à l'époque où
cette lettre lui fut remise ; de plus, il se sentait pris
d'une sorte de nostalgie, et songeait à s'en aller
quelque temps respirer l'air natal. M. Parangon,
après quelques politesses et quelques regrets expri-
més sur la mort de sa femme, se plaignait de
l'isolement où il était réduit, et proposait à son
ancien apprenti de venir prendre la place d'un prote
qui l'avait quitté. « C'est Tourangeau, ajoutait-il,
qui m'a fait songer à vous... Vous voyez combien il
est loin de vous en vouloir pour le coup de pointe
que vous lui aviez planté dans la gorge. »

Lorsque la lettre arriva à Paris, Nicolas n'avait
plus que vingt-quatre sous ; il fut obligé de vendre
quatre chemises de toile pour payer sa place dans le
coche d'Auxerre. M. Parangon le reçut très bien, et,
comme Nicolas ne voulut pas loger dans sa maison,
l'imprimeur lui indiqua l'hôtel d'un nommé Ruthot.

La destinée se compose d'une série de hasards,
insignifiants en apparence, qui, par quelque détail
imprévu, changent toute une existence, soit en bien,
soit en mal. Telle était du moins l'opinion de
Nicolas, qui ne croyait guère à la Providence. Aussi

se disait-il plus tard : « Ah! si je n'étais pas allé
loger chez ce Ruthot! » ou bien : « Si j'avais eu plus
de vingt-quatre sous à l'époque où je reçus la lettre
de M. Parangon! » ou encore : « Quel malheur que
je n'eusse pas changé de logement, comme j'en
avais eu l'idée avant l'époque où cette lettre
m'arriva! »

Près de l'hôtel tenu par Ruthot demeurait une
dame Lebègue, veuve d'un apothicaire, et dont la
fille Agnès, douée d'une beauté un peu mâle, devait
avoir quelque fortune de l'héritage de son père.
Ruthot était assez bel homme et faisait la cour à la
veuve Lebègue. Il invita Nicolas à quelques soupers
où Agnès Lebègue déploya une foule de grâces et
d'amabilités à l'adresse du jeune imprimeur. Ce
dernier apprit plus tard que les frais de ces réunions
avaient été faits par M. Parangon. Il en resta
d'autant mieux convaincu, que le vin y était très
bon, M. Parangon étant un connaisseur. La séduction alla son train, et l'on parla bientôt de mariage.
Nicolas écrivit à ses parents, qui, renseignés par
M. Parangon, donnèrent facilement leur approbation. Tout conspirait à perdre le malheureux Nicolas. Son ancien ami le cordelier Gaudet d'Arras, qui
eût pu l'éclairer cette fois de son expérience, comme
il l'avait perdu moralement par son impiété, s'était
depuis longtemps éloigné d'Auxerre. De plus,
M. Parangon prenait peu à peu une grande
influence sur Nicolas, qu'il avait tiré de la misère
par quelques prêts d'argent. « Quand Jupiter réduit
un homme en esclavage, il lui ôte la moitié de sa
vertu », comme disait le bon Homère. Une circonstance bizarre fut qu'au dernier moment Nicolas
reçut une lettre anonyme qui lui donnait un grand

nombre de détails sur la vie antérieure de sa future. La fatalité le poursuivit encore à cette occasion : il reconnut l'écriture de cette lettre pour celle d'une maîtresse qu'il avait eue à Auxerre à l'époque de son apprentissage, et l'attribua au dépit d'une jalousie impuissante. Le mariage se fit donc sans autre difficulté. Au sortir de l'église seulement, un sourire railleur commença à s'épanouir sur la figure couperosée de M. Parangon. Nicolas avait épousé l'une des filles les plus décriées de la ville. Les biens qu'elle apportait en mariage étaient grevés d'une quantité de dettes sourdes qui en réduisirent la valeur à fort peu de chose. Il devint bientôt clair pour le pauvre jeune homme que M. Parangon avait été instruit de ce qui s'était passé longtemps auparavant dans sa maison. Nicolas n'en eut la parfaite conviction que plus tard ; mais il avait fini par fuir le séjour abhorré d'Auxerre. Agnès Lebègue s'était déjà enfuie avec un de ses cousins.

Nicolas revint à Paris, où il entra chez l'imprimeur André Knapen. « L'ouvrage donnait beaucoup dans ce moment-là », et un bon compositeur gagnait vingt-huit livres par semaine à imprimer des factums. Cette prospérité relative releva le courage de Nicolas Restif, qui bientôt écrivit ses premiers romans, parmi lesquels on distingua *la Femme infidèle* [20], où il dévoilait toute la conduite de sa femme ; plus tard, il publia *le Paysan perverti*, dans lequel il introduisit sous une forme romanesque la plupart des événements de sa vie.

Deuxième partie

SEPTIMANIE

Le goût des autobiographies, des mémoires et des confessions ou confidences, — qui, comme une maladie périodique, se rencontre de temps à autre dans notre siècle, — était devenu une fureur dans les dernières années du siècle précédent. L'exemple de Rousseau n'eut pas toutefois d'imitateur plus hardi que Restif. Il ne se borna pas à faire de ses aventures et de celles de personnes qu'il avait connues le plus grand nombre de ses nouvelles et de ses romans; il en publia le journal exact et minutieux dans les seize volumes de *M. Nicolas, ou le Cœur humain dévoilé,* et, non content de ce récit, il en répéta les principaux épisodes sous la forme dramatique. De là une douzaine de pièces en trois et cinq actes remplissant cinq volumes, et dont il est, sous divers noms, le héros éternel.

Si loin que nos auteurs modernes poussent le sentiment de la personnalité, ils restent encore bien en arrière de l'amour-propre d'un tel écrivain. Nous

l'avons vu déjà lisant dans les salons des grands
seigneurs et des financiers du temps les aventures
scabreuses de sa vie, dévoilant ses amours comme
ses turpitudes et les secrets de sa famille comme
ceux de son ménage. Une audace plus grande encore
fut d'écrire la série de pièces qu'il intitule *le Drame
de la Vie,* et de les faire représenter dans diverses
maisons, tantôt par des acteurs de la Comédie-
Italienne qu'on engageait à cet effet, tantôt à l'aide
d'ombres chinoises qu'un artiste italien faisait
mouvoir, tandis que lui-même se chargeait du
dialogue. Il est impossible de mieux s'exposer en
sujet de pathologie et d'anatomie morale. Et
malheur à ceux-là mêmes qui assistaient complai-
samment à ce dangereux spectacle! Ils ne songeaient guère qu'ils prendraient place un jour dans
ce cadre éclairé d'un reflet de la vie réelle, avec leur
profil hardiment découpé, leurs ridicules et leurs
vices; qu'un baladin les ferait mouvoir, les ferait
parler avec les intonations mêmes de leur voix, se
servant des paroles qu'ils avaient dites tel jour,
dans telle rue, dans tel salon, dans telle société plus
ou moins avouable, en présence de l'impitoyable
observateur. Qui n'eût fui la société d'un tel
homme, si l'on avait prévu qu'après s'être publique-
ment avili, il s'en vengerait sur les railleurs, sur les
admirateurs, sur les simples curieux même? — A
chacun de vous il répétera : *Quid rides?... De te
fabula narratur* [21]! Il pénétrera dans vos hôtels
princiers, dans vos alcôves, dans le secret de ces
petites maisons si bien fermées, dont il aura su
toute l'histoire en séduisant votre femme de
chambre, ou en se rencontrant au cabaret avec
votre suisse ou votre grison. Tel était l'homme, —

soutenu jusqu'au bout, il est vrai, par cette étrange
illusion qui ne lui montrait que le devoir d'un
moraliste dans ce métier d'espion romanesque et
sentencieux.

Ce qui manqua toujours à Restif de la Bretone,
ce fut le sens moral dans sa conduite, l'ordre et le
goût dans son imagination. Un orgueil démesuré
l'empêcha même de ne jamais s'en apercevoir.
Toujours il attribua ses vices, soit au tempérament,
soit à la misère, soit à une certaine fatalité qui, ne
laissant jamais ses fautes impunies, lui en garantis-
sait par cela même l'absolution. Ceci faisait partie
d'une sorte de religion qu'il s'était faite, et qui
supposait dans toutes les souffrances de cette vie
l'expiation de toutes les fautes. Un tel système
conduisait à tout se permettre, si l'on voulait se
résigner à tout souffrir. Ce n'est qu'à titre d'épisodes entre les amours de jeunesse de Nicolas et
celui qui clôtura bien tristement sa carrière amoureuse, que nous allons citer encore deux aventures
dont le contraste est remarquable. Il est nécessaire,
pour les admettre, de se reporter en idée à cette
étrange dépravation de la société du xviiie siècle,
dont certains romans, tels que *Manon Lescaut* et *les
Liaisons dangereuses,* offrent un tableau qui paraît
ne pas trop s'éloigner de la réalité.

II
ÉPISODE [22]

A l'époque où Nicolas travaillait encore chez
Knapen, il allait souvent se promener le soir le

long des quais de l'île Saint-Louis, lieu qu'il affectionnait à cause de la vue, dont on y jouissait alors,
des deux rives de la Seine, couvertes à cette époque
de cultures verdoyantes et de jardins. Il y restait
d'ordinaire jusqu'au coucher du soleil. Revenant un
soir par le quai Saint-Michel, il remarqua en
passant une femme enveloppée dans un capuchon
de satin noir, et accompagnée d'un homme mûr
coiffé d'une perruque carrée à trois marteaux,
lequel pouvait être son mari ou son intendant. Le
pied de cette dame, chaussée d'une mule verte, le
ravit en admiration, — on sait que c'était là son
faible, — et il ne pouvait en son esprit le comparer
qu'à celui de Mme Parangon ou à celui de la
duchesse de Choiseul. La figure était cachée; il se
borna à conclure du pied au reste de la personne,
selon le système que Buffon a appliqué à l'étude des
races.

Il eut l'idée de suivre ce couple mystérieux, il vit
bientôt l'homme mûr et la dame descendre le pont
et s'enfoncer dans la rue Saint-Jacques jusqu'à
l'embranchement qu'elle forme avec la rue Saint-
Séverin. Arrivé là, l'homme indiqua à la dame une
porte d'allée, la regarda entrer, s'assura qu'elle était
reçue dans la maison, puis il s'éloigna. Ce qui
intriguait le plus Nicolas de cette séparation du
couple qu'il avait suivi, c'est que la maison où était
entrée la dame lui était connue pour un logis assez
suspect; c'était un de ces tripots où joueurs et
femmes parées de toute sorte s'assemblaient autour
d'un tapis de pharaon. Il entra résolument, prit
place à la table sans affectation, et examina toutes
les mules des dames attablées, qui de temps en
temps se levaient et parcouraient la salle. Aucune

n'avait de mule verte; aucune surtout n'avait ni le pied de Mme Parangon ni celui de Mme de Choiseul. Qu'était donc devenue la femme voilée?... Il finit par se décider à le demander à la dame qui présidait à la table de jeu; mais, en approchant d'elle, Nicolas reconnut sous la parure étincelante, sous les ajustements hasardés de cette personne, une compatriote, une femme de Nitri, — autrefois fort belle, — alors tombée dans la classe des baronnes de lansquenet. La reconnaissance fut touchante. La *baronne* se souvint d'avoir fait, lorsqu'elle n'était que paysanne, danser sur ses genoux le jeune Nicolas.

« Que viens-tu faire ici? lui dit-elle : quoi que je puisse être aujourd'hui, j'ai peine à voir que le fils d'honnêtes gens se trouve dans un pareil lieu. »

Nicolas lui raconta son amour subit pour la mule verte et surtout pour le pied délicat qu'elle supportait sur son talon évidé, haut de trois pouces.

« Comment se fait-il que je l'aie vue entrer, dit-il, et qu'elle ne soit pas ici?

— Elle est ici, dit la baronne; elle est dans la chambre voisine qui donne sur ce salon par une porte vitrée... Tiens-toi bien, elle te regarde peut-être.

— Moi? dit Nicolas.

— Ainsi que ces messieurs... C'est une grande dame, curieuse de connaître ce qui se passe dans ces maisons qui leur sont interdites, et si...

— Si...

— Enfin, je te l'ai dit, pose-toi bien... sois gracieux! »

Nicolas n'y comprenait rien. L'heure du souper était venue. Le jeu fut interrompu, et toute la

société prit part à ce banquet, qui est d'usage dans
ces sortes de maisons vers une heure du matin.
Cependant la dame à la mule verte ne paraissait
pas ; tout à coup la maîtresse de la maison, qui était
sortie un instant de la salle, revient près de Nicolas
et lui dit à l'oreille : « Vous avez plu... je suis
contente de voir ce bonheur arriver à un garçon de
notre pays. Seulement, résignez-vous, il y a une
condition... Vous ne la verrez pas ! C'est bien assez
d'avoir vu déjà sa mule verte. »

Le lendemain matin, Nicolas se réveilla dans une
des chambres de la maison. Le rêve avait disparu.
C'était l'histoire de l'Amour et Psyché retournée :
Psyché s'était envolée avant l'aurore, l'Amour
restait seul. Nicolas, un peu confus, encore plus
charmé, essaya d'interroger l'hôtesse ; mais c'était
une femme discrète et certainement payée pour
l'être. Elle voulut même persuader à Nicolas qu'il
était venu dans la maison un peu animé par
quelque boisson généreuse... et qu'enfin il avait
rêvé. Nicolas, qui ne buvait que de l'eau, n'admit
pas cette supposition.

« Eh bien ! lui dit la Massé (elle s'appelait ainsi),
maintenant, tremble. Tu ignores quelle est cette
dame *à la mule verte*... Tu ne le sauras jamais.

— Quoi ! je ne pourrai la revoir ?

— Tu ne l'as pas vue.

— La retrouver ?...

— Prends garde d'essayer seulement de suivre sa
trace. D'ailleurs elle ne portera plus de mules
vertes, sois-en assuré. Tu ne la rencontreras plus à
pied, comme hier au soir. Oublie tout cela. »

Et, pour appuyer ce conseil, elle lui remit une
bourse pleine de pistoles que Nicolas jeta à terre

avec indignation. Ce fut seulement quelque temps
plus tard, dans quelques salons littéraires où il
raconta cette aventure, qu'il entrevit là-dessous un
mystère relatif à quelque grande dame; mais à
peine à cette époque osait-on appuyer sur de telles
suppositions. On s'étonnera également aujourd'hui,
d'après les allures des héros de romans modernes,
qu'il n'eût pas fait l'impossible pour retrouver la
dame inconnue; mais un pauvre imprimeur presque
sans ressource avait trop à risquer dans une telle
recherche *. Son cœur, du reste, changeait facilement d'objet.

Quinze ans plus tard (1771), Nicolas s'éloigne de
Paris pour remplir un triste devoir. Il est sur le
coche de Sens; triste et pensif, il regarde avec
désespoir une compagnie de dames élégamment
vêtues, qui causent et rient sur l'arrière du bateau :
« Que de gens, s'écrie-t-il, moins malheureux que
moi!... Infortuné! je vais voir mourir ma mère! »

Deux dames se détachent de la foule et causent
en passant, sans le voir, près du coin obscur où il
s'est blotti. « Quel nom, dit l'une des deux, donne-
rons-nous ici à la jeune demoiselle, afin qu'on ignore
le sien? — Appelons-la : *Reine*, dit l'autre; c'est
presque une reine, en effet, mais qui s'en doutera?
— Reine, oui, reprit la première en riant, si c'était
vraiment la fille du prince de Courtenay, le plus
vieux nom de France; mais c'est sa mère seule qui
le dit. — N'a-t-elle pas eu raison, dit l'autre dame,

---

* Restif de la Bretone prétend, dans un des récits qu'il a faits
de cette aventure, qu'un homme était aposté pour le suivre et le
tuer à l'écart, s'il avait tenté de suivre la dame mystérieuse. Le
fait lui aurait été assuré depuis.

de vouloir revivifier cette branche antique, la plus
noble qui soit dans la chrétienté? Songe donc, ma
chère, qu'il n'y aura plus de Courtenay qu'en
Angleterre. Qui osera désormais porter l'écusson
aux cinq besants d'or, plus éclatant que celui des
lis? — Après tout, ce n'est qu'une fille, dit l'autre
dame, par conséquent *elle* a eu tort. Il fallait un
garçon pour ne point laisser périr le titre et pour
hériter des positions! — Elle a fait ce qu'elle a pu.
Les légitimités ne sont pas toujours heureuses. —
Et le jeune homme était-il bien? — Elle l'a vu, sans
qu'il la pût voir; il avait vingt ans environ... »

En ce moment, les dames s'aperçurent de la
présence de Nicolas, qui, dans l'ombre, la tête dans
ses mains, ne semblait pas avoir pu les entendre.

« Pauvre homme! dit l'une des dames, il paraît
bien souffir : il ne fait que pleurer depuis Paris. Il
n'est plus jeune, mais ses yeux ont une vivacité
pénétrante... Vois avec quel attendrissement il
regarde Septimanette... Il pleure encore. Il a peut-
être perdu une fille de son âge! »

La jeune fille s'était, en effet, rapprochée de ses
deux gouvernantes; Nicolas se leva comme ayant
entendu les derniers mots. « Oui, précisément de son
âge! dit-il avec une émotion profonde qui toucha les
deux dames et la jeune fille... Permettez-moi de
l'embrasser. »

La jeune fille s'y prêta avec une grâce enfantine.

« Et..., dit Nicolas en relevant la tête, une de
vous, mesdames, est sans doute sa mère?

— Ni l'une ni l'autre... Elle est d'un sang... »

L'une des dames fit signe à l'autre de ne pas
achever.

« Oh! d'un beau sang! dit Nicolas après avoir

attendu vainement la fin de la phrase. Que son père
doit être heureux !

— Son père ne l'aime pas, parce que c'est une
fille... et qu'il espérait... »

Un second coup d'œil de l'une des dames réprima
l'indiscrétion de l'autre. En ce moment, le coche
s'arrêta devant une prairie au fond de laquelle on
apercevait un château. Une barque vint chercher
les dames et la jeune fille, qu'une voiture armoriée
attendait sur la berge.

« Que je l'embrasse une seconde fois ! » dit Nicolas.

On le lui accorda par pitié pour son chagrin, bien
que cela parût, cette fois, quelque peu indiscret [23].
En embrassant la jeune fille, Nicolas tira une fleur
du bouquet qu'elle portait, et la mit dans un livre.
Le coche avait repris sa marche vers Sens.

« Quel est ce château ? dit Nicolas à un marinier.

— C'est Courtenay. »

Il était donc vrai : la dame inconnue était la
célèbre Septimanie, comtesse d'Egmont, la fille de
Richelieu, l'épouse d'un prince qui n'avait pas su se
donner d'héritier. Tout s'expliquait dès lors, et il
regretta les récits imprudents qu'il avait faits de
cette aventure ; car s'en déclarer le héros, ce ne
pouvait être ni très honorable ni très prudent. Ce ne
fut qu'en 1793 que Nicolas osa raconter le dernier
épisode ; le premier avait paru en 1746, mais déguisé
de telle manière, qu'on ne pouvait en reconnaître
les personnages. De telles aventures étaient fréquentes à cette époque, où elles eurent lieu quelquefois même du consentement des maris, soit dans
l'idée de conserver des titres ou des privilèges dans
une famille, soit pour empêcher de grands biens
d'aller à des collatéraux par suite d'unions stériles.

III
ZÉFIRE [24]

Après l'histoire de ce caprice de grande dame, il faudra descendre bien bas dans la foule, il faudra monter bien haut dans les sentiments pour s'expliquer les circonstances bizarres du récit que nous avons à faire. Depuis la mort de Mme Parangon, nul épisode ne fut plus douloureux dans l'existence de l'écrivain, et il l'a reproduit lui-même sous la triple forme du roman, du drame et des mémoires. Ceci se rapporte encore à l'époque où, toujours ouvrier compositeur, il n'avait encore publié aucun livre. Il dut sans doute à cette aventure l'idée de l'un de ses premiers ouvrages.

Nicolas passait un dimanche près de l'Opéra, qui se trouvait alors faire partie du Palais-Royal. — Il remarqua à une fenêtre de la rue Saint-Honoré une jeune fille qui chantait en pinçant de la harpe. Elle paraissait n'avoir que quatorze ans ; son sourire était divin, son air vif et doux, le son de sa voix pénétrait le cœur ; elle se leva, et sa taille *guêpée,* comme on disait alors, se mouvait avec une désinvolture adorable. Un instant, Mme Parangon fut oubliée ; — un instant après, son souvenir plus vif rendit à Nicolas la force de fuir la sirène.

En retournant le soir chez lui, rue Sainte-Anne, il revint par le même chemin. La jeune fille n'était plus à la fenêtre ; elle marchait le long des boutiques, sur le pavé boueux, avec des mules roses et une robe à falbalas. Nicolas, jeune encore et le cœur plein d'un cher souvenir, n'éprouva qu'un sentiment de pitié. Il interrogea la pauvre enfant, qui lui répondit qu'elle se nommait Zéfire, et qu'elle demeurait dans la maison avec sa mère, sa sœur et leurs amies. Il y avait tant d'innocence apparente dans ses réponses, ou plutôt tant d'ignorance de ce qui était mal ou bien, vice ou vertu, que Nicolas crut qu'elle jouait un rôle appris d'avance. Il s'éloigna et rentra tout pensif à son logement, qu'il partageait avec un autre ouvrier imprimeur, nommé Loiseau. Le jour suivant, comme ils revenaient ensemble après leur journée, Nicolas montra la jeune fille à son compagnon, plaignant le sort d'une pauvre enfant, — perdue sans savoir même qu'elle l'était, — et voulut s'arrêter pour l'interroger encore ; mais Loiseau, homme de mœurs sévères, et qui était prêt à se marier, entraîna Nicolas en lui parlant du danger qu'il y avait seulement à se pencher sur un abîme.

« Et s'il fallait sauver quelqu'un ?... » dit Nicolas.

Loiseau hocha la tête, et Nicolas entama une longue dissertation philosophique sur la corruption des grandes villes, sur la nécessité de moraliser la police, le tout mêlé de considérations touchant l'antique institution des *hétaïres*, sur des règlements à établir dans le goût de ceux qu'avait institués Jeanne de Naples dans sa bonne ville d'Avignon. Il n'était jamais à bout ni d'arguments ni de science. Le bon Loiseau se borna à dire quelques mots de Mme Parangon. Nicolas se tut ; cependant, il ne put s'empêcher de passer le soir du côté gauche de la rue Saint-Honoré, en regardant toujours avec intérêt la pauvre enfant et lui adressant quelques paroles. Loiseau lui en fit encore la guerre. Il prit dès lors un autre chemin pour se rendre de l'imprimerie du Louvre à la rue Sainte-Anne [25].

Depuis quelque temps, Nicolas se sentait malade ; il lui survenait des étouffements périodiques qui duraient plusieurs heures. Le travail lui devenait impossible, il lui fallut rester au lit. Loiseau travaillait pour tous deux mais leurs ressources ne tardèrent pas à s'épuiser. L'infortuné demeurait au cinquième, chez un fruitier, qui en même temps était afficheur. Un grabat, deux chaises, une table boiteuse, un vieux coffre, tel était son mobilier. Il recevait le jour par une chatière garnie de deux carreaux de papier huilé. Les planches de la cloison qui séparait son réduit de celui de Loiseau étaient couvertes d'affiches de théâtre posées par le fruitier pour en clore les interstices, et le malade n'avait d'autre distraction que de lire là *Mérope*, là *Alcyone*, là cette *Bohémienne* où il avait admiré Mme Favart, ailleurs *la Gouvernante*, où Mlle Hus était si médiocre, mais si jolie ; puis encore *les Dehors trompeurs*, qui lui rappelaient la belle Guéant, ou *Arlequin sauvage*, drame singulier où brillait une certaine Coraline dont les traits avaient quelque rapport avec ceux de... Zéfire. Tout à coup la porte s'ouvre, le fruitier avance la tête, et dit à Nicolas :

« C'est votre cousine qui demande à vous voir.

— Je n'ai pas de cousine à Paris, dit Nicolas.

— Vous voyez bien, mademoiselle, dit le fruitier en se retournant, que c'est un prétexte... On ne reçoit pas de femmes mises comme vous dans la maison.

— Mais je vous dis que c'est mon cousin Nicolas, répondit une voix flûtée, puisque j'arrive du pays.

— Oh ! c'est que vous êtes bien pimpante, et lui ne l'est guère... »

Enfin l'interlocutrice se glissa sous le bras du fruitier et pénétra dans la chambre : « Oh! quelle misère!... Mais, monsieur, il se meurt, dit-elle vivement au fruitier.

En effet, l'étouffement avait repris depuis un instant.

— Quel est le plus pressé? dit la jeune fille d'un ton résolu. Voilà de l'argent. »

Et elle donna des pièces d'or.

« Le plus pressé, dit le fruitier adouci, serait un bouillon.

— Apportez-en sur-le-champ du vôtre. »

Nicolas, en revenant à lui, sentit une main d'enfant qui soulevait sa tête, tandis que l'autre main approchait une cuiller de sa bouche. Il ne pouvait plus en douter, cette beauté compatissante était Zéfire. Elle avait vu passer Loiseau lorsqu'il se rendait à l'imprimerie, l'avait poursuivi, et lui avait dit : « Pourquoi donc ne voit-on plus votre ami passer par ici?

— Il est bien malade », avait répondu Loiseau, et, interrogé sur l'adresse il l'avait donnée indifféremment.

Pendant que Nicolas soulagé retrouvait des forces pour se lever à demi sur son grabat, Zéfire, en robe de taffetas rose, balayait le galetas, rangeait les chaises et la table; puis elle revint au lit du malade, lui mit dans la bouche des bonbons imprégnés de gouttes d'Angleterre, et, tirant de sa poche un mouchoir, lui essuya le front; elle le coiffa de son fichu, qu'elle assujettit avec un ruban; puis elle dit tout à coup : « Je ne suis pas en costume décent pour soigner un malade, je vais revenir d'ici à un quart d'heure. » Le fruitier rentra dans l'intervalle,

apportant un second bouillon : « Il faut croire, dit-
il, que votre cousine est une femme de chambre de
grande maison ; elle m'a payé pour un mois, et elle a
donné une croix d'or à ma petite. » Nicolas, affaibli
par la maladie, ne voyait plus qu'une fée bienfaisante dans cette pauvre fille qui montait à lui de
l'abîme, comme les autres viennent du ciel.

Zéfire revint bientôt en robe d'indienne, et resta
près de Nicolas jusqu'à la nuit ; le fruitier lui monta
à dîner, et, enchanté de la bonté et de la gentillesse
de la prétendue cousine, voulut même ajouter à ses
frais *un petit dessert* que Zéfire partagea avec le
malade. Cependant, la nuit était venue ; elle se leva
avec un sentiment pénible : « Où allez-vous ? dit
Nicolas. — A la maison ; c'est l'heure où l'on
m'attend », dit Zéfire... Et elle s'enfuit pour cacher
ses larmes. Nicolas avait eu à peine le temps de
songer aux derniers mots de Zéfire, que les pas de
son ami Loiseau se firent entendre dans l'escalier.

Loiseau n'était pas de bonne humeur ; ses compagnons de l'imprimerie n'avaient pu lui prêter que
fort peu de chose : il apportait seulement du sucre
pour le malade et du pain pour lui-même. Une
odeur de pot-au-feu le surprit tout d'abord. C'était
le dîner que le fruitier avait monté pour Zéfire,
laquelle y avait à peine touché. « A la bonne heure,
dit Loiseau, ce brave homme a pitié de nous ! » Et il
tira la table pour profiter de cette aubaine. Un sac
d'écus roula à terre. « Qu'est-ce que cela ? » dit
Loiseau. Nicolas n'était pas moins étonné que lui :
« T'aurait-on envoyé de l'argent de ton pays ? —
Eh ! qui donc songe à moi ?... excepté toi et... Mais
c'est elle ! — Qui elle ? — Zéfire, que tu as
rencontrée ce matin, et qui est venue me soigner en

ton absence. — Comment ? une *fille du monde ?*... »

Toutes les idées de l'honnête Loiseau étaient renversées ; tantôt il admirait la bonté et le dévouement de la jeune fille, tantôt il voulait aller reporter l'argent impur déposé par elle. Enfin, sachant qu'elle devait revenir le lendemain, il mit l'argent dans la malle pour le lui rendre.

Le lendemain matin, Zéfire reparut ; elle était si jolie, si naïve, si touchante dans sa pitié, que Loiseau fut attendri. « Qu'importe où soit la vertu ? s'écria-t-il, je me prosterne et je l'adore !... mais cet argent, nous ne pouvons l'accepter ?... » Zéfire comprit sa pensée. « Cet argent vient de mon père, dit-elle ; c'est ma sœur aînée qui me le gardait et qui me l'a donné en apprenant qu'il y avait un pauvre malade à secourir. » Loiseau se laissa aller à ouvrir le sac et à compter les écus en versant des larmes d'attendrissement. Les deux amis étaient accablés de tant de dettes criardes, qu'en y songeant leurs scrupules s'affaiblissaient beaucoup. Le soir même, Zéfire s'oublia et resta jusqu'à la nuit close ; Loiseau la trouva encore en rentrant, elle le pria de la reconduire. « Moi ? dit-il, reconduire... — Sans cela, on m'arrêterait. — Allons, dit Loiseau, je vais me faire une belle réputation dans le quartier ! » Quant à Zéfire, elle trouvait sa position fort simple. Sa mère lui avait dit que les femmes se divisaient en deux classes, toutes deux utiles à leur manière, toutes deux honnêtes relativement ; elle appartenait à la seconde classe, n'étant pas née dans la première, voilà tout.

Le lendemain était un dimanche, elle resta avec les deux amis, et leur dit : « J'ai tout appris à ma mère ; elle me permet de venir toute la journée.

Elle approuve mes sentiments; elle aime mieux me voir fréquenter un bon ouvrier qu'un sergent qui me battrait, ou qu'un joueur qui me prendrait tout. Elle est très bonne, ma mère... Loiseau gardait le silence en fronçant le sourcil; Nicolas, qui reprenait des forces, se leva tout à coup avec son ancienne exaltation, et revêtit son unique habit. « Allons chez sa mère, dit-il à Loiseau. — Recouche-toi, répondit ce dernier... — Non! aussi bien, je mourrais à me tordre de désespoir sur ce lit. Ceci est une crise qui me sauve!... Il ne faut pas que cette jeune fille retourne ce soir dans cette maison... Mon mal a changé de caractère; je n'ai plus d'oppression, j'ai la fièvre et la rage toutes les nuits, à partir de l'heure où elle nous quitte : comprends-tu pourquoi? »

Loiseau essaya en vain des représentations; Nicolas n'écoutait rien dans ses moments d'enthousiasme. Ils se rendirent rue Saint-Honoré, chez la mère, qui se nommait Perci. C'était une ancienne revendeuse à la toilette et prêteuse sur gages, chez laquelle il s'était donné des rendez-vous de galants et de grandes dames qui avaient été surpris par les sergents; on l'avait condamnée à une forte amende, moins pour le délit même que pour n'avoir point payé les redevances d'usage à la police : depuis ce temps, elle avait pris patente, afin d'être tranquille. Interrogée par Nicolas et Loiseau, elle jura que sa fille était jusqu'ici demeurée honnête, mais qu'on n'attendait que l'âge convenable pour la lancer *dans le monde* avec l'autorisation du lieutenant de police. Les deux ouvriers frémissaient de ces détails, que la Perci énumérait avec la plus grande complaisance. Loiseau ne put s'empêcher de marquer son indignation. « Que voulez-vous que je fasse ? dit alors la mère, ne suis-je pas notée ? Qui l'épouserait ?... D'ailleurs, élevée comme elle est, jolie, avec des talents, se résignera-t-elle à gagner quelques sous par jour dans la couture, ou à faire de rudes travaux, à devenir servante ? Qui voudrait d'elle ?... et dans tous les cas serait-elle moins perdue ? Nous connaissons l'histoire des jolies filles dans le peuple...

— Eh bien ! moi, je l'épouserai, dit Nicolas, si elle veut ne plus mettre les pieds chez vous, et apprendre à travailler. »

La Perci se jeta à son cou : « Dis-tu vrai, mon garçon ? Tiens, tu me fais pleurer, et j'en avais perdu l'habitude... Écoute bien : ne crois pas que ma fille n'aura point une dot... et de bon argent bien gagné encore. J'ai été revendeuse, j'ai prêté à intérêt : c'est honnête, cela !

— Ne parlons pas de ces choses, dit Nicolas ; je me sens fort maintenant, et je gagne beaucoup quand je travaille... Ainsi vous consentez à ce que votre fille ne rentre plus ici ? Vous êtes une bonne femme au fond.

— Mon Dieu ! dit Loiseau, se peut-il qu'il y ait de la vertu même dans de telles âmes... Je l'ignorais ; cependant j'aurais mieux aimé ne pas le savoir. »

Loiseau avait raison ; il vaut mieux, dans l'intérêt des mœurs, supposer que le vice déprave entièrement ses victimes, sauf la chance de l'expiation et du repentir, que de s'exposer au choix difficile qui résulte d'un mélange douteux de bien et de mal. C'était le raisonnement d'un homme vulgaire, mais sage. Nicolas n'était ni l'un ni l'autre malheureusement.

Zéfire accepta avec transport la proposition de vivre pour l'homme qu'elle préférait. L'amour seul assurait Nicolas de sa vertu. Il fallut encore que le bon Loiseau fît son éducation morale, et lui donnât des leçons de décence et de pudeur. On lui fit lire de bons livres, à elle qui n'avait lu encore que des romans de Crébillon fils ou de Voisenon. On lui apprit à tenir un autre langage que celui qu'elle avait entendu tenir jusque-là, et ce fut seulement lorsqu'on n'eut plus rien à craindre de ses manières délibérées ou de son caquet imprévoyant qu'on lui chercha une profession. La prétendue de Loiseau, qui se nommait Mlle Zoé, avait aidé beaucoup les deux amis dans l'éducation préliminaire de Zéfire. Elle la proposa pour demoiselle de boutique à une marchande de modes qui demeurait au coin de la rue des Grands-Augustins. Ses vêtements de grisette, sa coiffure sans poudre et son bonnet à tulle plat la changeaient tellement qu'il eût été impossible de la reconnaître. La mère, avertie par Nicolas, approuva tous ces arrangements, et s'engagea à ne jamais rendre visite à sa fille tant qu'elle serait en apprentissage.

Nicolas ne pouvait voir Zéfire que le dimanche; Mlle Zoé allait la chercher ce jour-là, et l'on faisait des promenades hors barrière avec Loiseau. Nicolas, toujours impatient, ne pouvait s'empêcher de passer chaque soir devant la boutique; il regardait aux vitres, et était considéré comme le galant assidu de quelqu'une des jeunes filles, sans qu'on pût savoir de laquelle. Les boutiquières de Paris ne s'étonnent jamais de ces amours à distance, qui sont des plus fréquents. Un dimanche, Nicolas convint avec Zéfire qu'il lui écrirait tous les soirs.

Comme elle était placée près du vitrage, il avait
soin de plier sa lettre *en pli d'éventail*, et la passait
par l'un des trous de *boulon*. Zéfire tirait adroitement le papier, et était heureuse jusqu'au lendemain. Quelquefois, lorsque les demoiselles étaient
couchées, il venait dans la rue déserte avec son ami
Loiseau, qui jouait fort bien du luth, et ils
exécutaient les airs d'opéra les plus nouveaux, tels
que *l'Amour m'a fait la peinture*, ou bien : *Dans ce
charmant asile*, — choisissant de préférence les
couplets où se trouvait le mot *Zéfir*... L'amour fait
de l'esprit comme il peut.

Leurs promenades du dimanche avaient lieu le
plus souvent aux buttes Montmartre. Un jour, ils
furent suivis par trois mousquetaires jusque chez un
traiteur où ils allaient dîner. — L'un de ces derniers
reconnut Zéfire pour l'avoir vue rue Saint-Honoré.
La trouvant en compagnie de simples ouvriers
endimanchés, ils voulurent la leur enlever. Heureusement, le fruitier les avait accompagnés, ce qui
rendait la partie égale, sauf les épées, dont Nicolas
et Loiseau étaient dépourvus. En revanche, le
fruitier, prévoyant l'attaque, avait saisi une longue
broche dans la cuisine du traiteur. « Prends garde à
toi, drôle, dit l'un des mousquetaires menacé par
cet instrument, nous sommes des gentilshommes, et
nous te ferons fourrer au Châtelet. — Vous désho-
norez votre famille et l'habit militaire! criait
Nicolas... — Il s'agit bien d'honneur!... C'est *la
Zéfire* qui est avec vous : eh bien! demandez-lui si
elle ne préfère pas un seigneur à un ouvrier?... Nous
avons de l'or, la belle! » ajoutait le mousquetaire en
faisant sonner sa poche.

La querelle tournait à la discussion, grâce à

l'attitude des trois défenseurs; mais ces dernières
paroles mirent Loiseau hors de lui : « Infâme!
s'écria-t-il, vous venez de commettre un grand
crime... vous avez profané le *retour à la vertu!* »
Quant à Nicolas, il s'était saisi d'une chaise.
« Qu'est-ce que c'est que cela? dit un des mousquetaires plus aviné que les autres, une vertu qui
sort... du vice? Et l'autre drôlesse, est-ce que c'est
aussi une vertu? » Il cherchait en même temps à
s'approcher de Zoé. Loiseau le repoussa rudement :
— Respecte la fiancée d'un citoyen! cria-t-il (cela se
passait en 1758). — Un citoyen! dit le mousquetaire
en éclatant de rire, cela ne se dit qu'à Genève... Tu
m'as l'air d'un huguenot!

Loiseau prit un escabeau, et frappa le mousquetaire qui avait parlé. La mêlée devint générale. En
vain Zéfire et Zoé s'interposaient entre les combattants; le fruitier faisait merveille avec sa broche, et
les mousquetaires étaient vaincus, lorsqu'arriva la
garde, appelée par le traiteur; Nicolas, exaspéré,
voulait résister encore, mais Loiseau s'y opposa, et
tout ce qu'il put faire fut d'emporter hors de la salle
Zéfire évanouie. Quand le commissaire arriva, les
mousquetaires, embarrassés eux-mêmes de leur
équipée, se servirent de leur conjecture précédente
pour affirmer que Loiseau, qui avait l'air grave et
se trouvait vêtu de noir, était un ministre protestant qui tenait un prêche, ajoutant qu'ils étaient
arrivés à temps pour disperser les hérétiques. Le
commissaire donnait dans cette supposition, et
faisait déjà mettre les menottes aux trois hommes,
en leur promettant qu'ils seraient pendus, lorsqu'enfin l'un des mousquetaires, moins ivre que les
autres, voulut bien convenir que lui et ses compa-

gnons étaient un peu dans leur tort. « Voilà un aveu
généreux, observa le commissaire... On reconnaît
bien là les personnes de haute naissance. — En
vérité, dit le mousquetaire aux ouvriers, la plati-
tude des gens de plume me ferait renoncer à mes
prérogatives de gentilhomme!... » Puis, ne pouvant
s'empêcher de reprendre un ton de hauteur : « Au
revoir! dit-il en s'éloignant, nous vous couperons les
oreilles quelque autre jour! »

Le commissaire s'était retiré, mais après avoir
pris les noms et les adresses des combattants.
Malgré le désistement des mousquetaires, l'aventure
pouvait avoir des suites fâcheuses pour de pauvres
diables comme Nicolas et Loiseau; de plus, l'instruction de l'affaire, si peu importante qu'elle fût
devenue, attirait nécessairement les yeux sur la
position particulière de Zéfire, cause innocente de la
lutte. Cependant la pauvre fille était moins préoccu-
pée de cela que du danger que pouvaient courir ses
amis : on la ramena au magasin en proie à un accès
de fièvre. Malheureusement les filles de mode
étaient rentrées; elles entendaient, ainsi que la
maîtresse, ce qu'elle disait dans son délire : « J'irai
trouver ma mère! elle a des protecteurs puissants!...
J'avais bien juré pourtant de ne plus mettre les
pieds dans sa maison... mais il le faut... Ma mère est
l'amie intime du lieutenant de police : c'est lui qui
lui a fait avoir une patente... et puis elle est riche...
et puis elle connaît de grandes dames... Elle est si
complaisante, ma mère!... Tous ces gens-là l'ont
perdue... mais elle a bon cœur au fond!... Sans cela,
Nicolas et Loiseau seraient pendus comme hugue-
nots, et c'est moi qui en serait cause... Pourquoi?
Parce que je suis la fille... de ma mère!... »

Loiseau et Zoé frémissaient de ces aveux entre-coupés et de l'étonnement des personnes de la boutique. Il fallut leur tout avouer; elles ne furent que profondément affectées du malheur et de la situation de leur compagne. Nicolas n'était pas présent à cette scène, car il n'allait pas à la boutique de modes, craignant de compromettre Zéfire. De plus, il ne s'était pas douté de la gravité du mal qui l'avait atteinte, et pensait, en s'en retournant seul, qu'elle était seulement indisposée des suites de son évanouissement. Loiseau, le retrouvant le soir, n'osa lui rapporter la scène dont il avait été témoin. Le lendemain matin, Nicolas étant plus calme que la veille, il crut pouvoir lui dire une partie de la vérité. Ce dernier ne ménagea plus rien, et courut chez la marchande de modes. « Venez donc, lui dit cette femme, je sais bien qui vous êtes... Montez près d'elle : c'est vous qu'elle demande à grands cris. »

Zéfire était accablée et souffrante, mais calme; elle affecta de paraître seulement fatiguée des émotions de la veille; elle dit à Nicolas qu'il devait se rendre à son imprimerie et de la laisser reposer, puis elle l'embrassa deux fois en lui disant : « A ce soir. » Tous les ouvriers s'étonnèrent de la pâleur de Nicolas. A huit heures, Loiseau lui dit : « Mangeons un morceau, puis j'irai prendre Zoé pour aller voir Zéfire. Tu ne te montreras pas tout d'abord, afin de ne pas l'agiter; ta pâleur lui donnerait de l'inquiétude. » Il ne se montra pas en effet mais il l'entendit parler de la chambre voisine. Loiseau lui dit : « Va te reposer, elle est mieux : c'est toi qui m'inquiètes... »

Nicolas, en s'éveillant, fut étonné de ne pas

trouver son ami; le fruitier lui dit qu'il avait passé
la nuit dehors. Il courut à l'imprimerie. Loiseau
travaillait à sa casse : « Et Zéfire? — Zoé et moi,
nous avons passé la nuit près d'elle. — Oh Dieu!
sans moi! — Ta vue aurait redoublé sa fièvre. —
Comment va-t-elle? — Beaucoup mieux. »

Loiseau rougissait en disant ces dernières paroles.
Il essaya d'amuser l'inquiétude de Nicolas en lui
parlant d'un travail pressé; mais, après quelques
hésitations, ce dernier prit son habit et courut au
magasin. Loiseau le suivit et arriva sur ses pas.
Zéfire étouffait, cependant elle prit la main de son
amant, essaya de sourire, et dit : « Ce n'est rien. »
Celui-ci ne voulut plus la quitter. Le soir, pendant
que Zoé se reposait sur un canapé, Zéfire fit signe à
Nicolas qu'elle voulait avoir la tête posée sur sa
poitrine, qu'elle respirerait mieux... Il s'étendit en
arrière sur sa chaise à moitié penché sur le lit, et
soutenant au bord cette tête blonde, si fraîche
encore l'avant-veille. Au bout de deux heures de
cette position fatigante, un grand soupir réveilla
Zoé. « Allez vous reposer à votre tour », dit-elle à
Nicolas. Et, relevant la tête de Zéfire, elle la posa
sur l'oreiller. Zéfire avait rendu le dernier souffle.
Nicolas, trompé par ses amis sur la gravité du mal,
ne l'apprit que le lendemain. « Et moi je vais mourir
aussi! » dit-il avec calme. Il était, — selon son
expression même, — consolé par le désespoir.

Cependant il ne fit qu'une grave maladie, mêlée
de délire et de léthargie; les premiers mots qu'il
prononça furent : « J'ai donc *achevé* de perdre
Mme Parangon. » C'est que les traits de Zéfire lui
avaient rappelé ceux de cette femme adorée,
comme elle-même lui avait semblé avoir quelque

ressemblance avec Jeannette Rousseau, son premier
amour.

Cette théorie des ressemblances est une des idées
favorites de Restif, qui a construit plusieurs de ses
romans sur des suppositions analogues. Ceci est
particulier à certains esprits, et indique un amour
fondé plutôt sur la forme extérieure que sur l'âme ;
c'est, pour ainsi dire, une idée païenne, et il n'est
guère possible d'admettre, comme Restif le prétend,
qu'il n'a jamais aimé que la même femme... en trois
personnes. Les ressemblances tiennent presque toujours à une même origine de pays ou de race, ce qui
a pu se rencontrer sans doute pour Jeanne Rousseau et pour Mme Parangon. Aussi Restif suppose
que Zéfire était, par sa mère, issue des mêmes
contrées. En général, il y a un côté de ses systèmes
philosophiques qui se mêle toujours aux récits les
plus véridiques de sa vie. — Il croyait à la division
des races comme un Indien, et repoussait, de par ce
système, les doctrines d'égalité absolue ; le croise-
ment même de familles étrangères ne lui semblait
pas changer ce résultat, car il établissait qu'en
général une partie des enfants tenait plus du père,
une autre davantage de la mère, quoiqu'il admît
bien en Europe un certain détritus de natures
bâtardes et mélangées. Ces problèmes bizarres ont
amusé beaucoup d'hommes distingués au
xviiie siècle ; mais nul ne porta plus loin que lui cet
esprit de paradoxe, illuminé parfois d'un éclair de
vérité.

Si touchante qu'ait été la mort de Zéfire et la
pensée d'expiation qui s'y rapporte, on ne peut
s'empêcher de déplorer l'influence fatale qu'eut
cette aventure sur les ouvrages et les mœurs de

l'écrivain. Comme le sentait si justement Loiseau,
l'on ne touche pas impunément à la corruption. *Le
Pornographe,* ouvrage à prétentions morales, mais
où l'auteur se complaît à exposer des raisonnements
d'une moralité souvent contestable, fut le résultat
des méditations de Nicolas sur le sort d'une certaine
classe de femmes qu'il voulait relever à leurs
propres yeux comme aux yeux du monde...

IV

SARA [26]

Nous arrivons à une époque féconde en enseignements profonds et en souvenirs douloureux. Nicolas
n'est plus le beau danseur d'Auxerre, l'apprenti
bien-aimé de Mme Parangon, l'amoureux de ces
onze mille vierges, tant soit peu martyres la
plupart, qui se nommaient Jeannette Rousseau,
Marguerite Pâris, Manon Prudhot, Flipote, Tonton
Laclos, Colombe, Edmée Servigné, Delphine Baron
ou Rose Lambelin; ce n'est plus même l'amant
déjà formé de Mlle Prudhomme et de la belle
Mlle Guéant, ni le galant obscur que la blonde
Septimanie, comtesse d'Egmont, avait pu choisir
pour suppléer aux froideurs de son noble époux. —
Nous sommes cette fois en 1780; Nicolas a
quarante-cinq ans. Il n'est pas vieux encore, mais il
n'est plus jeune déjà; sa voix s'éraille, sa peau se
ride, et des fils d'argent se mêlent aux mèches de
cheveux noirs qui se laissent voir parfois sous sa
perruque négligée. Le riche peut garder longtemps
la fraîcheur de ses illusions, comme ces primeurs et

ces fleurs rares qu'on obtient chèrement au milieu
de l'hiver; mais le pauvre est bien forcé de subir
enfin la triste réalité que l'imagination avait dissi-
mulée longtemps. Alors, malheur à l'homme assez
fou pour ouvrir son cœur aux promesses menteuses
des jeunes femmes! Jusqu'à trente ans, les chagrins
d'amour glissent sur le cœur qu'ils pressent sans le
pénétrer; après quarante ans, chaque douleur du
moment réveille les douleurs passées, l'homme
arrivé au développement complet de son être
souffre doublement de ses affections brisées et de sa
dignité outragée.

A l'époque dont nous parlons, Nicolas demeurait
rue de Bièvre, chez Mme Debée-Léeman. Cette
dame était une juive d'Anvers de quarante ans, belle
encore, veuve d'un mari problématique, et vivant
avec un M. Florimond, galant émérite, adorateur
ruiné et réduit au rôle de souffre-douleur. A l'époque
où Nicolas vint se loger chez Mme Léeman, il
remarqua à peine une jeune fille de quatorze ans,
qui déjà reproduisait sous un type plus frais et plus
pur les attraits passés de la mère. Pendant les
quatre années suivantes, il ne songea même à cette
enfant que quand il entendait sa mère la gronder ou
la battre. Elle était cependant devenue à la fin une
grande blonde de dix-huit ans, à la peau blanche et
tranparente; elle avait dans la taille, dans les poses,
dans la démarche, une nonchalance pleine de grâce,
et dans le regard une mélancolie si touchante, que,
rien qu'à la regarder, Nicolas se sentait souvent les
larmes aux yeux. C'était un avertissement de son
cœur, qu'il croyait mort, et qui n'était qu'endormi.

Depuis fort longtemps, Nicolas vivait seul, ne
parlant à personne, travaillant le jour, et le soir

errant à l'aventure le long des rues désertes. Ses
amis étaient morts ou dispersés, et il était peu à peu
tombé dans cet affaissement profond, dans cette
indifférence complète qui suit ordinairement une
jeunesse trop agitée. Enfin il était tranquille du
moins dans son anéantissement, quand, un
dimanche matin, une petite main blanche frappa
doucement à la porte de sa chambre. Il ouvrit.
C'était Sara.

« Je viens, dit-elle, monsieur Nicolas, vous prier
de me prêter quelque livre dont vous ne vous
serviez pas ; vous en avez beaucoup, et moi j'aime la
lecture.

— Choisissez, mademoiselle, dit Nicolas ; ensuite
vous êtes bien maîtresse de les lire tous les uns
après les autres. »

Sara paraissait si timide, elle avait si peur d'être
importune, sa modestie, sa rougeur, son embarras,
étaient si naturels, que Nicolas s'abandonna
entièrement au charme. Elle resta peu, et, en
sortant, elle présenta son front au baiser paternel de
l'écrivain.

Toute la semaine, elle travaillait chez les demoiselles Amei, où sa mère l'avait placée pour
apprendre à faire de la dentelle ; mais les dimanches
elle ne quittait pas la maison. Aussi renouvela-t-elle
ses visites, toujours pour emprunter des livres que
Nicolas finit par lui donner. Rien n'était pur et
touchant comme ces premières entrevues. Nicolas
avait bien appris certains bruits qui couraient sur le
compte de la jeune fille, mais il les regardait comme
des calomnies. Peut-être cette jeune fille avait-elle
été compromise par quelque cause provenant de
l'avidité de sa mère ; puis elle avait l'air si candide,

qu'il se serait fait un scrupule d'altérer par un mot, par un geste, même par un regard, la pureté de son innocence; il lui témoignait du respect, de l'estime et un empressement dont il n'osait lui-même s'expliquer la nature. Sara le sentit, ou du moins sa mère le sentit pour elle, car, arrivées à ce point, les visites devinrent plus fréquentes, les conversations plus intimes; elle lui apporta d'abord quelques chansons très bien choisies, de celles qu'on appelait *brunettes*, et lui chanta celle qui avait le plus de rapport avec la situation qu'elle voulait prendre vis-à-vis de lui.

Si les passions sont moins subites à quarante ans, le cœur est beaucoup plus tendre : l'homme a moins de fougue, de violence, d'emportement; mais en revanche il aime avec abnégation et dévouement. L'avenir l'épouvante, et il se cramponne au passé pour tenter de ne pas mourir; il veut recommencer la vie, et plus la femme aimée est jeune, plus aussi les émotions deviennent vives et délicieuses. Qu'on juge avec quel ravissement Nicolas écoutait les vers suivants chantés par la plus jolie bouche avec une expression des plus tendres :

> Mon cœur soupire dès l'aurore.
> Le jour, un rien me fait rougir;
> Le soir, mon cœur soupire encore;
> Je sens du mal et du plaisir!
>
> Je rêve à toi quand je sommeille,
> Ton nom m'agite, il me saisit ;
> Je pense à toi quand je m'éveille,
> Ton image partout me suit...

« Vous chantez avec sentiment, dit Nicolas.

Auriez-vous le cœur aussi sensible que votre voix est touchante?

— Ah! monsieur, dit Sara, si vous me connaissiez mieux, vous ne me feriez pas cette question; mais vous m'apprécierez un jour, et vous saurez si je suis constante dans mes sentiments.

— Voilà ce que votre jolie bouche pouvait me dire de plus agréable.

— Mon Dieu, c'est tout naturel. Quand on a aimé une fois, n'est-ce pas pour la vie? et peut-on oublier jamais la personne qu'on a aimée?

— Voilà une bien douce morale!

— C'est celle de la nature.

— Vous avez de l'esprit et de la philosophie, mademoiselle.

— J'ai vu un peu de monde, c'est vrai... Je vous conterai cela quelque jour. »

Nicolas fronça le sourcil, mais il se rassura bien vite en entendant la jeune fille ajouter avec un entraînement naïf qu'elle avait été invitée avec sa mère à de très belles tables, notamment dans une maison de campagne à quelques lieues de Paris, chez un magistrat de cour où il venait du beau monde. Peut-être y eût-il plus réfléchi, si le babillage de l'enfant n'avait tout à coup changé d'objet.

« Vous savez, dit-elle, que j'ai été au couvent... Eh bien! j'y ai reçu une éducation si soignée, qu'il m'est venu à l'esprit de faire une pièce de théâtre. Oh! le théâtre, c'est ce qui m'a formée. J'y serais allée plus souvent encore, si ce n'est que maman n'aime pas les bons spectacles; elle s'ennuie à la comédie et elle n'aime que Nicolet et les Grands-Danseurs du roi. Audinot même est trop sérieux pour elle, ou, si vous voulez, trop... »

Sara n'osa prononcer le mot qu'elle avait dans la pensée. Nicolas, plus tard, jugea qu'elle avait voulu dire « trop décent ».

« Eh bien, reprit-il après un silence, puisque vous aimez le théâtre, il faut y essayer vos dispositions, vos grâces et votre esprit.

— Non, dit-elle, je les réserve pour quelque chose de plus important.

— D'important comme quoi?

— Je les garde pour mériter votre estime. »

Le coup avait porté; Nicolas la regarda avec attendrissement et la serra dans ses bras.

Insensiblement les visites se multiplièrent. Mme Léeman y mettait un aveuglement et une complaisance inexplicables chez une mère. Quelques relations s'établirent entre les voisins. Le jour des Rois étant arrivé, Nicolas offrit le gâteau à la famille, — dans laquelle il fallait bien compter M. Florimond. Ce dernier, entièrement dans la dépendance de Mme Léeman, avait une conversation superficielle où régnait une politesse recherchée qu'il affectait de tenir de ses souvenirs d'homme du monde. Au dessert, la fève ne se trouva pas dans le gâteau, et Florimond fut soupçonné par la jeune fille de l'avoir fait disparaître pour se dispenser de payer son avènement à la royauté.

« Quelle apparence? dit Mme Léeman. On sait bien que c'est toujours mon argent qui aurait dansé. »

M. Florimond repoussait ces insinuations avec la dignité de l'honneur outragé.

« Je crois plutôt, dit Nicolas, que c'est moi qui aurai avalé la fève par mégarde; je me regarde donc comme obligé de vous offrir du vin chaud. »

La satisfaction de Florimond et l'admiration des
deux femmes pour le procédé de Nicolas le payèrent
avec usure de son sacrifice.

Le lendemain, Nicolas reçut la visite de Mme Léeman. « J'ai à vous parler, dit-elle, au sujet de ma
fille. » Et elle lui raconta qu'elle avait dû la marier à
un M. Delarbre, jeune homme qui était venu
fréquemment dans la maison, puis avait cessé tout
à coup ses visites. Elle demanda à Nicolas si sa fille
lui avait parlé de ces relations antérieures, innocentes du reste. « Oui, dit-il, mais comme d'un
souvenir entièrement effacé. » La mère répondit que
ce parti ne convenait nullement à sa fille ; puis,
adoucissant sa voix, elle ajouta qu'une nouvelle
proposition lui était faite. Un nommé M. de Vesgon, ancien ami de la famille, offrait d'assurer le
sort de cette enfant moyennant une donation de
vingt mille livres, et cela par un sentiment tout
paternel, résultant de l'amitié que cet homme
respectable avait autrefois pour le père de Sara...
Toutefois cette dernière avait refusé la proposition,
et Mme Léeman, sentant son autorité de mère
impuissante à vaincre la prévention de la jeune fille,
venait prier Nicolas d'agir à son tour par la
persuation que son esprit supérieur était sûr de
produire.

Nicolas ne put retenir un mouvement de surprise.
Mme Léeman fit valoir le mauvais état de sa santé.
« Si ma pauvre enfant venait à me perdre, qu'arri-
verait-il ? ajouta la mère... J'ai de l'expérience, moi,
mon bon monsieur Nicolas ; le temps passe, la
beauté s'en va ; Sara se procurerait avec cette
somme une petite rente viagère qui, avec le peu que
je lui laisserai, pourrait plus tard la faire vivre

honorablement... » Nicolas secoua la tête ; la mère le
pressa encore en raison de l'amitié qu'il avait pour
sa fille, et lui proposa même de le faire dîner avec
M. de Vesgon, afin qu'il pût s'assurer de la pureté
des intentions de ce vieillard.

Nicolas se sentit blessé au cœur et ne put dormir
de la nuit. Le lendemain matin, Sara monta chez lui
comme à l'ordinaire. Il aborda franchement la
question des vingt mille francs, et demanda à la
jeune fille si elle croyait pouvoir les accepter sans
compromettre sa réputation. Sara baissa les yeux,
rougit beaucoup, s'assit sur les genoux de Nicolas et
se mit à pleurer. Nicolas la pressa de répondre.

« Ah ! si j'osais parler ! s'écria-t-elle entre deux
soupirs.

— Confie-moi tes peines, ma charmante enfant.

— Si vous saviez combien je suis malheureuse !

— Malheureuse ! Pourquoi et depuis quand ?

— Je l'ai toujours été... J'ai une mère...

— Je la connais. »

Sara paraissait faire un violent effort pour parler.

« Ma mère, dit-elle enfin, a fait mourir ma sœur
de chagrin. Moi, dans ce temps-là, je n'étais qu'une
enfant folle, étourdie et riant toujours... J'ai bien
changé depuis ! Aujourd'hui encore, ma mère me
fait trembler ; rien qu'à l'entendre marcher, je
frissonne de peur ! »

Et elle lui fit l'histoire d'une époque où elle
demeurait avec sa mère dans une petite rue du
Marais, chez un menuisier. C'étaient souvent de
nouvelles figures qui se succédaient dans l'amitié de
la veuve, et la petite fille était reléguée presque
toujours dans un grenier, souffrant du froid, de la
faim même... Quand elle criait trop fort, sa mère

arrivait furieuse, la pinçait, lui tordait les mains ou
lui laissait le visage ensanglanté. Un soir, un
homme osa monter jusqu'à ce réduit... et...

— Pauvre enfant! s'écria Nicolas.

« Ah! mon ami! ah! mon père! reprit Sara en se
jetant tout en larmes dans les bras de l'écrivain, j'ai
juré depuis longtemps que jamais je ne consentirais
à me marier... et que dans tous les cas, je
n'épouserais jamais un jeune homme... »

Nicolas la regarda avec attendrissement.

« Un jeune homme! Et cependant, ce jeune
Delarbre qui venait ici il y a quelques mois... si
souvent?

— Celui-là, dit Sara en soupirant, oh! celui-là, je
puis bien l'avouer, je l'aimais... autant du moins
que l'on peut aimer à l'âge où j'étais; mais il ne
viendra plus... Je lui ai tout dit! »

Nicolas pencha la tête dans sa main, réfléchit un
instant, puis s'écria rempli de pitié : « Et il t'a
quittée! Il n'a pas compris que la pureté de ton
âme... rachetait mille fois, pauvre victime, l'infâme
lâcheté commise envers toi! » En s'arrêtant sur
cette idée, Nicolas pensa involontairement à
Mme Parangon. Cette fatalité de sa vie revenait
encore une fois, sous une forme nouvelle, retourner
un fer vengeur dans son éternelle blessure. Il se
leva, parcourut la chambre avec des gestes désespé-
rés. Sara, qui ne comprenait pas toutes les causes
d'une douleur si vive, courut à lui, le fit rasseoir, et,
tâchant de sourire à travers ses larmes, lui dit en
l'embrassant : « Eh! pourquoi tant me plaindre?
Pourquoi tant de désespoir? Cela empêchera-t-il
l'amitié la plus tendre de durer entre nous, mon
protecteur, mon guide! Pensez-y donc; je ne suis

pas coupable, hélas! et vous n'aurez rien à me
pardonner... Ensuite, si Delarbre ne m'avait pas
quittée, est-ce que je serais ici, avec vous... dans vos
bras... causant, pleurant... riant?... »

Elle s'était assise de nouveau sur ses genoux, et
passait le bras autour de son cou, ce bras de juive
déjà parfait, bien qu'elle n'eût que quinze ans (*sic*),
cette petite main effilée dont les doigts roses
traversaient les boucles encore bien fournies de la
chevelure de Nicolas.

Le calme rentrait peu à peu dans le cœur de
l'écrivain; l'agitation nerveuse se calmait; Nicolas
reposait ses yeux avec charme sur les traits si
réguliers de la pauvre enfant; il ne put retenir un
aveu, longtemps arrêté sur ses lèvres : « Qu'avez-
vous? lui dit Sara en le voyant un instant rêveur.

— Je pense à toi, dit-il, charmante enfant! Il
faut te le dire enfin, depuis longtemps je t'aime...,
et je te fuyais toujours, effrayé de ta jeunesse et de
ta beauté!

— Toujours, jusqu'au matin où je suis venue te
voir moi-même!

— Que voulais-tu que je t'offrisse? Un cœur
flétri par la douleur... et par les regrets!

— Que regrettes-tu, maintenant? Ton cœur
n'est-il point calmé?

— Il bat plus que jamais; tiens! touche ma
poitrine.

— Ah! c'est qu'il y a là sans doute...

— Eh! quoi donc?

— De l'amour!... » dit faiblement Sara.

Nicolas revint à lui-même; sa philosophie d'écrivain lui rendit un instant de force.

« Non, dit-il gravement; je n'ai pour toi, mon enfant, qu'une sincère et constante amitié.

— Et moi, si j'avais de l'amour?

— Il cesserait trop tôt. »

Sara baissa les yeux.

« Il y a un an, reprit Nicolas, j'avais encore une fois cédé au charme...

— Et pour qui? dit Sara levant vivement la tête.

— Pour une image que je me créais en moi-même, pour une chimère, fugitive comme un rêve, et que je ne songeais même pas à réaliser, pour une de ces impossibilités que j'ai poursuivies toute ma vie, et que je ne sais quel destin a quelquefois rendues possibles.

— Mais quelle était cette image? Quel était ce rêve?

— C'était toi.

— Moi, grand Dieu!

— Toi que je voyais courir çà et là dans cette maison, toi qui passais à mes côtés dans l'escalier, dans la rue..., et qui grandissais de plus en plus, qui devenais toujours plus belle, et que je surprenais parfois à causer le soir sur le pas de la porte avec le jeune Delarbre...

Sara rougit et dit : — Mais je vous jure...

— Eh! qu'importe? dit Nicolas avec résolution; n'était-il pas jeune, n'était-il pas beau et digne alors de toi, sans doute?... N'est-ce pas naturel, n'est-ce pas même un doux spectacle pour le cœur de l'homme que l'amour pur de deux êtres beaux et jeunes?... Moi, je t'aimais d'une autre manière; je t'aimais comme on aime ces étranges visions que l'on voit passer dans les songes, si bien qu'on se réveille épris d'une belle passion, faible souvenir des

impressions de la jeunesse... dont on rit un instant
après!

— Oh! mon Dieu! on le voit bien, vous êtes un
poète!

— Tu l'as dit. Nous ne vivons pas, nous! nous
analysons la vie!... Les autres créatures sont nos
jouets éternels... et elles s'en vengent bien aussi!
Amitié, amour, qu'est cela? Suis-je bien sûr moi-
même d'avoir aimé? Les images du jour sont pour
moi comme les visions de la nuit! Malheur à qui
pénètre dans mon rêve éternel sans être une image
impalpable!... Comme le peintre, froid à tout ce qui
l'entoure, et qui trace avec calme le spectacle d'une
bataille ou d'une tempête, nous ne voyons partout
que des modèles à décrire, des passions à rendre, et
tous ceux qui se mêlent à notre vie sont victimes de
notre égoïsme, comme nous le sommes de notre
imagination!

— Vous m'effrayez! s'écria Sara.

— Non, je suis calme dit Nicolas; c'est de
l'expérience, ma chère enfant; j'ai appris à
connaître et les autres et moi-même, et si j'ai
l'amertume au cœur, je n'ai plus du moins l'ironie
sur les lèvres... Sais-tu ce que nous faisons, nous
autres, de nos amours?... Nous en faisons des livres
pour gagner notre vie. C'est ce qu'a fait Rousseau le
Génevois; ... c'est ce que j'ai fait moi-même dans
mon *Paysan perverti*. J'ai raconté l'histoire de mes
amours avec une pauvre femme d'Auxerre qui est
morte; mais, plus discret que Rousseau, je n'ai pas
tout dit... peut-être aussi parce qu'il aurait fallu
raconter...

Il s'arrêta. — Oh! faites-moi lire ce livre, s'écria
Sara.

— Pas encore!... Mais tiens, tu vas voir maintenant combien mon amitié est dangereuse... Je t'ai
mise déjà dans mes *Contemporaines!*

— Quel bonheur! s'écria la jeune fille en frap-
pant des mains; mais comment est-ce possible?

— Puisque tu veux bien me pardonner, charmante fille, voici le livre. Tu vois bien le nom
d'Adeline, c'est celui que je t'ai donné.

— Oh! quel joli nom! Je n'en veux plus porter
d'autre... et qui aime-t-elle?

— Chavigny.

— Chavigny?... C'est donc le nom que vous avez
choisi pour vous.

— Non, je l'ai choisi pour le jeune Delarbre, qui
alors venait ici tous les jours. En le voyant si
empressé, si amoureux, si tendre, un souvenir de
mes jeunes années me revint à l'esprit... Je me
figurai que j'étais à sa place, et que c'était moi qui
t'aimais. Oh! que j'eusse été plus tendre et plus
enthousiaste encore... Il n'était lui-même que
l'image affaiblie et vague de ma jeunesse, et
cependant je ne pouvais le haïr... Je n'espérais rien.
Alors j'exprimai en moi-même, j'exprimai tout seul
à sa place les sentiments que tu m'aurais inspirés.
Ce qui n'était pour lui que de l'amour était pour
moi de l'adoration; j'eusse été jaloux pour lui, au
besoin... j'aurais tué son rival!... Je t'aurais épou-
sée, moi, à sa place. »

Sara se cacha honteuse dans les bras de Nicolas,
puis elle leva vers lui son visage souriant à travers
les pleurs.

« Oh! parle toujours, dit-elle, mais laisse-moi
t'admirer dans ton enthousiasme, dans ta bonté,
dans ton génie... Avant ce jour, j'aimais à t'écouter

surtout... Maintenant je te regarde et je te trouve jeune et beau; oh! que j'envie celles que tu as aimées!

— Une seule te valait, ma Sara! mais elle n'avait pour moi que de l'amitié... Elle n'est plus... Reparlons de cet amour bizarre où je me substituais en pensée à celui qui me paraissait plus digne de toi que moi-même; tu ne sais pas jusqu'où allait ma folie... Il y a un endroit où j'aime à me promener le soir; on y voit les plus beaux couchers du soleil du monde : c'est l'île Saint-Louis... Eh bien! en m'appuyant, à travers mes contemplations, sur les pierres grises du quai, j'y gravai furtivement les initiales du nom que je t'avais choisi : AD. AD. Cela signifiait pour moi : *Adeline adorée...*

— Oh! nous irons ensemble au premier beau jour, et tu me feras voir ces lettres, dit Sara, et tu me diras tout ce que tu pensais en les gravant!

— Oui, mon amie, puisque tu le veux... Mais, hélas! je suis plus vieux d'un an encore, et j'ai tant souffert! »

Sara se jeta à son cou, riant et pleurant tour à tour, versant un baume divin sur les blessures du malheureux.

« Tes chagrins aussi seront les miens! dit-elle. Nous parlerons ensemble de cette femme d'Auxerre que tu aimais tant...

— Oh! dit Nicolas, tant de joie... tant de peines... tout cela me brise le cœur! Que Dieu te bénisse, ma fille, mon enfant! Oui, je t'aime... j'ai encore la folie de t'aimer; pardonne-moi... »

En ce moment, on entendit dans l'escalier la voix de la veuve Léeman appelant sa fille pour le déjeuner.

« Je suis forcée de descendre, dit Sara; j'ai seulement un mot à vous dire avant de vous quitter.

— Tu me dis *vous* maintenant?

— Non, c'est une distraction... Je voulais te parler d'une de mes amies que tu as pu voir avec moi, car elle travaille chez la même marchande de modes... Mlle Charpentier.

— Je l'ai vue; elle est charmante.

— Et elle est si bonne!... mais, en vérité, je n'ose te dire...

— Quoi donc? Parle vite, ma charmante enfant!

— Je crains si fort d'être indiscrète... Mon amie a perdu sa mère qui, après une longue maladie, ne lui a laissé que des dettes... Que je voudrais être riche pour la pouvoir obliger!... Il ne faudrait, quant à présent, qu'un louis pour la tirer du plus grand embarras!... Elle le rendrait dans six semaines.

— Un louis! rien qu'un louis? s'écria Nicolas. Et il alla chercher un gros étui d'où il en tira deux, qu'il mit dans la main blanche de Sara en y ajoutant un baiser.

— Oh! qu'elle sera heureuse! dit Sara », et elle se précipita joyeuse dans l'escalier.

De ce jour, Nicolas renonça à tous ses projets de solitude. La répugnance qu'il avait conçue pour la veuve Léeman, d'après les aveux de sa fille, céda bientôt devant le désir de la voir plus souvent; il cultiva l'amitié de M. Florimond en flattant ses goûts aristocratiques, et celle de la veuve en s'invitant lui-même chez elle à des soupers qu'il faisait venir de chez le traiteur; il avait soin même d'y ajouter toujours quelque grosse volaille qui reparaissait pendant les jours suivants sur la table de l'avare Mme Léeman.

Nous avons dit que c'était seulement les dimanches que Sara pouvait venir rendre visite à Nicolas. Le reste de la semaine, elle demeurait dans la maison où elle faisait son apprentissage. Le lendemain lundi, on entendit un grand bruit dans l'escalier. « Vous êtes une effrontée, criait Mme Léeman à sa fille. — Si je ne le suis pas, ce n'est pas votre faute, répondait cette dernière. — Attends, insolente, attends!... » Et Nicolas descendit aux cris de Sara. « Une fille, monsieur, qui me répond des impertinences! s'écria la mère. — Ma chère Sara, calmez-vous! » dit Nicolas; mais la jeune fille le reçut assez mal, et cependant s'adoucit un peu en s'habillant pour aller chez ses maîtresses. Mme Léeman dit à Nicolas, quand elle fut partie : « N'est-il pas malheureux de n'avoir qu'une enfant et de la voir aller chez les autres? — Pourquoi ne pas la garder chez vous? — Ah! monsieur, je suis si pauvre... et puis je ne voudrais rien devoir à mes amis. »

Nicolas était alors dans une assez bonne position; ses premiers romans, surtout le *Paysan perverti* et *les Contemporaines*, lui rapportaient beaucoup plus que son travail d'imprimeur : « Prenez votre fille chez vous, dit-il à Mme Léeman, et nous ferons ce que nous pourrons pour son entretien. — Dans le fait, dit la mère, il y a au second un logement qui va être libre; nous le meublerons à frais communs. Vous serez son père, et nous ne ferons qu'une seule famille. »

A la fin de cette semaine, Sara cessa donc d'aller travailler chez les demoiselles Amei. Bientôt la liaison devint complète, indissoluble. C'étaient des causeries sans fin, des dîners délicieux, souvent à la campagne ou aux barrières, en compagnie de la mère et de Florimond... Toujours pendant ces repas le petit pied de Sara restait posé sur celui de Nicolas; on allait aussi au spectacle avec les billets qu'obtenait l'écrivain par ses relations littéraires, et là toujours la jeune fille, indifférente à l'admiration qu'excitait sa ravissante beauté, laissait l'une de ses mains dans celle de son ami.

Cependant Mme Léeman n'admettait pas qu'on se divertît sans elle, et, lorsque dans la journée il se présentait quelque occasion de sortir pour la jeune fille et pour Nicolas, elle les faisait toujours accompagner par Florimond. Ce dernier, usé par les excès de toutes sortes, était d'une compagnie assez morne, mais n'avait rien d'hostile à l'attachement des deux amants. Il les suivait comme un chien de berger, sans interrompre leurs tendres entretiens. Un jour, Nicolas s'était chargé d'acheter pour la mère des graines et des oignons de fleurs. Elle était, nous l'avons dit, du Brabant et curieuse de tulipes. Sara et lui partirent pour le quai aux Fleurs et furent si longtemps à fixer leur choix, que Florimond, fort ennuyé, se décida à entrer dans un cabaret d'où il les suivait des yeux. Quand il revint, il se tenait à peine sur ses jambes. Sara lui dit de se charger du sac de graines, et, pendant qu'il cherchait à l'affermir sur ses épaules, elle écrivit au crayon un billet pour sa mère, dans lequel elle lui disait que Florimond était tellement gris, que, voulant aller à la promenade, Nicolas et elle s'étaient fait conscience de l'y entraîner. Florimond partit avec ce billet, qu'il ne lut pas.

« Si nous allions au spectacle! » dit gaiement Sara. Nicolas jeta les yeux sur elle. Elle était fort joliment coiffée d'un chapeau à l'anglaise et d'un casaquin de taffetas à reflets changeants. L'heure du spectacle étant encore éloignée, ils prirent par le plus long. Nicolas conduisit la jeune fille le long des quais jusqu'à l'île Saint-Louis, qu'il affectionnait particulièrement, comme on sait, dans ses promenades solitaires. La vue en était charmante alors, parce qu'on y découvrait d'un côté la campagne, et de l'autre le magnifique aspect des deux bras de la Seine, de la vieille cathédrale et de l'Hôtel-de-Ville; le Mail et la Râpée, s'étendant à droite et à gauche, bordés au loin de guinguettes aux berceaux verdoyants, présentaient aussi un spectacle fort animé. Nicolas avait encore une pensée : c'était de faire voir à Sara les pierres du quai sur lesquelles il avait gravé le chiffre mystique : AD. AD. (Adeline adorée), à l'époque où il venait dans ces lieux mêmes exhaler les plaintes d'un amour sans espoir. Tout était changé. Les deux amants gravèrent tour à tour sous ces chiffres à demi effacés les initiales réelles de leurs noms, et ne quittèrent l'île qu'après avoir vu le soleil descendu derrière les tours énormes du petit Châtelet. Ils remontèrent par la place Maubert, la rue Saint-Séverin, la rue Saint-André-des-Arcs et celle de la Comédie*, pour arriver à ce même théâtre encore plein pour Nicolas des souvenirs de la belle Guéant. Chemin faisant, il racontait avec larmes cette histoire de sa jeunesse, et Sara s'unissait de tout son cœur au chagrin de son ami. « Morte! elle est morte! s'écriait Nicolas.

---

* Nicolas Restif a conservé ces détails minutieux pour marquer plus vivement son dernier jour de bonheur et d'illusions.

Morte comme cette autre si belle et plus aimante
(Mme Parangon), et tout ce que j'aimais est ainsi
dans le tombeau !...

— Et moi, est-ce que je ne t'aimerais pas comme
elles ? disait Sara attendrie.

— Quelque temps peut-être ; mais après ?

— Mon ami, ne parle plus ainsi... Songe que je
suis impressionnable à l'excès ; ne mets jamais à
l'épreuve cette sensibilité qui n'a fait encore que
mon supplice.

— Oh ! pardonne, ma fille ! c'est que j'ai beaucoup souffert, et toi...

— Moi, je n'ai que souffert, et je serais plus
affectée de ce qui viendrait de ta part que de tout
ce qui m'est arrivé. »

Ils s'étaient placés dans la salle. On jouait
justement *la Pupille* de Fagan, où Mlle Guéant
avait été si ravissante de sentiment et de grâce.
Nicolas, comme tous les esprits pleins d'orgueil,
croyait toujours à quelque fatalité qui, relativement
à lui seul, prenait la place du hasard. Il ne pouvait
s'empêcher cette fois de trouver la pièce détestable,
l'actrice déplaisante, et ne remarquait pas que, dans
la loge voisine de la sienne, il venait d'entrer une
très jolie femme qui avait les plus beaux cheveux
cendrés (on commençait alors à ne plus porter la
poudre), un bel œil sous un sourcil noir, et des
manières pleines de distinction. Sara la lui fit
remarquer. « Elle est bien, dit-il, mais comme vous
êtes plus belle ! » Cette femme, se voyant l'objet de
l'admiration de Sara, saisit une occasion pour lui
dire quelque chose d'obligeant. Celle-ci répondit
avec froideur. Nicolas s'en étonnant, elle lui dit à
l'oreille : « Je suis très jalouse. Si j'avais lié conver-

sation avec elle, tu aurais pu lui parler, et tu as trop
de mérite pour ne pas lui plaire... » Nicolas répondit
plein de joie : « Mais qui pourrait me plaire à moi, si
ce n'est Sara ? »

Après cette soirée délicieuse, la difficulté étant
d'affronter la colère de Mme Léeman, Nicolas eut
l'idée la plus triomphante en pareil cas : ce fut
d'acheter une paire de pendeloques assez belles chez
un bijoutier de la rue de Bussy. La précaution
n'était pas inutile, car en entrant Nicolas et Sara
trouvèrent devant la porte l'infortuné Florimond,
que la veuve avait mis dehors en le voyant revenir
seul. Dégrisé par la scène d'imprécations qu'il avait
subie, il se livrait au désespoir. Nicolas affronta
bravement l'orage, qu'il parvint à calmer en faisant
briller entre ses doigts sa récente acquisition. Tout
rentra dans l'ordre habituel.

La mère était toutefois décidée à ne point
admettre qu'on prît du plaisir en son absence.
« Puisque Sara a besoin de distraction, dit-elle un
jour, je la conduirai à la promenade sur les Grands
Boulevards. » Elles partirent donc pour s'y rendre
par une belle soirée de printemps. Nicolas, retenu
jusqu'à sept heures à son imprimerie, devait les
aller rejoindre. Il les retrouva assises sur des chaises
dans une contre-allée, faisant partie de deux ou
trois rangées de femmes élégantes et très remarquées. Un homme mis avec soin, fort brun, et qui
paraissait un créole, s'était assis près d'elles, et
avait déjà noué une conversation assez soutenue
avec la mère. Sara semblait sérieuse ; — elle sourit
en apercevant Nicolas, et lui fit place près d'elle. Le
cavalier ne tarda pas à saluer ses nouvelles connaissances, et reprit sa promenade.

Deux ou trois jours après, une affaire importante
empêcha Nicolas d'aller retrouver les dames à
l'heure habituelle. Mme Léeman lui dit en raillant
que le cavalier brun leur avait tenu compagnie. La
même circonstance se reproduisit l'un des jours
suivants. Sara prit Nicolas à part en rentrant et lui
dit : « Vous m'abandonnez à des vues que vous
n'ignorez pas... Ah! mon ami! » Quelques jours plus
tard, Mme Léeman parla d'une occasion qui se
présentait pour marier sa fille à un homme de
condition. Ce fut un coup de poignard pour l'écrivain, qui, comme on sait, était marié, bien que
séparé depuis longtemps de l'indigne Agnès
Lebègue. Il répondit en soupirant que le bonheur de
Sara était pour lui au-dessus de tout, mais qu'il
espérait que le prétendu serait digne d'elle. Le
lendemain, comme il était indisposé, il vit se glisser
sous sa porte une lettre ainsi conçue :

On veut absolument que ta fille sorte aujourd'hui sans toi, cher
bon ami!... Il faut souffrir ce qu'on ne saurait empêcher. Tâche de
guérir ton rhume et de te bien porter... Si tu pouvais me trouver
une place près d'une dame ou seulement de l'ouvrage, j'aurais de
la fermeté pour résister, et je vivrais satisfaite comme on peut
l'être dans ma position. Aime toujours ton amie.

Sara.

Dès ce jour, Nicolas alla rendre visite à une dame
de condition qui habitait l'île Saint-Louis, et dont il
a parlé souvent dans ses *Nuits de Paris*. Cette
dernière consentit à recevoir Sara comme demoiselle
de compagnie. En rentrant, il rencontra la mère et
la fille en voiture. Mme Léeman lui cria qu'elles
allaient au Palais-Royal, qu'il n'avait qu'à les venir
rejoindre comme à l'ordinaire. Rassuré sur les

sentiments de Sara par sa lettre, il eut l'imprudence
de ne pas se presser. Quand il arriva, elles étaient
parties.

Nicolas retourne à la maison; point de lumière...
Le cadenas de la porte n'est point ôté. Il monte
chez lui, se consume d'impatience, se promène à
grands pas, et sort de temps en temps pour aller au-
devant des deux femmes. Personne ne vient :
minuit sonne; au dernier coup, ses yeux fondent en
larmes... Il se rappelle ce que lui a dit Sara, ce qu'a
insinué sa mère. A une heure du matin, n'y pouvant
plus tenir, il se met à parcourir les rues. Le hasard
le ramène sur les quais déserts de l'île Saint-Louis.
Il cherche à la clarté de la lune les pierres où il a
inscrit les chiffres amoureux complétés par la main
de Sara, et, en les retrouvant, il pousse des
gémissements et des cris de désespoir. Un homme
ouvre sa croisée et lui demande ce qu'il a : « C'est
un père, répond-il, qui a perdu sa fille! » Il rentre
dans sa chambre, avec l'espoir qu'elles ont pu être
invitées à un bal. Rien encore. A cinq heures du
matin, Nicolas s'assoupit de fatigue; il voit dans un
rêve apparaître Sara, ses belles tresses blondes
éparses sur sa poitrine et criant : « Mon ami! sauve-
moi, sauve-moi! » Il se réveille... le jour est avancé
déjà; personne n'est rentré*.

Le surlendemain seulement, Nicolas entendit une
voiture s'arrêter à la porte. Jusqu'à ce moment,
toutes les voitures qui passaient lui avaient fait
bondir le cœur... Il se précipite dans l'escalier.
Mme Léeman rentrait sans sa fille, accompagnée

---

* Quinze ans après, l'écrivain disait, en racontant cette nuit
d'angoisse : « Et alors je n'étais pas encore jaloux! »

d'un inconnu, ou plutôt d'une connaissance bien
nouvelle, le galant créole des boulevards.

« Où est votre fille ? s'écria brutalement Nicolas.

— Elle est restée à la campagne, chez M. de la
Montette, que vous voyez, et qui a bien voulu me
ramener ici.

— Et pourquoi laissez-vous votre fille seule chez
un homme ?

— Et pourquoi me le demander ?... D'ailleurs
Sara n'est point seule, elle est là-bas avec la famille
de monsieur... et monsieur est avec moi, comme
vous voyez ! »

M. de la Montette s'inclina en observant finement
l'étrange expression du visage de Nicolas. Il était
clair du reste que la veuve Léeman tenait à
ménager ce dernier : « Est-ce que ma fille ne vous
avait pas prévenu de notre partie de campagne ?
dit-elle d'un ton radouci.

— Je n'en savais pas un mot !

— Ah ! la pécore !... s'écria Mᵐᵉ Léeman. Elle
employa même un terme plus vif en priant aussitôt
M. de la Montette d'excuser la sévérité d'une mère
comme appréciation de son enfant. « Monsieur était
devenu pour ma fille un second père, ajouta-t-elle
en montrant Nicolas, et je comprends son inquiétude... Mais Sara avait mis un mot sous votre porte,
lui dit-elle encore.

— C'est vrai, c'est vrai, madame, répondit-il en
se retirant, je l'avais oublié. »

Nicolas était confondu. S'il s'agissait d'un
mariage avec un homme de considération, sa
générosité l'empêchait de s'y opposer, son cœur
même en eût été moins froissé sans doute ; mais la
lettre de Sara, qui d'ailleurs ne disait pas un mot de

la partie de campagne, indiquait un danger d'une autre nature. Pendant qu'il réfléchissait ballotté dans cette incertitude, la voiture était repartie, car Mme Léeman n'était revenue chez elle que pour prendre quelques effets. Courir après une voiture pour savoir où elle s'arrêterait, Nicolas l'avait tenté jadis avec succès; mais quelle apparence qu'à plus de quarante ans on pût renouveler ce tour de force! Il fallut attendre toute la nuit et tout un jour encore.

Le surlendemain, Sara frappait à la porte de son ami d'une manière bien connue; il renverse tout pour ouvrir. Sara lui dit d'un air glacé :

« Eh bien! *qu'est-ce donc?* me voilà!

— Qu'est-ce donc?... Mais vous ai-je rien dit, ma pauvre enfant ?

— Non, dit Sara embarrassée, mais votre air effaré...

— Mon air n'était pas un reproche... Vous avez *prévu* seulement qu'après une absence de trois jours...

— Vous dînerez avec nous, n'est-ce pas? reprit Sara, qui s'était tenue près de la porte, et que sa mère rappelait dans cet instant.

Nicolas vit bien que tout était fini. « Maintenant, se dit-il, soyons véritablement père, et sachons si cet homme est capable de la rendre heureuse. » Il descendit pour le dîner et y trouva M. de la Montette. C'était un homme de près de quarante ans, que les passions ne semblaient jamais avoir trop inquiété... Nicolas se sentit très inférieur à son rival, et crut encore qu'il ne s'agissait que d'un mariage de raison; la réserve de la jeune fille s'expliquait par là; seulement, il eut le chagrin de

ne plus sentir le petit pied de Sara s'appuyer sur le
sien.

Le dîner se serait terminé fort convenablement,
si, vers la fin, la mère, dans un moment d'expansion, ne se fût écriée, en regardant M. de la
Montette : « Et dire que nous ne connaissions pas
monsieur il y a quinze jours! Si M. Nicolas était
venu nous rejoindre avant sept heures, nous avions
le projet d'aller au spectacle, et nous n'aurions pas
eu le plaisir de rencontrer un cavalier si aimable,...
qui est devenu pour nous un véritable ami! » Ô
supplice! pendant que Nicolas se disait : « Et il faut
m'avouer encore que c'est ma faute! » Sara se
penchait languissamment sur le bras du créole et ne
semblait point choquée de l'exclamation triviale de
sa mère. Il appela toute sa philosophie à son aide et
ne marqua nul étonnement. Après le dîner, on alla
se promener au Jardin des Plantes. La politesse
commandait que l'invité prît le bras de Sara, ce qui
obligeait Nicolas d'offrir le sien à la mère; mais il
songea aussitôt que c'était la corvée habituelle de
Florimond, lequel était parti pour un voyage relatif
aux affaires de la veuve. Nicolas, déjà connu
comme écrivain, craignit les regards et se contenta
de marcher près de Mᵐᵉ Léeman. Cette dernière,
contrariée, dit à sa fille : « Une jeune personne n'a
pas besoin de s'appuyer sur un bras, je m'en passe
bien! » M. de la Montette dut faire comme Nicolas;
mais son entretien avec Sara paraissait fort animé
et même fort tendre. A la fin de la soirée, M. de la
Montette invita les deux dames à dîner pour le
lendemain et comprit Nicolas dans cette invitation.
C'était d'un homme bien élevé. Pourtant l'écrivain
ressentit au cœur une douleur mortelle; son rival

avait l'avantage de ce moment, car, au dire de Sara
elle-même, « M. Nicolas avait été bien maussade
toute cette soirée-là ».

Le lendemain, M. de la Montette fit les honneurs
de sa villa avec beaucoup de convenance ; sa
conversation marquait de l'esprit, du moins il
savait compenser par l'usage du monde ce que
Nicolas avait de plus élevé par l'imagination. La
journée fut terrible pour ce dernier ; partout éclatait
la supériorité de l'homme de goût et du propriétaire. Plusieurs autres invités se trouvaient réunis
dans la maison, principalement des gens de loi et de
finance. Sara était mal à l'aise parce que sa mère se
livrait parfois à des observations qui trahissaient
une éducation négligée ; elle sentit le besoin de
soutenir presque continuellement la conversation,
et le fit avec un certain esprit de liberté et de saillie
qui prouvait moins de naïveté qu'elle n'en avait
laissé supposer jusque-là. Lorsqu'on se leva, Nicolas
s'alla mettre à une fenêtre et pleura à chaudes
larmes en disant : « Tout est fini ! » Sara, passant
près de lui, le frappa en riant et lui dit : « Que
faites-vous là ? vous ne descendez pas au jardin ? »
Il ne se retourna pas, n'osant montrer son visage
décomposé. Sara s'écria brusquement : « Eh bien,
restez... Vous êtes bien ennuyeux ! »

L'orgueil révolté tarit les pleurs dans les yeux du
malheureux. « Il te sied bien, se dit-il, d'aimer
encore ! Souviens-toi de celles qui ont été par toi
malheureuses et perdues ! » Il se remit et descendit
au jardin. Sara cueillait des roses avec une joie
enfantine et en formait des bouquets qu'elle distribuait aux dames de la société. M. de la Montette,
voyant venir Nicolas, l'emmena dans une allée et

lui parla avec une telle affabilité, qu'il semblait n'avoir conçu aucune idée d'une rivalité possible entre eux deux. Ils parlèrent longtemps de la jeune fille; Nicolas ne put s'empêcher de la louer avec enthousiasme. Toute l'imagination de l'écrivain se déploya dans ce panégyrique; le cœur y joignait aussi tout le feu dont il brûlait encore. M. de la Montette, étonné, dit à Nicolas : « Mais vous l'aimez donc? — Je l'adore! » répondit celui-ci.

— Pourtant sa mère m'avait dit que vous n'aviez pour cette enfant qu'une amitié toute paternelle... J'aurais pensé plutôt, d'après les âges, qu'un sentiment assez tendre pour Mme Léeman, qui est belle encore...

— Moi!... » s'écria Nicolas vivement offensé. Et, regardant en face M. de la Montette, il se dit : « Mais cet homme a presque mon âge!... Quoi! pour cinq ou six ans de différence, il me croit incapable d'être son rival près d'une jeune fille! » Toutefois, il se contint, mais l'aigreur de la jalousie et de l'amour-propre blessé changea entièrement le ton de sa conversation. Tout son ressentiment éclata dans ce qu'il dit de la mère. Il raconta les amours du jeune Delarbre, la proposition de vingt mille francs faite par M. de Vesgon, et qui avait failli être acceptée... Il fit plus; il trahit sa propre position, les sacrifices qu'il avait faits, l'amour de Sara tant de fois juré, les rendez-vous, les parties de spectacle, les lettres écrites... « Maintenant, s'écria-t-il enfin, je vois que j'ai été joué, trompé... comme vous allez l'être!

— Trompé! dit M. de la Montette, pourquoi donc? J'ai de l'expérience, et j'avais compris tout cela.

— Quoi! vous souffririez qu'une mère vous vendît sa fille?

— Mais non, mon cher, je n'achète pas l'amour.

— Vous voyez donc qu'il vous faut renoncer à elle?

— Pourquoi donc?... si je lui plais mieux que tout autre! »

Au moment où Nicolas, étourdi de cette réponse, allait rassembler toutes ses forces pour une provocation, le visage frais et souriant de la jeune fille apparaissait entre les arbres. Insouciante et folâtre, ignorante surtout de ce qui venait de se dire, elle apportait un paquet de roses dont elle fit deux parts qu'elle leur offrit. Il faisait déjà sombre dans cette allée, et elle ne put apercevoir la figure attristée de Nicolas. Ce dernier avait senti tomber toute sa colère. Sara leur dit à tous les deux des choses obligeantes, puis disparut comme pour les laisser aux charmes d'un sérieux entretien de politique ou de philosophie.

« Écoutez, dit la Montette, je ne suis plus à l'âge de l'enthousiasme, et le vôtre m'étonne. Il paraît que cela se conserve plus longtemps chez les écrivains... Puisque vous aimez cette jeune fille à ce point, je renoncerai à mes vœux... Cependant, si elle ne vous aimait pas, vous m'en avez *dit tant de bien*, que je chercherais d'autant plus à lui plaire... »

Un moment auparavant, Nicolas eût provoqué en duel la Montette, et maintenant il se sentait ridicule; le sang-froid de son rival l'avait vaincu. Avec cette terreur profonde de la vérité qui est le propre des amants trahis, il n'osa pousser plus loin les choses; seulement, il prétexta des affaires qui l'obligeaient de retourner le soir même à Paris. On

parut vivement regretter son départ, et tout le
monde sortit pour le reconduire sur la route. Sara
marchait près de la Montette avec la même gaîté
qu'auparavant ; ce dernier lui dit : « Mais prenez
donc le bras de M. Nicolas. » Cette générosité était
le coup le plus sensible pour un rival malheureux.
Nicolas tenta de cacher son chagrin, mais il ne put
s'empêcher de dire à Sara qu'il avait instruit M. de
la Montette des intentions de Mme Léeman et
autres particularités peu édifiantes. Alors la jeune
fille entra dans une grande colère : « En vérité,
monsieur, dit-elle, je suis fâchée de vous avoir
connu et d'avoir été affectueuse et bonne avec vous.
De quel droit vous mêlez-vous de ce qui me
concerne ? de quel droit révélez-vous des secrets et
déshonorez-vous ma mère ?... Au reste, ajouta-t-elle
en élevant la voix, je ne sais pourquoi nous allons
ainsi ensemble. C'est sans doute pour faire croire
que nos relations n'ont pas toujours été innocentes.
Osez le dire, monsieur ! »

Nicolas ne voulut même pas répondre. Le rouge
sur le front, la mort dans le cœur, il n'eut pas la
force d'être généreux en venant en aide au mensonge
de la jeune fille. Il salua gauchement la société, et
ce ne fut qu'en poursuivant sa route qu'il exhala tour
à tour ses plaintes et ses imprécations. Une seule
pensée venait tempérer sa douleur, c'était de reconnaître que la Providence l'avait justement frappé.

V

LES MARIAGES DE NICOLAS

Les mariages de Nicolas sont les côtés tristes de
la vie ; c'est le revers obscur de cette médaille

éclatante où rayonnaient tant de beautés au profil
gracieux. L'hymen devait faire expier durement à
Nicolas les faveurs si multipliées de l'amour, et,
d'après son système d'une providence qui faisait
succéder toujours l'expiation à la faute commise, il
n'avait nulle raison de se plaindre des douleurs
morales qui l'accablèrent jusqu'aux derniers jours
de sa vie. Il trouva du reste quelque adoucissement
à ses maux dans cette pensée que l'enfer existait
déjà pour lui sur la terre, et que la mort le
renverrait pur et suffisamment éprouvé dans le sein
de l'âme universelle. Cette doctrine, longuement
développée dans sa *Morale,* a l'inconvénient de
n'empêcher personne de se livrer au mal, en
bravant dans une heure d'enivrement les consé-
quences fatales qui ne doivent se manifester que
plus tard. N'est-ce pas là une singulière application
de cet épicuréisme superstitieux que Cyrano, l'un
des élèves de Gassendi, prêtait à Séjan, menacé du
tonnerre :

> Il ne tombe jamais en hiver sur la terre :
> J'ai pour six mois encore à me rire des cieux,
> Ensuite je ferai ma paix avec les dieux [27] !

Le premier mariage [28] de Nicolas eut lieu à
l'époque de son premier séjour à Paris, dans· des
circonstances singulières. Il se promenait au Jardin
des Plantes, relevant depuis peu d'une maladie que
lui avait causée le triste dénouement de son
aventure avec Zéfire. Deux dames anglaises vinrent
s'asseoir sur un banc où il se reposait. L'une d'elles
s'appelait Macbell, — c'était la tante de l'autre,
nommée Henriette Kircher, — une ravissante figure

encadrée d'admirables grappes de cheveux dorés s'échappant de dessous un large chapeau à la Paméla. La conversation s'engage. La tante parle d'un procès qui intéresse toute la fortune de la jeune personne, et qu'elles vont perdre, attendu leur qualité d'étrangères. Un seul moyen se présente pour éviter ce malheur : il faudrait qu'Henriette Kircher épousât un Français, et cela dans les vingt-quatre heures, car le procès se juge le surlendemain ; mais comment trouver en si peu de temps un parti convenable ? Nicolas, l'homme des impressions et des résolutions subites, se déclare amoureux fou de la jeune miss ; celle-ci le trouve à son gré, et, le lendemain même, devant quatre témoins, domestiques de l'ambassade anglaise, le mariage se célèbre tour à tour à la paroisse de Nicolas et à la chapelle anglicane. Le procès fut gagné. De ce moment, Nicolas vécut avec sa nouvelle famille, épris de plus en plus des charmes de l'Anglaise, qui paraissait l'adorer. Un lord nommé Taaf était l'unique visiteur reçu dans la maison. Il avait de longs entretiens avec la tante, et paraissait contrarié des marques d'affection que se donnaient les époux.

Un matin, Nicolas se réveille ; il s'étonne de ne plus trouver sa femme auprès de lui, il l'appelle, il se lève ; l'appartement est en désordre, les armoires sont ouvertes, tout est vide, ses habits mêmes ont disparu. Voici la lettre qu'il trouve sur une table :

Cher époux, on m'enlève à ta tendresse. On me livre à ce lord que tu as vu... Mais sois sûre que, si je puis m'échapper, je reviendrai dans tes bras.

Ta tendre épouse,

HENRIETTE.

Il serait difficile de peindre la honte et le désespoir de Nicolas. On lui avait enlevé une forte somme qu'il avait en dépôt. Sa seule consolation fut de voir déclarer plus tard la nullité de son mariage, attendu que, comme catholique, il n'avait pu épouser légalement une protestante. Sa vengeance fut d'écrire, avec les éléments de cette aventure, une comédie intitulée *la Prévention nationale.*

Nous avons vu qu'il ne fut pas moins dupe dans son mariage avec Agnès Lebègue. Malheureusement, il le fut plus longtemps. Bien qu'il n'eût pas conservé d'illusions sur le caractère et la conduite de sa femme, il vécut quelque temps avec elle en assez bon accord, lui passant philosophiquement quelques faiblesses, — dont il se vengeait en courtisant les amies d'Agnès Lebègue ou les épouses de ses galants. Le cynisme de ces aveux indique une dépravation morale toute systématique. Un épisode extraordinaire des premières années de son mariage pourrait bien avoir inspiré à Goethe l'idée de son roman des *Affinités électives,* dans lequel on trouve établi une sorte de *chassé-croisé* d'affections entre deux ménages mal assortis, qui, s'isolant du monde, conviennent de réparer l'erreur de leur situation légale. Il est curieux, dans tous les cas, de voir le poète du panthéisme se rencontrer, dans cet immense paradoxe, avec un écrivain auquel il n'a manqué que le génie pour élucider des inspirations où se trouvent tous les éléments de la doctrine hégélienne.

Pour clore tout ce qui se rapporte à la vie amoureuse de Nicolas, il est bon de parler de son dernier mariage, accompli à soixante ans. — C'est par là que se termine cette longue série de pièces en

trois et en cinq actes qu'il a intitulée : *le Drame de
la Vie.* — Nicolas, fatigué des scènes révolutionnaires qui se sont déroulées à Paris sous ses yeux,
— par un beau jour de l'automne de 1794, retourne
à Courgis, — ce village où il a passé ses premières
années, où il a appris le latin chez son frère le curé,
où il a servi la messe, où il a aimé Jeannette
Rousseau. L'église est vide et dévastée; mais ce
n'est pas là ce qui le frappe : peu sympathique aux
idées républicaines, il leur a pourtant emprunté la
haine du principe chrétien, — ou plutôt il l'a
toujours eue. Il se promène en rêvant amèrement
aux jours perdus de son printemps. Il pense à
Jeannette Rousseau, la seule des femmes qu'il a
aimées, à laquelle il n'a jamais osé dire un mot.
« C'était là le bonheur peut-être! Épouser Jeannette, passer sa vie à Courgis, en brave laboureur,
— n'avoir point eu d'aventures, et n'avoir pas fait
de romans, telle pouvait être ma vie, telle avait été
celle de mon père... Mais qu'a pu devenir Jeannette
Rousseau? qui a-t-elle épousé? est-elle vivante
encore? »

Il s'informe dans le village... Elle existe; elle est
toujours restée fille. Sa vie s'est écoulée d'abord
dans le travail des champs, puis à faire l'éducation
des jeunes filles dans les châteaux voisins; heureuse
ainsi, elle a refusé plusieurs mariages... Nicolas se
dirige vers la maison du notaire; une vieille fille à la
porte : c'est Jeannette; c'est bien cette figure de
Minerve, à l'œil noir [29], souriant à travers les rides;
sa taille, quoique légèrement courbée a conservé la
finesse et l'élégance flexible qu'on admirait jadis.
Quant à lui-même, il a toujours l'expression tendre
du regard se jouant au-dessus des pommettes

saillantes de ses joues, sa bouche gracieusement
découpée, fraîche encore, empreinte de sensualisme,
— comme l'avait indiqué Lavater d'après son
portrait de 1788, — et ce nez busqué des Restif, qui
l'avait fait à Paris surnommer *le hibou;* au-delà de
ces sourcils bruns, épais et arqués, se dessine un
front osseux, vaste, mais rejeté en arrière, qu'agrandit la perte des cheveux supérieurs. Ce n'est plus le
charmant petit homme d'autrefois, comme disaient
ses amoureuses; mais le temps a respecté, en
apparence au moins, dix ans de sa vie.

« Me reconnaissez-vous, dit-il, mademoiselle..., à
soixante ans?

— Monsieur, dit Jeannette, je vous nommerais
bien;... mais mes yeux ne vous auraient pas
reconnu, car vous étiez enfant lorsque j'avais dix-
neuf ans; j'en ai aujourd'hui soixante-trois.

— Je suis ce petit Nicolas Restif, l'enfant de
chœur du curé de Courgis... »

Et les deux vieilles gens s'embrassèrent en versant des larmes.

Ce fut une effusion pleine de charme et de
tristesse. Nicolas racontait avec une mémoire sou-
dainement ravivée son amour trop discret, ses
pleurs d'enfant, et ce souvenir immortel qui le
suivait au milieu de ses plus grands égarements,
image virginale et pure, impuissante, hélas! à le
préserver, fuyant toujours, comme Eurydice, que le
destin arrache au bras du poète parjure!... Il
songeait avec amertume que le sort l'avait justement puni d'avoir oublié son premier amour pour
une passion adultère, — pour cette vertueuse et
charmante Mme Parangon, dont le mari s'était
vengé en lui faisant épouser Agnès Lebègue, qui

pendant quarante ans l'avait abreuvé de chagrins.
— La réciprocité! la réciprocité, cette doctrine
fatale sortie du cerveau du sophiste, lui avait été
appliquée bien durement, et cet homme, qui n'avait
cru qu'au vieux destin des Grecs, se voyait obligé
de confesser la Providence!

« — Oh! n'importe! il est temps encore, reprit-il;
je suis libre aujourd'hui, je sais que vous l'êtes
restée;... vous étiez l'épouse que la nature me
destinait : quoique tard, voulez-vous la devenir? »

Jeannette avait lu, dans un château où elle était
gouvernante, plusieurs des écrits de Restif; elle
savait qu'il avait toujours pensé à elle. Ces pages
éperdues d'admiration et de regret, qui se
retrouvent, en effet, dans tous les livres de l'écrivain, — elle les avait amèrement méditées : « Je
crois, dit-elle enfin, que vous étiez en effet le seul
époux que le ciel m'eût destiné; aussi je n'en ai pas
voulu d'autre. Puisque nous ne pouvons plus nous
marier pour être heureux, épousons-nous pour
mourir ensemble *. »

Si l'on en croit l'auteur lui-même, qui a répété
dans trois ouvrages différents la scène que nous
venons de décrire, le mariage se serait accompli
devant un curé, et en secret, à cause de l'époque —
ce qui indiquerait, ou une exigence de sa dernière
épouse, ou un retour tardif aux idées chrétiennes.

---

* *Le Drame de la Vie*, 5ᵉ volume, page 1251. (L'auteur suivait
la pagination dans tous les volumes du même ouvrage.)

Dernière partie

LE PREMIER ROMAN DE RESTIF

L'intérêt des mémoires, des confessions, des autobiographies, des voyages même, tient à ce que la vie de chaque homme devient ainsi un miroir où chacun peut s'étudier, dans une partie du moins de ses qualités ou de ses défauts. C'est pourquoi, dans ce cas, la personnalité n'a rien de choquant, pourvu que l'écrivain ne se drape pas plus qu'il ne convient dans le manteau de la gloire ou dans les haillons du vice. Chez saint Augustin, la confession est sincère. Elle ressemble à celle que les anciens chrétiens faisaient à la porte d'une église devant leurs frères assemblés, pour obtenir l'absolution de certaines fautes qui leur fermaient l'entrée du saint lieu. Chez le bon Laurent Sterne, cela devient une sorte de confidence bienveillante et presque ironique, qui semble dire au lecteur : « Vaux-tu mieux que moi ? » Rousseau mêle ces deux sentiments si distincts, et les a fondus avec la flamme de la passion et du génie ; mais s'il s'est abaissé en public par des

confidences qui n'appartenaient qu'à l'oreille de
Dieu, s'il a répandu, d'un autre côté, des flots
d'ironie destructive sur ceux qui se jugeaient
meilleurs que lui-même, il voulait du moins servir la
vérité, il croyait attaquer des vices, et ne s'apercevait pas que l'humaine nature s'appuierait de son
exemple pour excuser de mauvaises inclinations,
sans accepter en revanche les remords, les priva-
tions, les tortures morales qu'il s'imposait pour les
expier. On peut dire surtout que Rousseau, s'il a
présenté dans ses *Confessions* des tableaux sédui-
sants, n'a jamais eu l'intention d'outrager les
mœurs. Il écrivait dans une époque dépravée et
pour une société privilégiée à laquelle l'épisode des
demoiselles Galley, celui de la courtisane de Venise
et sa liaison avec Mme de Warens n'offraient même
qu'un ragoût bien fade et bien faiblement épicé. Il
emmiellait parfois d'un peu de cynisme les bords du
vase qu'il croyait avoir rempli d'une généreuse
boisson. Quant à Restif, son concurrent rustique et
vulgaire, comment chercherions-nous à l'excuser ?
Ce n'était pas aux belles dames, aux grands
seigneurs blasés, aux financiers, aux gens de robe,
aux coquettes que s'adressaient ses livres ; c'était à
ces classes bourgeoises qui, bien qu'étant encore du
peuple, en différaient de plus en plus par l'éducation et par l'oubli progressif de ce qu'on appelait
alors les préjugés. Si Rousseau disait quelquefois :
« Jeune homme, prends et lis ! », d'autres fois il
s'écriait en tête d'un ouvrage qui aujourd'hui passe
pour fort peu dangereux : « Toute jeune fille qui lira
ce livre est perdue ! » La misère et l'orgueil ont
empêché Restif d'en faire autant.

Ses livres s'adressaient sous toutes les formes à

quiconque savait lire. Les titres excitaient l'attention de tous; des gravures nombreuses, attrayantes
dans leur médiocrité même, séduisaient les regards
de la foule. Le roman moderne dans ses combinaisons les plus violentes, n'offre rien de supérieur à
ces images d'enlèvement, de viol, de suicide, de
duel, d'orgie nocturne, de scènes contrastées, où la
vie crapuleuse des halles mêle ses exhalations
malsaines aux parfums enivrants des boudoirs. Par
exemple, voici le vieux Pont-Neuf vu de nuit, et
plus haut la Samaritaine; des voleurs cachés sous
l'arche Marion évitent la clarté de la lune; un fiacre
s'est arrêté sur le pont; une femme qui en sort est
précipitée dans l'eau noire, un gentilhomme se
penche sur le parapet, un autre s'élance de la
portière ouverte. — Qui n'a vu partout cette
gravure? Qui ne s'est demandé : « Que signifie
cela? » En faut-il plus pour le succès? Les romans
de Restif n'ont pas dû leur vogue à ces seuls
moyens, dont ses contemporains d'ailleurs ne se
faisaient pas faute. Il peignait souvent avec feu,
quelquefois avec grâce et avec esprit, les mœurs des
classes bourgeoises et populaires. Le peu qu'il savait
du monde lui venait de ses fréquentations avec
Beaumarchais, La Reynière et la comtesse de Beauharnais, puis encore de certains salons mixtes entre
la robe et la noblesse, où il fut reçu quelquefois par
curiosité; mais ce sont les mœurs des classes
bourgeoises et populaires que peignent principalement ses romans, ses nouvelles, et ses longues séries
de contes connus sous le titre des *Contemporains,*
des *Parisiennes,* des *Provinciales,* qui firent les
délices de la province et de l'étranger longtemps
après que Paris les eut oubliés.

Nous avons jusqu'ici séparé, pour ainsi dire, dans
Restif, l'écrivain de l'homme. Il nous reste à
montrer cette étrange nature sous un dernier
aspect, à raconter cette vie littéraire qui, dans ses
écarts et ses bizarreries, reflète le cynisme du
XVIIIe siècle et présage les excentricités du XIXe. Ce
qu'on connaît de l'homme nous aidera d'ailleurs à
mieux apprécier le procédé du conteur. On s'assu-
rera sans peine que tous les romans que Restif a
écrits ne sont, avec quelques modifications et les
noms changés, que des versions diverses des aventures de sa vie. A l'en croire, toutes ses héroïnes
auraient été ses maîtresses ; le nombre même en est
tel qu'il en a composé un calendrier, et que les trois
cent soixante-cinq notices consacrées aux principales remplissent tout un volume. Quelle faculté
d'attraction avait donc cet homme qui s'est représenté lui-même comme la nature la plus fortement
électrisée de son siècle ! Nous devons croire qu'il s'est
mêlé, dans les dernières années de sa vie, beaucoup
d'infatuation et quelque peu d'éréthisme maniaque
à ces énumérations : préoccupé du nombre des
bonnes fortunes de sa jeunesse, il croyait rencontrer
partout quelqu'un de ses rejetons. De postérité
légale, il n'eut que les enfants d'Agnès Lebègue :
deux filles, dont l'existence devint un long sujet de
procès, avec sa femme d'abord, et ensuite avec son
gendre, nommé Augé, qui paraît avoir été la cause
des plus grands chagrins de sa vieillesse.

Ce sont tour à tour les *Mémoires de M. Nicolas, le
Drame de la Vie* et *les Nuits de Paris* qui nous
révéleront sous toutes ses faces la vie littéraire de
Restif. Lui-même nous apprend comment il fut
conduit à écrire son premier roman.

Le mariage de Restif avec Agnès Lebègue n'avait
pas été heureux, comme l'on sait. Après plusieurs
infidélités réciproques, ils convinrent cependant de
supporter de leur mieux la vie commune. Le travail
assidu d'un simple ouvrier ne pouvait suffire aux
habitudes de dissipation d'une femme coquette.
Restif, découragé, travaillait peu à l'imprimerie
royale, où il venait d'entrer, et se laissait souvent
surprendre à lire en cachette les chefs-d'œuvre des
beaux esprits du temps ; il arrivait alors que le
directeur, Anisson Duperron, lui rabattait une
demi-journée de 25 sols. Sa misère et son avilissement devinrent tels que, sans la crainte de déshonorer son père, il aurait, il l'avoue, pris quelque parti
vil et bas. Cette lutte intérieure, qui rappelait sans
cesse à sa pensée les vertus d'Edme Restif que, dans
son pays, on avait surnommé l'honnête homme, lui
fit dès lors concevoir l'idée d'écrire le livre intitulé
la Vie de mon père, qui parut quelques années plus
tard, et qui est peut-être le seul irréprochable de ses
écrits.

Cependant, pour écrire une œuvre de longue
haleine, il fallait plus de force morale et plus de
loisir que Restif n'en avait alors. Une veine plus
favorable s'ouvrit pour lui en 1764 ; un de ses amis
lui fit avoir la place de prote chez Guillau, rue du
Fouarre. C'était une affaire de 18 livres par
semaine, outre une *copie* de tous les ouvrages, ce qui
valait 300 livres en plus. Cette bonne chance dura
trois années. Le goût du travail revint avec une
telle amélioration dans l'existence, et ce fut grâce
aux loisirs de cette position que Restif écrivit son
premier ouvrage, *la Famille vertueuse.* Avec une
franchise que n'ont pas tous les écrivains, il avoue

qu'il n'a jamais pu rien imaginer, que ses romans
n'ont jamais été, selon lui, que la mise en œuvre
d'événements qui lui étaient arrivés personnelle-
ment, où qu'il avait entendu raconter ; c'est ce qu'il
appelait *la base* de son récit. Lorsqu'il manquait de
sujets, ou qu'il se trouvait embarrassé pour quelque
épisode, il se créait à lui-même une aventure
romanesque, dont les diverses péripéties, amenées
par les circonstances, lui fournissaient ensuite des
ressorts plus ou moins heureux. On ne peut pousser
plus loin le *réalisme* littéraire.

Ainsi, passant un dimanche par la rue Contrescarpe, Restif remarque une dame accompagnée de
ses deux filles qui se rendait au Palais-Royal. La
beauté de l'une de ces personnes le frappa d'admiration ; il s'attache aux pas de cette famille, et se fait
remarquer à la promenade en s'asseyant sur le
même banc, et par divers moyens analogues. Il suit
encore les dames à leur retour ; elles demeurent rue
Traversière, dans un magasin de soieries. A partir
de ce jour, Restif vient tous les soirs admirer à
travers le vitrage la belle Rose Bourgeois, comme il
faisait autrefois pour Zéfire. Le souvenir chéri de
cette pauvre fille lui donne l'idée d'écrire des lettres
amoureuses qu'il glissera par un trou de boulon
dans la boutique. Les jours suivants, il parvient à
en introduire une tous les soirs, et, après avoir fait
le coup, il repasse indifféremment ; le père et la
mère sont en possession de la lettre que l'on lit à
haute voix comme une plaisanterie, d'autant qu'on
ne sait à laquelle des sœurs s'adresse la déclaration.
Cela dure douze jours ; une telle insistance paraît
plus sérieuse ; on poursuit en vain le coupable.
Enfin, un soir, les voisins le signalent ; on l'arrête, et

les garçons de boutique se disposent à le conduire
chez le commissaire. La rue était pleine de monde.
Le père, craignant le scandale, fait entrer Restif
dans l'arrière-boutique. « Il ne faut pas lui faire de
mal! » disaient les deux sœurs. On ferme la porte.
« Vous avez écrit ces lettres? dit le père... à laquelle
de mes filles?... — A l'aînée. — Il fallait donc le
dire... Et maintenant, de quel droit cherchez-vous à
troubler le cœur d'une jeune personne et même de
deux? — Je l'ignore, un sentiment impérieux... » Il
se défend avec chaleur, le père s'attendrit et dit
enfin : « Il y a de l'âme dans vos lettres... Faites-
vous connaître; tirez parti de vos talents, et nous
verrons. »

Restif n'osa pas dire qu'il était marié, et garda
cette scène à effet pour son roman, où il employa
consciencieusement les lettres écrites à deux fins, la
jalousie innocente des deux sœurs, l'arrestation, la
scène du père, dont il fait un Anglais, parce qu'alors
Richardson était en vogue; il y ajouta quelques
épisodes de ses propres aventures, et renforça le
tout d'un caractère de jésuite qui, devenu père
d'une fille, la marie en Californie, « pays, dit
l'auteur, où l'on est pour le moins aussi stupide
qu'au Paraguay ». Le manuscrit fini, Restif voulut
consulter un *aristarque*. Il choisit un certain Progrès, romancier et critique dont le chef-d'œuvre
était la *Poétique de l'opéra bouffon*. Progrès lui fit
couper la moitié du livre. Il fallait encore demander
un censeur; on pouvait le choisir. Restif *obtint*
M. Albaret, qui lui donna une approbation flat-
teuse. « Cette approbation, dit Restif, m'éleva
l'âme. » Il se hâta de l'envoyer à M. Bourgeois, le
marchand de soieries, en le priant de lui permettre

de dédier l'ouvrage à Mlle Rose ; le marchand répondit en déclinant cet honneur dans une lettre fort polie. « Comment, dit l'auteur, pouvais-je alors imaginer qu'il me serait permis de dédier un roman à une jeune personne aussi belle et d'une classe de citoyens qui doit rester dans une honorable obscurité!... » L'ouvrage fut vendu à la veuve Duchesne 15 livres la feuille, ce qui fit plus de 700 francs. Jamais Restif n'avait eu dans les mains une si forte somme. Il quitta dès lors fort imprudemment sa place de prote : l'axe de sa vie était changé désormais.

Quant à Rose Bourgeois, il ne la revit plus ; mais il aurait manqué quelque chose à l'aventure, si le hasard n'y avait ajouté un dernier élément romanesque pour couronner ceux que la volonté de Restif avait créés. Les deux sœurs étaient petites-filles d'une nommée Rose Pombelins dont le père de Restif avait été amoureux. Supposez ce père moins vertueux qu'il ne l'était en réalité, et voilà tout un drame de famille d'où peut sortir un dénouement terrible... En fait de combinaisons étranges, on n'en demanderait pas plus, même aujourd'hui.

II

LES ROMANS PHILOSOPHIQUES DE RESTIF

La vie littéraire de Restif ne commence réellement qu'en l'année 1766. Nous avons vu que sa jeunesse s'était partagée entre l'amour et le travail peu lucratif d'ouvrier compositeur. En commençant à raconter dans ses *Mémoires* la phase nouvelle qui s'ouvrait dans son existence, il s'écrie : « Je termine ici l'époque honteuse de ma vie, celle de ma nullité, de ma misère et de mon avilissement. » Il attribue le peu de succès de *la Famille vertueuse* à l'audace de l'orthographe, entièrement conforme à la prononciation et réglée par un système qu'il modifia plusieurs fois depuis.

Lucile ou les Progrès de la vertu, qui parut peu de temps après, est le récit des escapades de Mlle Cadette Forterre, fille d'un commissionnaire en vins et l'une des plus charmantes Auxerroises dont Nicolas ait jamais rêvé. Il signa ce livre *un mousquetaire*, et voulut le dédier à Mlle Hus de la Comédie-Française, qui refusa cet honneur par une lettre fort polie, où elle marquait la crainte que la légèreté du livre ne nuisît à sa réputation. Peut-être Restif espéra-t-il alors, mais en vain, d'être admis à cette fameuse table du financier Bouret, ouverte à la littérature par le goût et la bonne grâce de Mlle Hus, et dont Diderot a donné une si piquante description dans *le Neveu de Rameau*.

Le Pied de Fanchette contient cette préface curieuse : « Si je n'avais eu pour but que de plaire, le tissu de cet ouvrage aurait été différent. Fanchette, sa bonne, un oncle et son fils, avec un hypocrite, suffisaient pour l'intrigue; le premier amant de Fanchette se fût trouvé fils de cet oncle, la marche aurait été plus naturelle et le dénouement plus vif; mais il fallait dire la vérité. » Ce roman n'est autre chose que l'histoire d'une jolie femme aimée par un vieillard que la séduction d'un pied, le plus charmant du monde, entraîne aux plus vertes folies. On retrouve dans l'ouvrage et dans les notes

qui l'accompagnent cette préoccupation constante
du pied et de la chaussure des femmes qu'on
remarque dans tous les écrits de l'auteur. Cette
monomanie ne l'a pas abandonné un seul jour. Dès
qu'il avait trouvé un joli pied dans ses promenades,
il s'empressait d'aller chercher Binet, son dessina-
teur, afin qu'il en vînt prendre le croquis. Selon lui,
« les femmes qui se chaussent à plat, comme les
infâmes petits maîtres *pointus,* se *pataudent* et
s'hommassent d'une manière horripilante, tandis
qu'au contraire les souliers à talons hauts *affinent* la
jambe et *sylphisent* tout le corps. » Les mots
bizarres, quoique expressifs, qui émaillent cette
phrase, donnent une idée de la singulière phraséolo-
gie qui se joint aux hardiesses de l'orthographe pour
rendre difficile la lecture des premiers ouvrages de
Restif. Toutefois *le Pied de Fanchette* commença sa
réputation. Il y a de l'originalité et même du style
dans ce roman, qui lui rapporta fort peu à cause du
grand nombre de contrefaçons, c'est-à-dire à cause
même de son succès.

Le Pornographe succéda au *Pied de Fanchette,* et
se compose d'un roman par lettres destiné à
prouver l'utilité d'une réforme de certains règlements de police, et d'un projet de règlement appuyé
d'appendices et de notes justificatives. L'auteur
admet comme nécessaire que, dans les grands
centres de population, quelques femmes soient
dévouées à garantir et à préserver la moralité des
autres. Dans l'Inde, c'étaient les femmes des castes
inférieures; en Grèce, c'étaient les esclaves auxquelles était assigné ce but social. L'âge moderne
trouverait des classifications analogues dans l'étude
des tempéraments ou dans le malheur inné de

certaines positions. — Quelque chose de la doctrine
de Fourier se rencontre à l'avance dans cette
hypothèse; — la *papillonne* est, selon Restif, la loi
dominante de certaines organisations. Il s'opère
toutefois dans ces natures abaissées des transforma-
tions amenées par l'âge ou par les idées morales ou
encore par quelque sentiment imprévu qui épure
l'esprit et le cœur. Dans ce cas, toute aide, tout
encouragement doivent être donnés à qui veut
rentrer dans l'ordre général, dans la société régulière. La tendance principale qui devrait régner
dans l'institution particulière des *parthénions,* que
Restif voudrait créer, à l'instar des Grecs, — serait
même d'amener les esprits à ce résultat. Restif
suppose que les natures les plus vicieuses ne se
dégradent entièrement qu'en raison du mépris qui
pèse sur leur passé, et d'après une situation
résultant du malheur de la naissance, des consé-
quences d'une seule faute, ou d'une complication de
misères qu'il est difficile d'apprécier. Le plus grand
mérite des règlements qu'il avait conçus était de
soustraire, disait-il, les jeunes gens aux tentations
extérieures, d'éloigner des familles le spectacle du
vice promenant insolemment son luxe d'un jour, de
neutraliser enfin pour l'homme un instant égaré la
possibilité de maux dont les races sont solidaires.

Cet ouvrage eut un succès européen, et les idées
qu'il renferme frappèrent vivement l'esprit philosophique de Joseph II *, qui appliqua dans ses États
les projets de règlements contenus dans la seconde

---

* Quelques années plus tard, Restif, arrivé à une plus grande
réputation, reçut de la part de Joseph II un brevet de baron
enfermé dans une tabatière ornée d'un portrait de l'empereur. Il
renvoya le brevet, et garda l'image du souverain philosophe.

partie du livre [30]. *Le Pornographe* fut suivi de
plusieurs ouvrages du même genre, que l'auteur
range sous le titre d'*Idées singulières*. Le second
volume s'intitule *le Mimographe ou le Théâtre
réformé*. Restif insiste dans ce livre sur la nécessité
d'admettre la vérité absolue au théâtre, et de
renoncer au système conventionnel de la tragédie et
de la comédie dont les règles académiques ont
opprimé même des génies tels que Corneille et
Molière. On croirait lire les préfaces de Diderot et
de Beaumarchais, — qui, plus heureux ou plus
habiles, parvinrent à réaliser leurs théories, —
tandis que le théâtre de Restif fut toujours repoussé
de la scène. On se convaincra de l'excès de réalité
qu'il voulait introduire en sachant qu'il proposait,
pour augmenter l'unité, la moralité et la volupté du
théâtre, de faire jouer les scènes d'amour par de
véritables amants la veille de leur mariage.

Jusqu'à son livre du *Paysan perverti*, Restif
n'avait presque rien gagné en dehors de son travail
d'imprimeur, qui représentait pour lui le gagne-pain
comme les copies de musique pour Jean-Jacques
Rousseau. Les libraires payaient rarement leurs
billets, la contrefaçon réduisait de beaucoup les
bénéfices possibles, et les censeurs arrêtaient souvent des ouvrages tout imprimés, ou les grevaient
de frais énormes en faisant substituer des cartons
aux passages dangereux. « Au 18 auguste 1790, dit
l'auteur, j'étais encore plus pauvre que pendant ma
proterie. Je mangeais rapidement le profit de ma
Famille vertueuse; mon *École de la Jeunesse* était
refusée par le libraire, mon *Pornographe* par le
censeur... Cependant je ne me décourageai pas. Je
fis *Lucile* en cinq jours. Je ne pus la vendre que

trois louis à un libraire, qui en tira quinze cents exemplaires au lieu de mille, et qui communiqua les épreuves aux contrefacteurs. Cet homme, suppôt de police, a fait une fortune; il est mort au moment d'en jouir. » On voit, par ce passage, à quel point en était alors la librairie française. *Le Pornographe* et *le Mimographe* avaient rapporté peu de chose à Restif, par suite d'un système d'association peu productif que l'écrivain tenta avec un ouvrier qui lui avançait quelques fonds. *La Fille naturelle* et *les Lettres d'une fille à son père,* publiées par Lejay, n'avaient guère eu de plus brillants résultats. Un roman imité de Quévédo, intitulé *le Fin Matois,* avait été payé en billets dépourvus de toute valeur. On voit dans ce roman Restif osciller entre les diverses tendances étrangères qui dominaient les écrivains de son temps, avant de prendre son aplomb définitif dáns *le Paysan perverti.*

Restif, ayant reçu quelque argent de son héritage paternel, put faire les frais du *Paysan perverti,* que le libraire Delalain avait refusé d'acheter. La première édition fut enlevée en six semaines, et la deuxième en vingt jours. La troisième se vendit plus lentement à cause des contrefaçons; mais le succès hors de France fut tel qu'il s'en publia jusqu'à quarante-deux éditions en Angleterre seulement. La peinture des mœurs françaises a, de tout temps, intéressé les étrangers plus que la France même. L'ouvrage fut d'abord attribué à Diderot, ce qui fit naître une foule de réclamations. On suspendit la vente; cependant, au moyen d'un présent au censeur Demaroles, Restif obtint main levée sous la condition de faire imprimer quelques *cartons* aux endroits signalés comme dangereux.

La Paysanne pervertie parut trois ans après *le Paysan,* puis les deux ouvrages furent fondus ensemble sous le titre du *Paysan-Paysanne.* Ici se développent nettement les idées du réformateur mêlées aux combinaisons dramatiques du romancier. Il faut bien, à ce propos, parler du système général de philosophie et de morale qu'avait conçu l'auteur, et qu'il développa plus tard dans quelques livres spéciaux. Il en attribue la conception première aux entretiens qu'il eut, du temps de son apprentissage, avec le cordelier Gaudet d'Arras. La science de ce dernier suppléait à ce qui manquait de ce côté aux pensées aventureuses du jeune homme, et le système se formait ainsi, comme l'antique chimère, de deux natures bizarrement accouplées.

Il semble évident, d'après la vie de Restif de la Bretone, qu'il suivait dans ses idées philosophiques une sorte de patron tracé, que brodait à plaisir son imagination fantasque. La logique de son système manque entièrement dans sa conduite personnelle, et il ne peut que s'écrier à chaque instant : « Ah ! que je me suis trompé ! ah ! que j'ai été faible ! ah ! que j'ai été lâche ! » — Voilà le réformateur. — Pour Gaudet d'Arras, au contraire, dont il a longuement détaillé le type dans *le Paysan perverti,* il n'y a ni vertu, ni vice, ni lâcheté, ni faiblesse. Tout ce que fait l'homme est bien, en tant qu'il agit selon son intérêt ou son plaisir, et ne s'expose ni à la vengeance des lois ni à celle des hommes. Si le mal se produit ensuite, c'est la faute de la société qui ne l'a pas prévu. Cependant, Gaudet d'Arras n'est pas cruel, il est même affectueux pour ceux qu'il aime, parce qu'il a besoin de compagnie ; sensible aux maux d'autrui par suite d'une espèce de crispation

nerveuse que lui fait éprouver le spectacle de la
souffrance; mais il pourrait être dur, égoïste,
insensible, qu'il ne s'en estimerait pas moins, et n'y
verrait qu'un hasard de son organisation, ou plutôt
qu'un but mystérieux de cette immortelle nature
qui a fait le vautour et la colombe, le loup et la
brebis, la mouche et l'araignée. Rien n'est bien,
rien n'est mal, mais tout n'est pas indifférent. Le
vautour débarrasse la terre des chairs putréfiées, le
loup empêche la multiplication de races innombrables d'animaux rongeurs, l'araignée réduit le
nombre des insectes nuisibles; tout est ainsi : le
fumier infect est un engrais, les poisons sont des
médicaments... L'homme, qui a le gouvernement de
la terre, doit savoir régler les rapports des êtres et
des choses relativement à son intérêt et à celui de sa
race. Là, et non dans les religions ou les formes de
gouvernement, se trouve le principe des générations
futures. Avec une bonne organisation sociale, on se
passera fort bien de la vertu : — la bienfaisance et
la pitié seront l'affaire des magistrats; — avec une
philosophie solide, on annulera de même les peines
morales, lesquelles sont le résultat soit de l'éducation religieuse, soit des lectures romanesques.

Rien n'est bien neuf aujourd'hui dans cette
doctrine de 1750, qui remonte aux illustres épicuriens du siècle de Louis XIV directement, et que
l'on retrouve tout entière dans le *Système de la
Nature*. Nous n'avons voulu que marquer la base
sur laquelle s'est fondé tout le système de l'auteur
du *Pornographe*. Quant à lui-même, il n'a accepté
que sous bénéfice d'inventaire les idées de Gaudet
d'Arras. Ce matérialisme absolu lui répugnait, et il
s'applaudit d'avoir trouvé dans un autre ami, son

camarade d'imprimerie, le bon Loiseau, un caractère tout spiritualiste à opposer aux sentiments
épicuriens du cordelier. Toutefois, entre Gaudet et
Loiseau, il y avait une moyenne à prendre. Loiseau,
quoique philosophe, croyait au Dieu rémunérateur,
et même à des anges ou esprits, *acolytes divins,* dont
le célèbre Dupont de Nemours a voulu depuis
prouver l'existence, en dehors de toute tradition
religieuse. L'aridité du naturalisme primitif se
trouvait ainsi corrigée par certaines tendances mystiques où tombèrent plus tard Pernetty, d'Argens,
Delille de Salles, d'Espréménil et Saint-Martin. Si
étranges que puissent sembler aujourd'hui ces
variations de l'esprit philosophique, elles suivent
exactement la même marche que dans l'antiquité
romaine, où le néo-platonisme d'Alexandrie succéda
à l'école des épicuriens et des stoïciens du siècle
d'Auguste.

Quelque faible que puisse être la valeur des idées
philosophiques de *M. Nicolas*, il était impossible de
ne pas les indiquer dans l'appréciation de ses
œuvres littéraires, car Restif est de ces auteurs qui
n'écrivent pas une ligne, vers ou prose, roman ou
drame, sans la nouer par quelque fil à la synthèse
universelle. La prétention à l'analyse des caractères
et à la critique des mœurs s'était manifestée déjà
dans les trois ou quatre romans obscurs qui
précédèrent *le Pornographe;* à dater de ce livre, les
tendances réformatrices se multiplièrent chez l'auteur, grâce au succès qu'il avait obtenu; après *le
Mimographe,* voici encore *l'Anthropographe* et *le
Gynographe,* l'homme et la femme réformés, puis *le
Thermographe* et *le Glossographe,* concernant les lois
et la langue. Les deux premiers s'éloignent peu des

idées de Rousseau. A l'exemple du philosophe de Genève, Restif ne voit d'autre remède à la corruption que le séjour des champs et les travaux à l'agriculture, toutefois il s'abstient de blâmer les spectacles et les arts. Mais où est le mérite de la philosophie, si elle ne trouve d'autre moyen de moralisation sociale que l'anéantissement des villes? Faut-il donc supprimer les merveilles de l'industrie, des arts et des sciences, et borner le rôle de l'homme à produire et à consommer les fruits de la terre? Il vaudrait mieux sans doute chercher à établir des principes de morale pour tous les états et pour toutes les situations.

III

LES ŒUVRES CONFIDENTIELLES
DE RESTIF

A côté des romans à prétention philosophique viennent sans cesse se placer dans la collection de Restif d'autres romans que nous avons déjà caractérisés, et qui ne sont que des chapitres d'une même confession : on pourrait appeler ces récits *les œuvres confidentielles* de Restif. C'est à ce groupe qu'appartient le livre appelé *les Mémoires de M. Nicolas,* où il raconte sa vie étrange sans détours et sans voiles; c'est à ce groupe aussi qu'il faut rattacher quelques parties d'un recueil volumineux de récits et d'esquisses de mœurs, *les Contemporaines.*

Les *Mémoires de M. Nicolas,* c'est-à-dire la vie même de l'auteur, offrent à peu près tous les éléments du sujet déjà traité dans le *Paysan perverti.* L'analyse du roman fera connaître les *Mémoires.* Dans le roman, il s'est représenté lui-même sous le nom d'Edmond, et ses aventures d'Auxerre en forment la première partie : on voit qu'il n'y a pas là de grands frais d'imagination ; l'art se montre dans l'agencement des détails et dans la peinture des caractères. Celui de Gaudet d'Arras est surtout fort saisissant et peut compter comme le prototype de ces personnages sombres qui planent sur une action romanesque et en dirigent fatalement les fils. On a beaucoup abusé depuis de ces héros sataniques et railleurs ; mais Restif a l'avantage d'avoir peint un type véritable, compensé bien tristement par le malheur de l'avoir connu. A voir ainsi la réalité servir à la fable du drame, on pense à ces groupes que certains statuaires composent avec des figures qui ne sont pas le produit de l'étude ou de l'imagination, mais qui ont été moulées sur nature. D'après ce procédé, nous voyons aussi paraître le type adorable de Mme Parangon, puis, en opposition, celui de Zéfire. Il est inutile de répéter toute cette histoire ; mais on peut remarquer que Mme Parangon et Gaudet d'Arras se rencontrent à Paris avec l'auteur, comme son bon et son mauvais génie. C'est cette portion qui constitue en réalité la force et le mérite de ce livre, qui autrement ne serait qu'une ébauche de mémoires personnels. Gaudet d'Arras devient le Mentor *funeste* d'Edmond ; il l'entraîne à travers tous les désordres, toutes les corruptions, tous les crimes de la capitale, et cela sans intérêt, sans haine, et même avec une sorte d'amitié compatissante pour un jeune homme dont la société lui plaît. D'après sa philosophie longuement développée, il

faut, pour être heureux, tout connaître, user de
tout, et satisfaire ses passions sans trouble et sans
enthousiasme, puis se tarir le cœur progressive-
ment, pour arriver à cette insensibilité contempla-
tive du sage, qui devient sa vraie couronne et le
prépare aux douceurs futures de la mort, son
unique récompense. En suivant ce système,
Edmond, après avoir mené une vie joyeuse, désho-
noré sa bienfaitrice, essayé jusqu'au plus honteux
raffinement du vice, finit par épouser une vieille de
soixante ans, pour avoir sa fortune; elle meurt au
bout de trois mois, et l'on accuse Gaudet d'Arras de
l'avoir empoisonnée. Cette action ultra-philoso-
phique lui réservait l'échafaud, mais Gaudet se tue.
Edmond est condamné aux galères. Après de
longues années de douleurs et de remords, il
parvient à s'échapper et retourne dans son village;
il est si changé, si souffrant, que personne ne le
reconnaît. Ses parents sont morts de douleur : il
s'en va errer dans le cimetière, cherchant leurs
tombes; il y rencontre son frère Pierrot, qui n'a
point quitté le village, et qui a mené doucement son
utile existence en cultivant son champ; il y a là une
scène fort touchante et une belle opposition. L'auteur est un peu retombé dans le roman banal en
faisant retrouver ensuite à Edmond sa bienfaitrice,
Mme Parangon, qui lui pardonne, le console, et
consent même à l'épouser; mais, le jour même du
mariage, il est renversé par une voiture qui lui passe
sur le corps.

On voit que l'auteur ne s'est pas ménagé en se
peignant sous le personnage d'Edmond. Il est
certain qu'il a lui-même exagéré les traits du
personnage pour le rendre plus saisissant, et qu'il ne

se jugeait pas digne de la punition qu'il suppose. Toutefois on reconnaît bien dans Edmond le fond même du caractère qui se trahit dans *M. Nicolas*, c'est-à-dire une sorte de faiblesse présomptueuse qui infirme singulièrement les prétentions philosophiques du disciple de Gaudet d'Arras. Jamais Edmond ne peut rencontrer la force morale nécessaire pour résister au malheur ou à l'abjection; contraint à chaque instant d'avouer sa faiblesse, il ne s'adresse qu'à la pitié ou à ce sentiment qui lui fait mille fois répéter : « J'ai voulu peindre les événements d'une vie naturelle et la laisser à la postérité comme une anatomie morale »; il se fait un mérite de sa hardiesse « à tout nommer, à compromettre les autres, à les immoler avec lui, comme lui, à l'utilité publique ». Jean-Jacques Rousseau, selon lui, a dit la vérité, mais il a trop écrit *en auteur*. Il ne le loue que d'avoir tiré de l'oubli et fait vivre éternellement Mme de Warens; il fait remarquer, à ce propos, le rapport qui existe entre elle et Mme Parangon, s'applaudissant d'avoir célébré cette dernière et rapporté, sous des noms supposés, ses aventures avec elle dans *le Paysan perverti*, publié en 1775, avant les *Confessions* de Rousseau. « Ne vous indignez pas contre moi, ajoute-t-il, de ce que je suis homme et faible; c'est par là qu'il faut me louer, car, si je n'avais eu que des vertus à vous exposer, où serait l'effort sur moi-même? Mais j'ai eu le courage de me *dévêtir* devant vous, d'exposer toutes mes faiblesses, toutes mes imperfections, mes turpitudes, pour vous faire comparer vos semblables à vous-mêmes... On croit, ajoute-t-il, s'instruire par les fables : eh bien! moi, je suis un grand fabuliste qui instruit les autres à

ses dépens ; je suis un animal multiple, quelquefois
rusé comme le renard, quelquefois bouché, lent et
stupide comme le baudet, souvent fier et courageux
comme le lion, parfois fugace et avide comme le
loup... » L'aigle, le bouc ou le lièvre lui fournissent
encore des assimilations plus ou moins modestes ;
mais quelle est donc cette singulière philosophie
qui, sous prétexte de vivre selon la nature, abaisse
l'homme au niveau de la brute, ou plutôt ne l'élève
qu'à la qualité d'*animal multiple?*

Nous arrivons aux *Contemporaines,* un des
ouvrages les plus connus de Restif. Beaucoup de ses
premiers romans ont été reproduits dans cette
fameuse collection, qui comprend quarante-deux
volumes de 1781 à 1785. *Les Contemporaines,*
illustrées de cinq cents gravures fort soignées pour
la plupart, resteront comme une reproduction
curieuse, mais exagérée, des costumes et des mœurs
de la fin du XVIIIe siècle. Elles eurent beaucoup de
succès, surtout en province et à l'étranger. Ce fut
cette compilation énorme, payée à quarante-huit
livres la feuille, qui permit à l'auteur de faire graver
les cent vingt figures du *Paysan-Paysanne pervertis.*
Comme Dorat, il se ruinait à faire *illustrer* ses
œuvres. Le succès de cette collection fit qu'il y
ajouta un grand nombre de suites, telle que *les
Françaises, les Parisiennes, les Provinciales,* et
jusqu'à une dernière série aux descriptions scabreuses, intitulée *le Palais-Royal.*

A cette époque, Agnès Lebègue ne vivait plus
avec lui. Retirée à la campagne, elle s'était consa-
crée à l'éducation de quelques jeunes personnes.
Restif charma son isolement par des relations assez
suivies avec la fille d'un boulanger, Virginie, qui lui

coûta quelque argent et lui causa d'assez grands
chagrins en dépensant avec des étudiants les produits de la vente de ses chefs-d'œuvre. De plus, elle
le traitait d'avare et finit par l'abandonner pour un
caissier de banque. La seule vengeance de l'auteur
fut d'écrire *le Quadragénaire*, afin de regagner du
moins avec sa triste aventure l'argent qu'elle lui
avait coûté. Ce titre indique l'âge où commençait la
décadence du séducteur, mieux prononcée encore
cinq ans plus tard, lorsqu'il eut le malheur de
connaître Sara. La tristesse qu'il éprouva lui donna
l'idée de commencer *le Hibou* ou *Spectateur nocturne*, se désignant lui-même sous cet aspect d'oiseau de nuit que lui donnaient de loin cet œil noir et
ce nez aquilin qui, gracieux jadis, tournait déjà à la
caricature. Ce livre est l'origine des *Nuits de Paris*.

Lorsque Restif composa le *Nouvel Abailard*, il
était épris d'une jolie charcutière appelée
Mlle Londo, car il lui fallait toujours un modèle
pour chacun de ses ouvrages. On trouve dans ce
livre le germe de sa *Physique*. La charcutière,
ignorante par état, était curieuse d'astronomie non
moins que la belle marquise à laquelle Fontenelle
adressait ses savants entretiens. De là tout un
système cosmogonique à la portée... des jolies
charcutières! A force de creuser ses idées transmon-
daines, Restif se vit conduit à écrire l'*Homme
volant*, plaidoyer fort ingénieux en faveur de l'aéros-
tation. La machine qui transporte Victorin dans les
airs est décrite avec une scrupuleuse minutie. Il
s'est inspiré là probablement du *Voyage* de Cyrano,
qui prévoyait aussi longtemps à l'avance la découverte de Montgolfier.

Enfin parut l'ouvrage intitulé *la Vie de mon père*,

qui, sans obtenir le succès matériel du *Paysan perverti*, fit grand honneur à Restif de la Bretone auprès du public sérieux. Il décrit là avec simplicité et avec charme l'existence paisible et les vertus modestes d'un honnête homme dont il avoue qu'il aurait dû suivre l'exemple. Deux portraits de son père Edme Restif et de sa mère Barbe Bertrot illustrent cet ouvrage où l'auteur manifeste pour la vertu et la pureté des mœurs les regrets que l'ange déchu put concevoir du paradis.

Un livre amer, douloureux, plein de rage et de désespoir succéda à cette idylle domestique. *La Malédiction paternelle*, livre où se révèle peut-être le triste souvenir de quelque drame de famille, contient l'histoire de *Zéfire*, premier échelon de la décadence morale de l'écrivain[31]. *La Découverte australe* et *l'Andrographe*, ouvrage philosophique où l'utopie tient une grande place, se rattachent à cette dernière période de la vie littéraire de Restif, pendant laquelle il lui arriva d'écrire quatre-vingt-cinq volumes en six ans. Restif eut le malheur à cette époque de perdre un ami précieux qui l'avait souvent aidé de sa bourse, et qui, comme censeur, le protégeait dans la publication de ses ouvrages. Cet homme, qui s'appelait Mairobert, s'ennuyait de la vie. Résolu à mourir, il eut la bonne idée de *parafer* d'avance plusieurs des ouvrages de Restif. Ce dernier vint les retirer et lui conta ses chagrins de ménage et de fortune. En même temps il enviait le sort de Mairobert, jeune, riche et en grand crédit. « Que de gens, lui répondit ce dernier, que l'on croit heureux et qui sont au désespoir! » Le surlendemain, Restif apprit que son protecteur s'était coupé les veines dans un bain et s'était achevé d'un

coup de pistolet. « Me voilà seul! s'écrie Restif dans
le Drame de la Vie, après avoir rapporté cette fin
douloureuse. Õ Dieu! comme le sort me poursuit!
Cet homme allait me donner une existence...
Retombons dans le néant! »

Cependant un autre ami riche, nommé Bultel-
Dumont, remplaça pour lui Mairobert. Restif fut
introduit par ce dernier patron dans une sorte de
société intermédiaire où se rencontraient la haute
bourgeoisie, la robe, la littérature et quelque peu de
la noblesse. Robé, Rivarol, Goldoni, Caraccioli, —
des acteurs, des artistes, — le duc de Gèvres, Préval,
Pelletier de Mortefontaine, tel était le côté brillant
de cette société, avide de lectures, de philosophies,
de paradoxes, de bons mots et d'anecdotes
piquantes. Les salons de Dumont, de Préval et de
Pelletier s'ouvraient tour à tour à ce public d'intimes. Une des personnes qui produisirent le plus
d'impression sur Restif, encore un peu nouveau
dans le monde, fut Mme Montalembert, qui l'accueillit avec sympathie. « Que n'ai-je trente ans de
moins! » s'écria-t-il, et il s'inspira du type de cette
aimable femme pour en faire *la marquise* des *Nuits
de Paris*, sorte de providence occulte qu'il chargeait
du sort des malheureux et des souffrants rencontrés
dans ses expéditions nocturnes.

Vers la même époque, Restif fit la connaissance
de Beaumarchais, qui, appréciant son double talent
d'écrivain et d'imprimeur, voulut le mettre à la tête
de l'imprimerie de Kehl, où se faisait la grande
édition de Voltaire; il refusa et s'en repentit plus
tard.

Une autre maison s'ouvrit encore pour l'écrivain
que signalait alors une célébrité croissante, ce fut

celle de Grimod de la Reynière fils, jeune homme
spirituel, à l'âme ardente, à la tête un peu faible,
qui donnait alors des réunions littéraires de gens
choisis tels que Chénier, les Trudaine, Mercier,
Fontanes, le comte de Narbonne, le chevalier de
Castellane, puis Larive, Saint-Prix, etc. La bizarre-
rie de l'amphitryon éclatait toujours dans l'ordonnance de ses fêtes. Tout Paris s'occupa de deux
grandes fêtes philosophiques que donna La Reynière, dans lesquelles il avait établi des cérémonies
selon le goût antique. L'élément moderne était
représenté par une abondance extraordinaire de
café. Pour être admis, il fallait s'engager à boire
vingt-deux demi-tasses au déjeuner. L'après-midi
était occupé par des séances d'électricité. On dînait
ensuite à une vaste table ronde dans une salle
éclairée par trois cent soixante-six lampions. Un
héraut, vêtu d'un costume de Bayard, précédait, la
lance à la main, les quatorze services, conduits par
La Reynière lui-même en habit noir. Un cortège de
cuisiniers et de pages accompagnait les mets servis
dans d'énormes plats d'argent, et de jolies *servantes*
en costumes romains, placées près des convives, leur
présentaient de longues chevelures pour y essuyer
leurs doigts [32].

IV

RESTIF COMMUNISTE
SA VIE PENDANT LA RÉVOLUTION

On sait maintenant sur la vie étrange de Restif
tout ce qu'il faut pour le classer assurément parmi

ces écrivains que les Anglais appellent *excentriques*.
Aux détails caractéristiques indiqués çà et là dans
notre récit, il est bon d'ajouter quelques traits
particuliers. Restif était d'une petite taille, mais
robuste et quelque peu replet. Dans ses dernières
années, on parlait de lui comme d'une sorte de
bourru, vêtu négligemment et d'un abord difficile.
Le chevalier de Cubières sortait un jour de la
Comédie-Française; en chemin, il s'arrêta chez la
veuve Duchesne pour acheter la pièce à la mode.
Un homme se tenait debout au milieu de la
boutique avec un grand chapeau rabattu qui lui
couvrait la moitié de la figure. Un manteau de très
gros drap noirâtre lui descendait jusqu'à mi-jambe;
il était sanglé au milieu du corps, avec quelque
prétention sans doute à diminuer son embonpoint.
Le chevalier l'examinait curieusement. Cet homme
tira de sa poche une petite bougie, l'alluma au
comptoir, la mit dans une lanterne, et sortit sans
regarder ni saluer personne. Il demeurait alors dans
la maison. « Quel est cet original? demanda
Cubières. — Eh quoi! vous ne le connaissez pas? lui
répondit-on; c'est Restif de la Bretone. » Pénétré
d'étonnement à ce nom célèbre, le chevalier revint
le lendemain, curieux d'engager des relations amicales avec un écrivain qu'il aimait à lire. Ce dernier
ne répondit rien aux compliments que lui fit
l'écrivain musqué si chéri dans les salons du temps.
Cubières se borna à rire de cette impolitesse. Ayant
eu plus tard occasion de rencontrer Restif chez des
amis communs, il vit en lui un tout autre homme
plein de verve et de cordialité. Il lui rappela leur
première entrevue. — Que voulez-vous? dit Restif,
je suis l'homme des impressions du moment;

j'écrivais alors *le Hibou nocturne,* et voulant être un hibou véritable, j'avais fait vœu de ne parler à personne.

Il y avait bien aussi quelque affectation dans ce rôle de bourru, renouvelé de Jean-Jacques. Cela excitait la curiosité des gens du monde, et les femmes du plus haut rang se piquaient d'apprivoiser l'ours. Alors, il redevenait aimable ; mais ses galanteries à brûle-pourpoint, son audace renouvelée de l'époque où il jouait le rôle d'un Faublas de bas étage, effrayaient parfois les imprudentes, forcées d'écouter tout à coup quelque boutade cynique.

Un jour [33], il reçut une invitation à déjeuner chez M. Senac de Meillan, intendant de Valenciennes, avec quelques bourgeois provinciaux qui désiraient voir l'auteur du *Paysan perverti.* Il y avait là en outre des académiciens d'Amiens et le rédacteur de la *Feuille de Picardie.* Restif se trouva placé entre une Mme Denys, marchande de mousseline rayée, et une autre dame modestement vêtue qu'il prit pour une femme de chambre de grande maison. En face de lui était un jeune provincial plaisant qu'on appelait *Nicodème,* puis un sourd qui amusait la société en parlant çà et là de choses qui n'avaient aucun rapport avec la conversation. Un petit homme propret, affublé d'un habit en camelot blanc, faisait l'important et traitait de fariboles les idées politiques et philosophiques qu'émettait le romancier. Une Mme Laval, marchande de dentelles de Malines, le défendait au contraire et lui trouvait *du fonds.* On était alors en 1789, de sorte qu'il fut question pendant le repas de la nouvelle constitution du clergé, de l'extinction des privilèges nobiliaires et des réformes législatives. Restif, se voyant au milieu de bonnes gens bien ronds, et qui l'écoutaient en général avec faveur, développa une foule de systèmes excentriques. Le sourd les hachait de coq-à-l'âne d'une manière fort incommode, l'homme en camelot blanc les perçait d'un trait vif ou d'une apostrophe pleine de gravité. On finit, selon l'usage d'alors, par des lectures. Mercier lut un fragment de politique, Legrand d'Aussy une dissertation sur les montagnes d'Auvergne. Restif développa son système de physique, qu'il proclamait plus raisonnable que celui de Buffon, plus vraisemblable que celui de Newton. On se jeta à son cou, on proclama le tout sublime. Le surlendemain, l'abbé Fontenai, qui s'était trouvé aussi au déjeuner, lui apprit qu'il avait été victime d'un projet de mystification dont le résultat, du reste, avait tourné à son honneur. La marchande de mousseline était la duchesse de Luynes, la marchande de dentelle était la comtesse de Laval, la femme de chambre était la duchesse de Mailly ; le *Nicodème* Mathieu de Montmorency ; le sourd, l'évêque d'Autun ; l'homme en camelot, l'abbé Sieyès, qui, pour réparer la sévérité de ses observations, envoya à Restif la collection de ses écrits. On avait voulu voir le Jean-Jacques des halles dans toute sa fougue et dans toute sa désinvolture cynique. On ne trouva en lui qu'un conteur amusant, un utopiste quelque peu téméraire, un convive assez peu fait aux usages du monde pour s'écrier que c'était la première fois qu'il mangeait des huîtres, mais prévenant avec les dames et s'occupant d'elles presque exclusivement. Si en effet quelque chose peut atténuer les torts nombreux de l'écrivain, son incroyable personnalité et l'inconséquence continuelle de sa conduite, c'est qu'il a toujours aimé les femmes pour elles-mêmes avec dévouement, avec enthousiasme, avec folie. Ses livres seraient illisibles autrement.

Mais bientôt nous voici en pleine Révolution. Le philosophe qui prétendait effacer Newton, le socialiste dont la hardiesse étonnait l'esprit compassé de Sieyès, n'était pas un républicain. Il lui arrivait, comme aux principaux créateurs d'utopies, depuis Fénelon et Saint-Pierre jusqu'à Saint-Simon et Fourier, d'être entièrement indifférent à la forme politique de l'État. Le communisme même, qui formait le fond de sa doctrine, lui paraissait possible sous l'autorité d'un monarque, de même que toutes les réformes du *Pornographe* et du *Gynographe* lui semblaient praticables sous l'autorité paternelle d'un bon lieutenant de police. Pour lui comme pour les musulmans, le prince personnifiait l'État propriétaire universel. En tonnant contre l'*infâme* propriété (c'est le nom qu'il lui donne mille fois), il admettait la possession personnelle, transmissible à certaines conditions, et jusqu'à la noblesse, récompense des belles actions, mais qui devait s'éteindre dans les enfants, s'ils n'en renouvelaient la source par des traits de courage ou de vertu.

Dans le second volume des *Contemporaines*, Restif donne le plan d'une association d'ouvriers et de commerçants qui réduit à rien le capital : — c'est la banque d'échange dans toute sa pureté. — Voici un exemple. Vingt commerçants, ouvriers eux-mêmes, habitent une rue du quartier Saint-Martin. Chacun d'eux est le représentant d'une industrie utile. L'argent manque par suite des inquiétudes politiques, et cette rue, autrefois si prospère, est attristée de l'oisiveté forcée de ses habitants. Un bijoutier-orfèvre qui a voyagé en Allemagne, qui y a vu les *bernutes*, conçoit l'idée d'une association analogue des habitants de la rue : — on s'engagera à ne se servir d'aucune monnaie et à tout acheter ou vendre par échange, de sorte que le boulanger prenne sa viande chez le boucher, s'habille chez le tailleur et se chausse chez le cordonnier; tous les associés doivent agir de même. Chacun peut acquérir ou dépenser plus ou moins, mais les successions retournent à la masse, et les enfants naissent avec une part égale dans les biens de la société; ils sont élevés à frais communs, dans la profession de leur père, mais avec la faculté d'en choisir une autre en cas d'aptitude différente; ils recevront du reste une éducation semblable. Les associés se regarderont comme égaux, quoique quelques-uns puissent être de professions libérales, parce que l'éducation les mettra au même niveau. Les mariages auront lieu de préférence entre des personnes de l'association, à moins de cas extraordinaires. Les procès seront soutenus pour le compte de tous; les acquisitions profiteront à la masse, et l'argent qui reviendra à la société par suite de ventes faites en dehors d'elle sera consacré à acheter les matières premières en raison de ce qui sera nécessaire pour chaque état. — Tel est ce plan, que l'auteur n'avait pas du reste l'idée d'appliquer à la société entière, car il donne à choisir entre différentes formes d'association, laissant à l'expérience les conditions de succès de la plus utile, qui absorberait naturellement les autres. Quant à la vieille société, elle ne serait point dépouillée, seulement elle subirait forcément les chances d'une lutte qu'il lui serait impossible de soutenir longtemps.

Cependant l'écrivain vieillissait, toujours morose
de plus en plus, accablé par les pertes d'argent, par
les chagrins de son intérieur. Sa seule communication avec le monde était d'aller le soir au café
Manoury, où il soutenait parfois à voix haute des
discussions politiques et philosophiques. Quelques
vieux habitués de ce café, situé sur le quai de
l'École, ont encore présents à la mémoire sa vieille
houppelande bleue et le manteau crotté dont il
s'enveloppait en toute saison. Le plus souvent il
s'asseyait dans un coin, et jouait aux échecs jusqu'à
onze heures du soir. A ce moment, que la partie fût
achevée ou non, il se levait silencieusement et
sortait. Où allait-il? *Les Nuits de Paris* nous
l'apprennent : il allait errer, quelque temps qu'il fît,
le long des quais, surtout autour de la Cité et de l'île
Saint-Louis ; il s'enfonçait dans les rues fangeuses
des quartiers populeux, et ne rentrait qu'après
avoir fait une bonne récolte d'observations sur les
désordres et les scènes sanglantes dont il avait été le
témoin. Souvent il intervenait dans ces drames
obscurs, et devenait le don Quichotte de l'innocence
persécutée ou de la faiblesse vaincue. Quelquefois il
agissait par la persuasion ; parfois aussi son autorité
était due au soupçon qu'on avait qu'il était chargé
d'une mission de police [34].

Il osait davantage encore en s'informant auprès
des portiers ou des valets de ce qui se passait dans
chaque maison, en s'introduisant sous tel ou tel
déguisement dans l'intérieur des familles, en pénétrant le secret des alcôves, en surprenant les
infidélités de la femme, les secrets naissants de la
fille, qu'il divulguait dans ses écrits sous des fictions
transparentes. De là des procès et des divorces. Un

jour, il faillit être assassiné par un certain E..., dont
il avait fait figurer la femme dans ses *Contemporaines.* C'était habituellement le matin qu'il rédi-
geait ses observations de la veille. Il ne faisait pas
moins d'une nouvelle avant le déjeuner. Dans les
derniers temps de sa vie, en hiver, il travaillait dans
son lit faute de bois, sa culotte par-dessus son
bonnet, de peur des courants d'air. Il avait aussi
des singularités qui variaient à chacun de ses
ouvrages, et qui ne ressemblaient guère aux singularités en manchettes d'Haydn et de M. de Buffon.
Tantôt il se condamnait au silence comme à
l'époque de sa rencontre avec Cubières, tantôt il
laissait croître sa barbe, et disait à quelqu'un qui le
plaisantait : « Elle ne tombera que lorsque j'aurai
achevé mon prochain roman. — Et s'il a plusieurs
volumes ? — Il en aura quinze. — Vous ne vous
raserez donc que dans quinze ans ? — Rassurez-
vous, jeune homme, j'écris un demi-volume par
jour. »

Quelle fortune immense il eût fait de notre temps
en luttant de vitesse avec nos plus intrépides
coureurs du feuilleton et de fougue triviale avec les
plus hardis explorateurs des misères de bas étage !
Son écriture se ressent du désordre de son imagination ; elle est irrégulière, vagabonde, illisible ; les
idées se présentent en foule, pressent la plume, et
l'empêchent de former les caractères. C'est ce qui le
rendait ennemi des doubles lettres et des longues
syllabes, qu'il remplaçait par des abréviations. Le
plus souvent, comme on sait, il se bornait à
composer à la casse son manuscrit. Il avait fini par
acquérir une petite imprimerie où il *casait* lui-même
ses ouvrages, aidé seulement d'un apprenti.

La révolution ne pouvait lui être chère d'aucune manière, car elle mettait en lumière des hommes politiques fort peu sensibles à ses plans philantropiques, plus préoccupés de formules grecques et romaines que de réformes fondamentales. Babeuf aurait pu seul réaliser son rêve ; mais, découragé de ses propres plans à cette époque, Restif ne marqua aucune sympathie pour le parti du tribun communiste. Les assignats avaient englouti toutes ses économies, qui ne se montaient pas à moins de soixante-quatorze mille francs, et la nation n'avait guère songé à remplacer, pour ses ouvrages, les souscriptions de la cour et des grands seigneurs dont il avait usé abondamment. Toutefois Mercier, qui n'avait pas cessé d'être son ami, fit obtenir à Restif une récompense de deux mille francs pour un ouvrage utile aux mœurs, et le proposa même pour candidat à l'Institut national. Le président répondit dédaigneusement : « Restif de la Bretone a du génie, mais il n'a point de goût. — Eh ! messieurs, répliqua Mercier, quel est celui de nous qui a du génie ! »

On rencontre dans les derniers livres de Restif plusieurs récits des événements de la révolution. Il en rapporte quelques scènes dialoguées dans le cinquième volume du *Drame de la Vie*. Il est à regretter que ce procédé n'ait pas été suivi plus complètement. Rien n'est saisissant comme cette réalité prise sur le fait. Voici, par exemple, une scène qui se passe le 12 juillet devant le café Manoury :

« Un homme, des femmes. — Lambesc ! Lambesc !... On tue aux Tuileries !

Une marchande de billets de loterie. — Où courez-vous donc?

Un fuyard. — Nous remmenons nos femmes.

La marchande. — Laissez-les s'enfuir seules, et faites volte-face.

Son futur. — Allons! allons, rentrez. »

Il n'y a rien de plus que ces cinq lignes; on sent la vérité brutale : les dragons de Lambesc qui chargent au loin; les portes qui se ferment, une de ces scènes d'émeute si communes à Paris.

Plus loin Restif met en scène Collot d'Herbois, et le félicite de son *Paysan magistrat;* mais Collot n'est préoccupé que de politique. « Je me suis fait jacobin, dit-il; pourquoi ne l'êtes-vous pas? — A cause de trois infirmités très gênantes... — C'est une raison. Je vais me livrer tout entier à la chose publique, et je ne perdrai ni mon temps ni mes peines. D'abord je veux m'attacher à Robespierre; c'est un grand homme. — Oui, invariable. » Collot continue : « J'ai l'usage la parole, j'ai le geste, la grâce dans la représentation... J'ai une motion à faire trembler les rois. Je viens de faire l'*Almanach du père Gérard,* — excellent titre. Je tâcherai d'avoir le prix pour l'instruction des campagnes; mon nom se répandra dans les départements; quelqu'un d'eux me nommera... »

La silhouette de Collot d'Herbois n'est-elle pas là tout entière? Mais l'auteur ne s'en est pas tenu toujours à ces portraits rapides, et, à côté de ces esquisses fugitives, on trouve des pages qui s'élèvent presque à l'intérêt de l'histoire, comme celles qu'il consacre à Mirabeau, et que cette grande figure semble avoir illuminées de son immense reflet.

V

UNE VISITE À MIRABEAU

Le dialogue de Restif et de Mirabeau est un des plus curieux chapitres des *Mémoires de Nicolas*. L'auteur, qui avait la rage des pseudonymes, se déguise ici sous le nom de Pierre qu'il a employé déjà dans d'autres ouvrages. « En approchant de Mirabeau, dit-il, je vis un homme qui était dans un resserrement de cœur et qui avait besoin de s'épancher. » Restif lui manifesta des doutes sur la pureté de cette révolution qui avait commencé par des meurtres :

« Réfléchi par caractère, ajouta-t-il, et courageux par réflexion, les têtes m'effrayèrent; lorsque je rencontrai le corps de Berthier traîné par vingt-quatre polissons, je frémis, — je me tâtai pour sentir *si ce n'était pas moi*... Cependant, à la vue de la Bastille prise et démolie, je sentis un mouvement de joie... Je l'avais redoutée, cette terrible Bastille!

« Mirabeau en ce moment me serra la main avec transport : regarde-moi, dit-il; toute l'énergie des Français réunis n'égale pas celle qui était dans cette tête; mais, hélas! elle diminue!... C'est moi qui ai fait prendre la Bastille, tuer Delaunay, Flesselles... C'est moi qui ai voulu que le roi vînt à Paris le 17 juillet : ce fut moi qui le fis garder, recevoir, applaudir; c'est moi qui, voyant les esprits se rasseoir, fis arrêter Berthier à Compiègne par un des miens, qui le fis demander à Paris, qui, la veille de son arrivée, cherchai un vieux bouc émissaire dans Foulon, son beau-père, que je fis dévouer aux

mânes du despotisme ministériel : ce fut moi qui fis
porter sa tête enfourchée au-devant de son gendre,
non pas pour augmenter l'horreur des derniers
moments de cet infortuné, mais pour *mettre de
l'énergie* dans l'âme molle et vaudevillière des
Parisiens par cette atrocité... Tu sais que je réussis,
que je fis fuir d'Artois, Condé, tous les plats
courtisans et les impudentes courtisanes, c'est moi
qui ai tout fait, et, si la révolution réussit jusqu'à
un certain point, j'aurai un jour un temple et des
autels. N'oublie pas ce que je te dis là... Continue
tes questions ; j'y répondrai, quand il le faudra.

« — Et Versailles, les 5 et 6 octobre ?

« — Versailles ! s'écria Mirabeau. (Il se tut
d'abord et marcha vite...) Versailles ! c'est mon
chef-d'œuvre... Mais, va, va !

« — Je t'écoute, et je te jure un inviolable
silence !

« — Je ne sais ce que tu veux dire par ton silence
inviolable, car tu as des termes à toi : on ne viole
pas le silence, mais la grammaire !... Apprends que
c'est moi qui ai fait venir ici et l'Assemblée
nationale, et le roi, et la cour. D'Orléans n'a
seulement pas été consulté, quoiqu'il payât... Juge
combien étaient ridicules les informations de ce vil
Châtelet, que j'avais fait nommer juge des crimes
de lèse-nation, et qui, s'il n'avait pas été composé
de têtes à perruques, aurait pu devenir quelque
chose !... Mais l'horrible et nécessaire spectacle de
Foulon, de Berthier (c'est ceci qui a *creusé l'effroi;*
la Bastille, Delaunay, Flesselles, n'avaient effrayé
que la cour), avait bouleversé toute l'infâme oligar-
chie des prêtres, des robins, des sous-robins, et
même de l'officiaille, à la tête de laquelle mon frère

voulait se mettre : malheureusement pour lui,
quand nos parents le firent, mon père était auteur
et ma mère ivre, de sorte qu'il n'a que la soif pour
toute énergie... Je sentais depuis longtemps que,
tant que nous serions à Versailles, nous ne ferions
rien qui vaille, environnés que nous étions de gardes
du corps et de gardes-suisses, qu'un souris, une
caresse pouvait mettre dans le parti de la cour ;
j'arrangeai mâlement tout cela. Je n'en voulais aux
jours de personne ; je voulais, après avoir soûlé le
peuple d'anarchie, comme pendant les cinq jours
d'interrègne des anciens Perses, rétablir le roi, et me
faire... maire du palais... Mais, ayant pris toute la
canaille, jusqu'aux dévergondées de la rue Jean-
Saint-Denis, il arriva quelque désordre que je sus
arrêter par mes émissaires. Quelques-unes de ces
malheureuses menacèrent la reine ; je l'appris, et je
les fis fusiller adroitement. L'effervescence était
telle, que tout Paris fut ébranlé, tout, honnêtes,
déshonnêtes, malhonnêtes, catins, femmes mariées,
jeunes filles, gens de courage et lâches ; on vit, dans
la bagarre, jusqu'au petit Rochelois Nougaret, qui
talonnait le chasseur Josse, récemment libraire...
J'en ai ri de bon cœur ; je me croyais au spectacle
de la Grand'Pinte, et qu'on y donnait la tragédie
du *Peccata ;* passe-moi cette idée bouffonne, la
dernière peut-être que j'aurai ; elle me fut suggérée
en voyant dans la troupe une foule de bas auteurs,
Camille Desmoulins à côté de Durosoi, Royou en
garçon tailleur, Geoffroy en cordonnier, l'abbé
Poncelin en ramoneur, Mallet du Pan en écrivain
des Charniers, Dussieux et Sautereau en charcu-
tiers, l'abbé Noël et Rivarol en perruquiers... »
Ici, l'énumération devient satirique et attaque la

plupart des auteurs du temps; on cite même une
certaine *auteuse*, à cheval sur un canon, qui criait :
« Ma rose au premier héros! — En avez-vous un
million? » lui répondit un enthousiaste. Mirabeau se
compare lui-même au frère Jean des Entomures, et,
après le récit bouffon de cette expédition terrible, se
plaint de ses ennemis, qui ont gagné par de l'or une
petite juive, sa maîtresse, appelée Esther Nomit...
« Mais je le sais, ajoute-t-il, et je trompe Dalila et
les Philistins. »

Puis la conversation se porte sur l'abolition de la
noblesse, sur la nouvelle constitution du clergé,
avec des interruptions et des *a parte* bizarres, qui
rappellent le dialogue du *Neveu de Rameau*. Mirabeau se livre à de longues tirades, qu'il interrompt de temps en temps pour reprendre haleine,
en disant à son interlocuteur : « Allons, parle,
continue...; car, je le sais, tu aimes à pérorer »...
Puis, à la première objection, il lui crie : « Ô
buse!... pauvre homme! je t'ai vu plus de verve
autrefois. » Puis il entame une dissertation sur les
biens du clergé, et se plaint du peu de talent que
Maury a déployé à la tribune dans cette question.
« Voilà ce que j'aurais dit à sa place », s'écrie-t-il,
et, se promenant dans sa chambre comme un lion
dans une cage, il prononce tout le discours qu'aurait
dû tenir l'abbé Maury. De temps en temps il
s'interrompt, s'étonnant de ne pas entendre les
applaudissements de l'Assemblée, tant il est à son
rôle. Il s'applaudit des mains, il pleure aux arguments qu'il arrache à l'éloquence supposée de son
adversaire; puis, quand l'émotion qu'il s'est produite à lui-même s'est dissipée, il essuie la sueur de
son front, relève sa noire chevelure, et dit : « Et, si

Maury avait eu le nerf de parler ainsi, voilà ce que
j'aurais répondu... » Nouveau discours qui dure une
heure et amène une péroraison qu'il commence par
« Je me résume, messieurs... ». Enfin il éclate de rire
en s'apercevant qu'il vient d'épuiser ses poumons
pour un seul auditeur.

Il revient à la discussion simple, et fait le portrait
de Necker :

« ... Un grand homme, parce qu'il a eu par hasard
une grande place... Du reste, plus petit en place que
dehors, comme tous les hommes médiocres... Il était
calqué pour être premier commis; il aurait pu ne
pas se déshonorer dans cette position, où l'on n'est
jamais vu qu'à demi-jour. C'est aujourd'hui un
piètre sire, incapable d'une résolution solide, et qui
revient par pusillanimité à la noblesse, qui le hait et
le méprise. Il est étonné de ce qu'il a fait, comme les
sots et les petits scélérats... Juge combien de pareils
hommes doivent m'inspirer de mépris, à moi qui
marcherais seul contre un million! Eh! combien
dans notre assemblée sont des Mirabeau en apparence, qui eussent été des Necker, s'ils n'avaient pas
été soutenus par une assemblée!... Non, mon ami, je
n'en vois pas un, pas un, qui eût fait seul ce que j'ai
fait seul... Quand j'ai tenu le despotisme ministériel
dans mes mains nerveuses, je l'ai serré à la gorge; je
lui ai dit : *Combat à mort! je t'étouffe, ou tu
m'étoufferas!* Je l'ai presque étouffé... Mais il me
garde un croc-en-jambe...

« — En vérité, je crois, lui dis-je alors, mon cher
Riquetti, que vous feriez un grand ministre!...
Puissiez-vous réussir à mériter dans cette place la
seule véritable gloire, celle de contribuer au bonheur des peuples!...

« — Te voilà donc aussi dans la triviale vertu de
nos philosophistes! Le peuple! le peuple! le peuple
est fait pour des gens de mérite, qui sont le cerveau
du genre humain : ce n'est que par et pour nous qu'il
doit être heureux. Moïse a été le cerveau juif,
Mahomet le cerveau arabe; Louis XIV, tout petit
qu'il fût, a été le cerveau français pendant quarante
ans... C'est moi qui le suis maintenant. »

Ici, Restif pose la question de savoir si la liberté
est un bien pour les individus.

« La liberté, dit Mirabeau, n'est pas un avantage
réel pour les enfants, les imbéciles, les fous, ... pour
certains hommes qui ne sont pas fous, mais dont la
judiciaire est fausse, — comme sont tous les scélérats, les timbrés, les méchants par caractère, — les
trop passionnés, comme nous l'avons été quelquefois, ajoute-t-il, les joueurs, les débauchés, les
ivrognes, en un mot les trois quarts des hommes!...

« Le *républicisme,* ajoute-t-il, comme le conçoivent Robespierre et quelques autres, est l'anar-
chisme, un gouvernement inétablissable; les chefs
qui sont dans l'Assemblée nationale sont soutenus
par des subalternes, auxquels on ne fait pas assez
d'attention : Camille Desmoulins, qui crie, clabaude,
a la plus mauvaise tête, parle mal, écrit bien; un
homme plus obscur, Danton, est un fourbe, fripon,
égoïste, scélérat dans toute la force du terme, comme
certaines gens disent que je le suis; un autre
intrigant, qui se remue, s'agite, a une immense
activité, l'ex-capucin Chabot; un honnête homme,
mais trop exalté, c'est Grangeneuve... Oh! que je
plains la nation, si ces fous sont mis en place! Que
je plains la nation, si l'on y met des *nullités,* comme
nous en avons tant dans notre Assemblée actuelle!

Une foule de procureurs, d'avocats, des Chapelier, des Sumac, des... des... empestent l'Assemblée de l'esprit d'astuce et de chicane... Mon ami, si je cesse d'exister, que ces plumassiers feront de mal!... Si un homme méprisé, comme ce faquin de Robespierre, venait à acquérir quelque prépondérance, vous le verriez devenir grave, couvert, atroce... Moi seul, je pourrais l'arrêter... »

Peu de jours après cette conversation, Mirabeau mourut. « Je ne pus entrer, dit l'écrivain, pendant sa dernière maladie, parce que je n'étais pas connu de ses alentours, surtout du sieur Cabanis... Ah! si Préval avait vécu, Mirabeau vivrait encore! » Préval était un médecin qui avait sauvé Restif de plusieurs maladies dangereuses.

Restif attribue à la mort de Mirabeau la chute suprême de la monarchie. C'est en se voyant privés de ce dernier appui, appui intéressé sans doute, puisque Mirabeau comptait devenir une sorte de *maire du palais*, que Louis XVI et Marie-Antoinette se décidèrent au voyage de Varennes... « Cet homme était, dit-il ailleurs, le dernier espoir de la patrie, que ses vices mêmes eussent sauvée... tandis que les vertus des sots tels que Chamillard et d'Ormesson, l'ont perdue. » Et, revenant sur ses propres misères, causées par la dépréciation des assignats, qui lui faisait perdre ses soixante-quatorze mille francs d'économies, il se rappelle avec amertume que Mirabeau lui avait dit : « Il faudrait déchirer à coups de nerf de bœuf tout marchand d'argent, et faire brûler vif ou piler dans un mortier tout dépréciateur des assignats. »

VI

LA VIEILLESSE DU ROMANCIER

A cette époque, Restif de la Bretone passait une partie de ses journées au Palais-Royal, où s'était établie une sorte de bourse qui devenait le thermomètre de la valeur des assignats. Tous les jours il voyait sa fortune fondre et espérait en vain un retour favorable : — les derniers volumes des *Nuits de Paris* sont pleins d'imprécations contre les agioteurs qui faisaient monter l'or à des prix fabuleux et anéantissaient les richesses en papier de la République; — puis il allait passer ses soirées au Caveau, car ses ressources ne lui permettaient plus le café Manoury. Lorsque, par une réaction rare, l'assignat avait haussé dans la journée, il emmenait quelques femmes de moyenne vertu souper à la *Grotte flamande,* où l'on se permettait encore quelques orgies à bon marché. Ses chagrins affaiblissaient parfois son esprit, toujours enthousiaste, et dans chaque jolie personne au pied fin et à la chaussure élégante il croyait retrouver une de ses filles, produit de bonnes fortunes si nombreuses de sa jeunesse. Il est probable qu'on abusait souvent de cette monomanie paternelle pour obtenir de lui des cadeaux ou des soupers.

Peu communicatif ou très prudent sur les matières politiques, il ne courut pas de dangers pendant l'époque de la Terreur. Les hommes lui importaient peu, et l'ambition des partis lui répugnait. Ce qu'il voyait se passer à cette époque ne répondait nullement à ses rêves. Personne ne

songeait au communisme; parmi les jacobins tout
au plus, on voulait le partage des biens, c'est-à-dire
une autre forme de la propriété,— la propriété
morcelée, populaire. — Quant au *panthéisme*, qui
donc y pensait, sinon un petit nombre d'illuminés?... On était généralement athée. La fête donnée
par Robespierre à l'Être suprême lui parut une
tendance bien faible vers une rénovation philosophique; toutefois il eut quelque regret à voir
Robespierre renversé par des gens *qui ne le valaient
pas*. A partir de ce moment, son homme fut
Bonaparte. Dans les écrits mystiques des derniers
jours de sa vie, il le représente comme un esprit
médiateur, issu de la planète de Syrius, et qui a
mission de sauver la France. Pour comprendre cette
supposition étrange, il faut se faire une idée du
dernier livre de Restif, intitulé *Lettres du Tombeau
ou les Posthumes*, qui parut sous le nom de Cazotte.

Les deux premiers volumes de cet ouvrage furent
inspirés par une idée charmante de la comtesse de
Beauharnais et faits en partie par Cazotte, ainsi que
Restif le reconnaît dans ses *Mémoires*. — Un jeune
homme nommé Fonthlète est amoureux de la
femme d'un magistrat, ce personnage est fort âgé,
et la femme, victime d'un mariage de convenance,
promet à Fonthlète qu'il sera éventuellement son
second époux. Le jeune homme se fatigue d'attendre; dans un moment de découragement, il
renonce à la vie et prend de l'opium. En ce moment,
on lui apporte un billet de faire part qui l'instruit
de la mort du magistrat. Désespéré doublement, il
court chez son médecin, qui lui donne un contre-
poison. Il se croit sauvé : il épouse bientôt celle
qu'il aimait ; mais, quelques jours après le mariage,

une langueur inconnue le saisit : il consulte la
Faculté. C'est le poison mal combattu qui cause son
mal. On lui annonce, sur ses instances réitérées,
qu'il n'a plus guère qu'un an à vivre. La mort
l'épouvante moins que la pensée de quitter une
femme jeune, honnête, il est vrai, mais qui ne peut
manquer de se remarier après lui. Il conçoit alors un
projet singulier, c'est de s'éloigner de sa femme et
de faire en sorte qu'elle ignore le moment où il
mourra. Il demande au ministre une mission pour
l'Italie et part pour Florence, sous prétexte de
services importants à rendre à l'État. Il prolonge
son séjour sous divers motifs, et, dans l'année qui
lui reste, écrit une série de lettres qui devront être
adressées à sa femme de différents points de la terre
et à diverses époques, comme si l'État l'eût envoyé
de pays en pays sans qu'il pût refuser ses services.
Ces lettres, confiées à des amis sûrs, se succèdent,
en effet, pendant plusieurs années, apportant la
consolation à cette veuve *sans le savoir*. Le correspondant posthume n'a eu qu'une pensée, c'est de
prouver à sa femme, un peu adonnée aux idées
matérialistes du temps, que l'âme survit au corps et
retrouve dans d'autres régions toutes les personnes
aimées. Ce cadre est fort beau sans doute; seulement Restif, qui, en réalité, est une sorte de
spiritualiste païen, tire de la doctrine des Indous et
des Égyptiens la plupart de ses arguments. Tantôt
l'âme repasse dans un autre corps après mille ans,
comme chez les anciens; tantôt elle s'élève dans
les astres et y découvre des paradis innombrables,
comme dans Swedenborg; tantôt elle s'éthérise et
passe à l'état d'ange ailé, comme dans Dupont
de Nemours; mais après toutes ces hypothèses

le véritable système se démasque, et on arrive
à une cosmogonie complète, qui présente la plupart
des suppositions du système de Fourier. Un personnage nommé Multipliandre a trouvé le secret
d'isoler son âme de son corps et de visiter les astres
sans perdre la possibilité de rentrer à volonté dans
sa *guenille* humaine. Il s'établit, sur un sommet des
Alpes, dans une grotte couverte par les neiges, et,
s'étant enduit de substances conservatrices et placé
dans un coffre bien défendu contre les ours, il arrive
à cet état d'extase et d'insensibilité où certains
santons indiens se réduisent, dit-on, pendant des
mois entiers. Là commence la description des
planètes, des soleils et des cométo-planètes, avec
une hardiesse d'hypothèses qu'on ne nous a pas
épargnée depuis. Il est fort curieux de pénétrer dans
cet univers formulé, après tout, d'après quelques
bases scientifiques, où nous trouvons la lune sans
atmosphère, Mars habité par des poissons à trompe
et le soleil par des hommes d'une telle taille que le
voyageur ne trouve à causer là qu'avec un ciron qui
se promène sur l'habit d'un individu *solaire :* cet
insecte n'a qu'une lieue de haut et son intelligence,
quoique fort supérieure, se rapproche de celle des
hommes. Il explique que l'Être suprême n'est qu'un
immense soleil central, cerveau du monde, duquel
émanent tous les soleils ; chacun d'eux vivant et
raisonnant et donnant le jour à des cométo-
planètes, c'est-à-dire les secouant dans l'espace, à
peu près comme l'*aster* de nos jardins secoue ses
graines. Quand les cométo-planètes sont ce qu'on
appelle aujourd'hui des *nébuleuses,* elles nagent
dans l'éther comme des poissons dans l'eau, s'accou-
plent et produisent des astroïdes plus petites. En

mourant, elles se fixent et deviennent satellites ou
planètes. Dans cet état, elles ne subsistent plus que
quelques milliards d'années, et c'est de leur décomposition successive que naissent les végétaux, les
animaux et les hommes. Les espèces dégénèrent à
mesure que la corruption s'avance; la planète se
pourrit tout à fait ou se dessèche, et finit par être la
proie d'un soleil qui la consume pour en reproduire
les éléments sous des formes nouvelles. Le ciron
solaire n'en sait pas davantage, et l'auteur avoue
qu'il peut s'être trompé sur bien des points; mais
combien ces données sont déjà supérieures à l'intelligence des hommes! Multipliandre finit par trouver
le secret de créer une race d'hommes ailés et d'en
repeupler la terre. Du reste, la plupart des hypothèses de ce livre sont présentées sous la forme
caustique de *Micromégas* et de *Gulliver:* c'est ce qui
en fait supporter la lecture.

Jamais écrivain ne posséda peut-être à un aussi
haut degré que Restif les qualités précieuses de
l'imagination. Cependant sa vie ne fut qu'un long
duel contre l'indifférence. Un cœur chaud, une
plume pittoresque, une volonté de fer, tout cela fut
insuffisant à former un bon écrivain. — Il a vécu
avec la force de plusieurs hommes; il a écrit avec la
patience et la résolution de plusieurs auteurs.
Diderot lui-même plus correct, Beaumarchais plus
habile, ont-ils chacun la moitié de cette verve
emportée et frémissante, qui ne produit pas toujours des chefs-d'œuvre, mais sans laquelle les
chefs-d'œuvre n'existent pas? — Son style, chacun
le connaît par l'une ou l'autre de ces œuvres qu'on
n'avoue guère avoir lues, mais où l'on a parfois jeté
les yeux. Une ligne qui serait digne des classiques

apparaît tout à coup au milieu du fumier comme les
joyaux d'Ennius. On connaît déjà celle-ci : « — Les
mœurs sont un collier de perles ; ôtez le nœud, tout
défile. » Veut-il peindre un homme d'un trait, le
voici : « Mirabeau servait les patriotes comme San-
teuil louait les saints, avec un mauvais cœur. »
Quand le mot lui manque, il le crée, heureusement
quelquefois. C'est ainsi qu'il parlera d'un sourire
cythéréique, de la *mignonnesse* d'une femme... « Je
chimérais, dit-il, en attendant le bonheur. »

Pour trouver dans le passé un pendant à Restif
de la Bretone, il faudrait remonter jusqu'à Cyrano
de Bergerac pour l'extravagance des hypothèses,
jusqu'à Furetière pour ces facéties d'analyse morale
et de langage où il se complaît, jusqu'à d'Aubigné
pour cette audace d'immoralité gauloise qu'il ne
sut point supporter, — car, très capable souvent
d'afféterie et de recherche prétentieuse, il appliquait d'autres fois le mot propre à des détails qu'il
eût mieux valu cacher. — Comme Voltaire, à l'école
duquel il s'honorait d'appartenir, il haïssait les
critiques, les *feuillistes*, et les attaquait souvent en
termes peu mesurés. Il les appelle soit des malhonnêtes gens, soit des *polissons cruels;* Laharpe est
pour lui un *stupide animal* qu'il faudrait traîner
dans le ruisseau; Fréron, un faquin; Geoffroi, un
pédant. De Marsy, éditeur de l'*Almanach des
Muses*, est une simple *brute* qui a lu *le Paysan
perverti* sans en être touché. — Ceci n'approche pas
encore des *aménités littéraires* du vieillard de Fer-
ney, mais Restif n'avait pas le crédit qu'il fallait
pour hausser le ton à ce point. Toutefois sa
susceptibilité vis-à-vis de critiques qui avaient été
même bienveillants pour quelques-uns de ses écrits

finit par amener à son égard la *conspiration du
silence*. Il demeura le seul à annoncer ses livres,
comme depuis longtemps il était le seul à les
imprimer, et comme il finit plus tard à être le seul à
les vendre. Les libraires l'aimaient peu, parce
qu'une fois introduit dans leurs maisons, il racontait l'histoire galante de leurs femmes, s'éprenait de
leurs filles, en faisait le portrait minutieux et parlait
de leurs aventures. Ce n'était pas toujours un voile
suffisant pour la curiosité que l'anagramme des
noms qu'il employait volontiers. Mérigot devenait
Torigém ; Vente, Etnev ; Costard, Dratsoc, ainsi de
suite... si bien qu'il ne faut pas s'étonner de trouver
sur ses derniers livres cette simple désignation :
« Imprimé à la maison, et se vend chez Marion
Restif, rue de la Bûcherie, nᵒ 27. » Ceci explique en
partie le peu de succès de ses derniers ouvrages et la
résolution qu'il prit de faire paraître le plus
remarquable d'entre eux, les *Lettres du Tombeau*,
sous le nom de Cazotte, qui du reste avait coopéré
au plan de cette œuvre tout empreinte d'*illuminisme*.

On a dit à tort que Restif était mort dans la
misère. La chute des assignats lui avait fait perdre
ses économies ; le peu qu'il tirait de ses livres
pendant la révolution le réduisait souvent à une
gêne rendue plus pénible par ses charges de
famille ; mais quelques amis, Mercier, Carnot et
Mᵐᵉ de Beauharnais, le relevèrent dans ses moments les plus critiques, et, lorsque l'état devint
plus tranquille, on lui procura une place de
4 000 francs, qu'il remplit jusqu'à sa mort, arrivée
en 1806.

Cubières-Palmezeaux publia, en 1811, un ouvrage

posthume de Restif intitulé : *Histoire des Compagnes de Maria.* Le premier volume est consacré en entier à une appréciation littéraire qui, dans beaucoup de points, est spirituelle et bien sentie. Cubières cite un trait qui prouvera que Restif, bien que communiste, n'était pas un ennemi de la monarchie. Il avait à la Convention nationale un ami qu'il aimait et estimait depuis longtemps. Le jour de la condamnation de Louis XVI, Restif alla, avec un pistolet dans sa poche, attendre son ami sous les portiques, et lui dit, quand il le vit sortir de l'Assemblée : « Avez-vous voté la mort du roi ? — Non, je ne l'ai pas votée. — Tant mieux pour vous, reprit l'écrivain, car je vous aurais brûlé la cervelle. »

L'œuvre complète de Restif de la Bretone s'élève à plus de deux cents volumes. Nous n'avons pas compris dans notre énumération quelques romans-pamphlets tels que *la Femme infidèle* et *Ingénue Saxancourt*, dirigés l'un contre sa femme Agnès Lebègue, l'autre contre son gendre Augé. Cette rage de vouloir constamment prendre le public pour arbitre et pour juge de ses dissensions domestiques était devenue, dans les derniers temps de la vie du romancier, une véritable maladie, de celles que les médecins rangent parmi les variétés de l'hypocondrie. On conçoit qu'une injustice aveugle a pu résulter de cette disposition. Du reste, sa femme elle-même le comprit ainsi, car, dans une lettre adressée à Palmezeaux, qui lui demandait des renseignements sur le caractère de son mari, on ne trouve que des éloges sur sa bienfaisance et sur cette sympathie pour l'humanité en général, qui, ainsi que chez la plupart des réformateurs, ne se

répandait pas toujours sur ses amis et sur ses
proches.

Nous avons donné, avec trop de développement
peut-être, le récit d'une existence dont l'intérêt ne
réside sans doute que dans l'appréciation des causes
morales qui ont amené nos révolutions. Les grands
bouleversements de la nature font monter à la
surface du sol des matières inconnues, des résidus
obscurs, des combinaisons monstrueuses ou avor-
tées. La raison s'en étonne, la curiosité s'en repaît
avidement, l'hypothèse audacieuse y trouve les
germes d'un monde. Il serait insensé d'établir sur ce
qui n'est que décomposition efflorescente et maladive, ou mélange stérile de substances hétérogènes,
une base trompeuse, où les générations croiraient
pouvoir poser un pied ferme. L'intelligence serait
alors pareille à ces lumières qui voltigent sur les
marécages et semblent éclairer la surface verte
d'une immense prairie, qui ne recouvre cependant
qu'une bourbe infecte et stagnante. Le génie véritable aime à s'appuyer sur un terrain plus solide, et
ne contemple un instant les vagues images de la
brume que pour les éclairer de sa lueur et les
dissiper peu à peu des vifs rayons de son éclat.

Notre siècle n'a pas encore rencontré l'homme
supérieur par l'esprit comme par le cœur, qui,
saisissant les vrais rapports des choses, rendrait le
calme aux forces en lutte et ramènerait l'harmonie
dans les imaginations troublées. Nous sommes
toujours en proie aux sophistes vulgaires, qui ne
font que développer sous mille formes des idées
dont ils n'ont pas même, on le voit, inventé les
données premières. Il en est de même de cette école
si nombreuse aujourd'hui d'observateurs et d'ana-

lystes en sous-ordre qui n'étudient l'esprit humain que par ses côtés infimes ou souffrants, et se complaisent aux recherches d'une pathologie suspecte, où les anomalies hideuses de la décomposition et de la maladie sont cultivées avec cet amour et cette admiration qu'un naturaliste consacre aux variétés les plus séduisantes des créations régulières.

L'exemple de la vie privée et de la carrière littéraire de Restif démontrerait au besoin que le génie n'existe pas plus sans le goût que le caractère sans la moralité. Les aveux qu'il fait des regrets et des malheurs constants qui ont suivi ses fautes nous ont paru compenser la légèreté de certains détails. Il y avait là une leçon qu'il fallait donner tout entière, et dont une réserve plus grande aurait peut-être affaibli la portée.

JACQUES CAZOTTE

I

L'auteur du *Diable amoureux* appartient à cette classe d'écrivains qu'après l'Allemagne et l'Angleterre nous appelons humoristiques, et qui ne se sont guère produits dans notre littérature que sous un vernis d'imitation étrangère [1]. L'esprit net et sensé du lecteur français se prête difficilement aux caprices d'une imagination rêveuse, à moins que cette dernière n'agisse dans les limites traditionnelles et convenues des contes de fées et des pantomimes d'opéra. L'allégorie nous plaît, la fable nous amuse; nos bibliothèques sont pleines de ces jeux d'esprit destinés d'abord aux enfants, puis aux femmes, et que les hommes ne dédaignent pas quand ils ont du loisir. Ceux du XVIIIe siècle en avaient beaucoup, et jamais les fictions et les fables n'eurent plus de succès qu'alors. Les plus graves écrivains, Montesquieu, Diderot, Voltaire, berçaient et endormaient, par des contes charmants, cette société que leurs principes allaient détruire de fond en comble. L'auteur de l'*Esprit des lois* écrivait *le Temple de Gnide*; le fondateur de l'*Encyclopédie*

charmait les ruelles avec l'*Oiseau blanc* et *les Bijoux
indiscrets;* l'auteur du *Dictionnaire philosophique*
brodait *la Princesse de Babylone* et *Zadig* des
merveilleuses fantaisies de l'Orient. Tout cela,
c'était de l'invention, c'était de l'esprit, et rien de
plus, sinon du plus fin et du plus charmant.

Mais le poète qui croit à sa fable, le narrateur qui
croit à sa légende, l'inventeur qui prend au sérieux
le rêve éclos de sa pensée, voilà ce qu'on ne
s'attendait guère à rencontrer en plein XVIIIe siècle,
à cette époque où les abbés poètes s'inspiraient de
la mythologie, et où certains poètes laïques faisaient
de la fable avec les mystères chrétiens.

On eût bien étonné le public de ce temps-là en lui
apprenant qu'il y avait en France un conteur
spirituel et naïf à la fois qui continuait *les Mille et
une Nuits,* cette grande œuvre non terminée que
M. Galland s'était fatigué de traduire, et cela
comme si les conteurs arabes eux-mêmes les lui
avaient dictées; que ce n'était pas seulement un
pastiche adroit, mais une œuvre originale et
sérieuse écrite par un homme tout pénétré lui-même
de l'esprit et des croyances de l'Orient. La plupart
de ces récits, il est vrai, Cazotte les avait rêvés au
pied des palmiers, le long des grands mornes de
Saint-Pierre; loin de l'Asie sans doute, mais sous
son éclatant soleil. Ainsi le plus grand nombre des
ouvrages de cet écrivain singulier a réussi sans
profit pour sa gloire, et c'est au *Diable amoureux*
seul et à quelques poèmes et chansons qu'il a dû la
renommée dont s'illustrèrent encore les malheurs de
sa vieillesse. La fin de sa vie a donné surtout le
secret des idées mystérieuses qui présidèrent à
l'invention de presque tous ses ouvrages, et qui leur

ajoutent une valeur singulière que nous essayerons d'apprécier.

Un certain vague règne sur les premières années de Jacques Cazotte. Né à Dijon en 1720, il avait fait ses études chez les jésuites, comme la plupart des beaux esprits de ce temps-là. Un de ses frères, grand vicaire de M. de Choiseul, évêque de Châlons, le fit venir à Paris et le plaça dans l'administration de la marine, où il obtint vers 1747 le grade de commissaire. Dès cette époque, il s'occupait un peu de littérature, de poésie surtout. Le salon de Raucourt, son compatriote, réunissait des littérateurs et des artistes, et il s'en fit connaître en lisant quelques fables et quelques chansons, premières ébauches d'un talent qui devait dans la suite faire plus d'honneur à la prose qu'à la poésie.

De ce moment, une partie de sa vie dut se passer à la Martinique, où l'appelait un poste de contrôleur des Iles-sous-le-Vent. Il y vécut plusieurs années obscur, mais considéré et aimé de tous, et épousa Mlle Élisabeth Roignan, fille du premier juge de la Martinique. Un congé lui permit de revenir pour quelque temps à Paris, où il publia encore quelques poésies. Deux chansons, qui devinrent bientôt célèbres, datent de cette époque, et paraissent résulter du goût qui s'était répandu de rajeunir l'ancienne romance ou ballade française, à l'imitation du sieur de la Monnoye. Ce fut un des premiers essais de cette couleur romantique ou romanesque dont notre littérature devait user et abuser plus tard, et il est remarquable de voir s'y dessiner déjà, à travers mainte incorrection, le talent aventureux de Cazotte.

La première est intitulée *la Veillée de la bonne femme*, et commence ainsi :

> Tout au beau milieu des Ardennes,
> Est un château sur le haut d'un rocher,
> Où fantômes sont par centaines.
> Les voyageurs n'osent en approcher :
> Dessus ses tours
> Sont nichés les vautours,
> Ces oiseaux de malheur,
> Hélas, ma bonne ; hélas! que j'ai grand'peur!

On reconnaît déjà tout à fait le genre de la ballade, telle que la conçoivent les poètes du Nord, et l'on voit surtout que c'est là du fantastique sérieux; nous voici bien loin de la poésie musquée de Bernis et de Dorat. La simplicité du style n'exclut pas un certain ton de poésie ferme et colorée qui se montre dans quelques vers.

> Tout à l'entour de ses murailles
> On croit ouïr les loups-garous hurler,
> On entend traîner des ferrailles,
> On voit des feux, on voit du sang couler.
> Tout à la fois,
> De très sinistres voix
> Qui vous glacent le cœur.
> Hélas! ma bonne, hélas! que j'ai grand'peur!

Sire Enguerrand, brave chevalier qui revient d'Espagne, veut loger en passant dans ce terrible château. On lui fait de grands récits des esprits qui l'habitent; mais il en rit, se fait débotter, servir à souper, et fait mettre des draps à un lit. A minuit commence le tapage annoncé par les bonnes gens. Des bruits terribles font trembler les murailles, une nuée infernale flambe sur les lambris; en même temps, un grand vent souffle et les battants des portes s'ouvrent *avec rumeur*.

Un damné, en proie aux démons, traverse la salle en jetant des cris de désespoir.

> Sa bouche était toute écumeuse,
> Le plomb fondu lui découlait des yeux...
> Une ombre toute échevelée
> Va, lui plongeant un poignard dans le cœur;
> Avec une épaisse fumée
> Le sang en sort si noir qu'il fait horreur.
> Hélas! ma bonne, hélas! que j'ai grand'peur!

Enguerrand demande à ces tristes personnages le motif de leurs tourments.

— Seigneur, répond la femme armée d'un poignard, je suis née dans ce château, j'étais la fille du comte Anselme. Ce monstre que vous voyez, et que le ciel m'oblige à torturer, était aumônier de mon père et s'éprit de moi pour mon malheur. Il oublia les devoirs de son état, et, ne pouvant me séduire, il invoqua le diable et se donna à lui pour en obtenir une faveur. Tous les matins j'allais au bois prendre le frais et me baigner dans l'eau pure d'un ruisseau.

> Là, tout auprès de la fontaine,
> Certaine rose aux yeux faisait plaisir;
> Fraîche, brillante, éclose à peine,
> Tout paraissait induire à la cueillir:
> Il vous semblait,
> Las! qu'elle répandait,
> La plus aimable odeur.
> Hélas! ma bonne, hélas! que j'ai grand'peur!
>
> J'en veux orner ma chevelure
> Pour ajouter plus d'éclat à mon teint;

> Je ne sais quoi contre nature
> Me repoussait quand j'y portais la main.
> Mon cœur battait
> Et en battant disait :
> Le diable est sous la fleur!...
> Hélas! ma bonne, hélas! que j'ai grand'peur!

Cette rose, enchantée par le diable, livre la belle aux mauvais desseins de l'aumônier. Mais bientôt, reprenant ses sens, elle le menace de le dénoncer à son père, et le malheureux la fait taire d'un coup de poignard.

Cependant, on entend de loin la voix du comte qui cherche sa fille. Le diable alors s'approche du coupable sous la forme d'un bouc et lui dit : Monte, mon cher ami; ne crains rien, mon fidèle serviteur.

> Il monte, et, sans qu'il s'en étonne,
> Il sent sous lui le diable détaler;
> Sur son chemin l'air s'empoisonne,
> Et le terrain sous lui semble brûler.
> En un instant
> Il le plonge vivant
> Au séjour de douleur!
> Hélas! ma bonne, hélas! que j'ai grand'peur!

Le dénouement de l'aventure est que sire Enguerrand, témoin de cette scène infernale, fait par hasard un signe de croix, ce qui dissipe l'apparition. Quant à la moralité, elle se borne à engager les femmes à se défier de leur vanité, et les hommes à se défier du diable.

Cette imitation des vieilles légendes catholiques, qui serait fort dédaignée aujourd'hui, était alors d'un effet assez neuf en littérature; nos écrivains avaient longtemps obéi à ce précepte de Boileau,

qui dit que la foi des chrétiens ne doit pas
emprunter d'ornements à la poésie; et, en effet,
toute religion qui tombe dans le domaine des poètes
se dénature bientôt, et perd son pouvoir sur les
âmes. Mais Cazotte, plus superstitieux que croyant,
se préoccupait fort peu d'orthodoxie. D'ailleurs, le
petit poème dont nous venons de parler n'avait
nulle prétention, et ne peut nous servir qu'à
signaler les premières tendances de l'auteur du
Diable amoureux vers une sorte de poésie fantastique, devenue vulgaire après lui.

On prétend que cette romance fut composée par
Cazotte pour Mme Poissonnier, son amie d'enfance,
nourrice du duc de Bourgogne, et qui lui avait
demandé des chansons qu'elle pût chanter pour
endormir l'enfant royal. Sans doute il aurait pu
choisir quelque sujet moins triste et moins chargé
de visions mortuaires; mais on verra que cet
écrivain avait la triste destinée de pressentir tous
les malheurs.

Une autre romance du même temps, intitulée *les
Prouesses inimitables d'Ollivier, marquis d'Edesse*,
obtint aussi une grande vogue. C'est une imitation
des anciens fabliaux chevaleresques, traitée encore
dans le style populaire.

> La fille du comte de Tours,
> Hélas! des maux d'enfant l'ont pris;
> Le comte, qui sait ses amours,
> Sa fureur ne peut retenir :
> — Qu'on cherche mon page Ollivier,
> Qu'on le mette en quatre quartiers...
> — Commère, il faut chauffer le lit;
> N'entends-tu pas sonner minuit ?

Plus de trente couplets sont consacrés ensuite aux exploits du page Ollivier, qui, poursuivi par le comte sur terre et sur mer, lui sauve la vie plusieurs fois, lui disant à chaque rencontre :

« — C'est moi qui suis votre page ! et maintenant me ferez-vous mettre en quartiers ?

« — Ote-toi de devant mes yeux ! » lui répond toujours l'obstiné vieillard, que rien ne peut fléchir, et Ollivier se décide enfin à s'exiler de la France pour faire la guerre en terre sainte.

Un jour, ayant perdu tout espoir, il veut mettre fin à ses peines ; un ermite du Liban le recueille chez lui, le console, et lui fait voir dans un verre d'eau, sorte de miroir magique, tout ce qui se passe dans le château de Tours ; comment sa maîtresse languit dans un cachot, « parmi la fange et les crapauds » ; comment son enfant a été perdu dans les bois, où il est allaité par une biche, et comment encore Richard, le duc des Bretons, a déclaré la guerre au comte de Tours et l'assiège dans son château. Ollivier repasse généreusement en Europe pour aller secourir le père de sa maîtresse, et arrive à l'instant où la place va capituler.

> Voyez quels coups ils vont donnant
> Par la fureur trop animés,
> Les assiégés aux assiégeants,
> Les assiégeants aux assiégés ;
> Las ! la famine est au château,
> Il le faudra rendre bientôt.
> — Commère, il faut chauffer le lit ;
> N'entends-tu pas sonner minuit ?
>
> Tout à coup, comme un tourbillon,
> Voici venir mon Ollivier ;

De sa lance il fait deux tronçons
Pour pouvoir à deux mains frapper.
A ces coups-ci, mes chers Bretons,
Vous faut marcher à reculons!...
— Commère, il faut chauffer le lit ;
N'entends-tu pas sonner minuit ?

On voit que cette poésie simple ne manque pas
d'un certain éclat ; mais ce qui frappa le plus alors
les connaisseurs, ce fut le fond romanesque du sujet,
où Moncrif, le célèbre historiographe des Chats, crut
voir l'étoffe d'un poème.

Cazotte n'était encore que l'auteur modeste de
quelques fables et chansons ; le suffrage de l'acadé-
micien Moncrif fit travailler son imagination, et, à
son retour à la Martinique, il traita le sujet
d'*Ollivier* sous la forme du poème en prose, entre-
mêlant ses récits chevaleresques de situations
comiques et d'aventures de féerie à la manière des
Italiens. Cet ouvrage n'a pas une grande valeur
littéraire, mais la lecture en est amusante et le style
fort soutenu.

On peut rapporter au même temps la composition
du *Lord impromptu,* nouvelle anglaise écrite dans le
genre intime, et qui présente des détails pleins
d'intérêt.

Il ne faut pas croire, du reste, que l'auteur de ces
fantaisies ne prît point au sérieux sa position
administrative ; nous avons sous les yeux un travail
manuscrit qu'il adressa à M. de Choiseul pendant
son ministère, et dans lequel il trace noblement les
devoirs du commissaire de marine, et propose
certaines améliorations dans le service avec une
sollicitude qui fut sans doute appréciée. On peut
ajouter qu'à l'époque où les Anglais attaquèrent la

colonie, en 1749, Cazotte déploya une grande
activité et même des connaissances stratégiques
dans l'armement du fort Saint-Pierre. L'attaque fut
repoussée, malgré la descente qu'opérèrent les
Anglais.

Cependant la mort du frère de Cazotte le rappela
une seconde fois en France comme héritier de tous
ses biens, et il ne tarda pas à solliciter sa retraite :
elle lui fut accordée dans les termes les plus
honorables et avec le titre de commissaire général
de la marine.

II

Il ramenait en France sa femme Élisabeth, et
commença par s'établir dans la maison de son frère
à Pierry, près d'Épernay. Décidés à ne point
retourner à la Martinique, Cazotte et sa femme
avaient vendu tous leurs biens au père Lavalette,
supérieur de la mission des jésuites, homme instruit
avec lequel il avait entretenu, pendant son séjour
aux colonies, des relations agréables. Celui-ci s'était
acquitté en lettres de change sur la compagnie des
jésuites à Paris.

Il y en avait pour cinquante mille écus; il les
présente, la compagnie les laisse protester. Les
supérieurs prétendirent que le père Lavalette s'était
livré à des spéculations dangereuses et qu'ils ne
pouvaient reconnaître. Cazotte, qui avait engagé là
tout le plus clair de son avoir, se vit réduit à plaider
contre ses anciens professeurs, et ce procès, dont
souffrit son cœur religieux et monarchique, fut

l'origine de tous ceux qui fondirent ensuite sur la société de Jésus et en amenèrent la ruine.

Ainsi commençaient les fatalités de cette existence singulière. Il n'est pas douteux que, dès lors, ses convictions religieuses plièrent de certains côtés. Le succès du poème d'*Ollivier* l'encourageait à continuer d'écrire, il fit paraître *le Diable amoureux*.

Cet ouvrage est célèbre à divers titres; il brille entre ceux de Cazotte par le charme et la perfection des détails; mais il les surpasse tous par l'originalité de la conception. En France, à l'étranger surtout, ce livre a fait école et a inspiré bien des productions analogues.

Le phénomène d'une telle œuvre littéraire n'est pas indépendant du milieu social où il se produit; *l'Ane d'or* d'Apulée, livre également empreint de mysticisme et de poésie, nous donne dans l'antiquité le modèle de ces sortes de créations [2]. Apulée, l'initié du culte d'Isis, l'illuminé païen, à moitié sceptique, à moitié crédule cherchant sous les débris des mythologies qui s'écroulent les traces de superstitions antérieures ou persistantes, expliquant la fable par le symbole, et le prodige par une vague définition des forces occultes de la nature, puis, un instant après, se raillant lui-même de sa crédulité, ou jetant çà et là quelque trait ironique qui déconcerte le lecteur prêt à le prendre au sérieux, c'est bien le chef de cette famille d'écrivains qui parmi nous peut encore compter glorieusement l'auteur de *Smarra* [3], ce rêve de l'antiquité, cette poétique réalisation des phénomènes les plus frappants du cauchemar.

Beaucoup de personnes n'ont vu dans *le Diable amoureux* qu'une sorte de conte bleu, pareil à

beaucoup d'autres du même temps et digne de
prendre place dans le Cabinet des fées. Tout au plus
l'eussent-elles rangé dans la classe des contes
allégoriques de Voltaire ; c'est justement comme si
l'on comparait l'œuvre mystique d'Apulée aux
facéties mythologiques de Lucien. *L'Ane d'or* servit
longtemps de thème aux théories symboliques des
philosophes alexandrins ; les chrétiens eux-mêmes
respectaient ce livre, et saint Augustin le cite avec
déférence comme l'expression poétisée d'un symbole
religieux : *le Diable amoureux* aurait quelque droit
aux mêmes éloges, et marque un progrès singulier
dans le talent et la manière de l'auteur.

Ainsi cet homme, qui fut d'abord un poète
gracieux de l'école de Marot et de La Fontaine, puis
un conteur naïf, épris tantôt de la couleur des vieux
fabliaux français, tantôt du vif chatoiement de la
fable orientale mise à la mode par le succès des
Mille et une Nuits ; suivant, après tout, les goûts de
son siècle plus que sa propre fantaisie, le voilà qui
s'est laissé aller au plus terrible danger de la vie
littéraire, celui de prendre au sérieux ses propres
inventions. Ce fut, il est vrai, le malheur et la gloire
des plus grands auteurs de cette époque ; ils
écrivaient avec leur sang, avec leurs larmes ; ils
trahissaient sans pitié, au profit d'un public vulgaire les mystères de leur esprit et de leur cœur ; ils
jouaient leur rôle au sérieux comme ces comédiens
antiques qui tachaient la scène d'un sang véritable
pour les plaisirs du peuple-roi [4]. Mais qui se serait
attendu, dans ce siècle d'incrédulité où le clergé lui-
même a si peu défendu ses croyances, à rencontrer
un poète que l'amour du merveilleux purement

allégorique entraîne peu à peu au mysticisme le plus
sincère et le plus ardent ?

Les livres traitant de la cabale et des sciences
occultes inondaient alors les bibliothèques ; les plus
bizarres spéculations du moyen âge ressuscitaient
sous une forme spirituelle et légère, propre à
concilier à ces idées rajeunies la faveur d'un public
frivole, à demi impie, à demi crédule, comme celui
des derniers âges de la Grèce et de Rome. L'abbé de
Villars, dom Pernetty, le marquis d'Argens, popula-
risaient les mystères de l'*Œdipus Ægyptiacus* et les
savantes rêveries des néoplatoniciens de Florence.
Pic de la Mirandole et Marsile Ficin renaissaient
tout empreints de l'esprit musqué du xviiie siècle,
dans *le Comte de Gabalis,* les *Lettres cabalistiques* et
autres productions de philosophie transcendante à
la portée des salons. Aussi ne parlait-on plus que
d'esprits élémentaires, de sympathies occultes, de
charmes, de possessions, de migration des âmes,
d'alchimie et de magnétisme surtout. L'héroïne du
Diable amoureux n'est autre qu'un de ces lutins
bizarres que l'on peut voir décrits à l'article *Incube*
ou *Succube,* dans *le Monde enchanté,* de Bekker [5].

Le rôle un peu noir que l'auteur fait jouer en
définitive à la charmante Biondetta, suffirait à
indiquer qu'il n'était pas encore initié, à cette
époque, aux mystères des cabalistes ou des illuminés, lesquels ont toujours soigneusement distingué
les esprits élémentaires, sylphes, gnomes, ondins ou
salamandres, des noirs suppôts de Belzébuth. Pourtant l'on raconte [6] que peu de temps après la
publication du *Diable amoureux,* Cazotte reçut la
visite d'un mystérieux personnage au maintien

grave, aux traits amaigris par l'étude, et dont un manteau brun drapait la stature imposante.

Il demanda à lui parler en particulier, et quand on les eut laissés seuls, l'étranger aborda Cazotte avec quelques signes bizarres, tels que les initiés en emploient pour se reconnaître entre eux.

Cazotte, étonné, lui demanda s'il était muet, et le pria d'expliquer mieux ce qu'il avait à dire. Mais l'autre changea seulement la direction de ses signes et se livra à des démonstrations plus énigmatiques encore.

Cazotte ne put cacher son impatience. « Pardon, monsieur, lui dit l'étranger, mais je vous croyais des nôtres et dans les plus hauts grades.

— Je ne sais ce que vous voulez dire, répondit Cazotte.

— Et sans cela, où donc auriez-vous puisé les pensées qui dominent dans votre *Diable amoureux?*

— Dans mon esprit, s'il vous plaît.

— Quoi! ces évocations dans les ruines, ces mystères de la cabale, ce pouvoir occulte d'un homme sur les esprits de l'air, ces théories si frappantes sur le pouvoir des nombres, sur la volonté, sur les fatalités de l'existence, vous auriez imaginé toutes ces choses?

— J'ai lu beaucoup, mais sans doctrine, sans méthode particulière.

— Et vous n'êtes pas même franc-maçon?

— Pas même cela.

— Eh bien, monsieur, soit par pénétration, soit par hasard, vous avez pénétré des secrets qui ne sont accessibles qu'aux initiés de premier ordre, et peut-être serait-il prudent désormais de vous abstenir de pareilles révélations.

— Quoi! j'aurais fait cela! s'écria Cazotte
effrayé; moi qui ne songeais qu'à divertir le public
et à prouver seulement qu'il fallait prendre garde
au diable.

— Et qui vous dit que notre science ait quelque
rapport avec cet esprit des ténèbres? Telle est
pourtant la conclusion de votre dangereux ouvrage.
Je vous ai pris pour un frère infidèle qui trahissait
nos secrets par un motif que j'étais curieux de
connaître... Et, puisque vous n'êtes en effet qu'un
profane ignorant de notre but suprême, je vous
instruirai, je vous ferai pénétrer plus avant dans les
mystères de ce monde des esprits qui nous presse de
toutes parts, et qui par l'intuition seule s'est déjà
révélé à vous [7]. »

Cette conversation se prolongea longtemps; les
biographes varient sur les termes, mais tous s'ac-
cordent à signaler la subite révolution qui se fit dès
lors dans les idées de Cazotte, adepte sans le savoir
d'une doctrine dont il ignorait qu'il existât encore
des représentants. Il avoua qu'il s'était montré
sévère, dans son *Diable amoureux,* pour les cabalistes, dont il ne concevait qu'une idée fort vague,
et que leurs pratiques n'étaient peut-être pas aussi
condamnables qu'il l'avait supposé. Il s'accusa
même d'avoir un peu calomnié ces innocents esprits
qui peuplent et animent la région moyenne de l'air,
en leur assimilant la personnalité douteuse d'un
lutin femelle qui répond au nom de Belzébuth.

« Songez, lui dit l'initié, que le père Kircher,
l'abbé de Villars et bien d'autres casuistes ont
démontré depuis longtemps la parfaite innocence de
ces esprits au point de vue chrétien. Les Capitu-
laires de Charlemagne en faisaient mention comme

d'êtres appartenant à la hiérarchie céleste; Platon
et Socrate, les plus sages des Grecs, Origène, Eusèbe
et saint Augustin, ces flambeaux de l'Église, s'ac-
cordaient à distinguer le pouvoir des esprits élémentaires de celui des fils de l'abîme... » Il n'en fallait
pas tant pour convaincre Cazotte, qui, comme on le
verra, devait plus tard appliquer ces idées, non plus
à ses livres, mais à sa vie, et qui s'en montra
convaincu jusqu'à ses derniers moments.

Cazotte dut être d'autant plus porté à réparer la
faute qui lui était signalée, que ce n'était pas peu de
chose alors que d'encourir la haine des illuminés,
nombreux, puissants, et divisés en une foule de
sectes, sociétés et loges maçonniques, qui se corres-
pondaient d'un bout à l'autre du royaume. Cazotte,
accusé d'avoir révélé aux profanes les mystères de
l'initiation, s'exposait au même sort qu'avait subi
l'abbé de Villars, qui, dans *le Comte de Gabalis,*
s'était permis de livrer à la curiosité publique, sous
une forme à demi sérieuse, toute la doctrine des
rose-croix sur le monde des esprits. Cet ecclésias-
tique fut trouvé un jour assassiné sur la route de
Lyon, et l'on ne put accuser que les sylphes ou les
gnomes de cette expédition. Cazotte opposa d'ailleurs d'autant moins de résistance aux conseils de
l'initié qu'il était naturellement très porté à ces
sortes d'idées. Le vague que des études faites sans
méthode répandaient dans sa pensée le fatiguait lui-
même, et il avait besoin de se rattacher à une
doctrine complète. Celle des Martinistes, au nombre
desquels il se fit recevoir, avait été introduite en
France par Martinez Pasqualis [8], et renouvelait
simplement l'institution des rites cabalistiques du
xɪe siècle, dernier écho de la formule des gnostiques,

où quelque chose de la métaphysique juive se mêle aux théories obscures des philosophes alexandrins.

L'école de Lyon, à laquelle appartenait dès lors Cazotte, professait d'après Martinez que l'intelligence et la volonté sont les seules forces actives de la nature, d'où il suit, que pour en modifier les phénomènes, il suffit de commander fortement et de vouloir. Elle ajoutait que, par la contemplation de ses propres idées et l'abstraction de tout ce qui tient au monde extérieur et au corps, l'homme pouvait s'élever à la notion parfaite de l'essence universelle et à cette domination des *esprits* dont le secret était contenu dans *la Triple contrainte de l'enfer,* conjuration toute-puissante à l'usage des cabalistes du moyen âge.

Martinez, qui avait couvert la France de loges maçonniques selon son rite, était allé mourir à Saint-Domingue; la doctrine ne put se conserver pure et se modifia bientôt en admettant les idées de Swedenborg et de Jacob Boehm, qu'on eut de la peine à réunir dans le même symbole. Le célèbre Saint-Martin, l'un des néophytes les plus ardents et les plus jeunes, se rattacha particulièrement aux principes de ce dernier. A cette époque, l'école de Lyon s'était fondue déjà dans la société des Philalèthes, où Saint-Martin refusa d'entrer, disant qu'ils s'occupaient plus de la science des *âmes,* d'après Swedenborg, que de celle des *esprits,* d'après Martinez.

Plus tard, parlant de son séjour parmi les illuminés de Lyon, cet illustre théosophe disait : « Dans l'école où j'ai passé il y a vingt-cinq ans, les *communications* de tout genre étaient fréquentes; j'en ai eu ma part comme beaucoup d'autres. Les

manifestations du signe du *Réparateur* y étaient
visibles : j'y avais été préparé par des initiations.
Mais, ajoute-t-il, le danger de ces initiations est de
livrer l'homme à des *esprits violents;* et je ne puis
répondre que les formes qui se communiquaient à
moi ne fussent pas des formes d'emprunt. »

Le danger que redoutait Saint-Martin fut précisément celui où se livra Cazotte, et qui causa peut-
être les plus grands malheurs de sa vie. Longtemps
encore ses croyances furent douces et tolérantes, ses
visions riantes et claires; ce fut dans ces quelques
années qu'il composa de nouveaux contes arabes
qui, longtemps confondus avec *les Mille et une
Nuits,* dont ils formaient la suite, n'ont pas valu à
leur auteur toute la gloire qu'il en devait retirer.
Les principaux sont *la Dame inconnue, le Chevalier,
l'Ingrat puni, le Pouvoir du Destin, Simoustapha, le
Calife voleur,* qui a fourni le sujet du *Calife de
Bagdad, l'Amant des étoiles* et *le Magicien ou
Maugraby,* ouvrage plein de charme descriptif et
d'intérêt.

Ce qui domine dans ces compositions, c'est la
grâce et l'esprit des détails; quant à la richesse de
l'invention, elle ne le cède pas aux contes orientaux
eux-mêmes, ce qui s'explique en partie d'ailleurs
par le fait que plusieurs sujets originaux avaient été
communiqués à l'auteur par un moine arabe nommé
dom Chavis.

La théorie des esprits élémentaires, si chère à
toute imagination mystique, s'applique également,
comme on sait, aux croyances de l'Orient, et les
pâles fantômes, perçus dans les brumes du Nord au
prix de l'hallucination et du vertige, semblent se
teindre là-bas des feux et des couleurs d'une

atmosphère splendide et d'une nature enchantée.
Dans son *Conte du Chevalier*, qui est un véritable
poème, Cazotte réalise surtout le mélange de l'invention romanesque et d'une distinction des bons
ou des mauvais esprits, savamment renouvelée des
cabalistes de l'Orient. Les génies lumineux, soumis
à Salomon, livrent force combats à ceux de la suite
d'*Eblis;* les talismans, les conjurations, les anneaux
constellés, les miroirs magiques, tout cet enchevêtrement merveilleux des fatalistes arabes s'y noue
et s'y dénoue avec ordre et clarté. Le héros a
quelques traits de l'initié égyptien du roman de
Séthos, qui, alors, obtenait un succès prodigieux. Le
passage où il traverse, à travers mille dangers, la
montagne de Caf, palais éternel de Salomon, roi des
génies, est la version asiatique des épreuves d'Isis;
ainsi, la préoccupation des mêmes idées apparaît
encore sous les formes les plus diverses.

Ce n'est pas à dire qu'un grand nombre des
ouvrages de Cazotte n'appartienne à la littérature
ordinaire. Il eut quelque réputation comme fabuliste, et dans la dédicace qu'il fit de son volume de
fables à l'Académie de Dijon, il eut soin de rappeler
le souvenir d'un de ses aïeux, qui, du temps de
Marot et de Ronsard, avait contribué aux progrès
de la poésie française. A l'époque où Voltaire
publiait son poème intitulé *la Guerre de Genève*,
Cazotte eut l'idée plaisante d'ajouter aux premiers
chants du poème inachevé un septième chant écrit
dans le même style, et que l'on crut de Voltaire lui-
même.

Nous n'avons pas parlé de ses chansons [9], qui
portent l'empreinte d'un esprit tout particulier.

Rappellerons-nous la plus connue, intitulée : *O mai!
joli mois de mai :*

> Pour le premier jour de mai,
> Soyez bien réveillée!
> Je vous apporte un bouquet,
> Tout de giroflée;
> Un bouquet cueilli tout frais,
> Tout plein de rosée.

Tout continue sur ce ton. C'est une délicieuse
peinture d'éventail, qui se déploie avec les grâces
naïves et maniérées tout à la fois du bon vieux
temps.

Pourquoi ne citerions-nous pas encore la charmante ronde : *Toujours vous aimer;* et surtout la
villanelle si gaie dont voici quelques couplets :

> Que de maux soufferts,
> Vivant dans vos fers, Thérèse!
> Que de maux soufferts,
> Vivant dans vos fers!
>
> Si vers les genoux
> Mes bas ont des trous, Thérèse,
> A vos pieds, je les fis tous,
> Ainsi qu'on se prenne à vous!
> Si vers les genoux, etc.
>
> Et mes cinq cents francs
> Que j'avais comptant, Thérèse?
> Il n'en reste pas six blancs;
> Et qui me rendra mon temps?
> Et mes cinq cents francs, etc.

Vous avez vingt ans,
Et mille agréments, Thérèse ;
Mais aucun de vos amants
Ne vous dira dans vingt ans :
« Vous avez vingt ans, etc. »

Nous avons dit que l'Opéra-Comique devait à
Cazotte le sujet du *Calife de Bagdad;* son *Diable
amoureux* fut représenté aussi sous cette forme,
avec le titre de *l'Infante de Zamora.* Ce fut à
ce sujet sans doute qu'un de ses beaux-frères, qui
était venu passer quelques jours à sa campagne de
Pierry, lui reprochait de ne point tenter le théâtre,
et lui vantait les opéras bouffons comme des
ouvrages d'une grande difficulté : — « Donnez-moi
un mot, dit Cazotte, et demain j'aurai fait une
pièce de ce genre à laquelle il ne manquera rien. »

Le beau-frère voit entrer un paysan avec des
sabots : « Eh bien! *sabots*, s'écria-t-il, faites une
pièce sur ce mot-là. » Cazotte demanda à rester
seul ; mais un personnage singulier, qui justement
faisait partie ce soir-là de la réunion, s'offrit à faire
la musique à mesure que Cazotte écrirait l'opéra.
C'était Rameau, le neveu du grand musicien dont
Diderot a raconté la vie fantasque dans ce dialogue
qui est un chef-d'œuvre, et la seule satire moderne
qu'on puisse opposer à celles de Pétrone.

L'opéra fut fait dans la nuit, adressé à Paris, et
représenté bientôt à la Comédie-Italienne, après
avoir été retouché par Marsollier et Duni, qui y
daignèrent mettre leur nom. Cazotte n'obtint pour
droits d'auteur que ses entrées, et le neveu de
Rameau, ce génie incompris, demeura obscur
comme par le passé. C'était bien d'ailleurs le

musicien qu'il fallait à Cazotte, qui a dû sans doute
bien des idées étranges à ce bizarre compagnon.

Le portrait qu'il en fait dans sa préface de la
seconde *Raméide*, poème héroï-comique, composé en
l'honneur de son ami, mérite d'être conservé,
autant comme morceau-de style que comme note
utile à compléter la piquante analyse morale et
littéraire de Diderot.

« C'est l'homme le plus plaisant par nature que
j'aie connu; il s'appelait Rameau, était neveu du
célèbre musicien, avait été mon camarade au
collège, et avait pris pour moi une amitié qui ne
s'est jamais démentie, ni de sa part, ni de la
mienne. Ce personnage, l'homme le plus extraordinaire de notre temps, était né avec un talent
naturel de plus d'un genre, que le défaut d'assiette
de son esprit ne lui permit jamais de cultiver. Je ne
puis comparer son genre de plaisanterie qu'à celui
que déploie le docteur Sterne dans son *Voyage
sentimental*. Les saillies de Rameau étaient des
saillies d'instinct d'un genre si particulier, qu'il est
nécessaire de les peindre pour essayer de les rendre.
Ce n'étaient point de bons mots, c'étaient des traits
qui semblaient partir de la plus profonde connaissance du cœur humain. Sa physionomie, qui était
vraiment burlesque, ajoutait un piquant extraordinaire à ses saillies, d'autant moins attendues de sa
part, que, d'habitude, il ne faisait que déraisonner.
Ce personnage, né musicien, autant et plus peut-
être que son oncle, ne put jamais s'enfoncer dans les
profondeurs de l'art; mais il était né plein de chant
et avait l'étrange facilité d'en trouver, impromptu,
de l'agréable et de l'expressif, sur quelques paroles
qu'on voulût lui donner; seulement il eût fallu

qu'un véritable artiste eût arrangé et corrigé ses
phrases et composé ses partitions. Il était de figure
aussi horriblement que plaisamment laid, très souvent ennuyeux, parce que son génie l'inspirait
rarement; mais si sa verve le servait, il faisait rire
jusqu'aux larmes. Il vécut pauvre, ne pouvant
suivre aucune profession. Sa pauvreté absolue lui
faisait honneur dans mon esprit. Il n'était pas
absolument sans fortune, mais il eût fallu dépouiller
son père du bien de sa mère, et il se refusa à l'idée de
réduire à la misère l'auteur de ses jours, qui s'était
remarié et avait des enfants. Il a donné, dans
plusieurs autres occasions, des preuves de la bonté
de son cœur. Cet homme singulier vécut passionné
pour la gloire, qu'il ne pouvait acquérir dans aucun
genre... Il est mort dans une maison religieuse, où
sa famille l'avait placé, après quatre ans de retraite,
qu'il avait prise en gré, et ayant gagné le cœur de
tous ceux qui d'abord n'avaient été que ses
geôliers. »

Les lettres de Cazotte sur la musique, dont
plusieurs sont des réponses à la lettre de J.-J. Rousseau sur l'Opéra, se rapportent à cette légère
incursion dans le domaine lyrique. La plupart de ses
écrits sont anonymes, et ont été recueillis depuis
comme pièces diplomatiques de la guerre de
l'Opéra. Quelques-unes sont certaines, d'autres
douteuses. Nous serions bien étonnés s'il fallait
ranger parmi ces dernières *le Petit Prophète de
Bœhmischbroda*, fantaisie attribuée à Grimm, qui
compléterait au besoin l'analogie marquée de
Cazotte et d'Hoffmann.

C'était encore la belle époque de la vie de
Cazotte; voici le portrait qu'a donné Charles Nodier

de cet homme célèbre, qu'il avait vu dans sa
jeunesse [10] :

« A une extrême bienveillance, qui se peignait
dans sa belle et heureuse physionomie, à une
douceur tendre que ses yeux bleus encore fort
animés exprimaient de la manière la plus séduisante, M. Cazotte joignait le précieux talent de
raconter mieux qu'homme du monde des histoires,.
tout à la fois étranges et naïves, qui tenaient de la
réalité la plus commune par l'exactitude des circonstances et de la féerie par le merveilleux. Il avait
reçu de la nature un don particulier pour voir les
choses sous leur aspect fantastique, et l'on sait si
j'étais organisé de manière à jouir avec délices de ce
genre d'illusion. Aussi, quand un pas grave se
faisait entendre à intervalles égaux sur les dalles de
l'autre chambre ; quand sa porte s'ouvrait avec une
lenteur méthodique, et laissait percer la lumière
d'un falot porté par un vieux domestique moins
ingambe que le maître, et que M. Cazotte appelait
gaiement son *pays ;* quand M. Cazotte paraissait lui-
même avec son chapeau triangulaire, sa longue
redingote de camelot vert brodé d'un petit galon,
ses souliers à bouts carrés fermés très avant sur le
pied par une forte agrafe d'argent, et sa haute
canne à pomme d'or, je ne manquais jamais de
courir à lui avec les témoignages d'une joie folle, qui
était encore augmentée par ses caresses. »

Charles Nodier met ensuite dans sa bouche un de
ces récits mystérieux qu'il se plaisait à faire dans le
monde et qu'on écoutait avidement. Il s'agit de la
longévité de Marion Delorme, qu'il disait avoir vue
quelques jours avant sa mort, âgée de près d'un
siècle et demi, ainsi que semblent le constater

d'ailleurs son acte de baptême et son acte mortuaire conservés à Besançon. En admettant cette question fort controversée de l'âge de Marion Delorme, Cazotte pouvait l'avoir vue étant âgé de vingt et un ans. C'est ainsi qu'il disait pouvoir transmettre des détails inconnus sur la mort de Henri IV, à laquelle Marion Delorme avait pu assister.

Mais le monde était plein alors de ces causeurs amis du merveilleux ; le comte de Saint-Germain et Cagliostro tournaient toutes les cervelles, et Cazotte n'avait peut-être de plus que son génie littéraire et la réserve d'une honnête sincérité. Si pourtant nous devons ajouter foi à la prophétie célèbre rapportée dans les mémoires de La Harpe [11], il aurait joué seulement le rôle fatal de Cassandre, et n'aurait pas eu tort, comme on le lui reprochait, *d'être toujours sur le trépied.*

III

« Il me semble, dit La Harpe, que c'était hier, et c'était cependant au commencement de 1788. Nous étions à table chez un de nos confrères à l'Académie, grand seigneur et homme d'esprit ; la compagnie était nombreuse et de tout état, gens de robe, gens de cour, gens de lettres, académiciens, etc. On avait fait grande chère comme de coutume. Au dessert, les vins de Malvoisie et de Constance ajoutaient à la gaieté de la bonne compagnie cette sorte de liberté qui n'en gardait pas toujours le ton : on en était venu alors dans le monde au point où tout est permis pour faire rire.

Chamfort nous avait lu de ses contes impies et

libertins, et les grandes dames avaient écouté sans
avoir même recours à l'éventail. De là un déluge de
plaisanteries sur la religion : et d'applaudir. Un
convive se lève, et tenant son verre plein : « Oui,
messieurs, s'écrie-t-il, je suis aussi *sûr qu'il n'y a pas
de Dieu,* que je suis sûr qu'Homère est un sot. » —
En effet, il était sûr de l'un comme de l'autre ; et
l'on avait parlé d'Homère et de Dieu, et il y avait là
des convives qui avaient dit du bien de l'un et de
l'autre.

La conversation devient plus sérieuse ; on se
répand en admiration sur la *révolution qu'avait faite
Voltaire,* et l'on convient que c'est le premier titre
de sa gloire : « Il a donné le ton à son siècle, et s'est
fait lire dans l'antichambre comme dans le salon. »

Un des convives nous raconta, en pouffant de
rire, que son coiffeur lui avait dit, tout en le
poudrant : « *Voyez vous, monsieur, quoique je ne sois
qu'un misérable carabin, je n'ai pas plus de religion
qu'un autre.* »

On en conclut que la révolution ne tardera pas à
se consommer ; il faut absolument que la *superstition et le fanatisme fassent place à la philosophie,* et
l'on en est à calculer la probabilité de l'époque, et
quels seront ceux de la société qui verront le *règne
de la raison.* Les plus vieux se plaignent de ne
pouvoir s'en flatter ; les jeunes se réjouissent d'en
avoir une espérance très vraisemblable ; et l'on
félicitait surtout l'Académie d'avoir préparé le
grand œuvre, et d'avoir été le chef-lieu, le centre, le
mobile de la liberté de penser.

Un seul des convives n'avait point pris part à
toute la joie de cette conversation, et avait même
laissé tomber tout doucement quelques plaisanteries

sur notre bel enthousiasme : c'était Cazotte, homme
aimable et original, mais malheureusement infatué
des rêveries des *illuminés*. Son héroïsme l'a depuis
rendu à jamais illustre.

Il prend la parole, et du ton le plus sérieux :
« Messieurs, dit-il, soyez satisfaits ; vous verrez tous
cette grande et sublime révolution que vous désirez
tant. Vous savez que je suis un peu prophète ; je
vous répète, *vous la verrez.* »

On lui répond par le refrain connu : « *Faut pas
être grand sorcier pour ça !* » Soit, mais peut-être
faut-il l'être un peu pour ce qui me reste à vous
dire. Savez-vous ce qui arrivera de cette *révolution*,
ce qui en arrivera pour vous, tant que vous êtes ici,
et ce qui en sera la suite immédiate, l'effet bien
prouvé, la conséquence bien reconnue ?

« Ah ! voyons, dit Condorcet avec son air sournois
et niais ; un philosophe n'est pas fâché de rencontrer
un prophète.

— *Vous, monsieur de Condorcet, vous expirerez
étendu sur le pavé d'un cachot,* vous mourrez du
poison que vous aurez pris pour vous dérober au
bourreau ; du poison que le bonheur de ce temps-là
vous forcera de porter toujours sur vous. »

Grand étonnement d'abord ; mais on se rappelle
que le bon Cazotte est sujet à rêver tout éveillé, et
l'on rit de plus belle.

« Monsieur Cazotte, le conte que vous faites ici
n'est pas si plaisant que votre *Diable amoureux ;*
mais quel diable vous a mis dans la tête ce *cachot,* ce
poison et ces *bourreaux ?* Qu'est-ce que tout cela
peut avoir de commun avec la *philosophie et le règne
de la raison ?*

— C'est précisément ce que je vous dis : c'est au

nom de la philosophie, de l'humanité, de la liberté, c'est sous le règne de la raison qu'il vous arrivera de finir ainsi, et ce sera bien le règne de la raison, car alors *elle aura des temples,* et même il n'y aura plus dans toute la France, en ce temps-là, que des *temples de la Raison.*

— Par ma foi, dit Chamfort avec le rire du sarcasme, vous ne serez pas un des prêtres de ces temples-là.

— Je l'espère; mais vous, *monsieur de Chamfort,* qui en serez un, et très digne de l'être, *vous vous couperez les veines* de vingt-deux coups de rasoir, et pourtant vous n'en mourrez que quelques mois après. »

On se regarde et on rit encore. « Vous, *monsieur Vicq d'Azir,* vous ne vous ouvrirez pas les veines vous-même; mais, après vous les avoir fait ouvrir six fois dans un jour, après un accès de goutte, pour être plus sûr de votre fait, vous mourrez dans la nuit. Vous, *monsieur de Nicolaï,* vous mourrez sur l'échafaud. Vous, *monsieur Bailly,* sur l'échafaud...

— Ah! Dieu soit béni! dit Roucher, il paraît que monsieur n'en veut qu'à l'Académie; il vient d'en faire une terrible exécution; et moi, grâce au ciel...

— Vous! vous mourrez aussi sur l'échafaud.

— Oh! c'est une gageure, s'écrie-t-on de toute part, il a juré de tout exterminer.

— Non, ce n'est pas moi qui l'ai juré.

— Mais nous serons donc subjugués par les Turcs et les Tartares? et encore!...

— Point du tout, je vous l'ai dit : vous serez alors gouvernés par la seule *philosophie,* par la seule *raison.* Ceux qui vous traiteront ainsi seront tous

des *philosophes*, auront à tout moment dans la
bouche toutes les mêmes phrases que vous débitez
depuis une heure, répéteront toutes vos maximes,
citeront tout comme vous les vers de Diderot et de
la Pucelle... »

On se disait à l'oreille : « Vous voyez bien qu'*il
est fou* (car il gardait le plus grand sérieux).
Est-ce que vous ne voyez pas qu'il plaisante ?
et vous savez qu'il entre toujours du merveilleux
dans ses plaisanteries.

— Oui, reprit Chamfort ; mais son merveilleux
n'est pas gai ; il est trop patibulaire. Et quand tout
cela se passera-t-il ?

— *Six ans ne se passeront pas que tout ce que je
vous dis ne soit accompli...*

— Voilà bien des miracles (et cette fois c'était
moi-même qui parlais) ; et vous ne m'y mettez pour
rien ?

— Vous y serez pour un miracle tout au moins
aussi extraordinaire : vous serez alors chrétien.
Grandes exclamations. — Ah ! reprit Chamfort, je
suis rassuré ; si nous ne devons périr que quand
La Harpe sera chrétien, nous sommes immortels.

— Pour ça, dit alors madame la duchesse de
Grammont, nous sommes bien heureuses, nous
autres femmes, de n'être pour rien dans les révolutions. Quand je dis pour rien, ce n'est pas que nous
ne nous en mêlions toujours un peu ; mais il est reçu
qu'on ne s'en prend pas à nous, et notre sexe...

— *Votre sexe, mesdames, ne vous en défendra pas
cette fois ;* et vous aurez beau ne vous mêler de rien,
vous serez traitées tout comme les hommes, sans
aucune différence quelconque.

— Mais qu'est-ce que vous nous dites donc là,

monsieur Cazotte? C'est la fin du monde que vous nous prêchez.

— Je n'en sais rien; mais ce que je sais, c'est que vous, madame la duchesse, *vous serez conduite à l'échafaud, vous* et beaucoup d'autres dames avec vous, dans la charrette du bourreau, et les mains derrière le dos.

— Ah! j'espère que, dans ce cas-là, j'aurai du moins un carrosse drapé de noir.

— Non, madame, de plus grandes dames que vous iront comme vous en charrette, et les mains liées comme vous.

— De plus grandes dames! quoi! *les princesses du sang?*

— *De plus grandes dames encore...* »

Ici un mouvement très sensible se fit dans toute la compagnie, et la figure du maître se rembrunit. On commençait à trouver que la plaisanterie était forte.

Mme de Grammont, pour dissiper le nuage, n'insista pas sur cette dernière réponse, et se contenta de dire, du ton le plus léger : « *Vous verrez qu'il ne me laissera pas seulement un confesseur!*

— *Non, madame, vous n'en aurez pas, ni personne. Le dernier supplicié, qui en aura un par grâce, sera...* »

Il s'arrêta un moment. « Eh bien! quel est donc l'heureux mortel qui aura cette prérogative? — C'est la seule qui lui restera : et ce sera *le roi de France.* »

Le maître de la maison se leva brusquement, et tout le monde avec lui. Il alla vers M. Cazotte, et lui dit, avec un ton pénétré : « Mon cher monsieur Cazotte, c'est assez faire durer cette facétie lugubre ; vous la poussez trop loin, et jusqu'à compromettre la société où vous êtes, et vous-même. »

Cazotte ne répondit rien, et se disposait à se retirer quand Mme de Grammont, qui voulait toujours éviter le sérieux et ramener la gaieté, s'avança vers lui :

— Monsieur le prophète, qui nous dites à tous notre bonne aventure, vous ne dites rien de la vôtre.

Il fut quelque temps en silence et les yeux baissés :

« Madame, avez-vous lu le siège de Jérusalem, dans *Josèphe?*

— Oh ! sans doute ; qu'est-ce qui n'a pas lu ça ? Mais faites comme si je ne l'avais pas lu.

— Eh bien ! madame, pendant ce siège, un homme fit sept jours de suite le tour des remparts, à la vue des assiégeants et des assiégés, criant incessamment d'une voix sinistre et tonnante : *Malheur à Jérusalem! Malheur à moi-même!* Et dans le moment une pierre énorme lancée par les machines ennemies, l'atteignit et le mit en pièces. »

Après cette réponse, M. Cazotte fit sa révérence et sortit.

Tout en n'accordant à ce document qu'une confiance relative, et en nous rapportant à la sage opinion de Charles Nodier, qui dit qu'à l'époque où a eu lieu cette scène, il n'était peut-être pas difficile de prévoir que la révolution qui venait choisirait ses victimes dans la plus haute société d'alors, et dévorerait ensuite ceux-là mêmes qui l'auraient créée, nous allons rapporter un singulier passage qui se trouve dans le poème d'*Ollivier,* publié justement

trente ans avant 93, et dans lequel on remarqua
une préoccupation de têtes coupées qui peut bien
passer, mais plus vaguement, pour une hallucination prophétique.

« Il y a environ quatre ans que nous fûmes
attirés l'un et l'autre par des enchantements dans le
palais de la fée Bagasse. Cette dangereuse sorcière,
voyant avec chagrin le progrès des armes chrétiennes en Asie, voulut les arrêter en tendant des
pièges aux chevaliers défenseurs de la foi. Elle
construisit non loin d'ici un palais superbe. Nous
mîmes malheureusement le pied sur les avenues :
alors, entraînés par un charme, quand nous
croyions ne l'être que par la beauté des lieux, nous
parvînmes jusque dans un péristyle qui était à
l'entrée du palais; mais nous y étions à peine, que
le marbre sur lequel nous marchions, solide en
apparence, s'écarte et fond sous nos pas : une chute
imprévue nous précipite sous le mouvement d'une
roue armée de fers tranchants qui séparent en un
clin d'œil toutes les parties de notre corps les unes
des autres, et ce qu'il y eut de plus étonnant, c'est
que la mort ne suivit pas une aussi étrange
dissolution.

« Entraînées par leur propre poids, les parties de
notre corps tombèrent dans une fosse profonde, et
s'y confondirent dans une multitude de membres
entassés. Nos têtes roulèrent comme des boules. Ce
mouvement extraordinaire ayant achevé d'étourdir
le peu de raison qu'une aventure aussi surnaturelle
m'avait laissée, je n'ouvris les yeux qu'au bout de
quelque temps, et je vis que ma tête était rangée
sur des gradins à côté et vis-à-vis de huit
cents autres têtes des deux sexes, de tout âge et de

tout coloris. Elles avaient conservé l'action des yeux et de la langue, et surtout un mouvement dans les mâchoires qui les faisait bâiller presque continuellement. Je n'entendais que ces mots, assez mal articulés : — Ah! quels ennuis! cela est désespérant.

« Je ne pus résister à l'impression que faisait sur moi la condition générale, et me mis à bâiller comme les autres.

— Encore une bâilleuse de plus, dit une grosse tête de femme, placée vis-à-vis de la mienne; on n'y saurait tenir, j'en mourrais; et elle se remit à bâiller de plus belle.

— Au moins cette bouche-ci a de la fraîcheur, dit une autre tête, et voilà des dents d'émail. Puis, m'adressant la parole : — Madame, peut-on savoir le nom de l'aimable compagne d'infortune que nous a donnée la fée Bagasse?

— J'envisageai la tête qui m'adressait la parole : c'était celle d'un homme. Elle n'avait point de traits, mais un air de vivacité et d'assurance, et quelque chose d'affecté dans la prononciation.

— Je voulus répondre : — Seigneur, j'ai un frère... Je n'eus pas le temps d'en dire davantage. — Ah! ciel! s'écria la tête femelle qui m'avait apostrophé la première, voici encore une conteuse et une histoire; nous n'avons pas été assez assommés de récits. Bâillez, madame, et laissez là votre frère. Qui est-ce qui n'a pas de frère? Sans ceux que j'ai, je régnerais paisiblement et ne serais pas où je me trouve.

— Seigneur, dit la grosse tête apostrophée, vous vous faites connaître bien tôt pour ce que vous êtes, pour la plus mauvaise tête...

— Ah! interrompit l'autre, si j'avais seulement mes membres!...

— Et moi, dit l'adversaire, si j'avais seulement mes mains!... Et d'ailleurs, me disait-il, vous pouvez vous apercevoir que ce qu'il dit ne saurait passer le nœud de la gorge.

— Mais, dis-je, ces disputes-ci vont trop loin.

— Eh! non, laissez-nous faire; ne vaut-il pas mieux se quereller que de bâiller? A quoi peuvent s'occuper des gens qui n'ont que des oreilles et des yeux, qui vivent ensemble face à face depuis un siècle, qui n'ont nulle relation ni n'en peuvent former d'agréables, à qui la médisance même est interdite, faute de savoir de qui parler pour se faire entendre, qui...

« Il en eût dit davantage; mais voilà que tout à coup il nous prend une violente envie d'éternuer tous ensemble; un instant après, une voix rauque, partant on ne sait d'où, nous ordonne de chercher nos membres épars; en même temps nos têtes roulent vers l'endroit où ils étaient entassés [12]. »

N'est-il pas singulier de rencontrer dans un poème héroï-comique de la jeunesse de l'auteur, cette sanglante rêverie de têtes coupées, de membres séparés du corps, étrange association d'idées qui réunit des courtisans, des guerriers, des femmes, des petits-maîtres, dissertant et plaisantant sur des détails de supplice comme le feront plus tard à la Conciergerie ces seigneurs, ces femmes, ces poètes, contemporains de Cazotte, dans le cercle desquels il viendra à son tour apporter sa tête, en tâchant de sourire et de plaisanter comme les autres des fantaisies de cette fée sanglante, qu'il

n'avait pas prévu devoir s'appeler un jour la
Révolution!

IV

Nous venons d'anticiper sur les événements :
parvenu aux deux tiers à peine de la vie de notre
écrivain, nous avons laissé entrevoir une scène de
ses derniers jours ; à l'exemple de l'illuminé lui-
même, nous avons uni d'un trait l'avenir et le passé.

Il entrait dans notre plan, du reste, d'apprécier
tour à tour Cazotte comme littérateur et comme
philosophe mystique ; mais si la plupart de ses livres
portent l'empreinte de ses préoccupations relatives
à la science des cabalistes, il faut dire que l'intention dogmatique y manque généralement ; Cazotte
ne paraît pas avoir pris part aux travaux collectifs
des illuminés martinistes, mais s'être fait seulement,
d'après leurs idées, une règle de conduite particulière et personnelle. On aurait tort d'ailleurs de
confondre cette secte avec les institutions maçonniques de l'époque, bien qu'il y eût entre elles
certains rapports de forme extérieure ; les martinistes admettaient la chute des anges, le péché
originel, le Verbe réparateur, et ne s'éloignaient sur
aucun point essentiel des dogmes de l'Église.

Saint-Martin, le plus illustre d'entre eux, est un
spiritualiste chrétien à la manière de Malebranche.
Nous avons dit plus haut qu'il avait déploré
l'intervention d'*esprits violents* dans le sein de la
secte lyonnaise. De quelque manière qu'il faille
entendre cette expression, il est évident que la
société prit dès lors une tendance politique qui

éloigna d'elle plusieurs de ses membres. Peut-être a-
t-on exagéré l'influence des illuminés tant en
Allemagne qu'en France, mais on ne peut nier qu'ils
n'aient eu une grande action sur la Révolution
française et dans le sens de son mouvement. Les
sympathies monarchiques de Cazotte l'écartèrent de
cette direction et l'empêchèrent de soutenir de son
talent une doctrine qui tournait autrement qu'il
n'avait pensé.

Il est triste de voir cet homme, si bien doué
comme écrivain et comme philosophe, passer les
dernières années de sa vie dans le dégoût de la vie
littéraire et dans le pressentiment d'orages politiques qu'il se sentait impuissant à conjurer. Les
fleurs de son imagination se sont flétries; cet esprit
d'un tour si clair et si français, qui donnait une
forme heureuse à ses inventions les plus singulières,
n'apparaît que rarement dans la correspondance
politique qui fut la cause de son procès et de sa
mort. S'il est vrai qu'il ait été donné à quelques
âmes de prévoir les événements sinistres, il faut y
reconnaître plutôt une faculté malheureuse qu'un
don céleste, puisque, pareille à la Cassandre
antique, elles ne peuvent ni persuader les autres ni
se préserver elles-mêmes.

Les dernières années de Cazotte dans sa terre de
Pierry en Champagne présentent cependant encore
quelques tableaux de bonheur et de tranquillité
dans la vie de famille. Retiré du monde littéraire,
qu'il ne fréquentait plus que pendant de courts
voyages à Paris, échappé au tourbillon plus animé
que jamais des sectes philosophiques et mystiques
de toute sorte, père d'une fille charmante et de
deux fils pleins d'enthousiasme et de cœur comme

lui, le bon Cazotte semblait avoir réuni autour de lui toutes les conditions d'un avenir tranquille; mais les récits des personnes qui l'ont connu à cette époque le montrent toujours assombri des nuages qu'il pressent au-delà d'un horizon tranquille.

Un gentilhomme, nommé de Plas, lui avait demandé la main de sa fille Élisabeth; ces deux jeunes gens s'aimaient depuis longtemps, mais Cazotte retardait sa réponse définitive et leur permettait seulement d'espérer. Un auteur gracieux et plein de charme, Anna-Marie, a raconté quelques détails d'une visite faite à Pierry par Mme d'Argèle, amie de cette famille. Elle peint l'élégant salon au rez-de-chaussée, embaumé des parfums d'une plante des colonies rapportée par Mme Cazotte, et qui recevait du séjour de cette excellente personne un caractère particulier d'élégance et d'étrangeté. Une femme de couleur travaillant près d'elle, des oiseaux d'Amérique, des curiosités rangées sur les meubles, témoignaient, ainsi que sa mise et sa coiffure, d'un tendre souvenir pour sa première patrie. « Elle avait été parfaitement jolie et l'était encore, quoiqu'elle eût alors de grands enfants. Il y avait en elle cette grâce négligée et un peu nonchalante des créoles, avec un léger accent donnant à son langage un ton tout à la fois d'enfance et de caresse qui la rendait très attrayante. Un petit chien bichon était couché sur un carreau près d'elle; on l'appelait *Biondetta*, comme la petite épagneule du *Diable amoureux*. »

Une femme âgée, grande et majestueuse, la marquise de la Croix, veuve d'un grand seigneur espagnol, faisait partie de la famille et y exerçait une influence due au rapport de ses idées et de ses

convictions avec celles de Cazotte. C'était depuis de
longues années l'une des adeptes de Saint-Martin, et
l'illuminisme l'unissait aussi à Cazotte de ces liens
tout intellectuels que la doctrine regardait comme
une sorte d'anticipation de la vie future. Ce second
mariage mystique, dont l'âge de ces deux personnes
écartait toute idée d'inconvenance, était moins pour
Mme Cazotte un sujet de chagrin, que d'inquiétude
conçue au point de vue d'une raison tout humaine,
touchant l'agitation de ces nobles esprits. Les trois
enfants, au contraire, partageaient sincèrement les
idées de leur père et de sa vieille amie.

Nous nous sommes déjà prononcé sur cette
question; mais, pourtant, faudrait-il accepter toujours les leçons de ce bon sens vulgaire qui marche
dans la vie sans s'inquiéter des sombres mystères de
l'avenir et de la mort ? La destinée la plus heureuse
tient-elle à cette imprévoyance qui reste surprise et
désarmée devant l'événement funeste, et qui n'a
plus que des pleurs et des cris à opposer aux coups
tardifs du malheur ? Mme Cazotte est de toutes ces
personnes celle qui devait le plus souffrir; pour les
autres, la vie ne pouvait plus être qu'un combat,
dont les chances étaient douteuses, mais la récompense assurée.

Il n'est pas inutile, pour compléter l'analyse des
théories que l'on retrouvera plus loin dans quelques
fragments de la correspondance qui fut le sujet du
procès de Cazotte, d'emprunter encore quelques
opinions de ce dernier au récit d'Anna-Marie :

« Nous vivons tous, disait-il, parmi les esprits de
nos pères; le monde invisible nous presse de tous
côtés... il y a là sans cesse des amis de notre pensée
qui s'approchent familièrement de nous. Ma fille a

ses anges gardiens; nous avons tous les nôtres. Chacune de nos idées, bonnes ou mauvaises, met en mouvement quelque esprit qui leur correspond, comme chacun des mouvements de notre corps ébranle la colonne d'air que nous supportons. Tout est plein, tout est vivant dans ce monde, où, depuis le péché, des voiles obscurcissent la matière... Et moi, par une initiation que je n'ai point cherchée et que souvent je déplore, je les ai soulevés comme le vent soulève d'épais brouillards. Je vois le bien, le mal, les bons et les mauvais; quelquefois la confusion des êtres est telle à mes regards, que je ne sais pas toujours distinguer au premier moment ceux qui vivent dans leur chair de ceux qui en ont dépouillé les apparences grossières...

« Oui, ajoutait-il, il y a des âmes qui sont restées si matérielles, leur forme leur a été si chère, si adhérente, qu'elles ont emporté dans l'autre monde une sorte d'opacité. Celles-là ressemblent longtemps à des vivants.

« Enfin, que vous dirai-je? soit infirmité de mes yeux, ou similitude réelle, il y a des moments où je m'y trompe tout à fait. Ce matin, pendant la prière où nous étions réunis tous ensemble sous les regards du Tout-Puissant, la chambre était si pleine de vivants et de morts de tous les temps et de tous les pays, que je ne pouvais plus distinguer entre la vie et la mort; c'était une étrange confusion, et pourtant un magnifique spectacle! »

Mme d'Argèle fut témoin du départ du jeune Scévole Cazotte qui allait prendre du service dans les gardes du roi; les temps difficiles approchaient, et son père n'ignorait pas qu'il le dévouait à un danger.

La marquise de la Croix se joignit à Cazotte pour lui donner ce qu'ils appelaient *leurs pouvoirs mystiques*, et l'on verra plus tard comment il leur rendit compte de cette mission. Cette femme enthousiaste fit sur le front du jeune homme, sur ses lèvres et sur son cœur, trois signes mystérieux accompagnés d'une invocation secrète, et consacra ainsi l'avenir de celui qu'elle appelait *le fils de son intelligence*.

Scévole Cazotte, non moins exalté dans ses convictions monarchiques que dans son mysticisme, fut du nombre de ceux qui, au retour de Varennes, réussirent à protéger du moins la vie de la famille royale contre la fureur des républicains. Un instant même, au milieu de la foule, le dauphin fut enlevé à ses parents, et Scévole Cazotte parvint à le reprendre et le rapporta à la reine, qui le remercia en pleurant. La lettre suivante, qu'il écrivit à son père, est postérieure à cet événement :

« Mon cher papa, le 14 juillet est passé, le roi est rentré chez lui sain et sauf. Je me suis acquitté de mon mieux de la mission dont vous m'aviez chargé. Vous saurez peut-être si elle a eu tout l'effet que vous en attendiez. Vendredi, je me suis approché de la sainte table ; et, en sortant de l'église, je me suis rendu à l'autel de la patrie, où j'ai fait, vers les quatre côtés, les commandements nécessaires pour mettre le Champ de Mars entier sous la protection des anges du Seigneur.

« J'ai gagné la voiture, contre laquelle j'étais appuyé quand le roi est remonté ; Mᵐᵉ Élisabeth m'a même alors jeté un coup d'œil qui a reporté toutes mes pensées vers le ciel ; sous la protection d'un de mes camarades, j'ai accompagné la voiture en dedans de la ligne ; et le roi m'a appelé et m'a dit : Cazotte, c'est vous que j'ai trouvé à Épernay, et à qui j'ai parlé? Et je lui ai répondu : Oui, sire; à la descente de la voiture, j'y étais... Et je me suis retiré quand je les ai vus dans leurs appartements.

« Le Champ de Mars était couvert d'hommes. Si j'étais digne que mes commandements et mes prières fussent exécutés, il y aurait furieusement de pervers de liés. Au retour tous criaient Vive le roi! sur le passage. Les gardes nationaux s'en donnaient de tout leur cœur, et la marche était un triomphe. Le jour a été beau, et le commandeur a dit que, pour le dernier jour que Dieu laissait au diable, il le lui avait laissé couleur de rose. Adieu, joignez vos prières pour donner de l'efficacité aux miennes. Ne lâchons pas prise. J'embrasse maman Zabeth (Élisabeth). Mon respect à madame la marquise. (La marquise de la Croix.)[13] »

A quelque opinion qu'on appartienne, on doit être touché du dévouement de cette famille, dût-on sourire des faibles moyens sur lesquels se reposaient des convictions si ardentes. Les illusions de belles âmes sont respectables, sous quelque forme qu'elles se présentent; mais qui oserait déclarer qu'il y ait pure illusion dans cette pensée que le monde serait gouverné par des influences supérieures et mystérieuses sur lesquelles la foi de l'homme peut agir? La philosophie a le droit de dédaigner cette hypothèse, mais toute religion est forcée à l'admettre, et les sectes politiques en ont fait une arme de tous les partis. Ceci explique l'isolement de Cazotte de ses anciens frères les illuminés. On sait combien l'esprit républicain avait usé du mysticisme dans la révolution d'Angleterre; la tendance des martinistes était pareille; mais, entraînés dans

le mouvement opéré par les philosophes, ils dissimu-
lèrent avec soin le côté religieux de leur doctrine,
qui, à cette époque, n'avait aucune chance de
popularité.

Personne n'ignore l'importance que prirent les
illuminés dans les mouvements révolutionnaires.
Leurs sectes, organisées sous la loi du secret et se
correspondant en France, en Allemagne et en Italie,
influaient particulièrement sur de grands personnages plus ou moins instruits de leur but réel.
Joseph II et Frédéric-Guillaume agirent maintes
fois sous leur inspiration. On sait que ce dernier,
s'étant mis à la tête de la coalition des souverains,
avait pénétré en France et n'était plus qu'à trente
lieues de Paris, lorsque les illuminés, dans une de
leurs séances secrètes, évoquèrent l'esprit du grand
Frédéric son oncle, qui lui défendit d'aller plus loin.
C'est, dit-on, par suite de cette apparition (qui fut
expliquée depuis de diverses manières), que ce
monarque se retira subitement du territoire français, et conclut plus tard un traité de paix avec la
République qui, dans tous les cas, a pu devoir son
salut à l'accord des illuminés français et allemands [14].

v

La correspondance de Cazotte nous montre tour à
tour ses regrets de la marche qu'avaient suivie ses
anciens frères, et le tableau de ses tentatives isolées
contre une ère politique dans laquelle il croyait voir
le règne fatal de l'*Antéchrist*, tandis que les illuminés saluaient l'arrivée du *Réparateur* invisible. Les

démons de l'un étaient pour les autres des esprits
divins et des vengeurs. En se rendant compte de
cette situation, on comprendra mieux certains
passages des lettres de Cazotte, et la singulière
circonstance qui fit prononcer plus tard sa sentence
par la bouche même d'un illuminé martiniste.

La correspondance dont nous allons citer de
courts fragments était adressée, en 1791, à son ami
Ponteau, secrétaire de la liste civile :

« Si Dieu ne suscite pas un homme qui fasse finir
tout cela merveilleusement nous sommes exposés
aux plus grands malheurs. Vous connaissez mon
système : « *Le bien et le mal sur la terre ont toujours
été l'ouvrage des hommes, à qui ce globe a été
abandonné par les lois éternelles.* » Ainsi nous n'au-
rons jamais à nous prendre qu'à nous-mêmes de
tout le mal qui aura été fait. Le soleil darde
continuellement ses rayons plus ou moins obliques
sur la terre, voilà l'image de la Providence à notre
égard ; de temps en temps, nous accusons cet astre
de manquer de chaleur, quand notre position, les
amas de vapeurs ou l'effet des vents nous mettent
dans le cas de ne pas éprouver la continuelle
influence de ses rayons. Or donc, si quelque
thaumaturge ne vient à notre secours, voici tout ce
qu'il nous est permis d'espérer.

« Je souhaite que vous puissiez entendre mon
commentaire sur le grimoire de Cagliostro. Vous
pouvez, du reste, me demander des éclaircisse-
ments ; je les enverrai les moins obscurs qu'il me
sera possible. »

La doctrine des théosophes apparaît dans le
passage souligné ; en voici un autre qui se rapporte
à ses anciennes relations avec les illuminés.

« Je reçois deux lettres de connaissances intimes que j'avais parmi mes confrères les martinistes; ils sont démagogues comme Bret; gens de nom, braves gens jusqu'ici; le démon est maître d'eux. A l'égard de Bret en son acharnement au magnétisme, je lui ai attiré la maladie; les jansénistes affiliés aux convulsionnaires par état sont dans le même cas; c'est bien celui de leur appliquer à tous la phrase : Hors de l'Église point de *salut*, pas même de sens commun.

« Je vous ai prévenu que nous étions huit en tout dans la France, absolument inconnus les uns des autres, qui élevions, mais sans cesse, comme Moïse, les yeux, la voix, les bras vers le ciel, pour la décision d'un combat dans lequel les éléments eux-mêmes sont mis en jeu. Nous croyons voir arriver un événement figuré dans l'Apocalypse et faisant une grande époque. Tranquillisez-vous, ce n'est pas la fin du monde : cela la rejette à mille ans par-delà. Il n'est pas encore temps de dire aux montagnes : *Tombez sur nous;* mais, en attendant le mieux possible, ce va être le cri des jacobins; car il y a des coupables de plus d'une robe. »

Son système sur la nécessité de l'action humaine pour établir la communication entre le ciel et la terre est clairement énoncé ici. Aussi en appelle-t-il souvent, dans sa correspondance, au courage du roi Louis XVI, qui lui paraît toujours se reposer trop sur la Providence. Ses recommandations à ce sujet ont souvent quelque chose du sectaire protestant plutôt que du catholique pur :

« Il faut que le roi vienne au secours de la garde nationale, qu'il se montre, qu'il dise : Je veux, j'ordonne, et d'un ton ferme. Il est assuré d'être obéi, et de n'être pas pris pour la poule mouillée que les démocrates dépeignent à me faire souffrir dans toutes les parties de mon corps.

« Qu'il se porte rapidement avec vingt-cinq gardes, à cheval comme lui, au lieu de la fermentation : tout sera forcé de plier et de se prosterner devant lui. Le plus fort du travail est fait, mon ami ; le roi s'est résigné et mis entre les mains de son Créateur ; jugez à quel degré de puissance cela le porte, puisque Achab, pourri de vices, pour s'être humilié devant Dieu par un seul acte d'un moment, obtint la victoire sur ses ennemis. Achab avait le cœur faux, l'âme dépravée ; et mon roi a l'âme la plus franche qui soit sortie des mains de Dieu ; et l'auguste, la céleste Élisabeth a sur le front l'égide qui pend au bras de la véritable sagesse... Ne craignez rien de Lafayette : il est lié comme ses complices. Il est, comme sa cabale, livré aux esprits de terreur et de confusion ; il ne saurait prendre un parti qui lui réussisse, *et le mieux pour lui est d'être mis aux mains de ses ennemis par ceux en qui il croit pouvoir placer sa confiance*. Ne discontinuons pas cependant d'élever les bras vers le ciel ; songeons à l'attitude du prophète tandis qu'Israël combattait.

« Il faut que l'homme agisse ici, puisque c'est le lieu de son action ; le bien et le mal ne peuvent y être faits que par lui. Puisque presque toutes les églises sont fermées, ou par l'interdiction ou par la profanation, que toutes nos maisons deviennent des oratoires. Le moment est bien décisif pour nous : ou Satan continuera de régner sur la terre comme il fait, jusqu'à ce qu'il se présente des hommes pour lui faire tête comme David à Goliath ; ou le règne de

Jésus-Christ, si avantageux pour nous, et tant
prédit par les prophètes, s'y établira. Voilà la crise
dans laquelle nous sommes, mon ami, et dont je
dois vous avoir parlé confusément. Nous pouvons,
faute de foi, d'amour et de zèle, laisser échapper
l'occasion, mais nous la tenons. Au reste Dieu ne
fait rien sans nous, qui sommes les rois de la terre ;
c'est à nous à amener le moment prescrit par ses
décrets. Ne souffrons pas que notre ennemi, qui,
sans nous, ne peut rien, continue de tout faire, et
par nous. »

En général, il se fait peu d'illusions sur le
triomphe de sa cause ; ses lettres sont remplies de
conseils qu'il eût peut-être été bon de suivre ; mais
le découragement finit par le gagner en présence de
tant de faiblesse, et il en arrive à douter de lui-
même et de sa science :

« Je suis bien aise que ma dernière lettre ait pu
vous faire quelque plaisir. Vous n'êtes pas *initiés !*
applaudissez-vous-en. Rappelez-vous le mot : *Et
scientia eorum perdet eos.* Si je ne suis pas sans
danger, moi que la grâce divine a retiré du piège,
jugez du risque de ceux qui restent... La connaissance des choses occultes est une mer orageuse d'où
l'on n'aperçoit pas le rivage. »

Est-ce à dire qu'il eût abandonné alors les
pratiques qui lui semblaient pouvoir agir sur les
esprits funestes ? On a vu seulement qu'il espérait
les vaincre avec leurs armes. Dans un passage de sa
correspondance il parle d'une prophétesse Broussole [15], qui, ainsi que la célèbre Catherine Théot,
obtenait les communications des puissances rebelles
en faveur des jacobins ; il espère avoir agi contre elle
avec quelque succès. Au nombre de ces prêtresses

de la propagande, il cite encore ailleurs la marquise Durfé, « la doyenne des Médées françaises,
dont le salon regorgeait d'empiriques et de gens qui
galopaient après les sciences occultes... » Il lui
reproche particulièrement d'avoir élevé et disposé
au mal le ministre Duchatelet.

On ne peut croire que ces lettres, surprises aux
Tuileries dans la journée sanglante du 10 août,
eussent suffi pour faire condamner un vieillard en
proie à d'innocentes rêveries mystiques, si quelques
passages de la correspondance n'eussent fait soupçonner des conjurations plus matérielles. Fouquier-
Tinville, dans son acte d'accusation, signala certaines expressions des lettres comme indiquant une
co-opération au complot dit des *chevaliers du
poignard*, déconcerté dans les journées du 10 et du
12 août ; une lettre plus explicite encore indiquait
les moyens de faire évader le roi, prisonnier depuis
le retour de Varennes, et traçait l'itinéraire de sa
fuite ; Cazotte offrait sa propre maison comme asile
momentané :

« Le roi s'avancera jusqu'à la plaine d'Aï ; là il
sera à vingt-huit lieues de Givet ; à quarante lieues
de Metz. Il peut se loger lui-même à Aï, où il y a
trente maisons pour ses gardes et ses équipages. Je
voudrais qu'il préférât Pierry, où il trouverait
également vingt-cinq à trente maisons, dans l'une
desquelles il y a vingt lits de maîtres et de l'espace,
chez moi seul, pour coucher une garde de deux
cents hommes, écuries pour trente à quarante
chevaux, un vide pour établir un petit camp dans
les murs. Mais il faut qu'un plus habile et plus
désintéressé que moi calcule l'avantage de ces deux
positions. »

Pourquoi faut-il que l'esprit de parti ait empêché d'apprécier, dans ce passage, la touchante sollicitude d'un homme presque octogénaire qui s'estime *peu désintéressé* d'offrir au roi proscrit le sang de sa famille, sa maison pour asile, et son jardin pour champ de bataille? N'aurait-on pas dû ranger de tels complots parmi les autres illusions d'un esprit affaibli par l'âge? La lettre qu'il écrivit à son beau-père, M. Roignan, greffier du conseil de la Martinique, pour l'engager à organiser une résistance contre six mille républicains envoyés pour s'emparer de la colonie, est comme un ressouvenir du bel enthousiasme qu'il avait déployé dans sa jeunesse pour la défense de l'île contre les Anglais : il indique les moyens à prendre, les points à fortifier, les ressources que lui inspirait sa vieille expérience maritime. On comprend après tout qu'une pièce pareille ait été jugée fort coupable par le gouvernement révolutionnaire; mais il est fâcheux que l'on ne l'ait pas rapprochée de l'écrit suivant daté de la même époque, et qui aurait montré qu'il ne fallait guère tenir plus de compte des *rêveries* que des rêves de l'infortuné vieillard.

MON SONGE DE LA NUIT
DU SAMEDI AU DIMANCHE
DE DEVANT LA SAINT-JEAN

1791

J'étais dans un capharnaum depuis longtemps et sans m'en douter, quoiqu'un petit chien que j'ai vu courir sur un toit, et sauter d'une distance d'une

poutre couverte en ardoises sur une autre, eût dû
me donner du soupçon.

J'entre dans un appartement; j'y trouve une
jeune demoiselle seule; on me la donne intérieure-
ment pour une parente du comte de Dampierre; elle
paraît me reconnaître et me salue. Je m'aperçois
bientôt qu'elle a des vertiges; elle semble dire des
douceurs à un objet qui est vis-à-vis elle; je vois
qu'elle est en vision avec un esprit, et soudain
j'ordonne, en faisant le signe de la croix sur le front
de la demoiselle, à l'esprit de paraître.

Je vois une figure de quatorze à quinze ans, point
laide, mais dans la parure, la mine et l'attitude d'un
polisson; je le lie, et il se récrie sur ce que je fais.
Paraît une autre femme pareillement obsédée; je
fais pour elle la même chose. Les deux esprits
quittent leurs effets, me font face et faisaient les
insolents, quand, d'une porte qui s'ouvre, sort un
homme gros et court, de l'habillement et de la
figure d'un guichetier : il tire de sa poche deux
petites menottes qui s'attachent comme d'elles-
mêmes aux mains des deux captifs que j'ai faits. Je
les mets sous la puissance de Jésus-Christ. Je ne sais
quelle raison me fait passer pour un moment de
cette pièce dans une autre, mais j'y rentre bien vite
pour demander mes prisonniers; ils sont assis sur un
banc dans une espèce d'alcôve; ils se lèvent à mon
approche, et six personnages vêtus en archers des
pauvres s'en emparent. Je sors après eux; une
espèce d'aumônier marchait à côté de moi. Je vais,
disait-il, chez M. le marquis tel; c'est un bon
homme; j'emploie mes moments libres à le visiter.
Je crois que je prenais la détermination de le suivre,
quand je me suis aperçu que mes deux souliers

étaient en pantoufles; je voulais m'arrêter et poser
les pieds quelque part pour relever les quartiers de
ma chaussure quand un gros homme est venu
m'attaquer au milieu d'une grande cour remplie de
monde; je lui mis la main sur le front, et l'ai lié au
nom de la sainte Trinité et par celui de Jésus, sous
l'appui duquel je l'ai mis.

De Jésus-Christ! s'est écriée la foule qui m'entourait. Oui, ai-je dit, et je vous y mets tous après vous
avoir liés. On faisait de grands murmures sur ce
propos.

Arrive une voiture comme un coche; un homme
m'appelle par mon nom, de la portière : Mais, sire
Cazotte, vous parlez de Jésus-Christ; pouvons-nous
tomber sous la puissance de Jésus-Christ? Alors,
j'ai repris la parole, et j'ai parlé avec assez
d'étendue de Jésus-Christ et de sa miséricorde sur
les pécheurs. Que vous êtes heureux! ai-je ajouté :
vous allez changer de fers. De fers! s'est écrié un
homme enfermé dans la voiture, sur la bosse de
laquelle j'étais monté; est-ce qu'on ne pouvait
nous donner un moment de relâche?

Allez, a dit quelqu'un, vous êtes heureux, vous
allez changer de maître, et quel maître! Le premier
homme qui m'avait parlé, disait : J'avais quelque
idée comme cela.

Je tournais le dos au coche et avançais dans cette
cour d'une prodigieuse étendue; on n'y était éclairé
que par des étoiles. J'ai observé le ciel, il était d'un
bel azur pâle et très étoilé : pendant que je le
comparais dans ma mémoire à d'autres cieux que
j'avais vus dans le capharnaüm, il a été troublé par
une horrible tempête; un affreux coup de tonnerre
l'a mis tout en feu; le carreau tombé à cent pas de

moi est venu se roulant vers moi ; il en est sorti un
esprit sous la forme d'un oiseau de la grosseur d'un
coq blanc, et la forme du corps plus allongée, plus
bas sur pattes, le bec plus émoussé. J'ai couru sur
l'oiseau en faisant des signes de croix ; et, me
sentant rempli d'une force plus qu'ordinaire, il est
venu tomber à mes pieds. Je voulais lui mettre sur
la tête... Un homme de la taille du baron de Loi,
aussi joli qu'il était jeune, vêtu en gris et argent,
m'a fait face et dit de ne pas le fouler aux pieds. Il a
tiré de sa poche une paire de ciseaux enfermée dans
un étui garni de diamants, en me faisant entendre
que je devais m'en servir pour couper le cou de la
bête. Je prenais les ciseaux quand j'ai été éveillé
par le chant en chœur de la foule qui était dans le
capharnaüm : c'était un chant plein, sans accord,
dont les paroles non rimées étaient :

> Chantons notre heureuse délivrance.

Réveillé, je me suis mis en prière ; mais, me
tenant en défiance contre ce songe-ci, comme contre
tant d'autres par lesquels je puis soupçonner Satan
de vouloir me remplir d'orgueil, je continuai mes
prières à Dieu par l'intercession de la sainte Vierge,
et sans relâche, pour obtenir de lui de connaître sa
volonté sur moi, et cependant je lierai sur la terre ce
qu'il me paraîtra à propos de lier pour la plus
grande gloire de Dieu et le besoin de ses créatures.

Quelque jugement que puissent porter les esprits
sérieux sur cette trop fidèle peinture de certaines
hallucinations du rêve, si décousues que soient
forcément les impressions d'un pareil récit, il y a,

dans cette série de visions bizarres, quelque chose
de terrible et de mystérieux. Il ne faut voir aussi,
dans ce soin de recueillir un songe en partie
dépourvu de sens, que les préoccupations d'un
mystique qui lie à l'action du monde extérieur les
phénomènes du sommeil. Rien dans la masse
d'écrits qu'on a conservés de cette époque de la vie
de Cazotte n'indique un affaiblissement quelconque
dans ses facultés intellectuelles. Ses révélations,
toujours empreintes de ses opinions monarchiques,
tendent à présenter dans tout ce qui se passe alors
des rapports avec les vagues prédictions de l'Apocalypse. C'est ce que l'école de Swedenborg appelle la
science des correspondances. Quelques phrases de
l'introduction méritent d'être remarquées :

« Je voulais, en offrant ce tableau fidèle, donner
une grande leçon à ces milliers d'individus dont la
pusillanimité doute toujours, parce qu'il leur faudrait un effort pour croire. Ils ne marquent dans le
cercle de la vie quelques instants plus ou moins
rapides, que comme le cadran, qui ne sait pas quel
ressort lui fait indiquer l'espace des heures ou le
système planétaire.

« Quel homme, au milieu d'une anxiété douloureuse, fatigué d'interroger tous les êtres qui vivent
ou végétent autour de lui, sans pouvoir en trouver
un seul qui lui réponde de manière à lui rendre,
sinon le bonheur, au moins le repos, n'a pas levé ses
yeux mouillés de larmes vers la voûte des cieux ?

« Il semble qu'alors la douce espérance vient
remplir pour lui l'espace immense qui sépare ce
globe sublunaire du séjour où repose sur sa base
inébranlable le trône de l'Éternel. Ce n'est plus
seulement à ses yeux que luisent les feux parsemés

sur ce voile d'azur, qui embrase l'horizon d'un pôle à l'autre : ces feux célestes passent dans son âme; le don de la pensée devient celui du génie. Il entre en conversation avec l'Éternel lui-même; la nature semble se taire pour ne point troubler cet entretien sublime.

« Dieu révélant à l'homme les secrets de sa sagesse suprême et les mystères auxquels il soumet la créature trop souvent ingrate, pour la forcer à se rejeter dans son sein paternel, quelle idée majestueuse, consolante surtout! Car pour l'homme vraiment sensible, une affection tendre vaut mieux que l'élan même du génie; pour lui, les jouissances de la gloire, celles même de l'orgueil finissent toujours où commencent les douleurs de ce qu'il aime. »

La journée du 10 août vint mettre fin aux illusions des amis de la monarchie. Le peuple pénétra dans les Tuileries, après avoir mis à mort les Suisses et un assez grand nombre de gentilshommes dévoués au roi; l'un des fils de Cazotte combattait parmi ces derniers, l'autre servait dans les armées de l'émigration. On cherchait partout des preuves de la conspiration royaliste dite des *chevaliers du poignard;* en saisissant les papiers de Laporte, intendant de la liste civile, on y découvrit toute la correspondance de Cazotte avec son ami Ponteau; aussitôt il fut décrété d'accusation et arrêté dans sa maison de Pierry.

« Reconnaissez-vous ces lettres? lui dit le commissaire de l'Assemblée législative.

— Elles sont de moi en effet.

— Et c'est moi qui les ai écrites sous la dictée de

mon père », s'écria sa fille Élisabeth, jalouse de partager ses dangers et sa prison.

Elle fut arrêtée avec son père, et tous deux, conduits à Paris dans la voiture de Cazotte, furent enfermés à l'Abbaye dans les derniers jours du mois d'août. Mme Cazotte implora en vain de son côté la faveur d'accompagner son mari et sa fille.

Les malheureux réunis dans cette prison jouissaient encore de quelque liberté intérieure. Il leur était permis de se réunir à certaines heures, et souvent l'ancienne chapelle où se rassemblaient les prisonniers présentait le tableau des brillantes réunions du monde. Ces illusions réveillées amenèrent des imprudences ; on faisait des discours, on chantait, on paraissait aux fenêtres, et des rumeurs populaires accusaient les prisonniers du 10 août de se réjouir des progrès de l'armée du duc de Brunswick et d'en attendre leur délivrance. On se plaignait des lenteurs du tribunal extraordinaire, créé à regret par l'Assemblée législative sur les menaces de la Commune ; on croyait à un complot formé dans les prisons pour en enfoncer les portes à l'approche des étrangers, se répandre dans la ville et faire une Saint-Barthélemy des républicains.

La nouvelle de la prise de Longwy et le bruit prématuré de celle de Verdun, achevèrent d'exaspérer les masses. Le danger de la patrie fut proclamé, et les sections se réunirent au Champ de Mars. Cependant, des bandes furieuses se portaient aux prisons et établissaient aux guichets extérieurs une sorte de tribunal de sang, destiné à suppléer à l'autre.

A l'Abbaye, les prisonniers étaient réunis dans la chapelle, livrés à leurs conversations ordinaires, quand le cri des guichetiers : « Faites remonter les femmes! » retentit inopinément. Trois coups de canon et un roulement de tambour ajoutèrent à l'épouvante, et les hommes étant restés seuls, deux prêtres, d'entre les prisonniers, parurent dans une tribune de la chapelle et annoncèrent à tous le sort qui leur était réservé.

Un silence funèbre régna dans cette triste assemblée; dix hommes du peuple, précédés par les guichetiers, entrèrent dans la chapelle, firent ranger les prisonniers le long du mur, et en comptèrent cinquante-trois.

De ce moment, on fit l'appel des noms de quart d'heure en quart d'heure : ce temps suffisant à peu près aux jugements du tribunal improvisé à l'entrée de la prison.

Quelques-uns furent épargnés, parmi eux le vénérable abbé Sicard; la plupart étaient frappés au sortir du guichet par les meurtriers fanatiques qui avaient accepté cette triste tâche. Vers minuit, on cria le nom de Jacques Cazotte.

Le vieillard se présenta avec fermeté devant le sanglant tribunal, qui siégeait dans une petite salle précédant le guichet, et que présidait le terrible Maillard. En ce moment, quelques forcenés demandaient qu'on fît aussi comparaître les femmes, et on les fit en effet descendre une à une dans la chapelle; mais les membres du tribunal repoussèrent cet horrible vœu, et Maillard ayant donné l'ordre au guichetier Lavaquerie de les faire remonter, feuilleta l'écrou de la prison et appela Cazotte à haute voix. A ce nom, la fille du prisonnier qui remontait avec les autres femmes, se précipita au bas de l'escalier et traversa la foule au moment où Maillard

prononçait le mot terrible : A la Force! qui voulait
dire : A la mort!

La porte extérieure s'ouvrait, la cour entourée de
longs cloîtres, où l'on continuait à égorger, était
pleine de monde et retentissait encore du cri des
mourants ; la courageuse Élisabeth s'élança entre les
deux tueurs qui déjà avaient mis la main sur son
père, et qui s'appelaient, dit-on, Michel et Sauvage,
et leur demanda, ainsi qu'au peuple, la grâce de son
père.

Son apparition inattendue, ses paroles touchantes, l'âge du condamné, presque octogénaire, et
dont le crime politique n'était pas facile à définir et
à constater, l'effet sublime de ces deux nobles
figures, touchante image de l'héroïsme filial,
émurent des instincts généreux dans une partie de
la foule. On cria grâce de toutes parts. Maillard
hésitait encore. Michel versa un verre de vin et dit à
Élisabeth : « Écoutez, citoyenne, pour prouver au
citoyen Maillard que vous n'êtes pas une aristo-
crate, buvez cela au salut de la nation et au
triomphe de la République. »

La courageuse fille but sans hésiter ; les Marseil-
lais lui firent place et la foule applaudissant s'ouvrit
pour laisser passer le père et la fille ; on les
reconduisit jusqu'à leur demeure.

On a cherché dans le songe de Cazotte cité plus
haut, et dans l'heureuse délivrance chantée par la
foule au dénouement de la scène, quelques rapports
vagues de lieux et de détails avec la scène que nous
venons de décrire ; il serait puéril de les relever ; un
pressentiment plus évident lui apprit que le beau
dévouement de sa fille ne pouvait le soustraire à sa
destinée.

Le lendemain du jour où il avait été ramené en triomphe par le peuple, plusieurs de ses amis vinrent le féliciter. Un d'eux, M. de Saint-Charles, lui dit en l'abordant : « Vous voilà sauvé! — Pas pour longtemps, répondit Cazotte en souriant triste-ment... Un moment avant votre arrivée, j'ai eu une vision, j'ai cru voir un gendarme qui venait me chercher de la part de Petion ; j'ai été obligé de le suivre ; j'ai paru devant le maire de Paris, qui m'a fait conduire à la Conciergerie, et de là au tribunal révolutionnaire. Mon heure est venue. »

M. de Saint-Charles le quitta, croyant que sa raison avait souffert des terribles épreuves par lesquelles il avait passé. Un avocat, nommé Julien, offrit à Cazotte sa maison pour asile et les moyens d'échapper aux recherches ; mais le vieillard était résolu à ne point combattre la destinée. Le 11 sep-tembre, il vit entrer chez lui l'homme de sa vision, un gendarme portant un ordre signé Petion, Pâris et Sergent ; on le conduisit à la mairie, et de là à la Conciergerie, où ses amis ne purent le voir. Élisa-beth obtint, à force de prières, la permission de servir son père, et demeura dans sa prison jusqu'au dernier jour. Mais ses efforts pour intéresser les juges n'eurent pas le même succès qu'auprès du peuple, et Cazotte, sur le réquisitoire de Fouquier-Tinville, fut condamné à mort après vingt-sept heures d'interrogatoire.

Avant le prononcé de l'arrêt, l'on fit mettre au secret sa fille, dont on craignait les derniers efforts et l'influence sur l'auditoire ; le plaidoyer du citoyen Julien fit sentir en vain ce qu'avait de sacré cette victime échappée à la justice du peuple ; le tribunal paraissait obéir à une conviction inébranlable.

La plus étrange circonstance de ce procès fut le discours du président Lavau, ancien membre, comme Cazotte, de la société des illuminés.

« Faible jouet de la vieillesse [16]! dit-il, toi, dont le cœur ne fut pas assez grand pour sentir le prix d'une liberté sainte, mais qui as prouvé, par ta sécurité dans les débats, que tu savais sacrifier jusqu'à ton existence pour le soutien de ton opinion, écoute les dernières paroles de tes juges! puissent-elles verser dans ton âme le baume précieux des consolations! puissent-elles, en te déterminant à plaindre le sort de ceux qui viennent de te condamner, t'inspirer cette stoïcité qui doit présider à tes derniers instants, et te pénétrer du respect que la loi nous impose à nous-mêmes!... Tes pairs t'ont entendu, tes pairs t'ont condamné; mais au moins, leur jugement fut pur comme leur conscience; au moins, aucun intérêt personnel ne vint troubler leur décision. Va, reprends ton courage, rassemble tes forces; envisage sans crainte le trépas; songe qu'il n'a pas droit de t'étonner : ce n'est pas un instant qui doit effrayer un homme tel que toi. Mais, avant de te séparer de la vie, regarde l'attitude imposante de la France, dans le sein de laquelle tu ne craignais pas d'appeler à grands cris l'ennemi; vois ton ancienne patrie opposer aux attaques de ses vils détracteurs autant de courage que tu lui as supposé de lâcheté. Si la loi eût pu prévoir qu'elle aurait à prononcer contre un coupable de ta sorte, par considération pour tes vieux ans, elle ne t'eût pas imposé d'autre peine; mais rassure-toi; si elle est sévère quand elle poursuit, quand elle a prononcé, le glaive tombe bientôt de ses mains; elle gémit sur la perte même de ceux qui voulaient la déchirer.

Regarde-la verser des larmes sur ces cheveux blancs qu'elle a cru devoir respecter jusqu'au moment de ta condamnation; que ce spectacle porte en toi le repentir; qu'il t'engage, vieillard malheureux, à profiter du moment qui te sépare encore de la mort, pour effacer jusqu'aux moindres traces de tes complots, par un regret justement senti! Encore un mot : tu fus homme, chrétien, philosophe, *initié,* sache mourir en homme, sache mourir en chrétien; c'est tout ce que ton pays peut encore attendre de toi. »

Ce discours, dont le fond inusité et mystérieux frappa de stupeur l'assemblée, ne fit aucune impression sur Cazotte, qui, au passage où le président tentait de recourir à la persuasion, leva les yeux au ciel et fit un signe d'inébranlable foi dans ses convictions. Il dit ensuite à ceux qui l'entouraient « qu'il savait qu'il méritait la mort; que la loi était sévère, mais qu'il la trouvait juste *. » Lorsqu'on lui coupa les cheveux, il recommanda de les couper le plus près possible, et chargea son confesseur de les remettre à sa fille, encore consignée dans une des chambres de la prison.

Avant de marcher au supplice, il écrivit quelques mots à sa femme et à ses enfants; puis, monté sur l'échafaud, il s'écria d'une voix très haute : « Je meurs comme j'ai vécu, fidèle à Dieu et à mon roi. » L'exécution eut lieu le 25 septembre, à sept heures du soir, sur la place du Carrousel.

Élisabeth Cazotte, fiancée depuis longtemps par son père au chevalier de Plas, officier au régiment

---

* M. Scévole Cazotte nous écrit pour protester contre cette phrase, qui fait partie d'un récit du temps. Il affirme que son père n'a pu prononcer de telles paroles.

de Poitou, épousa, huit ans après, ce jeune homme, qui avait suivi le parti de l'émigration. La destinée de cette héroïne ne devait pas être plus heureuse qu'auparavant : elle périt de l'opération césarienne en donnant le jour à un enfant et en s'écriant qu'on la coupât en morceaux s'il le fallait pour le sauver. L'enfant ne vécut que peu d'instants. Il reste encore cependant plusieurs personnes de la famille de Cazotte. Son fils Scévole, échappé comme par miracle au massacre du 10 août, existe à Paris, et conserve pieusement la tradition des croyances et des vertus paternelles.

CAGLIOSTRO

(XVIIIe SIÈCLE)

DU MYSTICISME RÉVOLUTIONNAIRE

Lorsque le catholicisme triompha décidément du paganisme dans toute l'Europe, et construisit dès lors l'édifice féodal qui subsista jusqu'au XVe siècle, — c'est-à-dire pendant l'espace de mille ans, — il ne put comprimer et détruire partout l'esprit des coutumes anciennes, ni les idées philosophiques qui avaient transformé le principe païen à l'époque de la réaction polythéiste opérée par l'empereur Julien.

Ce n'était pas assez d'avoir renversé le dernier asile de la philosophie grecque et des croyances antérieures, — en détruisant le *Sérapéon* d'Alexandrie, en dispersant et en persécutant les néoplatoniciens, qui avaient remplacé le culte extérieur des dieux par une doctrine spiritualiste dérivée des mystères d'Éleusis et des initiations égyptiennes, — il fallait encore que l'Église poursuivît sa victoire dans toutes les localités imprégnées des superstitions antiques, — et la persécution ne fut pas si puissante que le temps et l'oubli pour ce résultat difficile.

A ne nous occuper que de la France seulement, nous reconnaîtrons que le culte païen survécut longtemps aux conversions officielles opérées par le changement de religion des rois mérovingiens. Le respect des peuples pour certains endroits consacrés, pour les ruines des temples et pour les débris mêmes des statues, obligea les prêtres chrétiens à bàtir la plupart des églises sur l'emplacement des anciens édifices païens. Partout où l'on négligea cette précaution, et notamment dans les lieux solitaires, le culte ancien continua, — comme au mont Saint-Bernard, où, au siècle dernier, on honorait encore le dieu *Jou* sur la place de l'ancien temple de *Jupiter*. Bien que l'ancienne déesse des Parisiens, Isis, eût été remplacée par sainte Geneviève, comme protectrice et patronne, — on vit encore, au xie siècle, une image d'Isis, conservée par mégarde sous le porche de Saint-Germain des Prés, honorée pieusement par des femmes de mariniers, — ce qui obligea l'archevêque de Paris à la faire réduire en poudre et jeter dans la Seine. Une statue de la même divinité se voyait encore à Quenpilly, en Bretagne, il y a quelques années, et recevait les hommages de la population. Dans une partie de l'Alsace et de la Franche-Comté, on a conservé un culte pour les *Mères*, — dont les figures en bas-reliefs se trouvent sur plusieurs monuments, et qui ne sont autres que les *grandes déesses* Cybèle, Cérès et Vesta.

Il serait trop long de relever les diverses superstitions qui ont pris mille formes, selon les temps. Il s'est trouvé, au xviiie siècle, des ecclésiastiques, tels que l'abbé de Villars, le père Bougeant, dom Pernetty [1] et autres, qui ont soutenu que les dieux de l'antiquité n'étaient pas des démons, comme l'avaient prétendu des casuistes trop sévères, et n'étaient pas même damnés. Ils les rangeaient dans la classe des *esprits élémentaires,* lesquels n'ayant pas pris part à la grande lutte qui eut lieu primitivement entre les anges et les démons n'avaient dû être ni maudits ni anéantis par la justice divine, et avaient pu jouir d'un certain pouvoir sur les éléments et sur les hommes jusqu'à l'arrivée du Christ. L'abbé de Villars en donnait pour preuves les miracles que la Bible elle-même reconnaît avoir été produits par les dieux ammonéens, philistins ou autres en faveur de leurs peuples, et les prophéties souvent accomplies des *esprits de Typhon.* Il rangeait parmi ces dernières les oracles des Sibylles favorables au Christ et les derniers oracles de l'Apollon de Delphes, qui furent cités par les pères de l'Église comme preuves de la mission du fils de l'homme.

D'après ce système, toute l'antique hiérarchie des divinités païennes aurait trouvé sa place dans les mille attributions que le catholicisme attribuait aux fonctions inférieures à accomplir dans la matière et dans l'espace et seraient devenues ce qu'on a appelé les esprits ou les génies, lesquels se divisent en quatre classes, d'après le nombre des éléments : les Sylphes pour l'air, les Salamandres pour le feu, les Ondins pour l'eau et les Gnomes pour la terre.

Sur cette question de détail seule, il s'est élevé entre l'abbé de Villars et le père Bougeant, jésuite, une scission qui a occupé longtemps les beaux esprits du siècle dernier. Le dernier niait vivement la transformation des dieux antiques en génies élémentaires, et prétendait que n'ayant pu être

détruits, en qualité de purs esprits, ils avaient été
destinés à fournir des âmes aux animaux, lesquelles
se renouvelaient en passant d'un corps à l'autre,
selon les affinités. Dans ce système, les dieux
animaient les bêtes utiles et bienfaisantes, et les
démons les bêtes féroces ou impures. Là-dessus le
bon père Bougeant citait l'opinion des Égyptiens
quant aux dieux, et celle de l'Évangile quant aux
démons. Ces raisonnements purent être exposés en
plein xviiie siècle sans être taxés d'hérésie.

Il est bien clair qu'il ne s'agissait là que de
divinités inférieures, telles que les Faunes, les
Zéphirs, les Néréides, les Oréades, les Satyres, les
Cyclopes, etc. Quant aux dieux et demi-dieux, ils
étaient supposés avoir quitté la terre, comme trop
dangereux, après l'établissement du règne absolu du
Christ, et avoir été relégués dans les astres, qui leur
furent de tout temps consacrés, de même qu'au
moyen âge, on reléguait un prince rebelle, mais
ayant fait sa soumission, soit dans sa ville, soit dans
un lieu d'exil.

Cette opinion avait régné particulièrement, pendant tout le moyen âge, chez les cabalistes les plus
célèbres, et particulièrement chez les astrologues,
les alchimistes et les médecins. Elle explique la
plupart des conjurations fondées sur les invocations
astrales, les horoscopes, les talismans et les médica-
tions, soit de substances consacrées, soit d'opéra-
tions en rapport avec la marche ou la conjonction
des planètes. Il suffit d'ouvrir un livre de sciences
occultes pour en avoir la preuve évidente.

II

LES PRÉCURSEURS

Si l'on s'est bien expliqué les doctrines exposées plus haut, on aura pu comprendre par quelles raisons, à côté de l'Église orthodoxe, il s'est développé sans interruption une école moitié religieuse et moitié philosophique qui, féconde en hérésies sans doute, mais souvent acceptée ou tolérée par le clergé catholique, a entretenu un certain esprit de mysticisme ou de supernaturalisme nécessaire aux imaginations rêveuses et délicates, comme à quelques populations plus disposées que d'autres aux idées spiritualistes.

Des israélites convertis furent les premiers qui essayèrent, vers le xie siècle, d'infuser dans le catholicisme quelques hypothèses fondées sur l'interprétation de la Bible et remontant aux doctrines des Esséniens et des Gnostiques.

C'est à partir de cette époque que le mot *cabale* résonne souvent dans les discussions théologiques. Il s'y mêle naturellement quelque chose des formules platoniciennes de l'école d'Alexandrie, dont beaucoup s'étaient reproduites déjà dans les doctrines des Pères de l'Église.

Le contact prolongé de la chrétienté avec l'Orient, pendant les croisades, amena encore une grande somme d'idées analogues qui, du reste, trouvèrent à s'appuyer aisément sur les traditions et les superstitions locales des nations de l'Europe.

Les Templiers furent, entre les croisés, ceux qui essayèrent de réaliser l'alliance la plus large entre

les idées orientales et celles du christianisme
romain.

Dans le désir d'établir un lien entre leur ordre et
les populations syriennes qu'ils étaient chargés de
gouverner, ils jetèrent les fondements d'une sorte de
dogme nouveau participant de toutes les religions
que pratiquent les Levantins, sans abandonner au
fond la synthèse catholique, mais en la faisant plier
souvent aux nécessités de leur position.

Ce furent là les fondements de la franc-maçonne-
rie, qui se rattachaient à des institutions analogues
établies par les musulmans de diverses sectes et qui
survivent encore aux persécutions, surtout dans le
Hauran, dans le Liban et dans le Kurdistan.

Le phénomène le plus étrange et le plus exagéré
de ces associations orientales fut l'ordre célèbre des
assassins. La nation des Druses et celle des Ansariés
sont aujourd'hui celles qui en ont gardé les derniers
vestiges.

Les Templiers furent accusés bientôt d'avoir
établi l'une des hérésies les plus redoutables qu'eût
encore vues la chrétienté. Persécutés et enfin
détruits dans tous les pays européens par les efforts
réunis de la papauté et des monarchies ils eurent
pour eux les classes intelligentes et un grand
nombre d'esprits distingués qui constituaient alors,
contre les abus féodaux, ce qu'on appellerait
aujourd'hui l'*opposition*.

De leurs cendres jetées au vent naquit une
institution mystique et philosophique qui influa
beaucoup sur cette première révolution morale et
religieuse qui s'appela pour les peuples du Nord la
réforme, et pour ceux du Midi la *philosophie*.

La réforme était encore, à tout prendre, le salut

du christianisme en tant que religion; la philosophie, au contraire, devint peu à peu son ennemie,
et, agissant surtout chez les peuples restés catholiques, y établit bientôt deux divisions tranchées
d'incrédules et de croyants.

Il est cependant un grand nombre d'esprits que
ne satisfait pas le matérialisme pur, mais qui, sans
repousser la tradition religieuse, aiment à maintenir
à son égard une certaine liberté de discussion et
d'interprétation. Ceux-là fondèrent les premières
associations maçonniques qui, bientôt, donnèrent
leur forme aux corporations populaires et à ce qu'on
appelle encore aujourd'hui le *compagnonnage*.

La maçonnerie établit ses institutions les plus
élevées en Écosse, et ce fut par suite des relations
de la France avec ce pays, depuis Marie Stuart
jusqu'à Louis XIV, que l'on vit s'implanter chez
nous fortement les institutions mystiques qui procé-
dèrent des *Rosecroix*.

Pendant ce temps, l'Italie avait vu s'établir, à
dater du xvie siècle, une longue série de penseurs
hardis, parmi lesquels il faut ranger Marsile Ficin,
Pic de la Mirandole, Meursius, Nicolas de Cusa,
Jordano Bruno et autres grands esprits, favorisés
par la tolérance des Médicis, et que l'on appelle
quelquefois les *néoplatoniciens de Florence*.

La prise de Constantinople, en exilant tant de
savants illustres qu'accueillit l'Italie, exerça aussi
une grande influence sur ce mouvement philosophique qui ramena les idées des Alexandrins, et fit
étudier de nouveau les Plotin, les Proclus, les
Porphyre, les Ptolémée, premiers adversaires du
catholicisme naissant.

Il faut observer ici que la plupart des savants

médecins et naturalistes du moyen âge, tels que
Paracelse, Albert le Grand, Jérôme Cardan, Roger
Bacon et autres, s'étaient rattachés plus ou moins à
ces doctrines, qui donnaient une formule nouvelle à
ce qu'on appelait alors les sciences occultes, c'est-à-
dire l'astrologie, la cabale, la chiromancie, l'alchimie, la physiognomonie, etc.

C'est de ces éléments divers et en partie aussi de
la science hébraïque, qui se répandit plus librement
à dater de la Renaissance, que se formèrent les
diverses écoles mystiques qu'on vit se développer à
la fin du xviie siècle. Les Rosecroix d'abord, dont
l'abbé de Villars fut le disciple indiscret, et plus
tard, à ce qu'on prétend, la victime.

Ensuite les *convulsionnaires* et certaines sectes du
jansénisme; vers 1770, les *martinistes*, les *swedenbor-
giens*, et enfin les illuminés, dont la doctrine, fondée
d'abord en Allemagne par Weisshaupt, se répandit
bientôt en France où elle se fondit dans l'institution
maçonnique.

III

SAINT-GERMAIN. — CAGLIOSTRO

Ces deux personnages ont été les plus célèbres
cabalistes de la fin du xviiie siècle. Le premier, qui
parut à la cour de Louis XV et y jouit d'un certain
crédit, grâce à la protection de Mme de Pompa-
dour, n'avait, disent les mémoires du temps, ni
l'impudence qui convient à un charlatan, ni l'éloquence nécessaire à un fanatique, ni la séduction
qui entraîne les demi-savants. Il s'occupait surtout

d'alchimie, mais ne négligeait pas les diverses parties de la science. Il montra à Louis XV le sort de ses enfants dans un miroir magique, et ce roi recula de terreur en voyant l'image du dauphin lui apparaître décapitée.

Saint-Germain et Cagliostro s'étaient rencontrés en Allemagne dans le Holstein, et ce fut, dit-on, le premier qui initia l'autre et lui donna les grades mystiques. A l'époque où il fut initié, il remarqua lui-même le célèbre miroir qui servait pour l'évocation des âmes.

Le comte de Saint-Germain prétendait avoir gardé le souvenir d'une foule d'existences antérieures, et racontait ses diverses aventures depuis le commencement du monde. On questionnait un jour son domestique sur un fait que le comte venait de raconter à table, et qui se rapportait à l'époque de César. Ce dernier répondit aux curieux:

« Vous m'excuserez, messieurs, je ne suis au service de M. le comte que depuis trois cents ans. »

C'est rue Plâtrière, à Paris, et aussi à Ermenonville, que se tenaient les séances où ce personnage développait ses théories.

Cagliostro, après avoir été initié par le comte de Saint-Germain, se rendit à Saint-Pétersbourg, où il obtint de grands succès. Plus tard il vint à Strasbourg, où il acquit, dit-on, une grande influence sur l'archevêque prince de Rohan.

Tout le monde connaît l'affaire du collier, où le célèbre cabaliste se trouva impliqué, mais dont il sortit à son avantage, ramené en triomphe à son hôtel par le peuple de Paris.

Sa femme, qui était fort belle et d'une intelligence élevée, l'avait suivi dans tous ses voyages.

Elle présida à ce fameux souper où assistèrent la
plupart des philosophes du temps, et dans lequel on
fit apparaître plusieurs personnages morts depuis
peu de temps [2] : selon le système de Cagliostro, *il
n'y a pas de morts.* Aussi avait-on mis douze
couverts, quoiqu'il n'y eût que six invités : d'Alem-
bert, Diderot, Voltaire, le duc de Choiseul, l'abbé de
Voisenon et on ne sait quel autre, vinrent s'asseoir,
quoique morts, aux places qui leur avaient été
destinées, et causèrent avec les conviés, *de omni re
scibili et quibusdam aliis.*

Vers cette époque, Cagliostro fonda la célèbre *loge
égyptienne,* laissant à sa femme le soin d'en établir
une autre en faveur de son sexe, laquelle fut mise
sous l'invocation d'Isis.

IV

MADAME CAGLIOSTRO

Les femmes, curieuses à l'excès, ne pouvant être
admises aux secrets des hommes, sollicitaient
Mme de Cagliostro de les initier. Elle répondit avec
beaucoup de sang-froid à la duchesse de T***,
chargée de faire les premières ouvertures, que dès
qu'on aurait trouvé trente-six adeptes, elle com-
mencerait son cours de magie; le même jour, la liste
fut remplie.

Les conditions préliminaires furent telles : 1º Il
fallait mettre dans une caisse chacune cent louis.
Comme les femmes de Paris n'ont jamais le sou,
cette clause fut difficile à remplir; mais le Mont-de-

Piété et quelques complaisances mirent à même d'y
satisfaire; 2° qu'à dater de ce jour jusqu'au
neuvième, elles s'abstiendraient de tout commerce
humain; 3° qu'on ferait un serment de se soumettre
à tout ce qui serait ordonné, quoique l'ordre eût
contre lui toutes les apparences.

Le 7 du mois d'août fut le grand jour. La scène se
passa dans une vaste maison, rue Verte-Saint-
Honoré. On s'y rendit à onze heures. En entrant
dans la première salle, chaque femme était obligée
de quitter sa bouffante, ses soutiens, son corps, son
faux chignon, et de vêtir une lévite blanche avec
une ceinture de couleur. Il y en avait six en noir, six
en bleu, six en coquelicot, six en violet, six en
couleur de rose, six en impossible. On leur remit à
chacune un grand voile qu'elles placèrent en sautoir
de gauche à droite.

Lorsqu'elles furent toutes préparées, on les fit
entrer deux à deux dans un temple éclairé, garni de
trente-six bergères couvertes de satin noir. Mme de
Cagliostro, vêtue de blanc, était sur une espèce de
trône, escortée de deux grandes figures habillées de
façon qu'on ignorait si c'étaient des spectres, des
hommes ou des femmes. La lumière qui éclairait
cette salle s'affaiblissait insensiblement, et lorsqu'à
peine on distinguait les objets, la grande prêtresse
ordonna de découvrir la jambe gauche jusqu'à la
naissance du genou. Après cet exercice, elle ordonna
de nouveau d'élever le bras droit et de l'appuyer sur
la colonne voisine. Alors, deux femmes tenant un
glaive à la main entrèrent, et, ayant reçu des mains
de Mme Cagliostro des liens de soie, elles atta-
chèrent les trente-six dames par les jambes et par
les bras.

Cette cérémonie finie, celle-ci commença un discours en ces termes :

« L'état dans lequel vous vous trouvez est le symbole de celui où vous êtes dans la société. Si les hommes vous éloignent de leurs mystères, de leurs projets, c'est qu'ils veulent vous tenir à jamais dans la dépendance. Dans toutes les parties du monde la femme est leur première esclave, depuis le sérail où un despote enferme cinq cents d'entre nous, jusque dans ces climats sauvages où nous n'osons nous asseoir à côté d'un époux chasseur!... nous sommes des victimes sacrifiées dès l'enfance à des dieux cruels. Si, brisant ce joug honteux, nous concertions aussi nos projets, bientôt vous verriez ce sexe orgueilleux ramper et mendier vos faveurs. Laissons-les faire leurs guerres meurtrières ou débrouiller le chaos de leurs lois, mais chargeons-nous de gouverner l'opinion, d'épurer les mœurs, de cultiver l'esprit, d'entretenir la délicatesse, de diminuer le nombre des infortunes. Ces soins valent bien ceux de dresser des automates, ou de prononcer sur de ridicules querelles. Si l'une d'entre vous a quelque chose à opposer, qu'elle s'explique librement. »

Une acclamation générale suivit ce discours.

Alors la Grande Maîtresse fit détacher les liens et continua en ces termes :

« Sans doute, votre âme pleine de feu saisit avec ardeur le projet de recouvrer une liberté, le premier bien de toute créature; mais plus d'une épreuve doit vous apprendre à quel point vous pouvez compter sur vous-mêmes, et ce sont ces épreuves qui m'enhardiront à vous confier des secrets dont dépend à jamais le bonheur de votre vie.

« Vous allez vous diviser en six groupes; chaque

couleur doit se mettre ensemble et se rendre à l'un des six appartements qui correspondent à ce temple. Celles qui auront succombé ne doivent y entrer jamais, la palme de la victoire attend celles qui triompheront. »

Chaque groupe passa dans une salle proprement meublée où bientôt arriva une foule de cavaliers. Les uns commencèrent par des persiflages et demandèrent comment des femmes raisonnables pouvaient prendre confiance aux propos d'une aventurière, et ils appuyaient fortement sur le danger d'un ridicule public... Les autres se plaignaient de voir qu'on sacrifiât l'amour et l'amitié à d'antiques extravagances, sans utilité comme sans agrément.

A peine daignaient-elles écouter ces froides plaisanteries. Dans une chambre voisine, on voyait, dans les tableaux peints par les plus grands maîtres, Hercule filant aux pieds d'Omphale, Renaud étendu près d'Armide, Marc-Antoine servant Cléopâtre, la belle Agnès commandant à la cour de Charles VII, Catherine II que des hommes portaient sur des trophées. Un de ceux qui les accompagnaient dit : « Voilà donc ce sexe qui traite le vôtre en esclave ! Pour qui sont les douceurs et les attentions de la société ? Est-ce vous nuire que de vous éviter des ennuis, des embarras ? Si nous bâtissons des palais, n'est-ce pas pour vous en consacrer la plus belle partie ? N'aimons-nous pas à parer nos idoles ? Adoptons-nous les mœurs des Asiatiques ? Un voile jaloux dérobe-t-il vos charmes ? et loin de fermer les avenues de vos appartements par des eunuques repoussants, combien de fois avons-nous la complaisante adresse de nous

éclipser pour laisser à la coquetterie le champ
libre ? »

C'était un homme aimable et modeste qui tenait
ce discours.

« Toute votre éloquence, répondit l'une d'entre
elles, ne détruira pas les grilles humiliantes des
couvents, les compagnes que vous nous donnez,
l'impuissance attachée à nos propres écrits, vos airs
protecteurs et vos ordres sous l'apparence de
conseils. »

Non loin de cet appartement se passait une autre
scène plus intéressante. Les dames aux rubans lilas
s'y trouvèrent avec leurs soupirants ordinaires.
Leur début fut de leur signifier le congé le plus
absolu. Cette chambre avait trois portes qui donnaient dans les jardins qu'éclairait alors la douce
lumière de la lune. Ils les invitèrent à y descendre.
Elles accordèrent cette dernière faveur à des
hommes désolés. Une d'entre elles, que nous nom-
merons Léonore, cachait mal le trouble de son âme
et suivait le comte Gédéon qu'elle avait aimé
jusque-là. — De grâce, daignez m'apprendre mes
crimes ? disait-il. Est-ce un perfide que vous abandonnez ? Qu'ai-je fait depuis deux jours ? Mes
sentiments, mes pensées, mon existence, mon sang,
tout n'est-il pas à vous ? Vous ne pouvez être
inconstante ! Quelle espèce de fanatisme vient donc
m'enlever un cœur qui m'a coûté tant de tourments ?

— Ce n'est pas vous que je hais, répondit-elle,
c'est votre sexe ; ce sont vos lois tyranniques,
cruelles !

— Hélas ! de ce sexe proscrit aujourd'hui, vous
n'avez encore connu que moi. Où donc est mon

despotisme; quand ai-je eu le malheur d'affliger ce
que j'aime?

Léonore soupirait et ne savait pas accuser celui
qu'elle adorait. Il veut prendre une de ses mains.

— Si vous m'aimez, lui dit-elle, gardez-vous de
souiller ma main par un baiser profane. Je crois
bien que je ne pourrai jamais vous quitter. Mais,
pour preuve de cette obéissance à laquelle vous
voulez que je croie, restez neuf jours sans me voir et
croyez que ce sacrifice ne sera pas perdu pour mon
cœur. Gédéon s'éloigna; et ne pouvant la soupçonner, ni n'osant se plaindre, il s'en alla réfléchir sur
les causes de son malheur.

Il serait trop long de raconter tout ce qui se passa
dans ces deux heures d'épreuves. Il est certain que
ni les raisonnements, ni les sarcasmes, ni les larmes,
ni le désespoir, ni les promesses, enfin tout ce que la
séduction emploie, ne purent rien, tant la curiosité
et l'espoir secret de dominer sont des ressorts
puissants chez les femmes. Toutes rentrèrent dans
le temple telles que la grande prêtresse l'avait
ordonné.

Il était trois heures de la nuit. Chacun reprit sa
place. On présenta différentes liqueurs pour soutenir les forces. Ensuite on ordonna de détacher les
voiles et de s'en couvrir le visage. Après un quart
d'heure de silence, une sorte de dôme s'ouvrit, et,
sur une grosse boule d'or descendit un homme
drapé en génie, tenant dans sa main un serpent et
portant sur sa tête une flamme brillante.

« C'est du génie même de la vérité, dit la grande
maîtresse, que je veux que vous appreniez les
secrets dérobés si longtemps à votre sexe. Celui que
vous allez entendre est le célèbre, l'immortel, le

divin Cagliostro, sorti du sein d'Abraham, sans
avoir été conçu, et dépositaire de tout ce qui a été,
de tout ce qui est et de tout ce qui sera connu sur la
terre.

« Filles de la terre, s'écria-t-il, si les hommes ne
vous tenaient pas dans l'erreur, vous finiriez par
vous lier ensemble d'une union invincible. Votre
douceur, votre indulgence vous feraient adorer de
ce peuple, auquel il faut commander pour avoir son
respect. Vous ne connaissez ni ces vices qui trou-
blent la raison, ni cette frénésie qui met tout un
royaume en feu. La nature a tout fait pour vous.
Jaloux, ils avilissent son ouvrage, dans l'espoir qu'il
ne sera jamais connu. Si, repoussant un sexe
trompeur, vous cherchiez dans le vôtre la vraie
sympathie, vous n'auriez jamais à rougir de ces
honteuses rivalités, de ces jalousies au-dessous de
vous. Jetez vos regards sur vous-mêmes, sachez
vous apprécier, ouvrez vos âmes à la tendresse pure,
que le baiser de l'amitié annonce ce qui se passe
dans vos cœurs. »

Ici l'orateur s'arrêta. Toutes les femmes s'embrassèrent. Au même instant, les ténèbres rem-
placent la lumière, et le génie de la vérité remonte
par son dôme. La grande maîtresse parcourt rapidement toutes les places ; ici elle instruit ; là elle
commente ; partout elle enflamme l'imagination. La
seule Léonore laissait couler des larmes. Je vous
devine, lui dit-elle à l'oreille ; n'est-ce donc pas assez
que le souvenir de ce qu'on aime ?

Ensuite, elle ordonna de reprendre la musique
profane. Peu à peu la lumière revint, et, après
quelques moments de calme, on entendit un bruit
comme si le parquet s'abîmait. Il s'abaissa presque

en entier et fut bientôt remplacé par une table
somptueusement servie. Les dames s'y placèrent.
Alors entrèrent trente-six génies de la vérité habil-
lés en satin blanc : un masque dérobait leurs traits.
Mais à l'air leste et empressé avec lequel ils
servaient, on pouvait imaginer que les êtres spirituels sont bien au-dessus des grossiers humains.
Vers le milieu du repas, la grande maîtresse leur fit
signe de se démasquer, alors les dames reconnurent
leurs amants. Quelques-unes, fidèles à leur serment,
allaient se lever. Elle leur conseille de modérer ce
zèle en observant que le temps des repas était
consacré à la joie et au plaisir. On leur demande par
quel hasard ils se trouvaient réunis. Alors on leur
expliqua que, de leur côté, on les initiait à certains
mystères; que, s'ils avaient des habits de génie,
c'était pour montrer que l'égalité est la base de
tout ; qu'il n'était pas extraordinaire de voir trente-
six cavaliers avec trente-six dames; que le but
essentiel du grand Cagliostro était de réparer les
maux qu'avait causés la société, et que l'état de
nature rendait tout égal.

Les génies se mirent à souper. Vingt fois la
mousse pétillante du vin de Sillery jaillit au
plafond. La gaieté redouble, les épigrammes
arrivent ; les bons mots se succèdent, la folie se mêle
aux propos, l'ivresse du bonheur est peinte dans
tous les yeux, les chansons ingénues en sont
l'interprète, d'innocentes caresses sont permises ; il
se glisse un peu de désordre dans les toilettes; on
propose la danse, on valse plus qu'on ne saute ; le
punch délasse des contredanses répétées ; l'Amour,
exilé depuis quelque temps, secoue son flambeau ;
on oublie les serments, le génie de la vérité, les torts

des hommes, on abjure l'erreur de l'imagination.

Cependant l'on évitait les regards de la grande
prêtresse, elle rentra et sourit de se voir si mal
obéie. « L'Amour triomphe de tout, dit-elle, mais
songez à nos conventions, et peu à peu vos âmes
s'épureront. Ceci n'est qu'une séance encore, il
dépend de vous de la renouveler[3]. »

Les jours suivants, on ne se permit point de
parler des détails, mais l'enthousiasme pour le
comte Cagliostro était porté à une ivresse qui
étonnait même à Paris. Il saisit ce moment pour
développer tous les principes de la Franc-Maçonne-
rie égyptienne. Il annonça aux lumières du grand
Orient que l'on ne pouvait travailler que sous une
triple voûte, qu'il ne pouvait y avoir ni plus ni
moins de treize adeptes ; qu'ils devaient être purs
comme les rayons du soleil, et même respectés par
la calomnie, n'avoir ni femmes, ni maîtresses, ni
habitudes de dissipation, posséder une fortune au-
dessus de cinquante-trois mille livres de rente ; et
surtout, cette espèce de connaissances qui se trouve
si rarement avec les nombreux revenus.

V

LES PAÏENS DE LA RÉPUBLIQUE

L'épisode que nous venons de recueillir nous
donne une idée du mouvement qui s'opérait alors
dans les esprits et qui se dégageait peu à peu des
dogmes catholiques. Déjà les illuminés d'Allemagne
s'étaient montrés à peu près païens ; ceux de
France, comme nous l'avons dit, s'étaient appelés

martinistes, d'après le nom de Martinès, qui avait fondé plusieurs associations à Bordeaux et à Lyon; ils se séparèrent en deux sectes, dont l'une continua à suivre les théories de Jacob Bœhm, admirablement développées par le célèbre Saint-Martin, dit le *Philosophe inconnu*, et dont l'autre vint s'établir à Paris et y fonda la loge des *Philalèthes,* qui entra bientôt résolument dans le mouvement révolutionnaire.

Nous avons cité déjà les divers auteurs qui unirent leurs efforts pour fonder en France une doctrine philosophique et religieuse empreinte de ces idées. On peut compter principalement parmi eux le marquis d'Argens, l'auteur des *Lettres cabalistiques;* dom Pernetty, l'auteur du *Dictionnaire mytho-hermétique;* d'Esprémenil, Lavater, Delille de Salle, l'abbé Terrasson, auteur de *Sethos*, Bergasse, Clootz, Court de Gebelin, Fabre d'Olivet, etc.

Il faut lire l'*Histoire du Jacobinisme* de l'abbé Barruel, les *Preuves de la conspiration des illuminés* de Robinson, et aussi les observations de Mounier sur ces deux ouvrages, pour se former une idée du nombre de personnages célèbres de cette époque qui furent soupçonnés d'avoir fait partie des associations mystiques dont l'influence prépara la Révolution. La plupart des historiens de notre temps ont négligé d'approfondir ces détails, soit par ignorance, soit par crainte de mêler à la haute politique un élément qu'ils supposaient moins grave *.

Le père de Robespierre avait, comme on sait, fondé une loge maçonnique à Arras d'après le rite écossais. On peut supposer que les premières

---

* M. Louis Blanc et M. Michelet s'en sont cependant occupés.

impressions que reçut Robespierre lui-même eurent
quelque influence sur plusieurs actions de sa vie. On
le taxa souvent de mysticisme, surtout en raison de
ses relations avec la célèbre Catherine Théot. Les
matérialistes n'entendirent pas avec plaisir les
opinions qu'il exprima à la Convention sur la
nécessité d'un culte public.

« Vous vous garderez bien, disait-il, de briser le
lien sacré qui unit les hommes à l'auteur de leur
être : il suffit même que cette opinion ait régné chez
un peuple pour qu'il soit dangereux de la détruire ;
car les motifs des devoirs et les bases de la moralité
s'étant nécessairement liés à cette idée, l'effacer
c'est démoraliser le peuple. Il résulte du même
principe qu'on ne doit jamais attaquer un culte
établi qu'avec prudence et avec une certaine délicatesse, de peur qu'un changement subit et violent ne
paraisse une atteinte portée à la morale et une
dispense de la probité même. Au reste, celui qui
peut remplacer la Divinité dans le système de la vie
sociale est à mes yeux un prodige de génie, celui qui
sans l'avoir remplacée ne songe qu'à la bannir de
l'esprit des hommes me paraît un prodige de
stupidité ou de perversité. »

Il faut reconnaître aussi parmi les détails de la
cérémonie qu'il institua en l'honneur de l'Être
suprême, un ressouvenir des pratiques de l'illuminisme dans cette statue couverte d'un voile auquel
il mit le feu et qui représentait soit la Nature, soit
Isis.

Robespierre une fois renversé, bien des philosophes cherchaient toujours à établir une formule
religieuse en dehors des idées catholiques. Ce fut
alors que Dupont de Nemours, le célèbre écono-

miste, l'ami de Lavoisier, publia sa *Philosophie de l'Univers,* où l'on trouve un système complet sur la hiérarchie des *esprits célestes,* lequel remonte évidemment à l'illuminisme et aux doctrines de Swedenborg. Aucler, dont nous allons parler, alla plus loin encore en proposant de rétablir le paganisme et l'adoration des astres.

Restif de la Bretone a publié aussi, comme nous l'avons vu, un système de panthéisme qui supprimait l'immortalité de l'âme, mais qui la remplaçait par une sorte de métempsycose. — Le père devait renaître dans sa race au bout d'un certain nombre d'années. La morale de l'auteur était fondée sur la *réversibilité,* c'est-à-dire sur une fatalité qui amenait forcément dans cette vie même la récompense des vertus ou la punition des fautes. Il y a dans ce système quelque chose de la doctrine primitive des Hébreux.

QUINTUS AUCLER

RÉPUBLIQUE FRANÇAISE

LA THRÉICIE

> *« Je croyais, dit Candide, qu'il n'y avait
> plus de Manichéens. — Il y a moi », dit
> Martin.*
>
> VOLTAIRE.

I

SAINT-DENIS

Une visite à Saint-Denis par une brumeuse
journée d'automne rentre dans le cercle oublié de
ces promenades austères que faisaient jadis les
rêveurs de l'école de J.-J. Rousseau.

Rousseau est le seul entre les maîtres de la
philosophie du XVIIIᵉ siècle qui se soit préoccupé
sérieusement des grands mystères de l'âme
humaine, et qui ait manifesté un sentiment religieux positif, — qu'il entendait à sa manière, mais
qui tranchait fortement avec l'athéisme résolu de
Lamettrie, de d'Holbach, d'Helvétius, de d'Alem-
bert, comme avec le déisme mitigé de Boulanger [1]
de Diderot et de Voltaire — Écrasons l'infâme

était le mot commun de cette coalition philosophique, mais tous ne portèrent pas les mêmes rudes
coups au sentiment religieux considéré d'une
manière générale. On ne s'étonne pas de cette
hésitation chez certains esprits plus disposés que
d'autres à l'exaltation et à la rêverie.

Il y a, certes, quelque chose de plus effrayant
dans l'histoire que la chute des empires, c'est la
mort des religions. Volney, lui-même, éprouvait ce
sentiment en visitant les ruines des édifices autrefois sacrés. Le croyant véritable peut échapper à
cette impression, mais avec le scepticisme de notre
époque, on frémit parfois de rencontrer tant de
portes sombres ouvertes sur le néant.

La dernière qui semble encore conduire à quelque
chose, — cette porte ogivale, dont on restaure avec
piété les nervures et les figurines frustres ou brisées,
laisse entrevoir toujours sa nef gracieuse, éclairée
par les rosaces magiques des vitraux, — les fidèles
se pressent sur les dalles de marbre et le long des
piliers blanchis où vient se peindre le reflet colorié
des saints et des anges. L'encens fume, les voix
résonnent, l'hymne latine s'élance aux voûtes au
bruit ronflant des instruments, — seulement pre-
nons garde au souffle malsain qui sort des tombes
féodales où tant de rois sont entassés! Un siècle
mécréant les a dérangés de l'éternel repos, — que le
nôtre leur a pieusement rendu.

Qu'importent les tombes brisées et les ossements
outragés de Saint-Denis! La haine leur rendait
hommage; — l'homme indifférent d'aujourd'hui les
a replacées par amour de l'art et de la symétrie,
comme il eût rangé les momies d'un musée égyptien.

Mais est-il un culte qui, triomphant des efforts de l'impiété, n'ait plutôt encore à redouter l'indifférence?

Quel est le catholique qui ne supporterait la folle bacchanale de Newstead-Abbey, et les compagnons d'orgie de Noël Byron parodiant le plain-chant sur des vers de chansons à boire, — affublés de robes monastiques et buvant le *claret* dans les crânes, — plus volontiers que de voir l'antique abbaye devenir fabrique ou théâtre? Le ricanement de Byron appartient encore au sentiment religieux, comme l'impiété matérialiste de Shelley. Mais qui donc aujourd'hui daignerait être impie? On n'y songe point!

Encore un regard dans cette basilique fraîchement restaurée, dont l'aspect a provoqué ces réflexions. Sous les arceaux gothiques des bas-côtés, l'on ne peut se lasser d'admirer les monuments des Médicis. — Anges et saints! ne frémissiez-vous pas dans les plus roides de vos robes et de vos dalmatiques en voyant croître et fleurir, sous vos tutélaires ogives, ces pompes d'art païen qu'on décore du nom de Renaissance? Quoi! le cintre roman, la colonne de marbre aux acanthes de bronze, le bas-relief étalant ses nudités voluptueuses et son dessin correct, — au pied de vos longues figures hiératiques que l'ironie accueille désormais! Rien n'est donc plus vrai que ce que disait un moine prophète de l'époque : « Je te vois entrer nue dans la demeure sainte et poser un pied triomphant sur l'autel, impudique Vénus! »

Ces trois Vertus sont assurément les trois Grâces, ces anges sont les deux amours Éros et Antéros, — cette femme si belle, qui repose à demi nue sur un

lit exhaussé dont elle a rejeté les voiles, n'est-ce pas
Cythérée elle-même ? et ce jeune homme, qui près
d'elle semble dormir d'un sommeil plus profond,
n'est-il pas l'Adonis des mystères de Syrie ?

Elle repose affaissée dans sa douleur, sa taille se
cambre avec cette volupté dont elle ne peut oublier
l'attitude, ses seins se dressent avec orgueil, sa
figure sourit encore, et cependant près d'elle le
chasseur meurtri dort d'un sommeil de marbre où
ses membres se sont roidis.

Écoutons la légende que répète à tous l'homme
de l'Église : « Voici la tombe de Catherine de
Médicis. Elle a voulu de son vivant se faire
représenter endormie dans le même lit que son
époux Henri deuxième, mort d'un coup de lance de
Montgomméry. »

Qu'elle est noble et séduisante cette reine aux
cheveux épars, — belle comme Vénus, et fidèle
comme Arthémise, — et qu'elle eût bien fait de ne
pas se réveiller de ce gracieux sommeil ! elle était
encore si jeune, si aimante et si pure. Mais elle
frappait déjà la religion sans le vouloir, — comme
plus tard, au jour de saint Barthélemy.

Oui, l'art de la renaissance avait porté un coup
mortel à l'ancien dogme et à la sainte austérité de
l'Église avant que la révolution française en balayât
les débris. L'allégorie succédant au mythe primitif,
en a fait de même jadis des anciennes religions... Il
finit toujours par se trouver un Lucien, qui écrit les
dialogues des dieux, — et plus tard, un Voltaire,
qui raille les dieux et Dieu lui-même.

S'il était vrai, selon l'expression d'un philosophe
moderne, que la religion chrétienne n'eût guère plus
d'un siècle à vivre encore, — ne faudrait-il pas

s'attacher avec larmes et avec prières aux pieds sanglants de ce Christ détaché de l'arbre mystique, à la robe immaculée de cette Vierge mère, — expression suprême de l'alliance antique du ciel et de la terre, — dernier baiser de l'esprit divin qui pleure et qui s'envole!

Il y a plus d'un demi-siècle déjà que cette situation fut faite aux hommes de haute intelligence et se trouva diversement résolue. Ceux de nos pères qui s'étaient dévoués avec sincérité et courage à l'émancipation de la pensée humaine se virent contraints peut-être à confondre la religion elle-même avec les institutions dont elle parait les ruines. On mit la hache au tronc de l'arbre, et le cœur pourri comme l'écorce vivace, comme les branchages touffus, refuge des oiseaux et des abeilles, comme la lambrunche obstinée qui le couvrait de ses lianes, furent tranchés en même temps, — et le tout fut jeté aux ténèbres comme le figuier inutile ; mais l'objet détruit, il reste la place, encore sacrée pour beaucoup d'hommes. C'est ce qu'avait compris jadis l'Église victorieuse, quand elle bâtissait ses basiliques et ses chapelles sur l'emplacement même des temples abolis.

II

LA FÊTE DE L'ÊTRE SUPRÊME

Ces questions préoccupaient beaucoup, au moment le plus ardent de la révolution française, le citoyen Quintus Aucler. — Ce n'était pas une âme à se contenter du mysticisme allégorique inventé par

Chaumette, Hérault de Séchelles et la Revellière-
Lépaux. La montagne élevée dans la nef de Notre-
Dame, où était venue trôner la belle madame
Momoro en déesse de la Raison, n'imposait pas plus
à son imagination que ne le fit plus tard l'autel des
théo-philanthropes, chargé de fruits et de verdure.
Il n'eut certes aucun respect pour l'extatique
Catherine Théot, ni pour dom Gerle son compère,
dont Robespierre favorisait les pratiques. — Et
quand ce dernier lui-même, soigneusement poudré,
avec son profil en fer de hache, portant le frac bleu
de Werther, sur le dos duquel ondulait sa catacoua
fraîchement enrubannée ; avec son gilet de piqué à
pointes, sa culotte de basin et ses bas chinés, se mit
en tête d'offrir un gros bouquet à l'Être Suprême,
comme un enfant timide qui célèbre la fête de son
père, les vieux Jacobins secouèrent la tête, la foule
rit beaucoup de l'incendie manqué qui, en brûlant
le voile de la statue de la déesse, l'avait rendue
noire comme une Éthiopienne ; — mais Quintus
Aucler se sentit plein d'indignation ; il maudissait ce
tribun ignorant qui ne l'avait pas consulté ; il lui
aurait dit : « Quel égarement te porte à t'adresser
au ciel sous ces habits et sans avoir préalablement
accompli aucun des rites sacrés ? Il serait simple
encore de cacher ton costume risible sous la robe
des flamines ; mais as-tu seulement consulté les
augures, les victimes sont-elles préparées, les pou-
lets sacrés ont-ils mangé l'orge ; a-t-on du moins
orienté avec le *lituus* la place où tu devais accomplir
le sacrifice ? C'est ainsi qu'on s'adresse aux Dieux,
qui ne dédaignent pas alors de répondre avec leur
tonnerre ; tandis que toi, tu menaces en invoquant,
et tu sembles dire : « Être Suprême, la nation veut

bien t'offrir quelques fleurs pour ta fête. Nous avons tiré le canon : réponds par un coup de tonnerre, ou sinon prends garde! »

Mais assurément l'Être suprême, salué par Robespierre, et en faveur duquel Delille de Salle avait composé un mémoire, n'était encore qu'une vaine allégorie comme les autres aux yeux de Quintus Aucler. Il soupçonnait même Robespierre d'avoir gardé au fond du cœur un vieux levain de ce christianisme dans lequel il ne voyait, lui, qu'une mauvaise queue de la Bible. Dans sa pensée intime, les chrétiens n'étaient que les successeurs dégradés d'une secte juive expulsée, formée d'esclaves et de bandits.

Combien de fois il maudissait la tolérance de Julien qui les avait trop méprisés pour les craindre. De là, disait-il, la chute de la grande civilisation grecque et romaine qui avait couvert le monde de merveilles. — De là, le triomphe des barbares et les ténèbres de l'ignorance répandues sur la terre pendant quinze cents ans!

Pouvait-on douter en effet qu'une doctrine issue de la *négation divine* formulée par un petit peuple d'usuriers et de voleurs ne fût accueillie avec transport par ces hordes de barbares lointains dont elle favorisait les brigandages? Longtemps maintenus par la gloire romaine aux confins du monde civilisé, il fallut qu'un empereur coupable de crimes sans nom, rompît pour eux cette digue morale qui maintenait au monde romain la faveur des dieux tout-puissants! La réponse des hiérophantes à Constantin : *Sacrum commissum quod neque expiare poterit, impie commissum est!* fut l'arrêt fatal du paganisme. La loi des dieux ne connaissait pas

d'expiation pour les crimes de l'empereur, et il fut
exclu de la célébration des Mystères, comme l'avait
été Néron. — L'Église nouvelle fut moins sévère et
dès lors son triomphe fut assuré. Il devenait clair
d'après cela que tous les déprédateurs et tous les
barbares embrasseraient à leur tour une religion qui
tenait des pardons tout prêts à qui saurait les payer
en richesses et en puissance.

Voici quelques-unes des pages de *la Thréicie*
publiée par Aucler [2] :

« ... Et ces religions dont les chefs étaient des
hommes de mauvaises mœurs, ces religions atroces
qui ont employé de si horribles moyens pour se
maintenir, prétendent avoir apporté aux hommes
de nouvelles vertus inconnues jusqu'à elles, la
charité universelle et le pardon des injures. Nous ne
sommes pas nés pour nous seuls, disait Platon, nous
sommes nés pour la patrie, pour nos parents, pour
nos amis et pour tout le reste des hommes. La
nature elle-même a prescrit, disait Cicéron, qu'un
homme s'intéresse à un autre homme, quel qu'il
soit, et par cela seul qu'il est homme. Nous sommes
tous les membres d'un même corps, disait Sénèque ;
la nature ne nous a-t-elle pas faits tous alliés ? C'est
elle qui nous donne cet amour mutuel que nous
avons les uns pour les autres ; et cette maxime était
même sur les théâtres : Je suis homme, disait ce
vieillard dans Térence, et rien de ce qui peut
regarder un homme ne me doit être étranger. Les
Perses n'avaient-ils pas leur fameuse loi d'ingrati-
tude, selon laquelle ils punissaient tous les manques
d'amour envers les dieux, les parents, la patrie, les
amis ; les Égyptiens ne s'étaient pas non plus bornés

à de simples préceptes, ils en avaient aussi fait une loi.

« Mais ne sait-on point, ou ce serait qu'on ne le voudrait pas savoir, que cette charité universelle était le premier point de la morale des mystères ? Quel est l'homme bon, dit Juvénal, digne du flambeau mystérieux, et tel que l'hiérophante de Cérès veut que l'on soit, qui pense que les maux d'autrui lui sont étrangers ?

« C'est sur nous seuls, dit un chœur dans Aristophane, que luit l'astre du jour, nous qui sommes initiés, et qui exerçons envers le citoyen et envers l'étranger toute sorte d'actes de justice et de piété. »

« Ont-ils enseigné aux hommes le pardon des injures ? Mais les livres mêmes des Juifs, malgré leur horrible zélotipie, en ont des préceptes : Vous ne chercherez point la vengeance, dit le Lévitique ; vous ne verrez point le bœuf ou l'âne de votre ennemi tomber dans un fossé sans le relever. Quand bien même vous auriez souffert l'injure, disait Platon, il ne faut point se venger, parce que se venger, ce serait faire injure, et qu'il n'en faut point faire. Ce mot de vengeance, disait Sénèque, n'est pas le mot d'un homme, c'est celui d'une bête féroce. C'est d'une bête et non d'un homme, disait Musonius, de chercher comment on rendra morsure pour morsure. J'aime mieux recevoir de vous injure que de vous en faire, disait Phocion aux Athéniens. Tout ce que je demande aux dieux, disait Aristide en sortant d'Athènes pour s'en aller en exil, c'est que les Athéniens n'aient jamais besoin d'Aristide.

« D'autres ont beaucoup estimé la morale de ces religions particulières, et n'ont pas su que tout ce qu'il y a de bon dans cette morale, le renoncement à

soi-même, à la corruption de la chair, la rentrée de
l'homme en son essence, le mépris des choses
terrestres, la victoire de ses passions, la charité
universelle se trouvent dans toutes les nations ; mais
cette morale, surtout dans la religion chrétienne,
portée au point où les disciples de Jésus l'ont mise,
a produit toutes les horreurs, tous les crimes, les
mensonges et les calomnies que je viens de décrire.

« Vous n'avez pas plus la morale que la doctrine
de Jésus. Jésus, semblable à ceux qui l'avaient
instruit, ne voulait avoir qu'un petit nombre de
disciples : il savait bien que les choses sublimes et
hors du sens commun des hommes ne peuvent être
goûtées que d'un petit nombre ; il en avait même
donné le précepte à ses disciples : Ne semez pas vos
perles devant les pourceaux, leur disait-il, de peur
que n'en connaissant pas le prix ils ne les foulent
aux pieds, et que se tournant contre vous, ils ne
vous déchirent ; mais ses disciples brûlant d'être
chefs de secte, voulaient avoir des disciples qui
propageassent leur doctrine : ainsi ils les voulaient
outrés et furieux, et ils les ont faits tels. Il y a tant
de différence entre de certaines choses et d'autres
portées dans les discours de Jésus, qu'il est impossible que la même personne les ait prononcées
toutes. Par exemple, Jésus commence son premier
discours suivi, en disant : Heureux les pauvres
d'esprit : il n'entend pas ici ceux qui en manquent,
ni les imbéciles ; mais ceux qui embrassent la
pauvreté volontaire et le mépris des choses terrestres, parce que, dit-il, le règne des cieux est à eux,
et cela dans la prédiction qu'il leur faisait du
renouvellement du monde. Heureux ceux qui sont
doux, parce qu'ils posséderont la terre (c'est-à-dire

la terre qui allait être renouvelée). Heureux ceux
qui pleurent, parce qu'ils seront consolés (dans le
renouvellement de toutes choses). Heureux ceux qui
ont faim et soif de la justice, parce qu'ils seront
consolés (dans le jugement qui allait avoir lieu).

« Ils y ont ajouté : Heureux ceux qui souffrent la
persécution pour la justice, parce que le règne des
cieux est à eux. Remarquez que la conséquence, ici,
est la même que celle de la première béatitude
proposée, et par conséquent doit avoir été ajoutée;
mais cette maxime est outrée. L'homme de bien
doit souffrir courageusement la persécution pour la
justice, ne se relâcher en rien; mais pourquoi se
réjouirait-il de cette persécution? quelque cause
qu'elle ait, elle est toujours un mal. Il vaudrait
mieux pouvoir pratiquer la vertu sans souffrir la
persécution.

« Ils ont ajouté encore : Vous serez heureux,
lorsqu'on vous persécutera, lorsqu'on vous maudira,
lorsqu'on inventera des calomnies contre vous : il
n'y a qu'un fou qui puisse se réjouir et se trouver
heureux qu'on le persécute, qu'on le maudisse,
qu'on invente contre lui des calomnies; mais les
chefs du christianisme avaient besoin de pareils
hommes.

« Jésus avait dit que l'homme de bien essuierait
des contradictions, mais que celui qui persévérerait
jusqu'à la fin serait sauvé : cela est vrai; avec la
persévérance on vient à bout de tout, même de
monter jusqu'au sommet du roc escarpé où est le
temple de la vertu. Ils lui ont fait dire qu'il était
venu mettre le feu sur la terre, diviser le père d'avec
le fils, la fille d'avec la mère, la bru d'avec la belle-
mère, les frères d'avec les frères; qu'il était venu

apporter le glaive et la guerre sur la terre et non la
paix ; qu'où cinq personnes seraient dans une
maison, trois seraient divisées contre deux, deux
contre trois ; que les pères livreraient à la mort leurs
enfants, que les enfants y livreraient leurs pères ;
mais il leur fallait de pareils hommes. O fourberie! ô
imposture! ô fanatisme abominable qui a fait le
malheur du monde!

« Quant au précepte de ne point résister au mal,
de tendre la joue gauche pour recevoir un soufflet,
quand on en a reçu un sur la droite, c'est un
précepte fou, furieux, insensé, injuste, qui met le
faible à la merci du violent et de l'injuste, qui
soumet les bons à une servitude basse et indigne
devant un brigand audacieux. C'est pervertir toutes
les idées de morale et de justice. »

Ici arrive la partie dogmatique succédant à cette
démolition passionnée du catholicisme :

« Je vais maintenant vous parler de la religion
qui ne peut être autre ; j'entreprends une grande
tâche. Comment me ferai-je entendre ? Cette religion est toute sublime, bien différente de la religion
des Juifs ; elle est toute aux cieux, et vous n'avez
que des idées terrestres. Élevez donc vos esprits et
vos cœurs ; prenez des idées spirituelles, et défaites-
vous des préjugés de l'éducation et de l'enfance,
dans lesquels, qui que vous soyez, vous êtes
enveloppés, je dis même les plus grands philosophes
de nos jours.

« La première leçon qui doit vous être donnée en
ce genre, est de vous demander qui vous êtes ; et
quand vous voyez que tout a un but, si vous pensez
que c'est sans but que vous êtes venus sur la terre ?
Le soleil est fait pour la lune, il darde sur elle ses

rayons, stimule par eux ce qu'il y a en elle de lumineux, et ainsi elle nous éclaire : la lune est faite pour le soleil, elle ouvre son sein pour recevoir ses rayons et ses influences qu'elle nous verse : tous les astres sont faits les uns pour les autres, tous reçoivent les uns des autres, et dans une contrariété de mouvements, formant une harmonie universelle, ils entretiennent partout le mouvement et la vie. Quand tout a un but dans la nature, n'est-il pas insensé de penser que le séjour de l'homme sur la terre est sans but ?

« Puisque le mal n'est pas l'ouvrage du principe, qu'ainsi il n'est inhérent à aucun être, et puisque nous sentons l'ardeur du bien, toute notre tâche sur la terre doit être notre régénération, et si le mal nous a éloignés du principe qui ne peut l'admettre en lui, tout notre but doit être, par cette régénération, notre réunion à notre principe : telle est toute la tâche religieuse que nous avons à remplir sur la terre. J'ai dit plus haut comment les bêtes, n'ayant pas admis le mal, ressentent les effets du mal. Il y a d'autres êtres qui ressentent les effets du mal ; mais, pour que je pusse vous en parler, il faudrait que je pusse parler la langue des dieux que je ne sais point parler, et que vous sauriez moins entendre.

« Cherchons donc les moyens de cette régénération ; ils sont universels et les mêmes dans toutes les nations. Le consentement unanime de toutes les nations a été pour les plus grands philosophes de l'antiquité une preuve certaine de vérité ; en effet, une idée générale de tous les hommes ne peut être une erreur, ou leur principe les aurait faits pour l'erreur, ce qui ne peut se supposer ; d'où il suit que les moyens de cette régénération étant universels et

les mêmes dans toutes les nations, ou ont été
enseignés à toutes les nations par la Divinité, ou
sont une production naturelle de l'esprit humain, et
dans l'un ou l'autre cas astreignent tous les hommes
à les employer, et qu'un particulier qui décline de
cette instruction universelle, ou de cette conception
naturelle, se crée une solitude et se creuse un
précipice et un gouffre de perdition.

« Ce n'est point par l'esprit que nous avons admis
le mal; l'esprit ne se trompe point sur la nature du
mal, même dans ses plus grands écarts, et quand il
tâche à se prouver que le mal n'est point mal, afin
de pouvoir s'y livrer; mais c'est par le cœur : ainsi
le premier moyen de cette régénération doit être
une vertu de cœur, qui est de la piété. Mon opinion
est que les dieux ont enseigné aux hommes ces
moyens de régénération : mon malheureux siècle,
qui ne peut choisir qu'entre cette opinion et celle
que ces moyens de régénération sont une conception
naturelle, choisira cette dernière opinion : il ne
m'importe pour ce que j'ai à lui prouver et à lui
proposer. La piété est donc la première vertu qui
puisse nous régénérer; mais il faut savoir à qui
l'adresser; il faut connaître les êtres à qui il faut
l'adresser.

« De quelle langue pourrai-je me servir maintenant; comment pourrai-je me faire entendre; quels
arguments assez convaincants pourrai-je employer
pour détruire l'effet des idées terrestres et des
préjugés dans lesquels vous ont enveloppés vos
religions particulières qui sont sorties de ces documents universels des dieux ou de cette conception
naturelle? Et, encore de ces ineffables mystères, je
ne dois vous produire qu'une partie de ce que je sais

et de ce que je conçois. Ouvrez les yeux de vos
cœurs ; aplanissez votre entendement ; qu'il soit
comme une surface unie qui reçoive et qui conserve
les formes de ce que je vais vous dire. Imposez
silence un moment à la voix des préjugés de votre
enfance et de vos religions, et songez qu'il n'y a rien
de vrai que ce qui est général, et qu'il n'y a point de
vérité dans le particulier : que la Divinité qui a
voulu, sans doute, que les hommes se régénérassent,
se réunissent à elle, n'a pu donner à tous les
hommes que les mêmes moyens de cette régénération.

« Puisque tous les êtres que nous connaissons ne
font pas leur sort eux-mêmes, il faut bien qu'il y ait
un être unique, universel, qui tienne les sorts de
tous les êtres en ses mains, et qui en soit le principe.
Cet être je ne dirai pas a produit d'abord, mais
produit éternellement des êtres dans lesquels il
puisse verser toutes ses productions ou plutôt les
idées de ses productions. Cet être est la Prothirée des
hymnes d'Orphée : ô Vénérable Mère et réceptacle de
toutès les idées des choses, qui tiens sous ta protection tous les êtres qui enfantent, parce que tu as la
première enfanté ; grande Déesse ; mère ineffable ;
épouse du grand dieu, qui, par analogie s'il peut y
en avoir, soulages les travaux de toutes les femmes
qui enfantent, entends-moi ; sois favorable à mon
ouvrage ; conduis ma plume ; que je dise des choses
dignes de toi : mais comment ? du moins des choses
qui ne contrarient pas ta nature, c'est assez ; que je
demeure victorieux dans cet ouvrage, et que le
flambeau que je porte aux hommes dissipe l'erreur
dans laquelle ils sont plongés : flambeau que la
grande Pallas m'a montré ; et que le palladium dont

elle a revêtu devant moi les couleurs et les accoutrements, me défende contre l'envie et contre l'ignorance, et fasse produire à mon ouvrage des fruits qui te soient agréables! Mais cet être n'a pu recevoir dans son sein les productions du principe qu'avec un certain ordre et un certain arrangement, et il a fallu une force pour les produire : c'est le logos, le verbe ineffable ; c'est la déesse Pallas ; c'est, sous un autre rapport, Iacchus démembré par les géants ; c'est νοῦζ ; c'est le *mens*, le Primigène des hymnes d'Orphée ; c'est la force de la nature et la production de tous les êtres ; et cet ordre et cet arrangement sont la lumière qui illumine tout homme venant en ce monde.

Qui creperam extersti cæcis caliginem ocellis.

« Voilà le premier anneau de la chaîne, tous les autres doivent lui être semblables hors la position ; plus un anneau est prochain de ce premier anneau, de cet anneau principe, plus il lui est semblable ; et la nature de ce premier anneau se continue dans toute la série de la chaîne, et un anneau admet d'autant plus de la nature de ce premier anneau, qu'il lui est plus près ou qu'il lui est plus semblable. De là tous les dieux et les différents ordres de génies, d'intelligences que toutes les nations, le monde universel a honorés avant qu'un particulier s'avisât de couper la chaîne et de n'en proposer que le premier anneau réduit dans son expansion ineffable. Eh! qui êtes-vous pour vous refuser à cette instruction universelle? vous qui avez été instruits par des hommes dans l'erreur, dont l'un vous a dit même que sa religion n'était point céleste, qu'elle était terrestre, qu'elle était à vos pieds, qu'elle avait sa cause dans la grossièreté de son peuple.

« Peut-on joindre des êtres divers de nature sans un moyen; c'est ainsi que la terre se joint à l'eau par sa frigidité, l'eau à l'air par son humidité, l'air au feu par sa chaleur, le feu à l'éther par sa subtilité et sa ténuité; l'ordre sur-élémentaire ne doit pas être autre. Le second anneau est semblable au premier; le troisième au second : ainsi jusqu'à l'infini, partout la production ressemble au producteur. Tout ce que le producteur produit est déjà en lui en puissance et en idée. O la belle analogie qu'il y a entre nous misérables mortels et le producteur de tout, ce premier anneau de la chaîne! pour que nous puissions nous joindre à lui sans intermédiaire! O la belle physique, qui, quand tout est plein, quand tout est rempli d'habitants, fait un désert immense depuis ce premier anneau de la chaîne jusqu'à nous! Tout pourrait-il subsister avec une pareille lacune dans l'univers? O malheureux que vous êtes! resserrés et contraints dans vos idées! élargissez-vous enfin, sortez des langes de vos religions qui ne sont point au ciel; montez-y, voyez-y une troupe innombrable, infinie, ineffable d'êtres, de dieux, de génies intermédiaires entre vous et le premier anneau de la chaîne, qui ont tous leurs vies, leurs occupations, leurs emplois, leurs affections, leurs natures, leurs manières d'exister selon leurs genres, et qui sont plus ou moins éloignés du centre universel de tous les êtres.

« Comme j'ai dit que nous trouvions dans ce centre des êtres, trois hypostases, l'Être, le Verbe et la Grande déesse, la grande Prothirée qui reçoit, par les idées que lui transmet le verbe, les semences de tous les autres, ces personnes se trouvent différentes du premier anneau de la chaîne : ainsi on ne leur attribue pas l'être qui est l'apanage incommunicable de l'Être qui existe par lui-même. Ainsi dans les hymnes attribuées à Orphée, qui contiennent toute cette doctrine, après Prothirée et Primigène on trouve Saturne et Rhéa, ensuite Jupiter et Junon, Janus et la Terre, ainsi de suite jusqu'au dernier anneau de la chaîne des êtres spirituels, qui est l'Homme dont la femme est tirée de sa substance.

« Ces hymnes, dit Pausanias, sont les plus religieuses et les plus saintes de toutes ; on s'en servait dans les mystères, elles sont encore plus que cela, et vous y trouverez toute la doctrine que je veux ici vous montrer. Jupiter est aussi pris quelquefois, comme vous l'avez vu, pour le père des dieux et des hommes, parce qu'alors il est le sacré quaternaire par qui tout existe et qui meut toute la nature. Ainsi soit dit des dieux intellectuels et invisibles.

« Vous avez des idées bien grossières : vous pensez que ces globes lumineux qui gardent toujours leurs places dans un fluide qui ne peut les soutenir, qui, dans des oppositions et divers aspects, ont des marches toujours régulières, ont été placés sur vos têtes pour amuser vos yeux et les calculs de vos astronomes ! Il n'y a dans la nature que des corps morts ou vivants ; tout ce qui est mort n'est pas vivant, tout ce qui est vivant n'est pas mort. Il y a un ferment universel qui est l'esprit qui joint l'âme au monde : son action est continuelle, il change tout ; c'est le grand Protée ; il dissout tous les êtres morts, et il les prépare en les dissolvant à

être le lieu où de nouveaux êtres, d'une manière que
vous ne pouvez pas même maintenant soupçonner,
viennent du grand abîme de la nuit se corporifier. Si
vous savez interpréter l'hymne à la Nuit, d'Orphée,
vous aurez un des premiers points de la doctrine,
vous saurez comment tout se forme, vous pourrez
voir vos yeux sans miroir, et ébranler les cornes du
taureau. Ce ferment n'agit pas sur les corps vivants,
parce que l'*animus* qui les informe, les maintient,
est plus fort que le ferment qui tend à les dissoudre,
étant d'une nature supérieure. Si le ferment pouvait
quelque chose sur les êtres, il les disposerait à
recevoir de nouveaux *animus*, qui, de l'abîme de la
nuit viendraient s'y corporifier; ainsi il les dissoudrait. Il faut donc qu'ils aient quelque chose en eux
qui repousse les atteintes du ferment, et qui soit
supérieur à cet esprit; il faut donc qu'ils aient en
eux chacun un *animus* qui les informe, qui maintient leur forme et qui repousse l'action du ferment;
ainsi ils vivent donc. Si la terre n'était pas animée
le ferment aussi la dissoudrait et la disposerait à
recevoir de nouveaux êtres qui rongeraient les
récoltes, tourmenteraient les espèces primitives,
leur nuiraient, les détruiraient, et elles ne seraient
plus alors une simple altération; mais ne ressemble-
raient plus aux idées archétypes.

« Le propre du cadavre est de tomber : c'est là
l'étymologie primitive de ce mot; le propre de l'être
vivant est de se dresser et de se soutenir parce qu'il
a le principe de son mouvement et sa vie en lui.
C'est ainsi que je soutiens mon bras, que je dresse
ma tête : si les astres n'étaient que des cadavres, ils
tomberaient, c'est-à-dire qu'ils se rassembleraient
dans un même lieu selon les lois de la pesanteur

« Voyons maintenant s'ils sont intelligents. Il n'y a dans l'univers que deux sortes d'êtres; ceux qui sont abandonnés à eux-mêmes, et ceux qui sont inhérents à un autre être : de cette dernière espèce sont les plantes, les arbres, les minéraux, qui suivent le sort du sol auquel ils sont attachés; ceux qui sont abandonnés à eux-mêmes, sont les animaux, les hommes, les dieux; ils ont un moi particulier qu'ils doivent conserver : pour en mettre en œuvre les moyens, les choisir, les conserver, il leur faut une ratiocination; ainsi, les astres ont donc cette ratiocination. Les bêtes sont à elles-mêmes leur propre règle, parce qu'elles ne sont dirigées que par l'instinct; l'homme peut négliger sa règle, parce qu'il a sa conduite et qu'il peut choisir ses actions; les astres suivent toujours leur règle par l'excellence de leur intelligence, parce que les êtres purs ne peuvent en dévier; il n'y a rien en eux d'hétérogène qui puisse faire varier leurs actions; ils sont toujours tout ce qu'ils sont, hors qu'ayant leurs pensées à eux, ils peuvent en concevoir de mauvaises; ce qui n'arrive pas, parce qu'ils sont dans l'unité, parce qu'ils lisent dans l'universalité des êtres; parce qu'ils voient dans le Verbe tout ce qui est beau et tout ce qui est bon; que, si quelques-uns d'entre eux ont pu se détériorer dans un temps que nous ne pouvons guère concevoir, ils ne le peuvent plus maintenant par l'habitude où ils sont du beau et du bon, par l'identité qu'ils ont en quelque sorte avec lui : ainsi, la régularité des marches des astres parmi leurs oppositions, les différents aspects attestent l'excellence de leur intelligence; qu'ils sont dans l'unité; qu'ils voient le beau et le bon; qu'ils sont initiés aux causes du destin qu'ils font; enfin qu'ils sont des dieux.

« C'est ce qu'exprime en deux mots Orphée dans l'indigitation à Ouranos : *Caelice terrestris*, ô ciel céleste et terrestre; et, dans son indigitation aux astres : *Caelica terrestris gens;* et c'est ainsi que l'hymne à tous les Dieux commence ainsi : *Maje Jovi, tellus...* grand Jupiter, et toi, terre. En effet, que voyez-vous? vous voyez au ciel les plus grands objets de la nature, et, comme dit encore fort bien Proclus, nous avons aussi un soleil et une lune terrestres, mais selon la qualité terrestre; nous avons au ciel les plantes, toutes les pierres, tous les animaux, mais selon la nature céleste, et ayant une vie intellectuelle.

« Sans doute que les Dieux ont appris ce dogme aux hommes; mais je dis que, quand ils ne le leur auraient pas appris, ces derniers auraient pu le concevoir d'eux-mêmes. Voyant que la lune recevait sa lumière du soleil, ils purent concevoir comment tous les êtres avaient été produits, et voyant que ces deux principaux moyens de production n'étaient pas seuls au ciel, qu'il y avait une multitude d'autres êtres qui leur étaient semblables, ils purent concevoir qu'ils étaient aussi des moyens de production; que tous entre eux se répartissaient ces moyens selon la conscience qu'ils avaient; *numina conscia veri;* de l'unité de l'œuvre qu'ils avaient à remplir. Si Mars versait sur la terre tout ce qu'il y a de torride et d'igné, il brûlerait tout; si Saturne y versait tout ce qu'il y a de froid, il glacerait tout. Ce n'est pas l'éloignement du soleil qui donne aux astres leurs différentes qualités. Mars est plus torride et plus igné que Mercure et Vénus,

qui sont moins éloignés de ce centre de feu. Saturne
est bien plus près de ce foyer, de ce cœur du monde,
que l'astre embrasé de la canicule. Mais, de la
température de ces différentes influences, émises
avec intelligence, se forme une influence générale,
que le ciel verse sur la terre. Ainsi, dans le monde
sensible, le ciel est le premier agent des dieux ; mais
si la terre émettait des influences contraires à celles
qu'elle reçoit, rien ne se ferait dans la nature ; ainsi
le monde supérieur crée continuellement le monde
inférieur ; ainsi le monde inférieur est l'emblème du
monde supérieur, et cela ne peut être autrement.
Toute production doit présenter l'idée de son
producteur ; tout être donne ce qu'il a ; et plus
reçoivent des influences de chaque astre les êtres
qui sont plus propres à les recevoir. Ainsi l'or, par
sa couleur, par sa splendeur, par sa solidité,
appartient au soleil ; l'argent, par sa couleur douce,
par sa splendeur moins éclatante, par sa mollesse et
sa ductilité appartient à la lune ; ainsi les deux
premiers métaux en beauté appartiennent aux deux
luminaires de ce monde. Car, comme dit fort bien
Ptolémée, quand il y aurait d'autres astres plus
lumineux, ces deux astres n'en seraient pas moins,
par leur influence et par leur beauté, les deux
luminaires de la terre. C'est ainsi que la plante
nommée héliotrope par sa figure, par son disque
composé de corps à quatre pans, dont émanent des
globules, d'où s'échappent des fleurs à cinq pointes,
qui tous expriment les différentes générations du
feu et émanations de la lumière ; qui, par les
diverses teintes de sa couleur d'or, par les pointes
de sa corolle, qui s'échappent de son disque en
flammes, ou en pyramides torses, formes que l'on

sait être celles du feu, par ses feuilles en cœur, et par la faculté qu'a cette plante de se tourner vers son astre, de manière que sa tige en est souvent torse, par ses nombres quatre et cinq, qui sont les nombres de toutes générations dans les divers mondes, se fait connaître être solaire; et cette plante est le soleil terrestre sur la terre; il en est de même de plusieurs autres arbres et plantes. »

On a besoin sans doute aujourd'hui, pour supporter de tels raisonnements, de songer toujours à l'époque où ils furent posés. Au temps où Quintus Aucler écrivait, il y avait table rase en fait de religion, et attaquer le christianisme était devenu un lieu commun; aussi n'est-ce là qu'une introduction historique à la thèse qu'il veut soutenir. Pour Aucler, il y a deux sortes de religions : celles qui organisent la civilisation et le progrès et celles qui, nées de la haine, de la barbarie ou de l'égoïsme d'une race, désorganisent pour un temps plus ou moins long l'effort constant et bienfaisant des autres. — C'est Typhon, c'est Arimane, c'est Siva, ce sont tous les esprits maudits et titaniques qui inspirent ces religions du néant : Qu'adorez-vous? dit-il aux croyants des cultes unitaires — vous adorez la Mort! Où sont les civilisations régulières?... Chez tous les peuples polythéistes : l'Inde, la Chine, l'Égypte, la Grèce et Rome. Les peuples monothéistes sont tous barbares et destructeurs; puissants pour anéantir, ils ne peuvent rien constituer de durable pour eux-mêmes... Que sont les Hébreux? Dispersés. Qu'est devenu l'empire de Constantin une fois converti?... Qu'ont su fonder les Turcs, vainqueurs de la moitié du monde? Et qu'est-il advenu du grand édifice féodal! Des ruines

partout. — Et, si la civilisation commence à
rayonner en Europe depuis le xve siècle, c'est que la
foi au monothéisme s'y est à peu près perdue. En
voulez-vous la preuve ? Comparez l'Espagne et
l'Italie croyantes à l'Allemagne, à l'Angleterre
hérétiques et à la France indifférente.

III

LES MOIS

Le paradoxe de Quintus Aucler finit ainsi :

« Français et Belges, races gauloises et celtiques,
vous vous êtes débarrassés enfin du culte où s'étaient
rattachés les barbares ; cependant tout peuple a
besoin d'une religion positive. Qu'étiez-vous donc
avant l'apostasie de Clovis ? Vous apparteniez à
ce grand Empire Romain dont vous êtes les
démembrements et qui était venu répandre parmi
vous la civilisation et les lumières de la pensée et
des arts, qui vous avait donné l'organisation com-
munale et vous avait faits citoyens de la grande
unité romaine. Votre langue, votre éducation et vos
mœurs l'attestent encore aujourd'hui : par conséquent, délivrés désormais de l'obstacle, vous devez
songer à vous régénérer pour être dignes de rappeler
sur vos provinces la faveur des douze grands Dieux.
Cette chaîne éternelle qui lie notre monde au pied
de Jupiter n'est point rompue, mais obscurcie à vos
regards par les nuées de l'ignorance. Les Dieux
trônent toujours dans leurs astres étincelants, ils
président à vos destinées et les ayant rendues
fatales, ils les rendront bienheureuses lorsque vos

prières auront rétabli l'accord des cieux et de la terre. Adressez-vous aux Dieux d'abord, comme ont fait les Codrus et les Décius, par la formule du dévouement. Les poètes en ont écrit l'hymne sacré :

> *Cui dabit partes scelus expiandi*
> *Jupiter? Tandem venias precamur*
> *Nube candentes humeros amictus*
> *Augur Apollo* *3.

Apollon vous pardonnera d'avoir méconnu sa lumière spirituelle, car elle n'a cessé de verser sur votre sol ses rayons bienfaisants... Mais que ferez-vous pour désarmer les Astres-Dieux que vous ne voyez que la nuit, et dont les influences président à vos destinées ainsi qu'à la formation et à la santé des animaux et des plantes qui vous sont utiles ? Comment apaiser Mars, dieu violent et terrible, « marqué du sceau de la raison double, *insensé, furieux,* comme l'exprime l'indigitation d'Orphée, — par qui toutes les espèces se dévorent les unes les autres ? » C'est Mars qui domine le premier mois de l'année sacrée. Comme Janus, il a la clef du temple de la paix et de la guerre, que l'un ouvre et que l'autre ferme... et vous voyez assez que c'est lui qui règne en ce moment.

Heureusement déjà votre calendrier lui a rendu sa place ; — mais que ferez-vous ensuite pour la grande Vesta, divinité non moins terrible, meilleure pourtant ; commencement et principe des choses, qui produit et vivifie tout, toujours pure, toujours

---

* A qui Jupiter donnera-t-il l'emploi d'expier le crime ? Venez, divin augure Apollon, les épaules revêtues d'une nuée brillante.

chaste, se mêlant aux choses terrestres sans en
contracter la souillure, présidant aux portes et aux
vestibules des maisons, protégeant les pénates et les
génies tutélaires des familles ?

C'est dans ce mois, consacré à Mars et à Vesta,
qu'il faut renouveler les lauriers des flamines et
adresser à Mars une nouvelle invocation, pour qu'il
ne nuise pas à la fécondité des femmes. Puis on
pense à Saturne, dont le règne heureux succéda
jadis à ceux de Mars et de Janus, et qui vous bénira
mieux qu'aux *saturnales*, en voyant revenir la
véritable et sincère égalité.

Ensuite, et seulement à la veille des Nones, vous
ferez le sacrifice à Vesta. Puis viendra la fête de
Liber, qui enseigna aux hommes le culte et les lois :
à lui les libations et les prémices des fruits. C'est
sous ses auspices que vos enfants prendront la robe
virile. Deux jours après le onze des calendes, arrive
la fête de Minerve, à qui tous les arts doivent leurs
hommages. Puis les *hilaries*, fêtes de joie dédiées à
la grande Mère des Dieux. Alors les jours
deviennent plus longs que les nuits, et le ciel donne
à la terre le signal de cette fête.

Avril est consacré à Vénus, mais c'est encore la
Mère des dieux qui préside aux fêtes célébrées la
veille des Nones. On promène la pompe de son
cortège au milieu des danses formées par les curètes
et les corybantes, accompagnés des flûtes, des
cymbales et des tambours. — C'est le jour des
calendes que l'on sacrifie à Vénus, que l'on invoque
sous le nom de *Verticordia*, afin qu'elle détourne nos
esprits des amours illégitimes : « Belle Uranie,
écartez de nos cœurs les désirs terrestres qui brûlent
et consument sans vivifier ! » Le mois se termine par

les fêtes à Cérès et par les *Floralies* qui couronne-
ront ce doux mois de floréal.

Les calendes en mai sont dédiées aux Lares. C'est
alors que les femmes célébreront dans les maisons
les fêtes de la bonne déesse, dont tous les mâles sont
exclus, même les animaux ; on en couvre même les
portraits. Tout homme doit sortir alors de sa
maison, même le grand pontife. Le lendemain, les
Lares sont honorés dans les carrefours ; on leur offre
des têtes de pavots, ainsi qu'à leur mère Amanie. A
leurs fêtes succèdent les Lemurales, qui durent trois
nuits. On invoque les ombres heureuses, et l'on jette
aux autres des fèves, — dont la fleur exprime les
portes de l'enfer, — en répétant neuf fois : « Par ces
fèves, je rachète mon âme. » Les âmes aiment le
nombre neuf, qui est celui de la génération, parce
qu'elles espèrent toujours rentrer dans le monde *.

Ensuite viennent les argées et les agonales. Ce
mois est consacré au *Corybante*, génie de la terre.

Puis vient le mois dédié à Mercure. On fait des
sacrifices à Mars et à la déesse Carnéa, qui préside
aux parties vitales du corps. On mange des fèves et
du lard. Le trois des ides, arrivent les matralies, ou
fêtes de Leucothoé, déesse de la mer, — mystères
spéciaux aux femmes, qui les célèbrent en secret. Le
cinq, les vestalies, jour de purification. On dîne en
famille et l'on envoie une partie des mets au temple
de Vesta.

Le mois de Jupiter vient ensuite. Le jour des

---

* Le nombre 9 est particulièrement générateur et mystique ;
multipliez-le par lui-même, vous trouverez toujours 9 : 18, par
exemple : (1 et 8 : 9), — 3 fois 9 : 27 (2 et 7 : 9) ; 4 fois 9 : 36 (3 et
6 : 9) ; 5 fois 9 : 45 ; ainsi de suite. Le nombre 9 est le nombre de la
matière.

Nones, les femmes sacrifient à Junon sous des figuiers sauvages, dans une intention de fécondité.

Le mois de Cérès amène des sacrifices à Hercule et à Diane. Pour ces derniers, les dames sortent des habits blancs avec des flambeaux allumés, et font des processions dans les bois.

Le septième mois est dédié à Vulcain. C'est aux ides de ce mois que le premier consul doit planter un clou sacré dans le temple de Minerve.

Les autres mois présentent moins de fêtes obligées. On fait des sacrifices à Mars furieux; on lui sacrifie un cheval, puis on couronne de fleurs les puits et les fontaines. Ensuite vient le mois de Diane victorieuse des géants. Aux ides, on célèbre le *lectisterne,* jour où Jupiter invite à sa table les dieux et les héros... (Qui de nous, s'écrie ici Quintus Aucler, sera digne de s'y asseoir?)

Le dixième mois appartient à Vesta; il contient les fêtes de Faunes, les agonales, puis les saturnales, qui durent sept jours. Le jour des sigillaires, les amis s'envoient des cierges allumés.

Le onzième mois, dédié à Janus, voit se fêter les *carmentales,* fêtes où l'on prie pour la santé des enfants et qui ne peuvent être célébrées que par les femmes chastes. (De quel front, s'écrie Quintus Aucler, les adultères et les débauchées oseraientelles, ce jour-là, se présenter aux temples des dieux et prier pour des enfants illégitimes!)

Le dernier mois, qui correspond en partie à février, est dédié à Neptune. Le quinze des calendes, on fête les *lupercales,* dédiées à Pan. C'est alors que des jeunes gens se répandent dans la ville et frappent les femmes avec des lanières tirées de la peau des victimes, afin de leur donner de la

fécondité. Les *terminales* finissent l'année. On visite
les bornes des champs, et les voisins prennent
Hermès à témoin de leur bonne intelligence.

On voit que dans l'année païenne, dont Quintus
Aucler proposait le rétablissement, les jours de fête
ne manquent pas. A ces *féries* obligées, il venait
encore s'en joindre d'autres, dites *conceptives,* et
dont les *points* devaient varier selon que les saisons
étaient plus ou moins hâtives. Telles étaient les
ambarvales, les amburbiales, le *grand Lustre,* qui ne
revient que tous les cinq ans, fête de purification
générale, où l'on se prépare à la célébration des
dionysiaques, — les féries sémentives, les paganales,
la naissance d'Iacchus, la délivrance des couches de
Minerve, ainsi que les fêtes du solstice et de
l'équinoxe.

Les familles devaient aussi avoir leurs fêtes.
Chacun, à l'anniversaire de sa naissance, devait
sacrifier un porc à son génie. Les pauvres pouvaient
se contenter de lui offrir du vin et des fleurs. Il y
avait aussi des sacrifices de bout de l'an pour les
âmes des parents morts et pour les dieux Mânes,
puis des novembdiales, quand on se croyait menacé
de quelque malheur, et des lectisternes pendant
lesquelles on se réconciliait avec ses ennemis. Les
jours de jeûne devaient avoir lieu la veille des
grandes solennités et pendant tout le mois qui
correspond à février. Aux ides de novembre se
trouvait la fête des morts. C'est le jour où les mânes
se répandent sur la terre. — Ce jour-là, le *monde est
ouvert;* les ombres viennent juger les actions des
vivants et s'inquiètent de la mémoire qu'on leur a
gardée.

En examinant tout ce système de restauration

païenne, on ne serait pas étonné de le voir s'accorder avec les principales fêtes de l'Église, qui, dans le principe, s'accommoda sur bien des points au calendrier romain.

L'observation du jeûne et l'abstinence de certains aliments préoccupent beaucoup l'hiérophante nouveau. Il lance l'anathème contre les impies qui se nourrissent de la viande des solipèdes, des oiseaux de proie et des animaux carnassiers. — Manger de la viande de cheval lui paraît une abomination que ne peuvent excuser les plus grandes extrémités. « Des libertins, par vaillantise, dit-il, ont mis leur gloire dans le vice jusqu'à manger de la *chair* de chat, et le peuple s'est relâché parfois à mettre un corbeau dans son potage... De ces excès résultent un déplorable abrutissement et les crimes les plus atroces. Ainsi, le peuple doit éviter de se nourrir de solipèdes, d'unguicules et de polysulques... » Mais les hiérophantes et les véritables initiés doivent faire plus encore, afin de se rendre propres à la contemplation. Ils n'useront donc ni du pourceau qui, quoique bisulque, est entièrement privé de défense, ni, entre les poissons, de ceux qui n'ont ni nageoires ni écailles. « Certes, il n'y a pas au monde spectacle plus hideux que celui d'une âme bestiale vieillie dans le corps d'un pourceau ; — quant aux poissons cités plus haut, ils se trouvent privés du *bouclier de Mars*, et ont ce rapport avec l'homme de n'avoir ni arme ni vêtement naturels. » — Entre les plantes, il est bon de s'abstenir des fèves, qui sont consacrées aux morts.

« C'est ainsi, ajoute Quintus Aucler, que nous en avons toujours usé dans notre famille, dont l'origine remonte aux races *hiérophantiques*. » Il ne doute pas

de la pureté de sa généalogie romaine, dont les
rejetons ont traversé les siècles sans se mêler aux
familles profanes, parce que les dieux, dans leurs
desseins, le gardaient lui-même pour renouveler un
culte opprimé si longtemps. Il profite de cette
digression pour louer sa femme de sa fidélité aux
observances du culte, et même son fils, qui doit un
jour transmettre au monde le dépôt confié à ses
ancêtres depuis l'époque où la civilisation gallo-
romaine céda aux armes de Clovis.

A dater de ce moment, nous commençons à
comprendre l'existence de cette famille hiérophan-
tique, conservée à travers les siècles. « Les secrets
de l'astrologie, dit Quintus Aucler, sont les mêmes
que ceux de la religion ; ainsi, les dieux qui
président aux mois de l'année correspondent également aux signes du zodiaque. Les dieux celtiques,
traduits de la langue de nos aïeux gaulois, se
trouvent être, en réalité, les mêmes que ceux du
calendrier romain. La semaine en est composée :
Moontag (lundi) est le jour de la lune ; *Tues-Tag*
(mardi) est le jour de Mars ; *Wednes-Tag*, le jour de
Mercure ; *Theurs-Tag*, le jour de Jupiter ; *Frey-Tag*,
le jour de Vénus ; *Saders-Tag*, celui de Saturne, et
Sun-Tag est le jour du soleil. — Ceci en langage
Indien, particulier aux primitives tribus celtiques
émigrées des hauts plateaux de l'Asie se rend par :
Tinguel, Cheroaï, Bouda, Viagam, Velli, Sani, Naïr,
qui expriment les divinités correspondantes. »

C'est donc un culte vieux comme le monde que
l'apostasie de Clovis est venue renverser pendant
une misérable quinzaine de siècles. — « Et encore,
s'écrie-t-il, si les barbares avaient compris que le
dieu nouveau qu'ils imposaient par l'épée n'était

autre que *Chris-na*, le Bacchus indien, — c'est-à-
dire le troisième Bacchus des Mystères d'Éleusis,
qu'on appelait Iacchus, pour le distinguer de
Dionysius et de Zagréus, ses frères! — Mais ils n'ont
pas su reconnaître dans leur dieu le favori de Cérès,
le Ἰησοῦς couronné de pampres, — et sans se
préoccuper du symbole, ils en ont seulement gardé
le rite consécratif du pain et du vin; ignorants
tous, — les barbares comme les Pères de l'Église, —
autres barbares, dont les œuvres naïves ont été
refaites par des sophistes gagés! »

C'est à ce point de vue que Quintus Aucler
recommande aux néo-païens une certaine tolérance
pour les croyants spéciaux d'Iacchus-Iésus, plus
connu en France sous le nom de Christ. Imbu des
principes de Rome, il ne fermait son panthéon à
aucun dieu. En effet, selon lui, ce n'est pas comme
chrétienne que l'ancienne Église avait été persécutée, mais comme intolérante et profanatrice des
autres cultes.

IV

LES RITES

On peut s'étonner aujourd'hui de la nouveauté
rétrospective de ces idées, — mais il fallait certainement qu'un tel livre parût pendant le cours de
l'ancienne révolution. Du reste, on doit peut-être
savoir gré à Quintus Aucler d'avoir, dans une
époque où le matérialisme dominait les idées,
ramené les esprits au sentiment religieux, et aussi à
ces pratiques spéciales du culte qu'il croyait nécessaires à combattre les mauvais instincts ou à

assouplir l'ignorante grossièreté de certaines natures.

Les jeûnes, les vigiles, l'abstinence de certains aliments, les mœurs de la famille et les actes générateurs soumis à des prescriptions pour lesquelles le paganisme n'a pas été moins prévoyant que la Bible, ce n'était certes pas de quoi plaire aux sceptiques et aux athées de l'époque, et il y avait quelque courage à proposer la restauration de ces pratiques.

Quant au choix même de la religion païenne, il était donné par la situation ; les fêtes civiques, les cérémonies privées, le culte des déesses, allégorique, il est vrai, comme dans les derniers temps de Rome, ne se refusaient nullement à l'assimilation d'un dogme mystique, qui n'était après tout qu'une renaissance de la doctrine épurée des néo-platoniciens. Il s'agissait simplement de ressouder le XVIIIe siècle au Ve et de rappeler aux bons Parisiens le fanatisme de leurs pères pour cet empereur Julien, qu'ils accompagnèrent jusqu'au centre de l'Asie. « Tu m'as vaincu, Nazaréen ! » s'était écrié Julien frappé de la flèche du Parthe. Et Paris aurait proclamé de nouveau, dans le Palais restauré de Julien et dans le Panthéon qui l'avoisine, le retour cyclique des destinées qui rendaient la victoire au divin empereur. — Les vers sibyllins avaient prédit mille fois ces évolutions rénovatrices, depuis le *Redeunt Saturnia regna* jusqu'au dernier oracle de Delphes, qui, constatant le règne millénaire de Iacchus-Iésus, annonçait aux siècles postérieurs le retour vainqueur d'Apollon.

La réforme toute romaine du calendrier, de la numération des idées politiques, des costumes, tout

cela voulait-il dire autre chose? et l'aspiration
nouvelle aux dieux, après les mille ans d'interruption de leur culte, n'avait-elle pas commencé à se
montrer au xve siècle, avant même que, sous le
nom de Renaissance. l'art, la science et la philosophie se fussent renouvelés au souffle inspirateur des
exilés de Byzance? Le *palladium mystique,* qui
avait jusque-là protégé la ville de Constantin, allait
se rompre, et déjà la semence nouvelle faisait sortir
de terre les génies emprisonnés du vieux monde. Les
Médicis, accueillant les philosophes accusés de
platonisme par l'inquisition de Rome, ne firent-ils
pas de Florence une nouvelle Alexandrie?

Le mouvement s'étendait déjà à l'Europe, semait
en Allemagne les germes du panthéisme à travers
les transitions de la réforme; l'Angleterre, à son
tour, se détachait du pape, et dans la France, où
l'hérésie triomphe moins que l'indifférence et l'impiété, voilà toute une école de savants, d'artistes et
de poètes, qui, aux yeux, comme à l'esprit, ravivent
sous toutes les formes la splendeur des olympiens.
— C'est par un caprice joyeux, peut-être, que les
poètes de la *Pléiade* sacrifient un bouc à Bacchus,
mais ne vont-ils pas transmettre leur âme et leur
pensée intime aux épicuriens du grand siècle, aux
spinosistes et aux gassendistes, qui auront aussi
leurs poètes, jusqu'à ce qu'on voie apparaître au-
dessus de ces couches fécondées par l'esprit ancien,
l'Encyclopédie toute armée, achevant en moins
d'un siècle la démolition du moyen âge politique et
religieux?

Et même dans l'éducation comme dans les livres
offerts à ces générations nouvelles, la mythologie ne
tenait-elle pas plus de place que l'Évangile? Quin-

tus Aucler ne fait donc, dans sa pensée, que
compléter et régulariser un mouvement irrésistible.
Voilà seulement comment on peut s'expliquer une
pensée qui semble aujourd'hui toucher à la folie, et
qu'on ne peut saisir tout entière que dans les
minutieuses déductions d'un livre qui impose le
respect par l'honnêteté des intentions et par la
sincérité des croyances; c'est comme un dernier
traité des apologies platoniciennes de Porphyre ou
de Plotin égaré à travers les siècles, — et qui, à
l'époque où il a reparu, ne put rencontrer un dernier
père de l'Église pour lui répondre, du sein des ¬uines
abandonnées de l'édifice chrétien.

Il ne faut pas croire, du reste, que la doctrine de
Quintus Aucler fût la manifestation isolée d'un
esprit exalté qui cherchait sa foi à travers les
ténèbres. Ceux qu'on appelait alors les théosophes
n'étaient pas éloignés d'une semblable formule. —
Les Martinistes, les Philalèthes, les Illuminés et
beaucoup d'affiliés aux sociétés maçonniques pro-
fessaient une philosophie analogue, dont les défini-
tions et les pratiques ne variaient que par les noms.
On peut donc considérer le néo-paganisme d'Aucler
comme une des expressions de l'idée panthéiste, qui
se développait d'autre part, grâce aux progrès des
sciences naturelles. — Les vieux croyants de l'alchimie, de l'astrologie et des autres sciences occultes
du moyen âge avaient laissé dans les sociétés d'alors
de nombreux adeptes raffermis dans leurs croyances
par les étonnantes nouveautés que Mesmer, Lavater, Saint-Germain, Cagliostro venaient d'annoncer
au monde avec plus ou moins de sincérité. —
Paracelse, Cardan, Bacon, Agrippa, ces vieux

maîtres des sciences cabalistiques et spagyriques,
étaient encore étudiés avec ferveur.

Si l'on avait cru aux influences des planètes, —
signalées encore par les noms et par les attributs des
dieux antiques, même pendant le règne du christianisme, — il était naturel qu'à défaut de religion
positive, on retournât à leur culte. Aussi Aucler
consacre-t-il bien des pages à la description du
pouvoir matériel des astres. Il ne craint pas moins
le furieux Mars que le froid Saturne. Mercure
l'inquiète parfois. Vénus n'a pas une très bonne
influence sur le globe, depuis que ses autels sont
négligés... Quant à Jupiter, il est trop grand pour se
souvenir des outrages. Il suffit de lui consacrer les
plantes et les pierres qui lui appartiennent : le chêne
et le peuplier, le lis et la jusquiame, l'hyacinthe et le
béril. Saturne aime le plomb et l'aimant, et, parmi
les herbes, l'asphodèle. Vénus a la violette, la
verveine et le polithricon; son métal est le cuivre;
ses animaux sont le lièvre, le pigeon et le passereau.
— Quant à Apollon, il a toujours eu, comme on
sait, une influence particulière sur le coq, sur
l'héliotrope et sur l'or. — Tout se suit ainsi; il n'est
rien dans les trois règnes de la nature qui échappe à
l'influence des dieux; — les libations, les consécra-
tions et sacrifices se composent donc d'éléments
analogues à l'influence de chaque divinité.

Les divinités placées dans les astres n'agissent
pas seulement sur les diverses séries de la création,
mais elles président aux destinées par les conjonc-
tions de leurs astres, qui influent sur le sort des
hommes et des peuples. — Il serait trop long de
suivre l'auteur dans l'explication des triplicités et
des cycles millénaires qui minent les grandes révolu-

tions d'empires. Toute cette doctrine platonicienne
est connue, d'ailleurs, depuis longtemps.

Plusieurs philosophes de cette époque suivirent
Quintus Aucler dans cette rénovation des idées de
l'école d'Alexandrie. C'est vers la même époque que
Dupont de Nemours publia sa *Philosophie de l'Univers*, fondée sur les mêmes éléments d'adoration
envers les intelligences planétaires.

Il établit de la même manière, entre l'homme et
Dieu, une chaîne d'esprits immortels qu'il appelle
Optimates et avec lesquels tout *illuminé* peut avoir
des communications. C'est toujours la doctrine des
Dieux ammonéens, des *éons* ou des *éloïms* de
l'antiquité. L'homme, les bêtes et les plantes ont
une *monade* immortelle, animant tour à tour des
corps plus ou moins perfectionnés, d'après une
échelle ascendante et descendante, qui matérialise
ou déifie les êtres selon leurs mérites. Haller,
Bonnet, Leibnitz, Lavater avaient précédé l'auteur
dans ces vagues suppositions. Elles semblaient, du
reste, si naturelles alors, que Dupont de Nemours,
président du conseil des Anciens, en entretenait
parfois l'assemblée, ou en faisait l'objet des séances
de l'Institut.

Le premier livre de Senancourt, qui depuis se
réfugia dans le scepticisme de Lucrèce, contenait un
système tout pareil, qu'il fit disparaître avec soin
des éditions suivantes.

Nous n'avons plus à citer que Devisme parmi
ceux qui méritent quelque attention. Ses idées se
rapprochent beaucoup plus du christianisme et
reproduisent presque entièrement la doctrine de
Swedenborg, qui a conservé en France des adeptes
fidèles; ces derniers forment une petite Église à la

tête de laquelle on a vu quelque temps Casimir
Broussais[4].

L'école particulière de Quintus Aucler survivait
encore en l'an 1821, si l'on s'en rapporte à un
ouvrage intitulé *Doctrine céleste*, d'un nommé
Lenain, qui paraît avoir obscurément continué le
culte des dieux dans la ville d'Amiens.

Quant à l'hiérophante lui-même, il n'a publié que
ce seul livre intitulé : *La Thréicie*, titre qu'il avait
emprunté au surnom donné par Virgile à Orphée :
Threïcius vates. C'est, en effet, la doctrine des mystères de Thrace que Quintus Aucler propose aux
initiés. Ce théosophe était né à Argenton (Indre); il
est mort à Bourges, en 1814, repentant de ses
erreurs, si l'on en croit les vers très faibles d'une
brochure intitulée : *l'Ascendant de la religion* ou récit
des crimes et fureurs d'un grand coupable, qu'il
publia en 1813.

Ainsi se termina la vie du dernier païen. Il abjura
ces dieux qui, sans doute, ne lui avaient pas apporté
au lit de mort les consolations attendues. — Le
Nazaréen triompha encore de ses ennemis ressuscités
après treize siècles. *La Thréicie* n'en est pas moins
un appendice curieux au *Misopogon* de l'Empereur
Julien.

DOSSIER

VIE DE GÉRARD DE NERVAL

1808 22 mai : naissance à Paris de Gérard Labrunie, fils du Dr Étienne Labrunie et de Marie-Antoinette Laurent, d'une famille de commerçants. L'enfant est mis en nourrice à Loisy, près de Mortefontaine. Son père, bientôt rejoint par sa mère, est affecté à la Grande Armée en Allemagne.

1810 29 novembre : mort de la mère de Gérard en Silésie. Celui-ci est placé chez son grand-oncle Antoine Boucher à Mortefontaine. C'est là que se trouve la « bibliothèque de mon oncle ».

1820 Gérard entre au lycée Charlemagne, où il sera le condisciple de Théophile Gautier.

1826 Gérard publie les *Élégies nationales*, d'inspiration libérale et bonapartiste, et des poésies satiriques.

1827 Bien qu'il sache mal l'allemand, Gérard publie une traduction de *Faust* dont Goethe parlera avec éloges.

1830 Gérard fréquente le cénacle de Victor Hugo. Il publie un *Choix de poésies* de Ronsard, des traductions de *Poésies allemandes*, et, dans diverses revues, des pièces lyriques d'un charme très personnel.

1832 Gérard fréquente la « bohème » de la rue de Doyenné. Il publie *La Main de gloire* dans le *Cabinet de lecture*.

1834 Héritage de 30 000 F. A l'automne, voyage dans le midi de la France et en Italie.

1835 Mai : fondation du *Monde dramatique*, pour célébrer Jenny Colon, dont Gérard est amoureux. Il y engloutira le restant de son héritage.

1836 Liquidation du *Monde dramatique* (juin). Gérard, ruiné, collabore à divers journaux et fait un voyage en Belgique avec Dumas (juillet-septembre).

1838 Avril : Jenny Colon, à qui Gérard avait déclaré sa passion l'année précédente, se marie avec le flûtiste Leplus. Voyage en Allemagne (août-septembre).

1839 Représentation de *L'Alchimiste*, en collaboration avec Dumas (qui signe seul) et de *Léo Burckart*. Succès modestes. Septembre : publication dans *La Presse* de la *Biographie singulière de Raoul Spifame*. Gérard, muni d'une mission du gouvernement, part pour Vienne le 31 octobre.

1840 19 mars : retour de Vienne. Voyage en Belgique (octobre-décembre), où Gérard revoit Jenny Colon.

1841 Fin février : première crise de folie. Gérard est interné chez Mme de Saint-Marcel, rue de Picpus, puis chez le Dr Esprit Blanche, à Montmartre, où il reste jusqu'en novembre.

1842 5 juin : mort de Jenny Colon. Fin décembre : départ pour l'Orient.

1843 Voyage en Orient : Malte, Le Caire, Beyrouth, Chypre, Rhodes, Smyrne, Constantinople. Retour à Paris dans les premiers jours de l'année suivante.

1845 Avril : publication du *Diable amoureux*, avec la notice de Nerval sur Cazotte.

1849 31 mars : première des *Monténégrins* à l'Opéra-Comique. Avril-mai : nouvelle crise nerveuse. Gérard est soigné chez le Dr Aussandon. Décembre : Gérard publie dans l'*Almanach cabalistique pour 1850* quelques brefs portraits d' « illuminés », ainsi que l'étude sur *Cagliostro*.

1850 13 mai : création à l'Odéon du *Chariot d'enfant*. Juin : nouvelle crise, également soignée par le Dr Aussandon. Août-septembre : publication dans *La Revue des Deux Mondes* des *Confidences de Nicolas* ; voyage en Allemagne. Octobre-décembre : publication dans *Le National* des *Faux Saulniers*, d'où sera extraite l'*Histoire de l'Abbé de Bucquoy*.

1851 Septembre-novembre : séjour à la clinique du Dr Émile Blanche à Passy. Novembre : publication de l'étude sur *Quintus Aucler* dans la *Revue de Paris*.

1852 Janvier-février : séjour dans la maison de santé municipale Dubois. Mai-juin : voyage en Hollande. Novembre : publication des *Illuminés*. Décembre : échec de *L'Imagier de Harlem* à la Porte Saint-Martin.

1853 Février-mars : séjour à la maison Dubois. 15 août : *Sylvie* paraît dans *La Revue des Deux Mondes*. Fin août : Gérard entre, pour un long séjour entrecoupé de sorties, à la clinique du Dr Émile Blanche.

1854 Janvier : *Les Filles du feu*, avec *Les Chimères*. Mai : Gérard sort de la clinique et part pour l'Allemagne, d'où il reviendra, dans un état de grande confusion mentale, en juillet. Nouvel internement à partir du 6 août. Il travaille à *Aurélia* durant cette période. Sorti prématurément le 19 octobre, il mène une existence errante, à court d'argent, et prépare cependant l'édition de *Pandora* (dont la première partie paraît le 31 octobre), et d'*Aurélia*, qui ne paraîtra qu'après sa mort.

1855 26 janvier : Gérard est trouvé pendu rue de la Vieille Lanterne.

HISTOIRE DU TEXTE

Le présent ouvrage a été publié pour la première fois le 20 novembre 1852. La page de titre de l'édition originale se présente ainsi : « *Les Illuminés. Récits et portraits par Gérard de Nerval. Le Roi de Bicêtre (Raoul Spifame). Histoire de l'abbé du Bucquoy. Les Confidences de Nicolas (Restif de la Bretone). Jacques Cazotte. Cagliostro. Quintus Aucler.* Paris, Victor Lecou, Libraire-éditeur, Rue du Bouloi, 10, 1852. » On peut lire sur la couverture, après « Les Illuminés » : « ou les Précurseurs du Socialisme ». En dehors du texte intitulé *La Bibliothèque de mon oncle*, tous les portraits qui constituent le volume avaient fait l'objet de publications antérieures. Nous les étudions successivement, en indiquant sommairement, s'il y a lieu, les modifications que Nerval leur a fait subir.

Le Roi de Bicêtre.

Première publication dans *La Presse*, 17-18 septembre 1839, sous le titre *Biographie singulière de Raoul Spifame, seigneur des Granges*, sous le pseudonyme *Aloysius*. Dans une note publiée par Gustave Simon *(Histoire d'une collaboration. Alexandre Dumas et Auguste Maquet.* Crès, 1919) Auguste Maquet s'exprime en ces termes sur la part qu'il a prise à cette nouvelle : « J'ai encore écrit pour Gérard, qui ne pouvait arriver à tenir ses engagements *Raoul Spifame*, nouvelle... », ce qui implique que l'idée première au moins est de Nerval. Réimpression dans *La Revue pittoresque*, 1845, sous le titre *Le Meilleur roi de France*. Ces deux versions ne

présentent avec celle des *Illuminés* que des différences insigni-
fiantes, en dehors du fait qu'elles ne portent pas de titres de
chapitres.

Le texte qui a servi de point de départ à cette nouvelle est un
curieux ouvrage publié en 1556, sous le titre *Dicaearchiae Henrici
Regis progymnasmata*. Il se présente comme un recueil de
308 arrêts royaux rendus par Henri II. Une note manuscrite
figurant sur l'exemplaire de la Bibliothèque nationale (Rés.
F 1678), que Nerval a dû consulter, signale que c'est une
supercherie et en révèle l'auteur probable, Jean Spifame, Avocat
au Parlement, « homme d'un grand sçavoir et qui fut néanmoins
accusé de perturbation des sens ». L'auteur des *Illuminés* a pu
trouver quelques renseignements sur ce personnage et sa famille
dans le résumé d'un mémoire de M. Secousse, publié au tome 23
de l'*Histoire de l'Académie royale des Inscriptions et Belles-Lettres*,
correspondant aux années 1749-1751 (Paris, Imprimerie royale,
1756), mais rien sur la nature de sa folie, que seule la teneur de
certains de ces arrêts (et l'idée de se substituer au roi pour les
publier!) permet de conjecturer : édits destinés à réprimer le luxe
des avocats et de leurs épouses, avec menaces, en cas de non-
exécution, de supprimer la profession d'avocat ; arrêts flétrissant
la mémoire de Gaillard Spifame, frère aîné de Raoul, accusé
d'avoir, par ses rapines et falsifications, fait perdre à la France le
royaume de Naples ; reproduction de l'interdiction de venir au
Palais, signifiée par le Parlement à Raoul Spifame, et de la fière
réponse faite par celui-ci à l'huissier. L'un des arrêts montre que
Spifame se piquait de poésie (ce qui a sans doute donné à l'auteur
de la nouvelle l'idée de mettre à ses côtés le poète Vignet) : il s'agit
d'une décision royale cassant un arrêt du Parlement qui interdisait
à Spifame de faire imprimer ses ouvrages de poésie. M. Secousse
signale que parmi ces arrêts extravagants il y en a de fort
raisonnables, dont l'idée sera reprise plus tard, comme celui qui
oblige chaque auteur à déposer à la bibliothèque du Roi un
exemplaire de ses œuvres.

Histoire de l'abbé de Bucquoy.

Ce texte faisait primitivement partie d'un récit intitulé *Les
Faux Saulniers*, publié par *Le National* du 24 octobre au 22 décembre 1850 (avec une interruption du 24 novembre au 7 décembre), puis présenté à part dans une plaquette in 8° intitulée
Feuilletons du « National ». En octobre 1852, *L'Artiste* publie, sous

le titre *La Bohème galante*, des fragments de ce récit, qui seront repris, avec d'autres, en janvier 1854, dans *Les Filles du feu*, sous le titre d'*Angélique*. Une seconde portion des *Faux Saulniers* est reprise en novembre 1852 dans *Les Illuminés* : c'est l'*Histoire de l'abbé de Bucquoy*, qui figure dans la présente édition. Nerval lui a fait subir un certain nombre de modifications pour l'extraire des *Faux Saulniers*. Elles consistent, pour l'essentiel, dans la suppression de plusieurs développements dans lesquels l'auteur se défendait d'écrire un roman-feuilleton — ce qui le ferait tomber sous le coup de l'amendement Riancey à la loi sur la presse, interdisant aux journaux de publier de tels feuilletons —; ou imaginait par prétérition le parti qu'il pourrait tirer de certaines situations s'il était autorisé à en faire un roman-feuilleton.

La source de cette histoire est le volume suivant : *Événement des plus rares ou l'Histoire de Sr Abbé comte de Bucquoy, singulièrement son évasion du Fort l'Évêque et de la Bastille, l'Allemand à côté, revue et augmentée, deuxième édition avec plusieurs de ses ouvrages vers et proses et particulièrement la Game des Femmes, et se vend chez Jean de la Franchise, rue de la Réforme à l'Espérance à Bonnefoy, 1719.* L'auteur de cet ouvrage serait Mme Petit-Du Noyer, protestante française réfugiée en Hollande.

Nerval raconte longuement, dans la partie des *Faux Saulniers* qui sera reprise dans *Angélique*, les péripéties dans lesquelles l'entraîna la recherche de ce livre, dont il avait pensé imprudemment qu'il pourrait le consulter sans peine pour composer le récit promis au *National*. Il ne put en réalité se le procurer que dans une vente plusieurs fois remise — ce qui l'amène à faire patienter le lecteur par des développements fort plaisants. Le volume, une fois en la possession de Nerval, fut donné par lui à la Bibliothèque nationale, comme en témoigne une note figurant à la fin du feuilleton.

On trouvera dans nos notes l'essentiel des additions de Nerval à l'histoire de l'abbé, telle que ce texte la raconte.

Les Confidences de Nicolas.

Première publication : *La Revue des Deux Mondes*, 15 août, 1er et 15 septembre 1850. Les variantes d'un texte à l'autre sont minimes.

Nerval a utilisé non seulement la grande autobiographie de Restif, *Monsieur Nicolas, ou le Cœur humain dévoilé* (1794-1797,

16 vol. représentant un total de 4 840 pages), mais les passages autobiographiques qui abondent dans *Le Drame de la vie*, *Les Nuits de Paris*, *Le Paysan perverti*, etc. Il a modifié dans le sens que nous avons indiqué dans notre préface certaines données de cette biographie, sans avoir l'air de soupçonner que celles-ci étaient elles-mêmes souvent fort éloignées de la vérité. C'est dire qu'on ne saurait trouver dans *Les Illuminés* une vie de Restif conforme à ce qu'on est en droit d'exiger d'un historien, et que le souci de sincérité dont Nerval crédite M. Nicolas, en en faisant l'ancêtre d'un réalisme contre lequel il met en garde ses contemporains, résulte en grande partie d'une erreur de perspective. Il faut cependant faire remarquer à la décharge de Gérard que celui-ci, à l'époque où il écrivait, ne disposait d'aucune étude sérieuse sur Restif qui lui aurait permis de rétablir la vérité.

Jacques Cazotte.

Cette étude a d'abord constitué la préface d'une jolie édition du *Diable amoureux*, parue en avril 1845 chez Ganivet (Ganivet était en réalité un laitier-crémier, qui servait de raison sociale à une maison d'édition annexée à la *Revue pittoresque*, dont il tenait la caisse ; les responsables littéraires de cette maison d'édition, dont *Le Diable amoureux* fut la seule publication, étaient les fondateurs de la revue, Deschères, Petrus Borel et Gérard de Nerval). Certains passages de cette préface furent reproduits, la même année, dans *L'Artiste* des 20 avril et 11 mai, sous le titre « *Le Diable amoureux* de Jacques Cazotte », et dans *La Sylphide* du 22 juin, sous le titre « Jacques Cazotte. Deux époques de sa vie ». Enfin une partie de l'étude fut reprise dans l'*Almanach prophétique pour 1847*.

Les sources dont Nerval disposait pour écrire la biographie de Cazotte étaient la notice de l'édition Bastien des *Œuvres badines et morales, historiques et philosophiques* de Cazotte, la *Correspondance mystique de J. Cazotte avec Laporte et Pouteau* (Paris, an VI), reproduite dans cette édition, et une publication toute récente, *La Famille Cazotte*, par Anna Marie (Mme d'Hautefeuille), qui avait été donnée par *Le Correspondant* durant le premier trimestre de 1845 et ne devait paraître en volume qu'en 1846. En dehors de la version romancée de l'initiation de Cazotte, qu'il emprunte à ce dernier ouvrage, et de la confiance excessive qu'il accorde à la pseudo-prophétie rapportée par La Harpe, l'essentiel de l'information de Nerval est exact.

Cagliostro.

Les trois premiers chapitres de cette étude furent publiés pour la première fois en octobre 1849 dans l'*Almanach cabalistique pour 1850, le Diable rouge,* où ils portaient respectivement pour titres : « I. Doctrine des génies; II. Du mysticisme révolutionnaire. 1re époque; III. 2e époque. Le Comte de Saint-Germain. Cagliostro. » Le chapitre IV, « Mme Cagliostro », qui portait le même titre dans l'*Almanach cabalistique,* est copié à peu près textuellement, comme Jean Richer l'a démontré dans son *Gérard de Nerval et les doctrines ésotériques,* des *Mémoires authentiques pour servir à l'histoire de Cagliostro* (1785), de La Roche du Maine, marquis de Luchet. Le chapitre V, « Les païens de la République », est également repris de l'*Almanach cabalistique,* où il porte la mention « 3e époque ».

Quintus Aucler.

Première publication : *Revue de Paris,* novembre 1851, sous le titre « Les Païens de la République. Quintus Aucler ». Dans la plus grande partie de cette étude Nerval cite des extraits de *La Thréicie, ou la Seule voie des sciences divines et humaines du culte vrai et de la morale* (par Gabriel-André, dit Quintus Aucler). Paris, Moutardier, an VII.

BIBLIOGRAPHIE SOMMAIRE

Albert BÉGUIN, *Gérard de Nerval*. José Corti, 1945.

Léon CELLIER, *Gérard de Nerval, l'homme et l'œuvre*. Hatier-Boivin, 1956.

Marie-Jeanne DURRY, *Gérard de Nerval et le mythe*. Flammarion, 1956.

Raymond JEAN, *Nerval par lui-même*. Éditions du Seuil, 1964.

• Charles MAURON, *Des métaphores obsédantes au mythe personnel*. José Corti, 1963.

Georges POULET, *Les Métamorphoses du cercle*. Plon, 1961.

Jean-Pierre RICHARD, *Poésie et profondeur*. Éditions du Seuil, 1955.

Jean RICHER, *Gérard de Nerval et les doctrines ésotériques*. Le Griffon d'or, 1947.

Gérard de Nerval. Seghers, 1950 (coll. « Poètes d'aujourd'hui »).

Nerval, expérience et création. Hachette, 1964.

Jean SENELIER, *Gérard de Nerval, essai de bibliographie*. Nizet, 1959.

NOTES

Page 34.

1. Il s'agit d'Antoine Boucher, frère de la grand-mère maternelle de Gérard, que celui-ci considérait un peu comme son père spirituel. Sa maison de Mortefontaine (Montagny) est décrite dans *Sylvie* (chap. IX), où il est question aussi de ses conseils sur la fréquentation des actrices et de son expérience d'homme du XVIIIe siècle (chap. I). Ses idées religieuses (« Dieu, c'est le soleil ») sont présentées, au chapitre IV de la seconde partie d'*Aurélia*, comme celles « d'un honnête homme qui avait vécu en chrétien toute sa vie, mais qui avait traversé la Révolution... » Un fragment inédit publié par Jean Richer (Pléiade, t. II, p. 1493) le montre plus nettement « imprégné des idées de Voltaire ».

LE ROI DE BICÊTRE

Page 44.

1. Le titre exact que Spifame se donne est celui de « Dictateur et garde du Sceau Dictatoire et Impérial ».

Page 45.

2. Cf. *Aurélia*, chap. III de la première partie : « A dater de ce moment, tout prenait parfois un aspect double. »

Page 46.

3. Les deux premières versions donnent « ocieux » (« oisif », en

français du xvie siècle). C'est probablement le bon texte, selon le principe qui invite à préférer la « lectio difficilior ».

HISTOIRE DE L'ABBÉ DE BUCQUOY

Page 61.

1. L'ouvrage dont s'inspire Nerval commence par raconter les antécédents du personnage, qui seront rapidement résumés à la fin du chapitre. C'est seulement à la page 34 que la rencontre de Morchandgy est abordée. Les dialogues en style direct sont introduits par Nerval pour animer le récit, qui, dans l'original, rapporte les conversations (beaucoup moins étoffées) en style indirect.

Page 65.

2. Dans l'original, les charges retenues contre l'abbé sont ses démêlés antérieurs avec l'archevêque de Sens et les propos séditieux qu'il a tenus durant son voyage devant un certain comte de La Rivière.

Page 66.

3. Les mots en italiques sont empruntés à l'original.

Page 68.

4. Le For l'Évêque (*forum episcopi*) était le siège de la juridiction du prévôt de l'évêque. Il fut supprimé par Louis XVI.

Page 69.

5. Le récit de l'évasion ne comporte pas de retour en arrière dans l'original. Il y est question d'une tentative du même genre faite antérieurement par un garde du corps.

Page 70.

6. Cet épisode dans l'entourage de Ninon de Lenclos, destiné à donner au récit une couleur d'époque, est inventé par Nerval.

Page 72.

7. Le premier écuyer du roi, Jacques Louis, marquis de Beringhen, enlevé en 1707 dans la plaine de Bissancourt par un partisan au service de la Hollande.

Page 73.

8. Le récit de l'emprisonnement de l'abbé à Soissons et l'épisode du capitaine Roland sont ajoutés par Nerval.

Page 79.

9. Le texte du *National* intercale ici un long développement où Gérard imagine le beau roman historique qu'il aurait pu faire à partir de ces données si l'amendement Riancey ne le lui interdisait pas.

10. « L'Enfer des vivans » est le titre de la gravure qui orne l'ouvrage dont Nerval s'inspire. Mais il abandonne ici le récit original, que nous ne retrouverons qu'à la fin du chapitre vi, et il utilise, pour évoquer la vie à la Bastille et pour dépeindre les geôliers, ainsi que certains des compagnons de captivité qu'il prête à l'abbé, un ouvrage de René-Auguste-Constantin de Renneville intitulé *L'Inquisition française, ou l'Histoire de la Bastille* (Amsterdam, B. Lakeman, et Leyde, J. Verbeck, 1724, 4 vol.).

Page 90.

11. Dans *L'Inquisition française* la prisonnière ne se suicide que beaucoup plus tard.

Page 96.

12. Nous retrouvons ici la source principale dont s'inspire Nerval, mais il continuera à mêler aux personnages dont elle fait état d'autres prisonniers empruntés à *L'Inquisition française*, en modifiant quelque peu certains épisodes.

LES CONFIDENCES DE NICOLAS

Page 119.

1. C'est dans la *Cinquième époque* de *M. Nicolas* que se situent les aventures très invraisemblables dont il va être question dans ce chapitre. On notera que Nerval, contrairement à l'usage, écrit La Bretone avec un seul *n*.

Page 124.

2. Restif reproduit à plusieurs reprises, notamment dans l'Introduction de *M. Nicolas,* cette généalogie fantaisiste, dont on ose croire qu'il ne la prenait pas trop au sérieux. Gérard a pu y

trouver un écho des généalogies glorieuses qu'il se forgeait lui-même.

Page 127.

3. Dans *M. Nicolas* c'est en racontant l'aventure scabreuse dont il sera question au chapitre ɪɪ de la seconde partie que le héros se taille un succès dans cette société corrompue.

Page 128.

4. Il s'agit de Baculard d'Arnaud (1718-1805), célèbre pour la sentimentalité de ses poésies.

Page 129.

5. Est-il besoin de préciser que les choses n'en restent pas là dans *M. Nicolas?*

Page 132.

6. La version de *La Revue des Deux Mondes* est plus critique : « pratiqué *par une association de travailleurs et de commerçants. Est-ce donc là la source des excentricités actuelles?* »

Page 133.

7. « *Qui paraissent avoir un peu refroidi sa ferveur révolutionnaire* », écrivait Gérard dans *La Revue des Deux Mondes.*

Page 134.

8. Ce chapitre résume les deux premières époques de *M. Nicolas.*

Page 136.

9. Restif ne parle pas ici de mélancolie, mais de son ivresse de liberté et de son goût pour les mûres.

Page 137.

10. Cette précision, ajoutée par Nerval, rappelle le rôle que joue la huppe dans l'*Histoire de la Reine du matin* du *Voyage en Orient.*

Page 139.

11. Ce détail est inventé par Nerval.

Page 142.

12. Ce chapitre et le suivant résument la *Troisième époque* de · *M. Nicolas.*

Page 145.

13. Paraphrase du Psaume XXVII, 4.

Page 148.

14. La défaillance de Nicolas a, dans le récit de Restif, des causes physiologiques plus scabreuses.

Page 157.

15. *M. Nicolas* continue ainsi : « Excité par là, guidé par la nature et par mon expérience, je réalisai doucement son rêve [...] Marguerite s'éveilla trop tard ; elle partageait mes transports » (éd. J.-J. Pauvert, t. I, p. 292). A la suite de cette nuit, Marguerite se trouve enceinte. L'abbé Thomas n'intervient pas à ce moment-là, mais lorsqu'un poème dérobé à son neveu lui apprend les relations de celui-ci avec la servante, qui est partie de son propre chef.

Page 158.

16. Ce chapitre et les deux suivants résument la *Quatrième époque* de *M. Nicolas*.

Page 174.

17. On lit au contraire dans *M. Nicolas :* « Le lendemain, Colette ne dit pas un mot de relatif à ce qui s'était passé la nuit ; si elle me soupçonnait, elle avait trop de pudeur pour en laisser rien paraître » (t. II, p. 190).

Page 177.

18. Le récit des aventures amoureuses de Nicolas à Auxerre, résumé dans ce paragraphe, occupe plus de trois cents pages dans l'autobiographie de Restif.

Page 182.

19. Nerval résume ici très rapidement quatre ans de la vie de Nicolas, de 1755 à 1759.

Page 185.

20. C'est en réalité le trente-troisième ouvrage de Restif.

Page 187.

21. « Pourquoi ris-tu ?... C'est de toi qu'il s'agit » (Horace, *Satires*, I, 1).

Page 188.

22. Cet épisode invraisemblable est raconté dans la *Cinquième époque* de *M. Nicolas.*

Page 194.

23. Dans *M. Nicolas,* Restif abuse de la jeune fille.

Page 195.

24. Cf. *M. Nicolas, Cinquième époque.*

Page 196.

25. Dans *M. Nicolas* la prostituée devient la maîtresse de Restif. Leurs tête-à-tête sont interrompus par une sonnette qui rappelle Zéfire à son métier.

Page 210.

26. Cette aventure est racontée dans les Huitième et Neuvième époques de *M. Nicolas.*

Page 239.

27. Cyrano de Bergerac, *La Mort d'Agrippine,* acte II, sc. 4 (la citation est inexacte).

28. Restif a avoué, dans *Les Contemporaines* (t. XXX, p. 545), que ce mariage était une fable. Il l'a évoqué dans la *Cinquième époque* et en a fait le sujet d'un roman, *La Malédiction paternelle* (1780) et d'un drame, *La Prévention nationale* (1784).

Page 242.

29. Cf. le portrait de Sylvie (chap. VIII) : « Son œil noir brillait toujours du sourire athénien d'autrefois. » Ce retour à un amour d'enfance (auquel, bien entendu, rien ne correspond dans la réalité) est certainement ce qui a charmé Nerval dans cette histoire.

Page 256.

30. C'est ce que croyait Restif, mais il fut en réalité victime d'une mystification.

Page 267.

31. Erreur de Nerval. Il s'agit du prétendu mariage avec Henriette Kircher.

Page 269.

32. Cf. *Les Nuits de Paris*, 13e partie.

Page 271.

33. Cf. *M. Nicolas, Neuvième époque.*

Page 275.

34. On retrouve dans la biographie de Nerval ces errances nocturnes, et jusqu'au soupçon injustifié d'appartenir à la police.

JACQUES CAZOTTE

Page 297.

1. Nerval, dans la version de *L'Artiste*, précise ainsi le rapprochement : « et à ce titre peut-être le roman de Cazotte établirait une sorte de transition entre l'Anglais Sterne et l'Allemand Hoffmann; s'il doit quelque chose au premier, l'autre, lui, a de son côté des obligations qu'il se plaisait à reconnaître. »

Page 307.

2. Dans *Sylvie*, (chap. I), c'est avec sa propre époque que Nerval compare celle d'Apulée.

3. Charles Nodier, qui publia cette œuvre en 1821.

Page 308.

4. Cf. ce que Nicolas dit à Sara, p. 221.

Page 309.

5. L'abbé Montfaucon de Villars est l'auteur du *Comte de Gabalis, ou Entretiens sur les sciences secrètes* (1670), où un cabaliste expose les théories des Rose-Croix sur l'existence et les pouvoirs des esprits élémentaires, qu'il distingue soigneusement, comme le rappelle Nerval dans le paragraphe suivant, des « noirs suppôts de Belzébuth ». Parmi ceux-ci les *incubes* sont des démons mâles et les *succubes* des démons femelles. Lorsque l'abbé de Villars fut trouvé assassiné en 1673 sur la route de Lyon, de mauvais plaisants prétendirent que c'était une vengeance des esprits élémentaires. Dom Pernéty (1716-1801) proposa une synthèse entre le swedenborgisme et le symbolisme alchimique dans son *Dictionnaire mytho-hermétique*. Le marquis J. Boyer d'Argens publia des *Lettres cabalistiques* (1766-1767), où les

théories de la cabale sont utilisées à des fins satiriques. L'*Œdipus
Ægyptiacus* (1652-1653) est un traité du savant jésuite allemand
Athanase Kircher, dont il sera question un peu plus loin. Enfin le
pasteur Balthasar Bekker publia en 1694 *Le Monde enchanté*, où la
croyance au diable est, à vrai dire, fortement combattue.

6. Nerval reproduit ici, en lui donnant plus de vivacité, le récit
de l'initiation de Cazotte donné par Mᵐᵉ d'Hautefeuille dans *La
Famille Cazotte* — récit tout à fait invraisemblable, car *Le Diable
amoureux* ne révélait rien qui ne fût connu depuis longtemps.

Page 311.

7. La suite de la conversation est de l'invention de Nerval.

Page 312.

8. Plus exactement Martinès de Pasqually, dont l'enseignement,
contenu dans son *Traité de la réintégration des êtres*, eut une grande
influence sur l'illuminisme du XVIIIᵉ siècle, surtout par l'intermédiaire de son disciple Louis-Claude de Saint-Martin.

Page 315.

9. Le goût des chansons populaires, ou pseudo-populaires, qui
rapproche Cazotte de Restif, est également partagé par Nerval.

Page 320.

10. Dans *Monsieur Cazotte*, publié par la *Revue de Paris* en
décembre 1836. La citation n'est pas tout à fait exacte.

Page 321.

11. La restriction n'est pas suffisante. La Harpe précisait que la
prophétie n'était que « supposée », et l'édition Bastien la déclarait
absolument invraisemblable.

Page 330.

12. Pour accentuer l'aspect prémonitoire du passage, Nerval en
supprime la fin, où les têtes retrouvent leurs corps.

Page 337.

13. Cette lettre, ainsi que celles qui suivent et le rêve de 1791,
est tirée de la *Correspondance mystique de J. Cazotte avec Laporte et
Pouteau* (et non Ponteau, comme Nerval l'écrit par erreur).

Page 338.

14. Cette anecdote est tirée des *Mémoires pour servir à l'histoire*

du jacobinisme de l'abbé Barruel (Hambourg, P. Fauche, 1798-1799, 5 vol.)

Page 342.

15. Clotilde-Suzanne Labrousse (1747-1821), que Cazotte appelle par dérision Brousselles, et non Broussole.

Page 354.

16. Ce discours est reproduit, avec le détail du procès, dans l'édition Bastien. Nerval l'abrège beaucoup.

CAGLIOSTRO

Page 358.

1. Voir note 5 de l'étude sur Cazotte

Page 366.

2. Jean Richer a rapproché en détail (*Nerval et les doctrines ésotériques* p. 195-207) le texte du marquis de Luchet de celui de Nerval, qui le copie à partir d'ici presque mot pour mot. Notre préface indique dans quel sens ont été effectuées les modifications.

Page 374.

3. A la place de cette exhortation spiritualiste, on lit dans les *Mémoires authentiques* : « Il n'est plus temps, dit-elle, de vous nier les faits. Voilà le but de nos connoissances. Étudiés vingt ans, médités comme LOCKE, raisonnés comme BAYLE, écrivés comme ROUSSEAU, tout ce que vous sçaurés, c'est que le plaisir est l'affaire essentielle de ce monde. Ce Temple lui est consacré. Vous y viendrés lui rendre hommage. Mais n'oubliés jamais que les jouissances répétées tiennent au secret, qu'il n'est pas de bonheur sans mystère, que la multitude sotte, envieuse, fatigante, tue le plaisir; et pour que chacun d'entre nous soit lié par le même serment et par le même intérêt, terminons cette première séance par l'acte le plus saint, le plus innocent, le plus facile, le plus doux, le plus utile, le plus serieux et le plus bouffon, mais le plus universel qui existe. »

Page 379.

1. Nicolas-Antoine Boulanger publia en 1766 *L'Antiquité dévoilée.*

Page 386.

2. Nous ne signalons pas les nombreuses coupures que Nerval opère dans le texte d'Aucler sans les indiquer, et nous corrigeons, à la suite de Jean Richer dans l'édition de la Pléiade, quelques erreurs de transcription dans les noms propres.

Page 403.

3. Horace, *Odes,* I, 2.

Page 416.

4. Médecin, fils du célèbre docteur François-Joseph Broussais.

Table 441

DU MÊME AUTEUR
Dans la même collection

LES FILLES DU FEU, suivi de LA PANDORA et de
AURÉLIA. *Édition présentée et établie par Béatrice
Didier.*

*Impression Bussière Camedan Imprimeries
à Saint-Amand (Cher), le 2 octobre 2002.
Dépôt légal : octobre 2002.
1ᵉʳ dépôt légal dans la collection : octobre 1976.
Numéro d'imprimeur : 024608/1.*
ISBN 2-07-036848-3./Imprimé en France.